De soie et de sang

Du même auteur
chez le même éditeur

Mort d'une héroïne rouge, 2001

Visa pour Shanghai, 2002

Encres de Chine, 2004

Le Très Corruptible Mandarin, 2006

Qiu Xiaolong

De soie et de sang

Traduit de l'anglais (États-Unis)
par Fanchita Gonzalez Batlle

Liana Levi

Toutes les notes, sauf indication contraire, sont de Catherine Bourzat, que nous remercions vivement pour son aide, ainsi que pour avoir tracé les caractères *hongpao* (robe rouge) figurant sur la couverture de cet ouvrage.

ISBN : 978-2-86746-444-7

Titre original: *Red Mandarin Dress*

PROLOGUE

L'haleine du maître ouvrier Huang, un des lève-tôt de Shanghai qui courait dans la rue de Huaihai Ouest, se transformait en buée sous les étoiles pâlissantes. Cet homme de soixante-cinq ans environ avait encore une foulée vigoureuse, même s'il essuyait son front en sueur. En fin de compte, la santé est plus précieuse que tout le reste, pensa-t-il fièrement. Que pouvaient représenter pour les Messieurs Gros-Sous maladifs tout l'or et l'argent amoncelés dans leur arrière-cour ?

En ces années quatre-vingt-dix où la transformation matérialiste balayait la ville, un ouvrier retraité tel que Huang n'avait guère d'autre motif de fierté pendant qu'il faisait son jogging.

Huang avait connu des jours meilleurs. Ouvrier modèle dans les années soixante, membre de l'équipe de propagande de la pensée de Mao Zedong pendant la Révolution culturelle, membre d'un comité de surveillance de quartier dans les années quatre-vingt, il avait été, en résumé, un « maître ouvrier » de la classe prolétaire politiquement glorieuse.

Aujourd'hui il n'était plus personne. Retraité d'une aciérie d'État en faillite, il avait du mal à joindre les deux bouts avec sa pension qui se ratatinait de jour en jour. Même le titre de maître ouvrier semblait à présent poussiéreux dans la presse du Parti. Quelle ironie !

Une formule tirée d'une rengaine récente lui vint à l'esprit comme pour contrarier le rythme de ses foulées : *La Chine socialiste livrée aux chiens capitalistes.* Tout changeait très vite, défiant la compréhension.

Son jogging changeait aussi. Autrefois, quand il courait dans la solitude sous les étoiles, avec juste quelques véhicules à l'horizon, Huang avait aimé sentir le pouls de la ville l'accompagner. Désormais, à cette heure matinale, il sentait la présence des voitures, qui klaxonnaient même parfois, et une grue s'élevait sur un nouveau chantier de construction à une rue de là. On annonçait un complexe résidentiel de luxe pour les « nouveaux riches ».

Et non loin, sa vieille maison *shikumen*[1], où il avait habité avec une douzaine de familles ouvrières, allait être remplacée par une tour commerciale. Les résidents seraient bientôt relogés à Pudong, autrefois terres agricoles à l'est du Huangpu. Il n'était plus possible de courir dans cette rue familière du centre de la ville. Ni de déguster un bol de soupe au soja servi au *Restaurant de l'Ouvrier et du Paysan* du coin de la rue. La soupe fumante parfumée à la ciboule, avec de la crevette séchée, de la pâte frite hachée et de l'algue violette, une soupe délicieuse à cinq fens seulement. Cet endroit bon marché, recommandé autrefois « pour son dévouement à la classe ouvrière », avait disparu et cédé la place à un *Starbucks Coffee.*

Peut-être était-il trop vieux pour comprendre le changement. Huang soupira, sa foulée s'alourdissait, ses paupières sautaient de façon inquiétante. Près de l'intersection de

1. Lotissement urbain construit à partir du milieu du XIXe siècle à Shanghai. C'est un ensemble de résidences à l'intérieur d'une enceinte que dessert un porche en pierre (*shikumen*).

la rue Huaihai et de la rue de Donghu, la vue du terre-plein central le ralentit encore. Au printemps, c'était un parterre de fleurs, mais il était brun et sec à présent, avec ses brindilles nues tremblant au vent, aussi mornes que ses pensées.

Huang aperçut un objet étrange, rouge et blanc, dans le cercle pâle de la lumière du réverbère – probablement tombé d'un camion de produits fermiers se rendant au marché voisin. La partie blanche ressemblait à une longue racine de lotus sortant d'un sac fait de vieux drapeaux rouges. On lui avait raconté que les paysans récupéraient tout, même ce qui avait été des drapeaux à cinq étoiles. Il avait aussi entendu dire que les tranches de racine de lotus garnies de riz gluant étaient à la mode depuis peu dans les restaurants chic.

Il fit deux pas vers le terre-plein et s'arrêta, sous le choc. Ce qu'il avait pris pour une racine de lotus était en réalité une jolie jambe humaine luisante de rosée. Et ce n'était pas un sac, mais un *qipao*[1] rouge, qui enveloppait le corps d'une jeune femme d'une vingtaine d'années au visage déjà cireux.

Il s'accroupit pour essayer d'examiner le corps de près. La robe était remontée bien au-dessus de la taille, les cuisses et l'aine luisaient, obscènes, sous la lumière blême. Les fentes de la robe étaient déchirées, les doubles boutons en forme de poissons, défaits, laissaient voir les seins. Pieds et jambes nus, elle ne portait rien sous la robe moulante.

Il toucha la cheville de la fille. Froide. Pas de pouls. Ses ongles de pied peints en rose ressemblaient encore à des

1. Robe fourreau, très ajustée et plus ou moins fendue sur le côté.

pétales. Depuis combien de temps gisait-elle là? Il lui ramena sa robe sur les cuisses. C'était tout à fait inexplicable. Cette robe élégante, portée à l'origine par les Mandchous, était devenue à la mode dans les années trente, adoptée comme costume national sans souci de son origine ethnique. Symbole du mode de vie bourgeois, elle avait disparu pendant la Révolution culturelle, pour faire un retour surprenant dernièrement parmi les riches.

Mais Huang n'avait jamais vu personne la porter ainsi, sans culotte ni chaussures. Il cracha trois fois par terre, rituel superstitieux contre le mauvais œil.

Qui avait pu jeter un corps le matin à cet endroit-là? Un meurtre sexuel, conclut-il.

Il pensa aviser la police. Encore trop tôt. D'ailleurs il n'y avait pas de téléphone public à proximité. En regardant autour de lui, il aperçut une lumière vacillante de l'autre côté de la rue. Elle provenait de l'École de musique de Shanghai. Il appela au secours.

«Au meurtre! Un cadavre en *qipao* rouge!»

1

L'inspecteur principal Chen Cao, de la police criminelle, fut tiré de son rêve par un coup de téléphone matinal.

Il décrocha en se frottant les yeux et vit que le réveil sur la table de nuit indiquait sept heures et demie. Il s'était couché tard pour écrire une lettre à une amie de Pékin. La citation d'un poète de la dynastie des Tang l'avait aidé à exprimer ce qu'il éprouvait des difficultés à dire avec ses propres mots. Puis il s'était égaré, encore pénétré du poème, dans un rêve de saules indifférents le long d'une rive déserte, dans une légère brume verte.

« Allô, ici Zhong Baoguo, du Comité de réforme du système judiciaire de Shanghai. Vous êtes le camarade inspecteur principal Chen ? »

Chen s'assit. Cette commission, nouvelle institution du Congrès du peuple de Shanghai, n'exerçait aucune autorité directe sur lui, et Zhong, son supérieur dans la hiérarchie des cadres du Parti, ne l'avait encore jamais contacté, encore moins lui avait-il téléphoné chez lui.

Les fragments du rêve ombragé de saules s'effacèrent rapidement.

Il pouvait s'agir d'une de ces affaires « politiquement sensibles » qu'il était préférable de ne pas évoquer au bureau. Chen sentit un goût amer dans sa bouche.

« Avez-vous entendu parler de l'affaire du grand ensemble Bloc 9 Ouest ?

– Le Bloc 9 Ouest ? Oui, un des meilleurs secteurs du centre-ville, et Peng Liangxin en est le promoteur, surnommé Monsieur Gros-Sous numéro un de Shanghai. J'ai lu des articles à ce sujet. »

Avec les réformes en cours, une des opportunités d'affaires les plus lucratives était l'immobilier. Dans le passé, quand tous les terrains appartenaient à l'État, les habitants dépendaient des affectations de logement. Chen avait obtenu ainsi un studio par le quota du bureau. Mais au début des années quatre-vingt-dix, le gouvernement avait commencé à vendre à des entreprises. Peng était l'un des premiers et des plus puissants promoteurs. Comme les prix et l'attribution des terrains étaient décidés par des dignitaires du Parti, la corruption planait autour des opérations comme un essaim de mouches assoiffées de sang. Grâce à ses relations, Peng avait obtenu l'accord du gouvernement pour son projet Bloc 9 Ouest. Les vieilles constructions devaient y être démolies et Peng avait chassé les résidents. Ceux-ci n'avaient pas tardé à se plaindre des lacunes dans cet accord, et un scandale avait éclaté.

Mais que pouvait faire Chen ? À l'évidence, pour un projet aussi énorme que le Bloc 9 Ouest, de nombreux hauts dignitaires étaient impliqués. Cela pouvait devenir une affaire aux conséquences politiques désastreuses. La mission de Chen consisterait probablement à limiter les dégâts.

« C'est cela, nous pensons que vous devriez étudier ce dossier. Notamment en ce qui concerne l'avocat, Jia Ming, qui représente les résidents.

– Jia Ming ? » Chen fut encore plus troublé. Il ne connaissait pas les détails de l'affaire. On lui avait parlé de Jia comme d'un avocat de renom, mais pourquoi le prendre pour cible ? « Est-ce l'avocat qui a défendu Hu Ping, l'écrivain dissident ?

– C'est bien lui.

– Directeur Zhong, je regrette. Je crains de ne pas pouvoir vous aider. Je viens tout juste de m'inscrire en maîtrise à un cours spécial de l'université de Shanghai. En littérature classique. » Il avait vite trouvé une excuse au lieu de répondre par un non franc et direct. « Les premières semaines exigent un travail intensif. Je ne disposerai de temps pour rien d'autre. »

C'était davantage qu'un prétexte improvisé. Chen l'envisageait depuis quelque temps. Il s'était renseigné récemment à l'université.

« Vous plaisantez, camarade inspecteur principal Chen. Et votre travail de policier ? La littérature classique n'est pas du tout dans la ligne de votre activité. Chercheriez-vous à changer de carrière ?

– Je m'étais spécialisé autrefois en littérature, plus précisément en littérature anglaise. Et pour être un policier compétent dans la société actuelle, on doit acquérir un maximum de connaissances. Ce programme comprend des cours de psychologie et de sociologie.

– Il est certes désirable d'élargir ses connaissances. Mais je ne pense pas que vous en ayez le temps avec vos fonctions.

– C'est une sorte d'arrangement spécial. Seulement quelques semaines de cours intensifs – en classe, comme les autres étudiants – et ensuite, rien que des dissertations. Le programme sera aménagé de façon à être compatible avec mon emploi du temps professionnel. »

Ce n'était pas tout à fait vrai. D'après la brochure qu'il avait retirée, il n'était pas tenu de suivre immédiatement les cours intensifs.

« Je ne pourrai peut-être pas vous convaincre, mais un camarade important de l'administration a suggéré que je m'adresse à vous aujourd'hui.

– J'accorderai mon attention entière à l'affaire de toutes les manières possibles », répondit Chen afin de permettre à Zhong de sauver la face, et parce qu'il ne voulait pas que celui-ci lui parle du « camarade important », quel qu'il puisse être.

« Excellent. Je vous ferai livrer le dossier », dit Zhong qui avait pris le commentaire de l'inspecteur principal pour un accord.

Chen pensa avec irritation qu'il aurait dû opposer un refus définitif.

Il donna ensuite plusieurs coups de téléphone à propos du projet immobilier. Son intuition ne l'avait pas trompé.

Peng avait commencé sa carrière comme vendeur de boulettes ambulant, mais il avait fait preuve d'une extraordinaire habileté à se créer un réseau. Il savait quand et où glisser des enveloppes entre les mains de dignitaires du Parti, et il s'était hissé au rang de milliardaire en quatre ou cinq ans.

Dans son enchère pour le Bloc 9 Ouest, il avait acquis le terrain au moyen de nombreux pots-de-vin et d'un plan d'amélioration des conditions de vie des résidents. Grâce à l'accord du gouvernement, il avait obtenu des prêts bancaires sans sortir un sou de sa poche, et expulsé les résidents sans indemnités ou presque. Quelques familles résistaient – il les appelait les Familles Clous – et, comme des clous, il les avait arrachées par la force en faisant appel à une bande de truands d'une triade. Plusieurs résidents avaient été grièvement blessés au cours d'une « campagne de démolition ». Qui plus est, au lieu de permettre aux anciens résidents de se réinstaller, comme promis dans son plan de développement, il s'était mis à vendre les nouveaux appartements beaucoup plus cher, à des acheteurs en provenance de Taïwan ou de Hong Kong. Quand les gens avaient crié à l'escroquerie, il avait de nouveau fait appel à la triade locale ainsi qu'aux dignitaires de l'administration. Plusieurs résidents avaient été emprisonnés comme fauteurs de trouble opposés au plan de développement de la ville. Mais d'autres personnes avaient protesté. Les autorités étaient à présent contraintes d'intervenir.

D'après certains, Peng devait en partie ses ennuis à son surnom. Il y avait beaucoup de riches à Shanghai, même des plus riches que lui, mais ils gardaient profil bas. Or, la rapidité incroyable de sa réussite avait fait prendre la grosse tête à Peng, qui adorait qu'on l'appelle Monsieur Gros-Sous numéro un. Et, comme le dit le proverbe, *l'oiseau qui sort la tête se fait tuer.*

Le fossé entre riches et pauvres s'élargissant, les habitants exprimaient leur colère devant la corruption et considéraient Peng comme son incarnation.

La situation s'était compliquée avec l'arrivée de Jia Ming, un avocat décidé à défendre les résidents. Juriste émérite, Jia avait bientôt découvert d'autres abus concernant cette opération frauduleuse, dans lesquels n'était pas seulement impliqué Peng, mais aussi ses associés haut placés. L'affaire avait fait grand bruit. Les autorités municipales, craignant de la voir échapper à tout contrôle, avaient mis Peng en prison et promis un procès public équitable.

Chen fronça les sourcils en sortant un fax de la machine. Celui-ci affirmait que des agents de la Sécurité intérieure avaient enquêté sur Jia en secret. Si Jia avait des ennuis, l'affaire avait de bonnes chances de s'effondrer…

L'inspecteur fit une boule de la page de fax et s'estima heureux d'avoir trouvé une excuse. Il pourrait toujours dire qu'il refusait la mission à cause de ses études. Ce programme créé pour les cadres montants du Parti, très pris par leur métier, leur offrait la possibilité d'obtenir un diplôme supérieur dans un délai court.

Chen y voyait un autre avantage. Sa carrière s'était déroulée sans heurts. Il était l'un des plus jeunes inspecteurs principaux, et le candidat probable à la succession du secrétaire du Parti Li Guohua, en tant que haut dignitaire du Parti à la police de Shanghai. Toutefois, cette carrière, il ne l'avait pas choisie à la sortie de l'université. En dépit de sa réussite en tant que policier – pas moins inexplicable à ses yeux qu'à ceux des autres – avec plusieurs affaires « politiquement sensibles » à son actif, il se sentait de plus en plus insatisfait de son travail. Dans de nombreux cas, les résultats se révélaient contraires aux attentes d'un policier.

Confucius dit : *Il y a des choses qu'un homme peut faire, et d'autres qu'il ne peut pas faire.* Sauf qu'il n'avait aucune ligne directrice, dans une époque de transition aussi bouleversée. Il conclut que le programme pouvait l'aider à s'inscrire dans une perspective différente.

Ce matin-là, il décida donc de rendre visite au professeur Bian Longhua, de l'université de Shanghai. Le programme avait servi de prétexte dans sa conversation avec Zhong, mais rien n'obligeait à ce qu'il ne soit que cela.

En chemin, il acheta un jambon de Jinhua enveloppé dans du papier *tung* spécial, selon une tradition datant de l'époque de Confucius. Le sage n'acceptait pas d'argent de ses élèves, mais il ne voyait pas d'objection à leurs cadeaux, tels que jambons et poulets. Or, le jambon s'avéra trop encombrant pour que Chen le transporte en bus. Il appela alors une voiture de fonction. En attendant devant la charcuterie, il passa plusieurs autres coups de téléphone à propos du scandale immobilier, et ces appels ne firent que renforcer sa détermination.

Le chauffeur du bureau apparut plus vite que prévu. Petit Zhou, qui se présentait comme « l'homme de l'inspecteur principal Chen », répandrait rapidement la nouvelle de son rendez-vous avec Bian. Chen jugea que c'était aussi bien.

Le professeur habitait un trois pièces dans un nouveau complexe. C'était un emplacement cher, inhabituel pour un intellectuel. Bian ouvrit lui-même. Soixante-quinze ans environ, plutôt bien bâti, cheveux argent contrastant avec un visage rubicond, il paraissait tout à fait fringant compte tenu de son âge et de son passé. Jeune « droitier » dans les années cinquante, « contre-révolutionnaire historique » d'âge mûr pendant la Révolution culturelle et vieil « intellectuel exemplaire » dans les années quatre-vingt-dix, Bian s'était accroché toutes ces années à ses études littéraires comme à une bouée de sauvetage.

« Ceci est loin de suffire à vous témoigner mon respect, professeur Bian », dit Chen en présentant le jambon. Il chercha ensuite un endroit où le poser, mais les meubles neufs et coûteux semblaient trop précieux pour le jambon enveloppé de papier huileux.

« Merci, inspecteur principal Chen, dit Bian. Notre doyen m'a parlé de vous. En raison de votre charge de travail, vous n'êtes pas tenu de suivre les cours, mais vous devrez néanmoins remettre vos dissertations en temps voulu.

– J'apprécie beaucoup cet arrangement. Bien entendu, je remettrai mes dissertations comme les autres étudiants. »

Une jeune femme portant un *qipao* noir et des sandales à talons hauts entra dans le living. Elle devait avoir la trentaine. Elle débarrassa Chen du jambon qu'elle déposa sur la table basse.

« Fengfeng, ma très compétente fille, dit Bian. Directrice générale d'une entreprise sino-américaine.

– Unc fille bien peu conforme au modèle filial, ajouta-t-elle. J'ai étudié la gestion au lieu de la littérature. Merci d'avoir choisi mon père, inspecteur principal Chen. C'est très bon pour son ego d'avoir un étudiant célèbre.

– Tout l'honneur est pour moi.

– Vous réussissez bien, inspecteur principal Chen. Pourquoi suivre ce programme ?

– La littérature ne mène nulle part, confirma le vieil homme avec un sourire d'autodénigrement. C'est ma fille qui a acheté cet appartement très au-dessus de mes moyens. Un pays, deux systèmes. »

« Un pays, deux systèmes » – une formule lancée par le camarade Deng Xiaoping pour désigner la coexistence, après 1997, du continent chinois socialiste et de Hong Kong capitaliste. Et voilà : une famille dont les membres gagnaient de l'argent provenant de deux systèmes différents. Il comprenait qu'on le questionne sur sa décision, mais il essayait de ne pas trop se soucier de l'interprétation des autres.

« C'est comme un chemin que l'on n'a pas pris, auquel il est si tentant de penser par un soir de neige, dit-il, et c'est réconfortant pour son ego d'imaginer une autre carrière.

– Je dois vous demander une faveur, dit-elle. Père est diabétique et il a de l'hypertension. Il ne va pas à l'université tous les jours. Pouvez-vous plutôt venir ici ?

– Naturellement, si cela lui convient.

– Avez-vous oublié le vers de Gao Shi ? demanda Bian. *Hélas, le plus inutile est le lettré.* Regardez-moi, un vieillard qui ne peut que "sculpter des insectes[1]" chez lui.

– *La littérature est importante pour mille automnes,* répondit Chen en citant un autre vers.

---

1. Expression forgée à partir du titre du célèbre ouvrage sur l'esthétique littéraire de Liu Xie (ca 465-522), *Le Cœur de la littérature et la Sculpture des dragons* (sculpter des dragons fait allusion à tout ce que la littérature peut comporter d'ouvragé), et utilisée par dérision par les lettrés pour déplorer le déclin de la littérature.

– Soit, vous avez une réelle passion pour la littérature. Comme dit le proverbe, *ceux qui sont atteints de la même maladie s'apitoient les uns sur les autres.* Certes, vous risquez de devoir vous inquiéter pour votre genre de maladie de la soif (*xiaoke zhi ji*). J'ai entendu dire que vous étiez un poète romantique. »

La maladie de la soif – Chen avait déjà entendu le terme – désignait le diabète. Un diabétique peut se sentir assoiffé et fatigué. Bian faisait une subtile allusion à la fois à son diabète et à sa soif de littérature, mais en quoi cela concernait-il Chen et le fait qu'il soit un poète romantique ?

Quand Chen retourna à la voiture qui l'attendait dehors, Petit Zhou était en train de contempler une photo de femme nue dans un *Playboy* de Hong Kong. Chen se rappela soudain que dans la Chine ancienne, le terme « maladie de la soif » pouvait être une métaphore pour la passion amoureuse.

Puis il n'en fut plus aussi sûr. Il avait pu lire le terme quelque part, l'avoir mêlé à des associations d'idées sans aucun rapport. Il aperçut son reflet flou dans le rétroviseur et secoua la tête.

Il se sentait bien, néanmoins. La perspective de commencer le programme de littérature changeait tout.

2

L'inspecteur Yu Guangming, de la police criminelle de Shanghai, ruminait dans son bureau – pas exactement le sien, pas encore. En tant que chef de la brigade des affaires spéciales par intérim, Yu utilisait le bureau pendant le congé de Chen.

Peu de collègues semblaient prendre Yu au sérieux, bien qu'il ait déjà dirigé la brigade pendant plus longtemps. Chen avait été très occupé, entre ses réunions politiques et ses traductions bien rémunérées. Et pourtant, on considérait que Yu n'était qu'un sous-fifre.

Ce qui tracassait Yu était la décision inexplicable de Chen à propos du cours de littérature.

Cette décision avait donné lieu à de nombreuses interprétations dans le service. D'après Liao Guochang, chef de la brigade des homicides, Chen essayait de garder profil bas après avoir froissé quelques susceptibilités en haut lieu, et une attitude studieuse pouvait lui permettre de ne pas se faire remarquer. De l'avis de Petit Zhou, Chen visait une maîtrise ou un doctorat, un tournant décisif pour sa future carrière, car des études supérieures comptaient beaucoup dans la nouvelle politique de promotion des cadres du Parti.

Le commissaire Zhang, cadre de la vieille génération, en semi-retraite, voyait les études de Chen sous un autre jour, et assurait que celui-ci projetait d'étudier à l'étranger avec une *hongyan zhiji* – une « séduisante amie qui vous apprécie et vous comprend » – dans une école de police américaine. Ce n'était là qu'une rumeur de plus qui courait à propos de Chen ; personne ne pouvait la confirmer ni l'infirmer.

Yu n'était convaincu par aucune de ces interprétations. Il pouvait aussi se tramer tout autre chose. Chen lui avait posé des questions sur une affaire de complexe immobilier sans lui donner d'explication. C'était inhabituel entre l'inspecteur principal et son coéquipier.

Ce matin-là, Yu n'eut guère le temps de s'interroger. Le téléphone sonna. C'était le secrétaire du Parti Li.

« Je suis dans le bureau de l'inspecteur Liao. Venez m'y rejoindre. »

Liao était un homme bien charpenté d'une petite quarantaine, son nez aquilin et ses yeux ronds lui donnaient l'air d'une chouette. Il fronça les sourcils à l'arrivée de Yu.

Seule une affaire d'une importance politique extraordinaire arrivait jusqu'à la brigade spéciale de Chen et Yu. L'expression revêche de Liao laissait entendre qu'une nouvelle affaire se révélait trop compliquée pour les homicides.

« Camarade inspecteur Yu, vous avez entendu parler de l'affaire du *qipao* rouge, n'est-ce pas ? dit Li comme une affirmation plutôt qu'une question.

– Oui, répondit Yu. Une affaire à sensation. »

Une semaine plus tôt, le corps d'une jeune femme en *qipao* rouge avait été découvert dans un parterre de la rue Huaihai Ouest. En raison de l'emplacement, on avait beaucoup parlé de l'affaire et de la robe. L'information s'était vite propagée, provoquant un terrible embouteillage à cet endroit-là. Et comme il y avait de nombreux magasins de luxe dans le secteur, les badauds s'y précipitaient pour, à la fois, faire du lèche-vitrines et aller à la pêche aux ragots, gonflant ainsi la foule de photographes et de journalistes qui grouillaient dans le quartier à la recherche de renseignements.

Les journaux s'étaient lancés dans des théories extravagantes. Aucun meurtrier n'aurait abandonné un cadavre habillé d'une robe pareille à un tel endroit sans de bonnes raisons. Un journaliste y avait vu un lien avec un membre de l'École de musique de l'autre côté de la rue, en face du parterre. Un autre avait déclaré que c'était une affaire politique, une protestation contre le renversement des valeurs de la Chine socialiste, car le *qipao*, autrefois condamné comme symbole de la décadence capitaliste, était redevenu à la mode. Un magazine était allé plus loin, avec un scénario impliquant un magnat de la mode. Conséquence paradoxale, plusieurs magasins avaient aussitôt exposé de nouveaux modèles de *qipao* dans leurs vitrines.

Comme d'autres, Yu avait remarqué les aspects inexplicables du meurtre. D'après le rapport du médecin légiste, la victime pouvait avoir été violée avant de mourir étouffée. Ses bras et ses jambes présentaient des ecchymoses, mais on n'avait pas trouvé de sperme dans son vagin, et son corps avait été lavé après sa mort. Elle ne portait rien sous sa robe, ce qui était en contradiction avec le code habituel de l'habillement. Et le lieu était tellement passant que peu d'assassins l'auraient choisi pour se débarrasser d'un corps.

Une des premières théories de la police était que le meurtrier, après son crime, avait habillé la victime pour la transporter, et que, dans sa hâte, il avait omis de lui mettre sa culotte et son soutien-gorge, ou bien il avait jugé cela inutile. La robe pouvait être celle qu'elle portait avant la rencontre fatale. Quant au lieu, le criminel avait peut-être jeté le corps n'importe où par simple indifférence.

Yu n'accordait pas grand crédit à cette théorie. Mais l'affaire avait été confiée à une autre brigade et il ne se serait pas risqué à marcher sur les plates-bandes de quiconque.

« Une affaire à sensation. » Yu se sentait obligé de parler de nouveau, quitte à se répéter, puisque ni Li ni Liao n'avaient répondu. « Le lieu lui-même… »

Toujours pas de réaction. Li se mit à haleter, ses poches sous les yeux pendaient de plus en plus. Il approchait la soixantaine et avait des valises impressionnantes ainsi que d'épais sourcils gris.

« Du nouveau ? demanda Yu en s'adressant à Liao.

– Du nouveau ? grogna Li. Un nouveau corps en *qipao* rouge a été découvert ce matin.

– Une autre victime ! Où ça ?

– Devant les Vitrines de la presse, à l'entrée numéro un du jardin du Peuple, dans la rue de Nankin.

– C'est insensé. En plein centre ! » s'exclama Yu. Les Vitrines de la presse étaient une rangée de panneaux vitrés le long de l'enceinte du parc, et beaucoup de monde s'y pressait, presque en permanence, pour lire les journaux. « Un défi délibéré.

– Nous avons comparé les deux victimes, dit Liao. Plusieurs similitudes. À commencer par la robe. Même tissu, même style.

– La presse est à la fête », observa Li en voyant qu'on livrait une pile de journaux.

Yu prit le *Jiefang ribao,* qui affichait une photo couleur de la jeune femme en *qipao* rouge gisant au pied d'une des vitrines.

« "La première série de meurtres sexuels à Shanghai", lut Liao à voix haute. "Tout le monde connaît à présent le *qipao* rouge. Les spéculations vont bon train. La ville frémit en pensant…"

– Ils sont fous, ces journalistes, l'interrompit Li. Déclencher une avalanche d'articles et de photos comme si rien d'autre ne comptait dans cette ville. »

L'irritation de Li était compréhensible. Shanghai était connu pour l'efficacité de son administration et aussi, entre autres, pour son faible taux de criminalité. Non qu'il n'y ait jamais eu de crimes en série, mais un strict contrôle de la presse avait évité qu'ils soient connus. Une telle affaire aurait pu mettre en cause la compétence de la police. Au milieu des années quatre-vingt-dix, toutefois, où les journaux étaient responsables de leurs finances, les journalistes étaient obligés de s'emparer du sensationnel et le contrôle de la presse ne fonctionnait plus aussi bien.

« De nos jours, avec tous les romans policiers occidentaux dans les librairies et à la télé – certains traduits par notre inspecteur principal Chen –, les gens se mettent à jouer les Sherlock Holmes dans leurs colonnes. Regardez le *Wenhui*. Il prédit la date du prochain meurtre. "Vendredi prochain, on aura déjà découvert un autre corps en *qipao* rouge."

– C'est bien connu, dit Yu. Un tueur en série frappe à intervalles réguliers. S'il ne se fait pas prendre, il peut continuer toute sa vie.

– Au diable le tueur en série ! » Le terme parut exaspérer Li. « Vous avez parlé à votre chef ? Je parie que non. Il doit être trop occupé par sa dissertation de littérature. »

Yu savait que les relations entre Chen et Li n'étaient pas très bonnes, aussi s'abstint-il de tout commentaire.

« Ne vous inquiétez pas, fit Liao sarcastique. *Même sans le Boucher Zhang, les gens auront du porc à table.*

– C'est une gifle à la police. "Hé, les flics, j'ai recommencé !" poursuivit Li qui s'échauffait. L'ennemi de classe essaie de saboter le grand progrès de notre réforme et fait tout pour ébranler la stabilité sociale en provoquant la panique. Alors concentrons-nous sur ceux qui entretiennent une haine profonde contre notre gouvernement. »

Dans la logique de Li, qui renvoyait encore l'écho du *Petit Livre rouge* du président Mao, n'importe qui pouvait être un « ennemi de classe », se dit Yu. Le secrétaire du Parti était connu pour formuler des théories politiques à propos des enquêtes criminelles. Le numéro un du Parti se voyait bien aussi en numéro un de la police.

« Le meurtrier doit d'abord avoir un lieu où commettre son crime, le plus vraisemblable étant son domicile, dit Liao, et ses voisins ont donc pu remarquer quelque chose.

– Oui, contactez tous les comités de quartier, en particulier ceux proches des deux lieux où on a trouvé les corps. Comme le dit le président Mao, *nous devons compter sur le peuple*. Et maintenant, au travail pour résoudre cette affaire le plus vite possible, conclut Li avec tout le sérieux officiel qui convenait. Inspecteurs Liao et Yu, vous allez diriger une équipe spéciale. »

Les deux policiers attendirent que le secrétaire du Parti ait quitté la pièce pour parler sérieusement.

« J'en sais très peu sur l'affaire, commença Yu, et pratiquement rien sur la première victime.

– Voici le dossier sur la première. » Liao lui présenta une chemise volumineuse. « Pour l'autre, nous rassemblons encore les éléments. »

Yu tira du dossier un agrandissement de photo. Le visage caché en partie par ses cheveux noirs, la victime avait une jolie silhouette, et des formes mises en valeur par la robe moulante.

« À présent nous sommes sûrs que la robe n'était pas à elle, puisque la deuxième victime en portait une identique. »

Yu examina les fentes et les boutons sur la photo. Si

quelqu'un s'était donné le mal de se procurer à l'avance une robe élégante et chère, alors pourquoi avoir agi avec si peu de soin, et cela en deux occasions ?

« Pour la nouvelle victime, les fentes de la robe sont déchirées aussi ?

– Je vois où vous voulez en venir, bougonna Liao.

– Quand avez-vous établi l'identité de la première victime ?

– Trois ou quatre jours seulement après sa mort. Tian Mo, vingt-trois ans, se faisait appeler Jasmine. Elle travaillait à l'hôtel *La Mouette,* qui est situé à proximité de l'intersection de la rue du Guangxi et de la rue de Jingling. Elle habitait avec son père paralysé. D'après ses voisins et ses collègues, c'était une gentille fille travailleuse. Elle n'avait pas de petit ami. Et personne ne lui connaissait d'ennemi.

– Il semblerait que le meurtrier ait jeté son corps d'une voiture.

– C'est évident.

– Un chauffeur de taxi ou quelqu'un qui a sa propre voiture ?

– Les chauffeurs de taxi se relaient toutes les douze heures. Après la découverte de la seconde victime, nous avons aussitôt vérifié ceux qui ont travaillé les deux nuits. Ils sont moins de vingt à entrer dans la tranche horaire, et tous ont des talons de reçus pour au moins une des nuits. Comment un chauffeur de taxi en serait-il venu à la tuer, la laver, probablement dans une salle de bains privée, et l'habiller de la robe rouge ? » Liao secoua la tête avant de poursuivre. « Quant aux voitures privées, leur nombre a tellement augmenté ces dernières années, entre tous les Messieurs Gros-Sous dans les affaires et les grosses légumes dans le Parti, qu'il est hors de question d'aller frapper à la porte de chacun l'un après l'autre dans toute la ville, même si notre secrétaire du Parti nous donnait le feu vert.

– Que pensez-vous des lieux ?

– Pour le premier, répondit Liao en montrant une photo où on voyait nettement les feux de l'intersection, le meurtrier a dû descendre de la voiture pour déposer le corps. Un gros risque. La circulation dans le secteur est quasi incessante. Le service du trolley 26 ne s'interrompt qu'après deux heures et demie et reprend vers quatre heures. En plus, il y a les voitures particulières, et les élèves de l'école d'en face qui vont et viennent.

– Croyez-vous qu'il y ait une signification précise derrière tout ça ? Un lien avec l'École de musique, comme l'ont dit les journalistes ?

– Nous avons enquêté dans ce sens. Jasmine n'a jamais étudié à l'École. Elle aimait la musique, comme la plupart des jeunes de son âge, elle fredonnait une chanson de temps en temps, mais rien de plus. Sa famille n'avait aucun rapport avec l'École non plus. Maintenant que nous avons une nouvelle victime dans un endroit différent, je ne vois aucune raison de retenir les âneries des journaux.

– Li a peut-être raison. Puisqu'il s'agit de deux endroits très publics, le criminel a pu vouloir envoyer un message. Vous avez dû déjà prendre contact avec tous les comités de quartier proches.

– Vous le pensez bien, mais en nous concentrant sur notre type d'"ennemi de classe" à nous : les criminels sexuels avec un casier. Aucun résultat pour l'instant. Le second corps n'a été trouvé que ce matin.

– Dites-moi ce que vous savez sur celui-là.

– Il a été découvert par un commis du *Wenhui* venu remplacer les journaux des vitrines. Il a vite rabattu la robe sur ses cuisses nues et recouvert son visage avec des journaux avant d'appeler le bureau du quotidien. Quand nous sommes arrivés, une foule s'était déjà rassemblée autour, le corps avait pu être tourné et retourné. Un examen des lieux n'avait plus guère de sens.

– A-t-on le rapport du légiste ?

– Pas encore. Rien qu'un rapport préliminaire établi sur place. Encore une mort par asphyxie. Pas d'agression sexuelle apparente, mais la victime ne portait rien sous sa robe elle non plus. » Liao posa d'autres photos sur la table. « Pas de trace de sperme dans les prélèvements vaginaux, oraux et anaux. L'équipe du labo a cherché des indices, mais elle n'a pas trouvé le moindre cheveu.

– Ce pourrait être un imitateur ?

– Nous avons examiné les deux robes. Le même tissu imprimé et la même coupe. Impossible.

– Qu'avez-vous fait d'autre pour le deuxième meurtre ?

– Nous avons diffusé un communiqué avec sa photo. Nous avons reçu des appels, ils offrent plusieurs pistes possibles. La machine policière passe à la vitesse supérieure.

– Que le terme de "tueur en série" plaise à Li ou non, on ne peut pas exclure la possibilité qu'il frappe de nouveau – dans une semaine, avec un troisième corps en *qipao.*

– Politiquement, la ville ne peut pas admettre l'existence d'un tueur en série, c'est pour ça que Li a mobilisé votre brigade des affaires spéciales.

– Si c'est bien un tueur en série, dit Yu qui connaissait la longue rivalité entre la brigade des homicides et celle des affaires spéciales, nous devons établir son profil.

– Pour le profil, c'est un homme riche, il a une voiture,

et il vit très probablement seul. Il n'aurait pas pu agir sans avoir son propre appartement ou sa propre villa, certainement pas une pièce unique de maison *shikumen* avec vingt autres familles entassées autour.

– Exact, acquiesça Yu. C'est aussi un solitaire et un pervers. Les victimes sont dénudées, mais pas violées. C'est un psychopathe qui libère ses pulsions dans le meurtre rituel et laisse la robe rouge comme signature.

– Un psychopathe et ses pulsions ! s'exclama Liao. Allons, inspecteur Yu ! On se croirait dans un de ces polars que votre chef traduit. Pleins de charabia psychologique, mais rien à quoi se raccrocher.

– C'est pourtant à partir de ce dossier psychologique que nous pouvons avancer.

– Eh bien, mon dossier à moi est bien plus terre à terre, et efficace pour limiter le nombre de suspects. Au moins, nous n'avons pas à nous soucier de ceux qui ne remplissent pas ces conditions matérielles.

– Et la robe ? demanda Yu qui souhaitait éviter une confrontation.

– J'ai pensé offrir une récompense pour toute information, mais Li s'y est opposé, il craignait des spéculations sans fin… »

L'entrée de Hong interrompit leur conversation. Jeune diplômée de l'École de police de Shanghai, assistante de Liao, elle apportait de nouvelles informations. C'était une jolie fille, avec un gentil sourire qui découvrait des dents blanches. On disait que son petit ami était un dentiste qui avait étudié à l'étranger.

« Bien. Je vais regarder les dossiers », dit Yu.

En s'en allant, il se dit que Hong présentait une ressemblance avec la première fille sur la photo.

3

L'inspecteur principal Chen se rendait à la bibliothèque de Shanghai. Il décida d'y aller à pied par la rue de Nankin, tranquillement, en réfléchissant à un sujet pour sa première dissertation.

Près de la rue du Fujian, il s'arrêta à côté d'un chantier de construction et alluma une cigarette. Il reconnut parmi les nouveaux commerces et les enseignes deux vieux bâtiments, soigneusement restaurés, comme après une opération de chirurgie esthétique.

Autrefois le plus connu de la ville, le grand magasin n° 1, lui, paraissait miteux, presque malheureux à côté de ces nouvelles constructions. Chen y avait enquêté sur un homicide[1]. En ce temps-là, le déclin de l'enseigne n'était pas encore prévisible pour la victime, une ouvrière modèle qui avait beaucoup souffert de la dégradation de son statut politique. À présent, le « magasin d'État », au lieu d'incarner sérieux et respectabilité, était connu pour le bas niveau de ses « services et qualités socialistes ». Ce changement était emblématique, le capitalisme finalement reconnu comme supérieur.

Dans la vitrine, un mannequin filiforme – produit à l'étranger – s'étirait dans une pose aguichante et semblait regarder Chen, qui sortit de sa rêverie.

Sa conversation avec Bian lui avait donné une idée de

1. Voir *Mort d'une héroïne rouge*, Liana Levi, 2001. [NdÉ]

dissertation. À partir de l'expression « maladie de la soif ». Il avait consulté des dictionnaires chez lui, aucun n'avalisait l'usage qu'en avait fait Bian. Alors que la « soif » pouvait être une métaphore du désir, « maladie de la soif » ne désignait que le diabète. Mais durant sa matinée à la bibliothèque, il pourrait peut-être en tirer un sujet – une évolution sémantique, par exemple – pour sa dissertation.

Le sommet de la bibliothèque apparut, miroitant au coin de la rue de Huangpi. En poussant la porte tambour, Chen se demanda où se trouverait le nouveau site de la bibliothèque, qui allait bientôt déménager.

À l'étage, il tendit une liste d'ouvrages à Shushu, une jeune et jolie bibliothécaire derrière le comptoir. Elle lui lança un sourire qui fit naître deux fossettes et commença aussitôt la recherche.

Quand Chen s'installa dans la salle de lecture donnant sur le jardin du Peuple et ouvrit le premier livre, son portable sonna. Il appuya sur le bouton. Personne. Sans doute une erreur.

L'expression « maladie de la soif » apparaissait pour la première fois dans *Histoire de Xiangru et Wenjun*, une esquisse biographique au sein des *Mémoires historiques* (*Shiji*), de Sima Qian. L'édition de *Shiji* que possédait la bibliothèque était annotée, et Chen était donc assuré de la signification. L'histoire commençait quand Xiangru et Wenjun tombaient amoureux à travers la musique.

> Xiangru chantait des vers à un grand banquet dans la demeure de Zhuo Wangsun, un riche marchand de Linqion. La très belle fille de Zhuo Wangsun se trouvait dans la pièce attenante et elle aperçut Xiangru. Elle avait

une compréhension réelle de la musique. Aussi décida-t-elle de s'enfuir avec lui la nuit même. Ils devinrent mari et femme et vécurent heureux.

L'expression était mentionnée, mais une fois seulement.

Xiangru bégayait, mais c'était un excellent écrivain. Il souffrait de la maladie de la soif (*xiaoke ji*). Depuis qu'il était allié à la famille Zhuo, il était riche. Il n'embrassa aucune carrière officielle…

On passait ensuite à la carrière littéraire de Xiangru et le texte n'abordait plus le sujet de la maladie de la soif. En raison du rôle fondateur du *Shiji*, l'histoire a été reprise dans plusieurs versions littéraires, se révélant l'archétype d'un genre, l'histoire d'amour entre un lettré et une beauté.

Chen consulta ensuite des anthologies et des recueils. Une des versions littéraires les plus anciennes de cette histoire était parue dans *Xijing Zaji*, un recueil de récits et d'anecdotes.

Quand Sima Xiangru retourna à Chengdu avec Zhuo Wenjun, il était très pauvre. Il mit en gage son manteau de plumes de *sushuang* auprès de Yang Chang et acheta du vin pour Wenjun. Elle lui mit les bras autour du cou et fondit en larmes. «J'ai toujours vécu dans l'opulence. Maintenant nous devons mettre tes vêtements en gage pour du vin!» Après une longue discussion, ils s'installèrent comme marchands de vin à Chengdu. Vêtu seulement d'un pantalon court, Xiangru lavait lui-même les ustensiles. Il le faisait pour mettre Zhuo Wangsun dans l'embarras. Accablé de honte, Wangsun pourvut largement sa fille, qui devint riche.

Wenjun était une beauté. Ses sourcils avaient la délicatesse des contours des montagnes à l'horizon ; son visage était aussi charmant qu'une fleur de lotus ; sa peau, aussi douce que la crème glacée. Wenjun était devenue veuve à dix-sept ans et avait mené une vie dissolue. Elle fut tellement frappée par le talent de Xiangru qu'elle contrevint aux rites.

Xiangru avait souffert précédemment de la maladie de la soif. Lorsqu'il retourna à Chengdu, il tomba tellement amoureux de la beauté de Wenjun qu'il eut une rechute. Il écrivit alors la rhapsodie « La Beauté » comme une satire de lui-même. Il ne put néanmoins pas se corriger et mourut finalement de la maladie. Wenjun écrivit pour lui une élégie qui est encore conservée.

L'expression « maladie de la soif » semblait employée ici dans un contexte tout à fait différent. Au lieu de commencer par le commencement, cette version débutait avec l'épreuve du couple à son retour à Chengdu, laissait de côté l'aspect amoureux et soulignait leurs motifs matérialistes. Xiangru était présenté comme un conspirateur mercenaire, et Wenju apparaissait comme une beauté, certes, mais aussi comme une femme légère.

Il s'était produit un glissement sémantique notable de « maladie de la soif », qui désignait une maladie causée par l'amour. Xiangru connaissait sa cause et ses effets, il tenta de s'en guérir par la satire, mais en vain. Il mourut de sa passion pour Wenjun.

Le sens était donc proche de celui que lui avait donné Bian : une conséquence de la passion amoureuse. C'était ce qu'entendait plaisamment Bian par « le genre de maladie de la soif » chez « un poète romantique ».

Chen ouvrit le *Cihai* (*Mer des expressions)*, une encyclopédie des expressions chinoises glanées dans la littérature, où « maladie de la soif » signifiait clairement diabète. « Ainsi nommée parce que le malade a soif, faim, qu'il urine abondamment et a le visage émacié. » Tout comme dans le *Shiji*, un terme médical dépourvu de toute autre signification.

Il prit d'autres ouvrages de référence en songeant aux superstitions qui entouraient l'aspect sexuel de l'amour dans la Chine ancienne. D'après ses souvenirs, les taoïstes s'opposaient à l'acte sexuel, ou plus exactement à l'éjaculation, considérant qu'elle privait l'homme de son essence.

Quelle qu'ait été l'influence de la philosophie ou des superstitions, une association entre l'amour et la mort se dessinait dans la thématique de l'histoire. Cette histoire en contenait donc une « autre », qui dénigrait le thème amoureux.

Chen copia une phrase dans son calepin. « Elle fut si impressionnée par le talent de Xiangru qu'elle contrevint aux rites. » Il souligna « rites » en pensant à une citation de Confucius : *Fais toute chose selon les rites.*

Qu'avaient pu être les rites relatifs aux individus qui tombaient amoureux ?

Il se leva pour demander d'autres ouvrages. D'après Shushu, ce serait peut-être long de les obtenir parce que c'était la pause déjeuner du personnel. Il décida donc d'aller manger.

C'était un après-midi chaud pour la saison. Le jardin du Peuple était tout proche et Chen se souvint qu'il y avait là une cantine bon marché, où l'on mangeait bien.

Sa mère l'y avait emmené bien des années plus tôt. Il dut la chercher longuement. Il commanda une barquette de riz frit, des tranches de bœuf à la sauce d'huître avec de la ciboule, plus une soupe aux boulettes de poisson dans un bol en carton. Il espérait que le bœuf serait pareil à celui qu'il avait dégusté en compagnie de sa mère.

Il chercha une bouteille de limonade *Zhengguanghe*, mais ne trouva que des marques américaines, Coca Cola – *Délicieux, Savoureux* ; Pepsi – *Centaines de Saveurs* ; Sprite – *Pureté de neige* ; Seven Up – *Sept Bonheurs*. Il constata avec un amusement désabusé que les noms des boissons, au moins, n'étaient pas trop américanisés.

Son portable sonna. C'était Lu le Chinois d'outre-mer, son copain de lycée, devenu propriétaire du *Faubourg de Moscou*, un restaurant branché connu pour sa cuisine et ses belles serveuses russes.

« Où est-ce que tu es, mon pote ?

– Dans le jardin du Peuple, devant un casse-croûte dans une boîte en plastique. J'ai pris une semaine de congé pour rédiger ma dissertation.

– Tu rigoles, une dissertation, en pleine carrière ? s'exclama Lu. Si tu veux vraiment démissionner, viens plutôt travailler avec moi, comme associé. Je te l'ai dit des centaines de fois. Avec tes relations, tu attireras les foules. »

Mais Chen ne se faisait aucune illusion, il devait ses relations à sa position. Plus de position, plus d'« amis ». Comme il était peu probable qu'il aille jamais travailler avec Lu, il ne voyait pas l'utilité d'en discuter.

« Viens au *Faubourg de Moscou*, toutes mes serveuses russes portent des *qipao*. Ça fait bizarre. Elles sont tout à fait déplacées, mais si mystérieuses, si appétissantes, si exquises que les clients les dévoreraient toutes crues.

– La saveur exotique, j'imagine. »

Pour un homme à l'esprit d'entreprise tel que Lu, il était naturel de saisir toutes les occasions de gagner de l'argent, sans se soucier d'esthétique ou d'éthique.

« Quelle que soit sa saveur, un casse-croûte dans sa boîte en plastique au parc est une honte pour un gourmet aussi raffiné et renommé que toi. Il faut que tu viennes...

– Je viendrai, Lu, l'interrompit Chen. Mais là je dois retourner à la bibliothèque. Quelqu'un m'attend. »

C'était le casse-croûte qui l'attendait. Et il serait bientôt froid.

Mais le portable de Chen sonna encore avant qu'il ouvre la boîte. Il aurait dû l'éteindre pendant sa pause. C'était une jeune policière de la brigade des homicides.

« En voilà une surprise, Hong.

– Désolée, inspecteur principal Chen. C'est l'inspecteur Yu qui m'a donné votre numéro de portable. J'avais d'abord essayé de vous appeler chez vous.

– Ne vous excusez pas.

– Je dois vous informer d'une nouvelle enquête.

– Mais je suis en congé, Hong.

– C'est important. Le secrétaire du Parti Li et l'inspecteur Liao m'ont demandé de vous joindre. »

Beaucoup de choses pouvaient sembler importantes à Li pour alimenter son moulin politique. Quant à Liao, ce n'était probablement qu'un geste de déférence de sa part.

« Où êtes-vous, inspecteur principal Chen ? Je peux venir tout de suite. »

Ce pouvait être encore une affaire délicate dont il valait mieux ne pas discuter par téléphone, mais pas dans la bibliothèque non plus.

« Au jardin du Peuple. Près de l'entrée numéro trois.

– Vous profitez bien de votre congé. Le jardin du Peuple, quelle coïncidence !

– Que voulez-vous dire, Hong ?

– Un nouveau corps en *qipao* rouge a été découvert tôt ce matin devant les Vitrines de la presse, près de l'entrée numéro un du parc. Et j'oubliais, l'inspecteur Yu est lui aussi sur l'enquête.

– Des meurtres en série, alors ! » Chen se souvint d'avoir vu une foule à cet endroit, sans y prêter attention. Autour des Vitrines de la presse, cela n'avait rien d'inhabituel.

« C'est pour ça qu'ils voulaient que je vous joigne. Ils ont ajouté que l'inspecteur principal Chen ne dirait pas non à une jeune femme. »

La requête ne pouvait plus mal tomber – pour sa dissertation. Mais c'était le premier cas de meurtres en série de la ville, et il était pour sa brigade. Il devait au moins montrer de l'intérêt.

« Apportez-moi ce que vous avez, Hong. J'y donnerai un coup d'œil ce soir.

– J'arrive. »

Le casse-croûte intact était complètement froid. Il le jeta à la poubelle et se dirigea vers l'entrée indiquée en essayant d'imaginer la scène qui s'y était déroulée.

Les Vitrines de la presse étaient situées au croisement de la rue de Nankin et de la rue de Xizhuang, un secteur où le stationnement le long du trottoir était interdit. Toute voiture arrêtée là attirerait aussitôt l'attention. Et la police patrouillait toute la nuit.

Le meurtrier devait avoir tout calculé, se dit Chen.

Il y avait foule aux abords des vitrines, mais aucune présence policière.

Il aperçut alors une jeune femme en manteau blanc qui s'approchait, telle une fleur de pommier à la lumière du matin – une métaphore un peu tirée par les cheveux en ce début d'hiver. Ce n'était pas Hong.

Plusieurs vieux, debout devant les Vitrines de la presse, lisaient et bavardaient comme à l'ordinaire.

À sa grande surprise, la section qui attirait le plus de lecteurs était celle de la Bourse. Le gros titre annonçait: « La hausse se poursuit ».

4

L'inspecteur Yu rentra chez lui plus tard que de coutume. Peiqin se lavait les cheveux dans une bassine en plastique sur une table pliante à l'extérieur, près de l'évier collectif, dans la cuisine qu'elle partageait avec cinq familles du rez-de-chaussée. Il s'arrêta près d'elle. Elle releva la tête, couverte de mousse, et lui fit signe d'entrer.

Dans la pièce l'attendait sur la table un plat de gâteaux de riz frits accompagnés de porc émincé et de chou macéré. Il avait déjà mangé deux brioches à la vapeur, mais il décida de prendre un gâteau avant de se coucher. Leur fils Qinqin restait tard au lycée, comme d'habitude, pour préparer son examen d'entrée à l'université.

En voyant le lit avec son édredon de coton brodé d'un dragon et d'un phénix, et le traversin moelleux posé à la tête, il se sentit épuisé. Sans ôter ses chaussures, il se laissa tomber dessus. Deux ou trois minutes plus tard, il se redressa, reposa la tête contre le bois dur et tira une cigarette de sa poche. Qinqin n'allait pas revenir tout de suite, et il avait besoin de réfléchir.

Malgré la fumée, il trouva ses pensées aussi figées que dans un seau de colle glacée.

Il essaya de récapituler.

Tout le service était en ébullition. On avait avancé des théories sur l'affaire, cité des cas, défendu des points de vue. Tout le monde paraissait bien informé.

L'insistance du secrétaire du Parti Li à « compter sur le peuple » était stérile. Les comités de quartier avaient interpellé un grand nombre d'habitants aperçus dans le voisinage et leur avaient demandé de fournir un alibi, mais ça n'avait mené à rien.

Pas étonnant. Ces comités avaient été des chiens de garde efficaces dans les années soixante et soixante-dix à cause des conditions de logement et du système des coupons de rationnement. Quand douze familles vivaient ensemble dans une maison *shikumen*, qu'elles partageaient la cuisine et la cour et que les voisins se surveillaient, quand les comités distribuaient les coupons d'alimentation, leur pouvoir sur les résidents était considérable. Mais avec l'amélioration des conditions de logement et la suppression des coupons, ce n'était plus aussi facile pour les comités de contrôler la vie d'un résident. Même s'ils pouvaient conserver une certaine efficacité dans les quartiers de maisons *shikumen* délabrées et surpeuplées qui existaient encore, le suspect habitait visiblement dans un autre environnement et bénéficiait d'assez d'espace et d'intimité. Au milieu des années quatre-vingt-dix, un cadre du comité ne pouvait plus faire irruption dans une famille comme dans les années Mao.

Les indications apportées par Liao ne servaient guère. Le profil établi limitait le nombre de suspects, mais aucun de ceux qui avaient un passé de criminel sexuel ne remplissait toutes les conditions spécifiées. La plupart étaient pauvres, deux ou trois seulement vivaient seuls, et un seul disposait d'une voiture, parce qu'il était chauffeur de taxi.

Les recherches sur le *qipao* n'avaient pas abouti non plus. Ils avaient lancé un appel auprès des usines et des ateliers qui en fabriquaient, mais ils n'avaient encore rien reçu sur cette robe en particulier.

Chaque jour qui passait augmentait les risques d'un autre meurtre.

Yu regardait à travers un rond de fumée comme pour y lancer des fléchettes invisibles quand il entendit Peiqin jeter l'eau dans l'évier. Il écrasa sa cigarette et rangea le cendrier. Ce n'était pas le moment de se faire sermonner. Il voulait discuter avec elle de l'affaire. Elle l'avait souvent aidé dans ses enquêtes, à sa manière. Cette fois, elle pourrait au moins lui donner des précisions à propos de la robe. Comme toutes les femmes de Shanghai, elle aimait faire du lèche-vitrines.

Peiqin entra et se dirigea vers le lit.

« Tu as l'air crevé, Yu. Pourquoi ne pas te coucher tout de suite ? Je me sèche les cheveux en vitesse et je te rejoins. »

Il se déshabilla et frissonna sous l'édredon froid, mais il ne tarda pas à se sentir bien et il l'attendit.

Elle se hâta, pieds nus sur le plancher. Elle souleva l'édredon, se glissa près de lui et leurs pieds se touchèrent, ceux de Peiqin encore froids.

« Tu veux une bouillotte, Peiqin ?

– Non, je t'ai toi.» Elle se serra contre lui. «Quand Qinqin ira à l'université, nous ne serons plus que deux ici, un vieux nid vide.

– Ne commence pas déjà à t'en faire», dit-il en remarquant un cheveu blanc sur sa tempe. Il en profita pour orienter la conversation dans le sens souhaité. «Tu es encore très jeune et très belle.

– Pas besoin de me flatter.

– J'ai vu un *qipao* dans une vitrine aujourd'hui. Je crois qu'il t'ira très bien. Tu en as déjà porté?

– Arrête, Yu. Tu le sais bien. Quand nous allions au lycée, c'était impensable de porter cette robe, c'était décadent, et bourgeois, et je ne sais quoi encore. Quand nous sommes allés tous les deux dans cette ferme militaire du Yunnan, nous avons porté l'uniforme pendant dix ans. Quand nous sommes revenus, nous n'avions même pas de vêtements à nous chez ton père. Tu n'as jamais fait attention à moi pendant toutes ces années, mon mari.

– Maintenant que nous avons une chambre à nous, je peux essayer de mieux faire.

– Mais pourquoi cet intérêt soudain pour le *qipao*? Oh, je vois. Encore une de tes enquêtes.

– Tu en sais plus que moi sur la robe. Tu l'as au moins regardée dans un magasin.

– Une ou deux fois, peut-être, mais je n'entre jamais dans ces magasins chic. Tu crois qu'un *qipao* irait à une femme mûre qui travaille dans un restaurant miteux?

– Pourquoi pas? dit Yu en suivant de la main les courbes familières de son corps.

– Ne sois pas enjôleur comme ton inspecteur principal. Ce n'est pas une robe pour une femme qui travaille. Pas pour moi, dans ce bureau *tingzi tian*[1] noirci par la fumée du wok et la suie. J'ai lu un long article sur le *qipao* dans une revue féminine. Je ne comprends toujours pas comment il a pu redevenir à la mode. Parle-moi plutôt de ton enquête.»

Il lui résuma donc ce que ses collègues et lui avaient fait, en insistant pas mal sur l'échec des procédures policières habituelles.

À la fin, elle demanda tranquillement: «Tu en as discuté avec Chen?

– Nous nous sommes parlé hier au téléphone. Il est en congé, il travaille sur une dissertation de littérature dans ce qu'il appelle une optique de déconstruction. Sur l'affaire, il a seulement marmonné des termes psychologiques, tirés probablement de ses traductions de romans policiers.

– Ça lui arrive. Si le meurtrier est un détraqué, ça peut être particulièrement difficile. Il agit selon une logique qui n'a de sens que pour lui.»

Yu attendait qu'elle poursuive, mais elle ne paraissait pas très concentrée sur la conversation.

Elle passa soudain à un autre sujet. «Et ces cours de littérature de ton inspecteur principal? Tu crois qu'il va changer de profession?

– Je ne sais pas. Il est tellement imprévisible.

– C'est peut-être la crise de la quarantaine – trop de travail et de tension, et personne pour l'attendre chez lui. Il voit toujours cette jeune fille, Nuage Blanc?

– Je ne pense pas. Il ne m'a jamais parlé d'elle.

---

1. Pièce d'entresol des *shikumen* de Shanghai. Exposée au nord, glaciale en hiver et étouffante l'été, elle était jadis louée aux intellectuels sans le sou. Dans l'imaginaire urbain shanghaien, le *tingzi tian* correspond exactement à la mansarde, la chambre de bonne sous les toits de Paris.

– Mais elle, elle a le béguin pour lui.

– Comment tu le sais ?

– À la façon dont elle s'est occupée de sa mère quand il était en voyage avec la délégation[1].

– Le Monsieur Gros-Sous l'a peut-être payée.

– Non. Elle ne le faisait pas pour de l'argent. Une étudiante, intelligente et comme il faut. La vieille femme l'aime beaucoup aussi. Elle doit penser que c'est un bon choix. C'est un fils très dévoué.

– Ça, c'est vrai. Il me dit toujours qu'il ne s'est pas assez bien occupé d'elle, qu'il l'a déçue en ne marchant pas sur les traces académiques de son père et en n'ayant pas fondé de famille.

– Il a téléphoné hier et nous avons un peu bavardé. Il m'a expliqué que c'était en partie pour elle qu'il avait pris la décision de suivre le programme spécial. Malgré sa santé déclinante, elle s'inquiète encore beaucoup pour lui. Il s'est dit qu'un diplôme de maîtrise pourrait la réconforter, même s'il ne peut pas faire grand-chose pour changer son statut de célibataire.

– D'après une voyante, il n'a pas de chance avec la "fleur de pêcher", dit Yu en soupirant. Comme dit le proverbe, *celui qui a de la chance dans sa carrière peut ne pas en avoir en amour.*

– Allons donc. Il a eu sa part de chance avec la "fleur de pêcher". Comme sa petite amie, enfant de cadre supérieur de Pékin. Ça n'a pas marché, c'est tout. Nuage Blanc pourrait bien être la bonne.

– Ça ne m'étonne pas qu'elle ait le béguin pour lui, mais je ne crois pas que ça marchera. Il a beaucoup de

1. Voir *Le Très Corruptible Mandarin,* Liana Levi, 2006. [NdÉ]

rivaux, qui le surveillent. Et si on découvrait son passé de fille de karaoké ?

– Elle a peut-être travaillé dans les karaokés, mais aujourd'hui beaucoup d'étudiantes le font. Ça ne devait pas être très grave du moment qu'elle n'allait pas jusqu'au bout, et je ne pense pas qu'elle le faisait, dit Peiqin. L'important, c'est de savoir si elle fera une bonne épouse. Intelligente, jeune et les pieds sur terre, c'est peut-être celle qu'il faut à ton rat de bibliothèque, mais je ne suis pas sûre qu'il puisse oublier son expérience de fille de karaoké.

– Tu es très perspicace, ma femme.

– Il ne peut pas rester éternellement célibataire. Il est temps qu'il se case et fonde une famille. Et puis ce n'est pas bon pour sa santé – je ne parle pas seulement de quelqu'un pour s'occuper de son intérieur.

– Maintenant, Peiqin, tu parles comme sa mère.

– En tant que coéquipier, tu dois l'aider.

– Tu as raison, mais en ce moment j'aimerais que ce soit lui qui puisse m'aider.

– Oh, le *qipao* rouge. Désolée pour la digression. C'est urgent. Le coupable risque de frapper à nouveau. Vous travaillez dans quelle direction ?

– Nous n'avons pas encore de piste exploitable. C'est ma première enquête en tant que chef de la brigade, mais je ne pense pas que Liao arrive à un résultat avec des méthodes classiques. Je crois que je dois essayer quelque chose de différent.

– Vous avez vu un *qipao* dans une boutique – pas pour moi. Peut-être dans plusieurs – pour votre enquête. Que vous ont dit les employées ?

– Liao et moi avons visité les boutiques spécialisées dans ce genre de robe, ainsi que les grands magasins de luxe, mais nulle part on ne vend un modèle aussi démodé. D'après les employés, aucun magasin de la ville n'aurait quelque chose d'approchant. Le style est trop ancien. On n'a rien vu de tel ces dix dernières années. De nos jours, ces robes se font en général avec des fentes plus hautes qui révèlent les cuisses, elles sont plus ajustées, sans manches, et parfois même dos nu, pas du tout comme le vêtement en question.

– Tu as une photo ?

– Oui, répondit Yu en sortant plusieurs photos de la chemise posée sur la table de nuit.

– Cette robe mérite qu'on l'étudie encore, dit Peiqin en examinant les photos avec soin. Il se pourrait aussi que quelque chose chez la première victime ait fait sortir le meurtrier de ses gonds.

– J'y ai pensé. Avant sa première agression de psychopathe, c'est peut-être quelque chose chez Jasmine qui l'a poussé à l'attaquer, quelque chose d'encore incompréhensible pour nous. »

Comme toujours, la conversation avec Peiqin l'aidait. Notamment à propos de Jasmine. Yu en avait parlé à Liao, mais celui-ci avait répondu que sa brigade avait déjà enquêté à fond et qu'il était inutile de recommencer. Étendu près de Peiqin, Yu décida cependant de réétudier le dossier le lendemain.

En s'étirant sous l'édredon, il effleura de nouveau les pieds de sa femme. Il tendit la main pour lui caresser les cheveux et la fit descendre lentement.

« Qinqin va sans doute rentrer bientôt, dit-elle en se redressant. Je vais te réchauffer le gâteau au micro-ondes. Tu n'as pas encore dîné et nous devons tous les deux nous lever tôt demain. »

Il était déçu, mais de toute façon il devait se rendre au bureau de bonne heure pour une téléconférence et il se sentait fatigué.

5

L'inspecteur Yu arriva à son bureau de bon matin.

Il pianota sur sa table comme pour compter les efforts fournis par les policiers. Des douzaines de discours politiques prononcés par le secrétaire du Parti Li ; des scènes de crime photographiées et examinées des centaines de fois ; des milliers d'indications fournies par le public, enregistrées et suivies ; de maigres indices passés au peigne fin par le labo ; deux ordinateurs supplémentaires installés pour l'équipe ; de nombreux déviants sexuels contrôlés et recontrôlés, dont plusieurs arrêtés et questionnés sur leurs activités au moment des meurtres...

Malgré tout ce travail, l'enquête ne progressait guère, mais une foule de théories et de spéculations fleurissaient, au bureau comme à l'extérieur.

Petit Zhou, le chauffeur qui venait de commencer à suivre un cours du soir de la police, déboula dans le bureau de Yu.

« Qu'est-ce que nous trouvons de commun aux deux meurtres, inspecteur Yu ? commença-t-il d'un air théâtral. Le *qipao* rouge. Une robe connue pour ses origines mandchoues sous la dynastie des Qing. Quoi d'autre ? Les pieds nus. Une femme peut être sexy pieds nus en peignoir, mais avec un *qipao* elle doit porter des collants et des talons hauts. C'est la règle de base. Sinon on la trouvera ridicule.

– C'est vrai, continue.

– Le meurtrier avait les moyens d'acheter cette robe coûteuse, et le temps d'habiller le corps avec. Pourquoi aurait-il oublié les bas et les chaussures ?

– Alors, quel est ton avis ? demanda Yu qui commençait à être intrigué par cet argument du futur policier.

– J'ai regardé une série à la télé hier soir, *L'Empereur Qianlong en visite au sud du Yangzi.* Un des empereurs brillants et romantiques de la dynastie des Qing. Il existe différentes hypothèses sur sa véritable origine, c'était peut-être un Han et pas un Mandchou, vous voyez…

– Allons, l'interrompit Yu, arrête de t'exprimer comme un chanteur d'opéra de Suzhou.

– Qu'est-ce qui séparait les Mandchous des Han ? Les femmes mandchoues ne bandaient pas leurs pieds et elles pouvaient marcher pieds nus. Tandis que les femmes han de la dynastie des Qing, malgré la comparaison érotique entre leurs pieds bandés et des lotus dorés de sept centimètres, elles pouvaient à peine marcher, encore moins pieds nus. Et le *qipao*, bien sûr, était réservé aux femmes mandchoues, en tout cas à l'époque.

– Tu veux dire qu'il y a un message dans cette combinaison de *qipao* et de pieds nus ?

– Oui, sans parler de la pose obscène. C'est clairement un message contre la culture mandchoue.

– Tu regardes trop la télé, Petit Zhou. Avant la révolution de 1911, ce message aurait pu avoir un sens puisque beaucoup de Han s'opposaient à l'empereur mandchou, mais aujourd'hui ça n'est qu'un sujet pour feuilleton télé.

– Il y a tellement de téléfilms sur les grands empereurs mandchous et leurs concubines belles et intelligentes. Certains trouvent que c'est nécessaire d'envoyer de nouveau le message.

– Écoute, Petit Zhou. Les Mandchous ont disparu – assimilés aux Han. J'ai un ami que je connais depuis des années. Je n'ai appris que le mois dernier qu'il était mandchou. Pourquoi? Parce que pour obtenir un bon poste qui exigeait l'appartenance à une minorité ethnique, il a révélé son ascendance mandchoue. Il a obtenu le poste, bien entendu. Mais pendant toutes ces années, il n'avait été conscient d'aucune différence ethnique chez lui. Sa famille a pris un nom Han.

– Mais comment vous expliquez la robe ravissante et les pieds nus? Chez les deux victimes?

– Un scénario possible serait que le criminel a été la victime d'une femme habillée exactement comme ça.

– Dans cette robe? Avec les fentes déchirées et les boutons défaits? Comment un bourreau – pas une victime – pouvait avoir cette allure? »

Petit Zhou n'était pas le seul à avancer des théories abracadabrantes.

Pendant leur réunion dans le bureau du secrétaire du Parti Li, l'inspecteur Liao essaya de modifier son point de vue et sa tactique.

« En dehors de ce dont nous avons parlé, le criminel doit avoir un garage. Aujourd'hui, seule une centaine de familles possède un garage privé dans cette ville, déclara Liao. Nous pouvons les vérifier l'un après l'autre. »

Mais Li était contre. « Qu'est-ce que vous allez faire, frapper aux portes sans mandat? Non. Ça provoquerait davantage de panique. »

Les propriétaires de garage privé étaient soit des Messieurs Gros-Sous disposant de relations haut placées, soit des cadres supérieurs du Parti, se dit Yu. C'était logique que Li s'oppose à la suggestion de Liao. Autant chasser une mouche sur le front d'un tigre.

Après cette réunion stérile, Yu décida d'aller faire un tour dans le quartier de Jasmine sans en parler à Liao.

Il était convaincu qu'elle méritait cet effort. On ne pouvait pas négliger certaines différences entre elle et la nouvelle victime. Le fait qu'elle ait présenté des ecchymoses sur son corps, qui avait ensuite été lavé, suggérait la possibilité d'une agression sexuelle et d'une tentative de la dissimuler. En revanche, l'autre ne présentait aucun indice de rapport sexuel avant sa mort. Et son corps n'avait pas été lavé.

Il arriva peu avant midi dans l'allée où avait habité Jasmine. Un long passage miteux donnant sur la rue de Shantou, visiblement oublié par la réhabilitation. Il était proche de la vieille ville.

Ce fut un peu comme une visite dans son propre quartier d'autrefois. À l'entrée de l'allée, il aperçut plusieurs pots de chambre en bois qui séchaient. Leur couvercle posé à moitié leur donnait l'air de sourire, entre deux femmes munies de balais en bambou – une scène dont le souvenir était encore frais.

Le comité de quartier était situé au bout de l'allée.

Oncle Fong, le président du comité, reçut Yu avec une tasse de thé dans un bureau minuscule.

« C'était une brave fille, commença Oncle Fong en secouant la tête, malgré tous les problèmes chez elle.

– Parlez-m'en », demanda Yu qui en connaissait certains, mais Liao n'avait pas donné de détails.

« Le châtiment, rien d'autre. Son père le méritait, mais ça n'était pas juste pour elle.

– Pourriez-vous être plus précis, Oncle Fong ?

– Eh bien, pendant la Révolution culturelle, son père, Tian, c'était quelqu'un, et la chute a suivi. Licenciement, emprisonnement, et paralysie. Il est devenu un fardeau terrible pour elle.

– Qu'est-ce qu'il a fait pendant la Révolution culturelle ?

– C'était un de ces Rebelles ouvriers qui portaient un brassard, maltraitaient et tyrannisaient les gens. Puis il est devenu membre d'un groupe ouvrier-militaire de propagande de la pensée de Mao Zedong, envoyé dans une école. Vraiment puissant et vaniteux à l'époque, vous savez. »

Yu s'en souvenait. Les groupes en question, parfois simplement appelés les « équipes de Mao », étaient un produit de la Révolution culturelle. Au début, Mao avait rassemblé les jeunes étudiants, sous le nom de Gardes rouges, pour reprendre le pouvoir à ses rivaux dans le Parti, mais les Gardes avaient bientôt échappé à tout contrôle et étaient devenus une menace pour Mao lui-même. Il déclara alors que les ouvriers devaient jouer le rôle principal dans la Révolution culturelle, et il envoya ses équipes dans les écoles et les lycées pour mettre au pas les élèves et les enseignants. Un professeur du lycée de Yu avait été rendu infirme par un membre de ces équipes.

« Et il a été puni après la Révolution culturelle, dit Oncle Fong. Mais il y avait des millions de Rebelles comme lui en ce temps-là. Il a servi d'exemple. Le hasard. Condamné à deux ou trois ans de prison. Quel karma !

– Jasmine était encore toute petite ?

– Oui, quatre ou cinq ans. Elle a vécu deux ans avec sa mère. Après la mort de sa mère, elle est revenue. Tian ne s'est jamais occupé d'elle comme il faut. Il y a cinq ou six ans, il est resté paralysé. » Oncle Fong but une gorgée de thé, songeur. « Elle, elle s'est bien occupée de lui. Ça n'était pas facile. Elle devait économiser sur tout. Il n'avait pas de pension ni d'assurance médicale. Elle n'avait pas de petit ami à cause de lui.

– À cause de son père ? Pourquoi ?

– Elle ne voulait pas le laisser seul. Un garçon voulant l'épouser aurait dû se charger du fardeau. Ça n'intéressait pas grand monde.

– Forcément, acquiesça Yu. Elle avait des amis dans l'allée ?

– Pas vraiment. Elle était trop prise à son travail et à la maison, elle ne fréquentait pas les filles de son âge. Elle faisait plusieurs petits boulots, je crois. » Oncle Fong posa sa tasse et ajouta : « Je vous emmène chez elle pour que vous puissiez voir par vous-même. »

Oncle Fong conduisit Yu à une vieille maison *shikumen* au milieu de l'allée et ouvrit une porte donnant directement sur une pièce qui avait dû être prise sur la cour d'origine. C'était une pièce à tout faire avec un lit en désordre au centre, une échelle menant à une mansarde de construction plus récente, un poêle à briquettes de charbon éteint près du lit, et un vieux pot de chambre à peine couvert. Pas d'autre mobilier. La petite pièce devait être l'univers de Tian depuis quelques années.

Jasmine avait eu de bonnes raisons de ne pas rester beaucoup chez elle, se dit Yu en faisant un signe de tête à l'homme étendu sur le lit.

« Voici Tian », dit Oncle Fong. Celui-ci ressemblait à un squelette, sauf que ses yeux suivaient encore les visiteurs dans la pièce. « Tian, voici l'inspecteur Yu de la police de Shanghai. »

Tian répondit par un sifflement indistinct.

« Elle seule comprenait ce qu'il dit, expliqua Oncle Fong. Je ne sais pas qui viendra l'aider à présent. Nous ne sommes plus au temps du camarade Lei Feng. Personne n'a envie de jouer au modèle communiste altruiste. »

Yu se demanda si Tian avait l'esprit assez clair pour saisir de quoi ils parlaient. Sans doute valait-il mieux que ce ne soit pas le cas. Mieux vaut une page complètement blanche plutôt que de pleurer la mort de sa fille et regarder en face sa propre mort inéluctable. Quoi qu'il ait fait durant la Révolution culturelle, le châtiment avait été suffisant.

Yu dressa l'échelle et monta avec précaution.

« Oui, c'est là qu'elle vivait. » Oncle Fong était resté en bas, la tête levée. C'était trop difficile pour lui de monter.

Ce n'était même pas une mansarde. Rien qu'un plancher ajouté tant bien que mal au-dessus du lit de Tian qui occupait la majeure partie de la pièce. Devenue grande, Jasmine avait eu besoin d'intimité. Yu ne pouvait pas se mettre debout là-haut, sa tête touchait déjà le plafond. Il n'y avait pas de fenêtre. Dans l'obscurité, il mit une ou deux minutes à trouver un interrupteur qui alluma une lampe. Pas de lit, rien qu'un matelas. À côté était placé un crachoir en plastique, qui servait probablement de pot de chambre. Il y avait aussi une boîte en bois brut. Il souleva le couvercle et trouva quelques vêtements, bon marché et démodés pour la plupart.

Il lui parut inutile de s'attarder. Il redescendit près du lit sans poser de questions. Comment un homme dans cet état pouvait-il savoir quelque chose sur l'affaire ?

Il quitta l'allée, déprimé par sa visite.

Une fille à la fleur de l'âge qui avait choisi de vivre ainsi avait peu de chance de constituer une proie facile pour un criminel sexuel ou de déclencher des meurtres en série.

Au lieu de retourner au bureau, Yu se rendit à l'hôtel où Jasmine avait travaillé.

L'établissement était situé dans la vieille ville. Pas un hôtel chic, mais son emplacement et ses prix raisonnables en avaient fait un « premier choix pour les voyageurs économes ». Dans le hall bondé se trouvait un groupe d'étudiants étrangers chargés d'énormes sacs à dos. Le réceptionniste avait l'air très professionnel dans son uniforme écarlate, et il leur parlait dans un anglais parfait. Il balbutia pourtant à la vue de la plaque de police que lui montra Yu, avant de le conduire dans un bureau dont il ferma la porte.

« Quel que soit la teneur de notre conversation, que les médias ne soient pas informés, s'il vous plaît. Nous serions ruinés. Les gens sont superstitieux. Ils ne voudront pas loger dans un hôtel dont une employée a connu une mort aussi violente.

– Je comprends. À présent dites-moi ce que vous savez sur Jasmine.

– Une brave fille, travailleuse, sociable. Sa mort a été un choc pour nous tous. Elle travaillait peut-être trop dur.

– J'ai parlé à son comité de quartier. On m'y a dit aussi qu'elle travaillait dur, et qu'elle n'était pas souvent chez elle. Savez-vous si elle avait un autre emploi ?

– Je ne sais pas. Elle faisait des heures supplémentaires

ici, pour lesquelles nous la payions cinquante pour cent de plus. Elle s'occupait du ménage le matin et aidait à la cantine. Elle faisait aussi des soirs en extra pour payer les frais médicaux de son père. Notre hôtel peut recevoir des touristes étrangers. Nous préférons donc avoir des employés de confiance. Notre directeur la laissait travailler autant d'heures qu'elle voulait. Les clients apprécient une jolie jeune fille.

– Que voulez-vous dire ?

– Ne vous méprenez pas. Nous ne tolérons aucun service déplacé. Mais une fille de son âge aurait pu choisir de travailler ailleurs, dans une boîte de nuit, par exemple, et gagner bien plus, pourtant elle préférait travailler davantage ici.

– Savez-vous quelque chose sur sa vie personnelle ? Si elle avait un petit ami ?

– Je ne sais pas, répondit l'homme en balbutiant de nouveau. C'est sa vie privée. Elle travaillait dur, comme je l'ai dit, elle ne parlait pas beaucoup avec ses collègues.

– Se peut-il qu'il y ait eu quelque chose entre elle et un client de l'hôtel ?

– Camarade inspecteur Yu, notre hôtel n'est pas un établissement de luxe. Et les clients ne sont pas des Messieurs Gros-Sous. Ils viennent pour notre emplacement et pour nos prix.

– Comprenez-moi, nous ne pouvons rien laisser dans l'ombre, camarade réceptionniste. Voici ma carte. Si quelque chose vous revient, appelez-moi s'il vous plaît », conclut Yu.

La visite à l'hôtel lui avait fourni peu d'éléments nouveaux. Elle avait surtout confirmé son impression qu'une fille comme Jasmine n'avait probablement rien pour intéresser un maniaque sexuel croisé sur son chemin dans l'allée miséreuse, ou dans le modeste hôtel.

6

Peiqin elle aussi avait beaucoup réfléchi à l'enquête. Pas seulement parce qu'elle présentait tant d'aspects troublants, mais aussi parce que c'était la première que Yu menait à la tête de la brigade.

Elle décida donc de prendre comme point de départ le *qipao* rouge.

En qualité de comptable, Peiqin n'était pas astreinte à un horaire précis. Sur le chemin du restaurant, elle entra dans une boutique de vêtements sur mesure. L'endroit n'était pas spécialisé dans les *qipao*, mais Peiqin y connaissait un vieux tailleur. Elle lui expliqua le but de sa visite et lui montra une photo de la robe.

« D'après ses manches longues et ses fentes basses, elle est ancienne, peut-être des années soixante, dit le tailleur aux cheveux et aux sourcils blancs en ajustant ses lunettes sur son nez anguleux. Je doute qu'elle soit produite en série de nos jours. Regardez les finitions. Les boutons de tissu en forme de poisson. Il doit falloir deux jours pour les fabriquer.

– Vous croyez qu'elle a été faite dans les années soixante ?

– Je ne peux pas l'assurer d'après une photo. J'ai cousu tout au plus une demi-douzaine de ces robes. Mais sans être un expert, si un client me donnait le tissu et le modèle, je crois que je pourrais faire le travail.

– Encore une question. Connaissez-vous une autre boutique d'où elle pourrait venir ?

– Il y en a beaucoup. En plus, un grand nombre de tailleurs privés travaillent chez les clients. Ils n'ont pas de magasin. »

C'était une nouvelle difficulté. Les policiers n'étaient pas en mesure d'enquêter sur tous ces tailleurs privés.

En sortant, Peiqin décida d'aller à la bibliothèque demander des livres et des revues.

Il était déjà plus de dix heures quand elle monta dans son bureau au restaurant *Les Quatre Mers* avec un sac de livres dans les bras. Le directeur Hua Shan n'était pas là. Absent depuis deux jours, il montait sa propre affaire, tout en conservant son emploi au restaurant.

Malgré son emplacement, ce restaurant d'État connaissait des difficultés. Selon une nouvelle formule, il s'installait une ombre de différence entre ceux qui travaillaient pour leur compte et ceux qui travaillaient pour l'État – la différence entre capitalisme et socialisme. Le restaurant subissait des pertes depuis des mois. On parlait d'en confier la gestion à la direction de l'établissement, qui resterait officiellement propriété de l'État, mais dont le nouveau directeur serait responsable des bénéfices comme des pertes.

Dans le vacarme qui montait de la cuisine où les woks s'entrechoquaient sous les mains des femmes, elle s'efforça de se concentrer sur les livres qu'elle avait apportés.

Comme elle l'avait dit à Yu, elle savait très peu de chose sur le *qipao.* Dans son enfance, elle ne l'avait vu qu'au cinéma. Puis sur une photo de Wang Guangmei subissant la critique publique pendant la Révolution culturelle: l'ancienne première dame de Chine y portait un *qipao* rouge déchiré, et un collier de balles de ping-pong pour imiter d'énormes perles. La robe et le collier constituaient la preuve de son style de vie bourgeois décadent.

Peiqin se mit à consulter les ouvrages l'un après l'autre jusqu'à ce qu'une photo noir et blanc attire son regard. C'était un portrait d'Ailing, une romancière du Shanghai des années trente, redécouverte dans les années quatre-vingt-dix, portant un *qipao* à fleurs. Peiqin se rappela avoir vu récemment à la télévision une jeune fille parcourir la rue de Huanghe, dans une nostalgie de bon ton, et indiquer un bâtiment derrière elle. « C'est peut-être d'ici, de ce bâtiment pittoresque, qu'Ailing sortait, éblouissante dans un *qipao* dessiné par elle-même. Quelle ville romantique ! »

Ailing, qui s'était improvisée critique de mode, avait aussi réalisé une série de croquis sur le style de Shanghai, reproduits à la fin du livre. Mais Peiqin préféra s'intéresser davantage à la vie personnelle d'Ailing.

Celle-ci avait commencé à publier de bonne heure et devint célèbre pour ses histoires sur Shanghai. Elle fit un mariage malheureux avec un séducteur talentueux qui s'enrichit ensuite en racontant leur union infortunée. Après 1949, elle partit pour les États-Unis où elle se remaria avec un écrivain américain âgé et pauvre. Comme dit un vers de la dynastie Tang, *Tout devient triste pour un couple pauvre.* Le biographe diagnostiquait une « autodéconstruction » de son mariage. Après la mort de son second mari, elle s'enferma dans son appartement de San Francisco où elle mourut seule, sans que personne ne s'en aperçoive avant plusieurs jours.

Peiqin lut entièrement l'histoire tragique, espérant comprendre la popularité du *qipao* dans une perspective historique. Au bout de deux heures, pourtant, elle n'avait guère appris. Sa lecture confirmait seulement sa première impression : c'était une robe pour femmes riches, de la haute société. Pour quelqu'un comme Ailing, pas pour une travailleuse comme elle. En tapotant le livre, elle remarqua distraitement un trou dans sa chaussette de laine noire.

Puis elle fut intriguée par l'analyse que faisait le biographe de la tendance à l'autodéconstruction d'Ailing. Chen aussi s'était lancé dans un projet dit « de déconstruction ». Elle se demanda ce que signifiait ce terme.

On frappa à la porte. Elle leva le nez et vit le chef Pan, une marmite de terre dans les mains.

« Une marmite spéciale pour toi.

– Merci. »

Elle n'avait pas eu le temps de ranger les livres.

« Qu'est-ce que tu lis, Peiqin ?

– J'essaie de me faire une robe. Alors je compare ces modèles.

– Tu es vraiment une femme très capable, Peiqin, dit-il en déposant la marmite sur la table.

– Formidable », dit-elle avec un sourire en soulevant le couvercle. C'était la spécialité du chef : une tête de carpe recouverte de poivre rouge sur un lit d'ail.

« Ça reste chaud longtemps. C'est encore brûlant, poursuivit-il en s'essuyant les mains. Tu sais, la classe moyenne, qui est en train de se développer, va au restaurant pour trouver quelque chose de spécial, pas les plats ordinaires qu'on peut faire chez soi. Alors nous devons changer aussi. Le système socialiste est fichu, tout le monde parle du nouveau système. Qu'est-ce que tu dirais de prendre la direction de l'établissement? Je te soutiendrai. Socialiste ou capitaliste, ce restaurant est toujours à nous.

– Merci, Pan. J'y réfléchirai, mais je ne suis peut-être pas qualifiée.

– Réfléchis, Peiqin, dit-il en sortant. On ne sait jamais ce qu'on est capable de faire avant d'essayer. »

Tout en prenant une cuillerée de soupe, elle se dit qu'elle pourrait sans doute faire du meilleur travail pour le restaurant. Plus consciencieux au moins. Mais sa famille? Qinqin travaillait dur pour son examen d'entrée à l'université. Pour son avenir, il fallait qu'il entre dans une université de première catégorie. Yu lui aussi était à un stade critique de sa carrière, surtout si Chen s'en allait. Elle devait s'occuper d'eux.

Après le déjeuner, elle eut du mal à se concentrer sur les livres. On se chamaillait en bas dans la cuisine. Hua téléphona pour dire qu'il ne viendrait pas de la journée. Elle décida de prendre son après-midi, elle avait une autre idée à propos du *qipao.*

Elle pouvait apprendre quelque chose dans les films. La robe avait peut-être une signification particulière dont elle n'avait pas connaissance dans son existence terne.

Elle partit vers un magasin de DVD de la rue du Sichuan. Il faisait plus froid dans l'après-midi et elle se serra davantage dans sa veste militaire en coton molletonné, un des rares souvenirs de ses années de ferme de l'armée dans le Yunnan. La veste à la militaire semblait redevenir à la mode. Encore une ironie de l'histoire.

C'était un magasin immense avec des milliers de cassettes vidéo et de DVD. À sa grande surprise, elle vit qu'il y avait plusieurs films qui n'étaient pas encore sortis officiellement.

« Comment ça se fait qu'on ait les DVD si vite ? demanda-t-elle au propriétaire qui était aussi client de son restaurant.

– Facile. Vous vous faufilez à une avant-première avec une caméra, répondit-il en affichant un grand sourire. Nous garantissons la qualité. Vous pouvez rapporter le DVD et vous êtes remboursée en totalité. »

Elle le remercia et fit un tour. Au rayon « Classiques occidentaux », elle tomba sur un film intitulé *Prisonniers du passé*, tiré du roman de James Hilton. C'était le premier roman en anglais que Chen avait lu dans le parc du Bund, lui avait dit Yu. La version chinoise avait un titre enchanteur : *La Répétition du rêve d'un couple de canards mandarins.* Dans la poésie classique, le couple de canards mandarins représentait les amants inséparables. Ce devait donc être une histoire d'amour. Elle mit le DVD dans son panier.

Mais elle ne trouva aucun documentaire sur la robe, ni aucun titre qui s'y rattache.

Dans le rayon national, elle prit *Journal d'une infirmière*, un film des années cinquante. Elle se souvenait d'une affiche où la jeune infirmière portait un *qipao.* Encore une histoire d'amour, à en croire la présentation. Elle choisit également *La Cangue d'or*, un film de Hong Kong tiré d'un roman d'Ailing.

Rentrée chez elle, elle alluma aussitôt le lecteur de DVD. Elle avait encore deux heures avant de devoir s'inquiéter du dîner. Elle ôta ses chaussures et ses chaussettes, s'étira sur le canapé et se couvrit les pieds avec un coussin.

Elle ne regarda *Prisonniers du passé* que pendant quelques minutes. Trop hollywoodien et vieillot pour son goût. Elle se demanda ce qu'en penserait Chen.

Journal d'une infirmière racontait quant à lui l'histoire d'un groupe de jeunes qui se consacrent à l'édification d'une nouvelle Chine socialiste. Selon les critères des années quatre-vingt-dix, la jeune infirmière se montre trop occupée à faire la révolution pour avoir des pensées sentimentales. Le film retint pourtant Peiqin pour la chanson de la bande originale.

«Petite hirondelle, petite hirondelle, tu reviens ici chaque année. Peux-tu me dire pourquoi ?» La petite hirondelle répond: «Le printemps ici est on ne peut plus beau»…

L'«ici» de la chanson, pensa-t-elle, devait se référer à un endroit le long des frontières du Nord-Ouest, encore pauvre, sous-développé, oublié de tous. Personne n'aurait l'idée d'aller là-bas désormais.

Le printemps ici est on ne peut plus beau. Sur l'écran, l'infirmière élancée, interprétée par Linfeng, fredonnait, le visage illuminé par la passion de la révolution socialiste. Des années plus tard, Linfeng avait émigré à Tokyo où, disait-on, elle tenait un restaurant chinois végétarien. Elle y chantait cette chanson de temps à autre pour des clients chinois d'outre-mer, la silhouette déformée et le visage trop maquillé. Ce serait naïf, bien entendu, d'attendre d'une actrice qu'elle joue ce genre de rôle toute sa vie et conserve une telle prestance.

Finalement, dans le film, c'était la mère de l'infirmière qui portait un *qipao,* une dame d'un certain âge de la haute société traditionnelle, qui résistait encore à la révolution socialiste.

Encore une preuve que les *qipao,* dans les films ou dans

la vie, étaient surtout pour les dames qui évoluaient dans la haute société élégante.

Elle s'apprêtait à regarder *La Cangue d'or* quand son regard tomba sur un livre qu'elle avait apporté chez elle. L'auteur aux cheveux blancs ressemblait étrangement à son défunt père. Elle lut la brève note biographique sous la photo de couverture. « Shen Wenchang, poète bien connu avant 1949, est devenu ensuite un expert de renommée mondiale en histoire du vêtement chinois. »

Elle ouvrit le livre, mais il ne consacrait que deux courts paragraphes au *qipao*. Elle ne trouva dans l'index aucun chercheur qui se soit occupé de cette robe en particulier. Le plus qu'elle pouvait trouver se résumait sans doute à un paragraphe ici et là.

Le vieil auteur devait avoir dans les quatre-vingts ans. Elle posa le livre en regardant sa photo. Si seulement elle pouvait consulter un expert comme lui, songea-t-elle.

Soudain, le téléphone sonna. C'était Chen.

« Yu est très occupé ces jours-ci. Il rentre souvent tard, mais ne vous inquiétez pas pour lui, dit-elle. Comment avance la dissertation ?

– Lentement mais sûrement. Je suis désolé que ce ne soit pas le bon moment, mais c'est peut-être pour moi la dernière chance de m'essayer à quelque chose de différent. Et de votre côté ?

– Pas très occupée. Je lis quelques livres sur le *qipao*.

– Encore une fois, vous essayez de nous aider, Peiqin. Vous avez trouvé une information intéressante ?

– Rien encore. Je viens tout juste de commencer un livre sur l'histoire du vêtement chinois. L'auteur était aussi poète.

– Shen Wenchang ?

– Vous le connaissez ?

– Oui. Un grand érudit. Il y a un nouveau documentaire sur lui.

– Je ne l'ai pas vu. Ah, et je vous ai acheté un DVD, *Prisonniers du passé*. Vous aimez le roman, Yu m'a parlé de vos lectures dans le parc.

– Merci, Peiqin. C'est très aimable de votre part. Je suis impatient de le regarder. Quand Yu rentrera, veuillez lui dire de m'appeler, et de m'apporter le film quand il pourra. »

7

Chen se réveilla encore désorienté, comme s'il se débattait dans une jungle de pensées.

Depuis qu'un nouveau corps avait été trouvé dans le centre de la ville et que les médias se déchaînaient comme les cigales en été, il devait faire quelque chose pour aider Yu, il le lui devait. Ainsi qu'à Hong, qui l'avait tenu au courant des derniers événements, avec un sourire radieux malgré les ronchonneries de Liao.

Après avoir récapitulé les mesures prises par ses collègues, il conclut cependant qu'il ne pouvait guère faire davantage, du moins en tant que « consultant externe ». Il était encore trop pris par sa dissertation. Mener une enquête était du même ordre, les idées ne venaient que dans la concentration absolue.

Il sentit de nouveau un goût amer dans sa bouche. Pendant qu'il se brossait les dents énergiquement, une idée lui vint – une idée de Peiqin, d'ailleurs. Il connaissait Shen, l'autorité sur l'histoire du vêtement chinois.

Poète dans les années quarante, Shen écrivait dans un style imagiste élégant. Après 1949, on lui donna un poste au musée de Shanghai où il dénonça sa propre poésie comme décadente et se lança dans l'étude du vêtement chinois ancien. Un choix qui lui sauva probablement la vie dans le climat politique qui se détériorait. Comme dans le *Tao Te Chin*, le malheur apporte la chance. À cause de sa disparition soudaine de la scène littéraire, les jeunes Gardes rouges du milieu des années soixante ne surent pas reconnaître en lui le «poète bourgeois», et les humiliations et les persécutions lui furent épargnées. Dans les années quatre-vingt, il réapparut avec un ouvrage en plusieurs volumes sur l'histoire du vêtement chinois ancien, qui fut traduit dans plusieurs langues étrangères. Il devint ainsi une «autorité de renommée internationale». La scène littéraire était trop occupée par les voix et les visages nouveaux pour que beaucoup se souviennent de lui comme poète.

Chen ne s'en serait pas souvenu non plus s'il n'avait pas rencontré un sinologue britannique qui lui avait parlé avec enthousiasme de l'œuvre littéraire de Shen. Chen était très impressionné par un court poème sur la jeunesse de Shen.

Enceinte, heureuse
pour l'enfant à venir
qui pourra être
shanghaïen, sa femme touche
les veines bleues qui marbrent
ses seins, comme

la chaîne de montagnes
sur les nuages pâles le jour
où il est parti, sa grand-mère
trébuchant derrière lui
sur ses pieds bandés, mettant
une poignée de terre
dans sa main, disant
« Il – un lombric mutilé
émergeait de la terre –
te ramènera. »

En tant que membre exécutif de l'Union des écrivains, Chen avait pris l'initiative de faire réimprimer le recueil de Shen. Ce n'avait pas été facile. Le vieil homme était devenu aussi méfiant à propos de la poésie que quelqu'un qui s'est fait mordre par un serpent, et l'éditeur avait, lui, beaucoup hésité devant le risque financier. Mais le recueil avait paru, en résonance avec la nostalgie collective de la ville. Les lecteurs étaient heureux de redécouvrir un témoin poète de cet âge d'or. Un critique avait fait remarquer que les jeunes poètes imagistes américains avaient une dette envers la poésie chinoise classique, et que Shen, étiqueté imagiste, ne faisait que renouer avec la tradition. L'article avait plu à un groupe de « jeunes nationalistes ». Ainsi, le recueil de poèmes s'était plutôt bien vendu.

Chen sortit son carnet d'adresses et composa le numéro de Shen.

Shen accepta de l'aider, en citant Confucius. « *Je ne peux refuser la requête d'un honnête homme.* Mais je dois voir la robe.

– Aucune difficulté. Je ne suis pas au bureau aujourd'hui,

mais vous pouvez parler à l'inspecteur Yu ou à l'inspecteur Liao. L'un ou l'autre vous la montrera. »

Il informa Yu de la visite de Shen. Yu fut heureux de cette aide inattendue et promit de montrer la robe à Shen. À la fin de leur conversation, Chen ajouta : « Ah, et puis c'est si gentil de la part de Peiqin, elle m'a fait livrer un DVD de *Prisonniers du passé*. Je cherchais ce film depuis longtemps.

– Oui, elle a regardé beaucoup de films elle aussi, pour essayer d'y trouver des pistes.

– Du nouveau ?

– Rien pour le moment, mais au moins ça la distraira.

– Vous avez raison », dit Chen qui ne le pensait pas vraiment. Cela lui rappela ses lectures des deux dernières semaines. Dès qu'il les prenait au sérieux, dans un but, dès qu'il y était obligé, elles n'étaient plus une distraction.

Mais avant de partir pour la bibliothèque, il reçut une livraison. C'était un pli du directeur Zhong contenant de nouvelles informations sur Jia Ming.

Celles-ci expliquaient pour l'essentiel les raisons qu'avait Jia de causer des difficultés au gouvernement. Jia et sa famille avaient souffert durant la Révolution culturelle, où il avait perdu ses parents. Le choix de carrière qu'il avait fait au début des années quatre-vingt était donc délibéré. Pendant les années soixante et soixante-dix, il n'existait presque pas d'avocats en Chine, ils n'avaient pas lieu d'être. Les avocats, comme les actions en Bourse, étaient considérés comme faisant partie intégrante de la société capitaliste hypocrite, destinés aux riches. Les grandes affaires étaient jugées, ou prédéterminées, par les autorités du Parti, toujours au nom de la dictature du prolétariat. Liu Shaoqi, président de la République populaire de Chine, avait été jeté en prison sans procès et il y était mort seul, sans que sa famille ait de ses nouvelles pendant des années. Jia, lui, avait décidé de causer des difficultés au gouvernement dès le début, quand la profession d'avocat était encore loin d'être bien vue.

Il avait rencontré plus de succès à mesure que la réforme instaurait un nouveau système judiciaire. Il était devenu célèbre en défendant un écrivain dissident, une défense tellement brillante que le juge en était resté sans voix à plusieurs reprises. Les gens avaient vu la scène à la télé et avaient applaudi. Avec l'essor de la « nouvelle » procédure judiciaire, les bureaux d'avocats s'étaient multipliés comme les pousses de bambou après une averse de printemps.

Mais Jia était différent des autres. Il ne choisissait pas que les affaires rentables. En partie à cause de son héritage familial : il n'était pas obligé de travailler pour de l'argent. Il acceptait de temps en temps des affaires de contestation, ce qui lui avait valu de figurer sur une liste noire établie par les autorités de la ville avant même qu'il se charge de l'affaire du Bloc 9 Ouest.

Chen décida d'abandonner sa lecture. Lui aussi avait été sur une liste noire à cause de sa « poésie moderniste » à l'université. Ces interprétations politiques étaient sans fondement.

Il était déjà plus de dix heures quand il arriva à la bibliothèque. Shushu, la bibliothécaire aux délicieuses fossettes, lui apporta une tasse de café tout chaud. Le café était fort, tonique.

Chen laissa pourtant son esprit vagabonder. Sans doute était-il plus attiré par l'affaire des meurtres que par les histoires d'amour. Il n'en fut pas très étonné.

Après un second café il put enfin aborder une autre histoire sélectionnée pour sa dissertation, la *Biographie de Yingying*.

L'histoire *chuanqi*[1] de la dynastie des Tang avait été composée par Yuan Zhen, poète et homme d'État célèbre. D'après les études qui lui avaient été consacrées, elle était en grande partie autobiographique. En l'an 800, Yuan se rendit à Puzhou, où il rencontra une jeune fille nommée Yingying. Ils tombèrent amoureux. Mais Yuan partit alors pour la capitale, où il épousa une fille de la famille Wei. Yuan écrivit néanmoins une histoire fondée sur l'épisode de Puzhou.

Celle-ci raconte qu'un lettré appelé Zhang fait un voyage au temple du Salut universel, où madame Cui réside avec sa fille Yingying sur le chemin de Zhang'an. Quand les soldats se mutinent à proximité, Zhang obtient l'aide de son ami pour assurer la sécurité des personnes se trouvant dans le temple. Reconnaissante, madame Cui invite Zhang à un banquet au cours duquel il rencontre Yingying et tombe amoureux d'elle, bien qu'elle repousse ses avances avec des discours moralistes confucéens. Une nuit, coup de théâtre, elle vient pourtant dans sa chambre de l'aile ouest et s'offre à lui. Peu après, il part pour la capitale passer un examen de la fonction publique et reçoit une lettre de Yingying. Elle écrit notamment :

> Quand je me suis offerte dans ton lit, tu m'as traitée avec la plus grande bonté, et j'ai supposé, dans mon ignorance,

1. « Transmission de l'extraordinaire ». Genre apparu sous les Tang (618-907) pour désigner les histoires courtes et percutantes que les lettrés, venus présenter les examens impériaux à la capitale, écrivaient et faisaient circuler pour attirer l'attention sur leurs talents littéraires.

que je pourrais toujours me fier à toi. Comment aurais-je pu prévoir que notre rencontre ne pouvait pas mener à une conclusion définitive, qu'en m'étant déshonorée par ma venue, je n'avais aucune chance de te servir ouvertement en tant qu'épouse ? Jusqu'à la fin de mes jours le regret durera – je dois cacher mes soupirs et me taire. Si, par bonté, tu condescendais à exaucer mon vœu égoïste, même au jour de ma mort, ce serait comme un regain de vie. Mais si, en homme du monde, tu tronques tes sentiments et sacrifies ce qui est moindre au plus important, et juges ce lien honteux, afin de te libérer de ta promesse solennelle, mon amour profond ne disparaîtra pas.

Zhang montre la lettre à ses amis avant d'abandonner Yingying avec une explication moraliste surprenante qui apparaît à la fin de l'histoire :

En règle générale, ces femmes dotées par le Ciel d'une grande beauté se détruisent invariablement ou détruisent les autres. Si cette femme Cui devait rencontrer un homme riche et haut placé, elle utiliserait la faveur que lui donnent ses charmes pour être nuage et pluie, ou dragon, ou monstre – je ne peux imaginer en quoi elle pourrait se transformer. Autrefois, le roi Xin de la dynastie des Shang et le roi Yu de la dynastie des Zhou furent perdus à cause des femmes ; en dépit de la taille de leur royaume et de l'étendue de leur pouvoir, leurs armées furent dispersées, leurs peuples massacrés, et jusqu'à ce jour leur nom est l'objet des railleries. Je n'ai pas la force intérieure de résister à cette influence néfaste. C'est pourquoi j'ai supprimé résolument mon amour.

La décision de Zhang est une volte-face qui supprime d'un coup le thème de la passion. Son argument revient à affirmer qu'une femme, si elle a un charme irrésistible, doit être rejetée comme «influence néfaste», parce qu'elle «détruira», tel un «monstre», l'homme qui est auprès d'elle.

C'était peut-être de la rhétorique pour se justifier, remarqua Chen, mais il aurait pu trouver une meilleure défense. En l'état, le prétexte n'était que pure hypocrisie. C'est aussi à ce stade du récit que Yuan – l'ami intime de Zhang dans le texte – intervient pour défendre la conduite de Zhang, avec ses propres mots.

> Les contemporains de Zhang convinrent pour la plupart qu'il avait bien fait de corriger son erreur. Je l'ai souvent évoqué auprès d'amis afin que, prévenus, ils puissent éviter de commettre une telle action ou, si cela leur arrivait, qu'ils ne se laissent pas égarer par elle.

L'histoire apparaissait ainsi fascinante et troublante à la fois. Elle invitait à spéculer, en quelque sorte, sur ses incohérences – la passion amoureuse décrite dans la première partie et condamnée dans la seconde.

Mais pour sa dissertation, cette découverte le servait. La *Biographie de Yingying*, tout comme l'*Histoire de Xiangru et Wenjun*, effectue une déconstruction dans la narration de l'histoire d'amour. Alors que l'histoire de la dynastie des Han attribue la mort de Xiangru par «maladie de la soif» à Wenjun qui, implicitement néfaste dans sa sexualité insatiable, le vide de son énergie et finit par l'annihiler, dans l'histoire de la dynastie des Tang, Zhang évite la dépravation en accusant Yingying d'être un monstre destructeur. Dans les deux cas, le thème de la passion est finalement dénoncé.

Chen se souvint soudain d'un élément de l'affaire du *qipao*: une ambivalence ou une contradiction chez le meurtrier. Il dénudait et tuait ses victimes, mais il revêtait leur corps d'une robe élégante et coûteuse.

Le parallèle était fuyant et s'effaçait avant qu'il ne puisse se concentrer dessus. Il décida alors de reporter son attention sur les livres et d'explorer plus avant la vie de Yuan. En matière de critique littéraire, l'approche biographique contribuait parfois à la compréhension d'un texte difficile.

Mais dans le cadre d'une enquête criminelle ? Faute de connaître l'identité du coupable, un tel procédé était inapplicable. Et la signification de l'affaire restait indéchiffrable.

Chen se retrouva de nouveau bloqué, comme déchiré entre les deux projets, qui ne faisaient que le troubler et l'égarer.

Vers treize heures, Shen lui téléphona à la bibliothèque.

« Vous avez découvert quelque chose, Shen ?

– C'est une longue histoire, inspecteur principal Chen. Je ferais mieux de vous en parler de vive voix. Je peux vous montrer des photos.

– Formidable. Permettez-moi de vous inviter à déjeuner. Que diriez-vous des *Cinq Parfums* ? C'est un restaurant juste en face de la bibliothèque, de l'autre côté de la rue. »

8

Quand Chen entra dans le restaurant, un serveur qui le connaissait depuis des années l'accueillit avec chaleur.

« On ne vous avait pas vu depuis longtemps, Chen. Qu'aimeriez-vous manger aujourd'hui ?

– Ce que vous recommanderez, mais pas en trop grande quantité. Pour deux personnes seulement.

– Une combinaison spéciale du chef pour deux ?

– Parfait. Et du thé vert bien fort s'il vous plaît. »

En attendant, il essaya de repenser à sa dissertation. Analyser seulement une ou deux histoires n'était peut-être pas suffisant. S'il réussissait à prouver que l'opposition thématique était un trait commun des histoires d'amour classiques, son projet pouvait être original et digne d'intérêt. Il devait donc choisir une ou deux histoires de plus. Il le nota dans son calepin.

Il le referma, leva la tête et vit Shen entrer en traînant les pieds dans le restaurant, appuyé sur une canne de bambou surmontée d'une tête de dragon. Cheveux et sourcils blancs, dans les quatre-vingts ans, Shen avait le regard vif. Il portait un costume Tang traditionnel en coton matelassé et des chaussures en tissu noir. Chen se leva et aida le vieil homme à s'installer à table.

La visite de Shen au commissariat n'avait pas été des plus agréables. L'inspecteur Yu était parti en coup de vent pour quelque urgence ; l'inspecteur Liao avait reçu Shen à sa place et lui avait déclaré avoir consulté plusieurs vieux tailleurs. Il s'était peu intéressé à Shen.

Chen soupçonna une autre raison à son attitude. Que Shen se soit présenté à la demande de Chen avait pu prendre Liao à rebrousse-poil. Mais ce n'était pas nécessaire d'expliquer au vieil érudit la politique interne du bureau.

« Ne vous inquiétez pas pour Liao. Il peut parfois être aussi têtu qu'une mule, et aussi stupide », dit Chen en lui versant une tasse de thé pendant que le serveur leur apportait les plats froids. « S'il vous plaît, éclairez-moi sur l'histoire du *qipao*. Je suis tout ouïe.

– D'abord, pourquoi l'appelle-t-on *qipao* ? » commença Shen. Il se servit une cuillerée de tofu de jade blanc parfumé à la ciboule et à l'huile de sésame et eut un hochement de tête approbateur. « Il y a plusieurs théories. Selon une, au début de la dynastie des Qing, les Mandchous se divisèrent en huit groupes, ou *qi*, portant chacun un drapeau d'une couleur et d'un dessin particuliers. *Qi* comme dans *qipao*. Ce n'est qu'avec les années vingt et trente que la robe a eu soudain un succès national et a perdu sa référence ethnique. Elle a joui d'une grande popularité jusqu'à la Révolution culturelle. Au milieu des années quatre-vingt, elle a fait un retour surprenant, jusqu'à être maintenant connue dans le monde entier. Les stars d'Hollywood la portent à la cérémonie des Oscars. On trouve qu'elle épouse le corps d'une femme très subtilement et met ses courbes en valeur comme aucun autre vêtement… »

C'était une longue introduction, que Chen écouta avec grand intérêt. Puisque la robe était une « signature sans équivoque » du meurtrier, un policier ne pouvait pas être trop bien informé.

« La robe que Liao m'a montrée a probablement été faite il y a plus de dix ans, d'après la couleur du fil, déjà jauni par le temps, dit Shen en montrant plusieurs photos.

Quant au tissu, le damas particulier au dessin exquis, il pourrait même être plus ancien. Années soixante, dirais-je. Les petits boutons-pression d'acier également. Les tailleurs ne s'en sont servi que pendant cette période ou avant. Depuis les années quatre-vingt, ils utilisent à leur place les fermetures à glissière en plastique, plus confortables et plus moulantes. Le style de la robe correspond à ces années-là. Regardez les manches raglan. Les élégantes d'aujourd'hui les préfèrent montées, de façon à mieux suivre les formes. C'est aussi plus facile à réaliser… »

La conférence de Shen fut interrompue par l'arrivée des plats principaux. Parmi eux, un bol de verre contenant des crevettes plongées dans un alcool blanc. Les crevettes ivres sautaient encore, mais avec de moins en moins d'énergie.

« Un plat à la mode, dit Shen, lui aussi redécouvert. »

Pour un homme de son âge, Shen montrait un excellent appétit. Il porta à sa bouche une crevette frétillante. Chen l'imita. La crevette était vaguement sucrée, mais il n'aimait pas la sentir glisser sur sa langue.

« Je dois parler maintenant de la façon, poursuivit Shen en avançant les lèvres. Tout est fait à la main. Seul un vieux tailleur expérimenté de Ningbo pourrait avoir réalisé une telle robe. Elle a demandé au moins une semaine de travail. Vous pouvez voir aujourd'hui un *qipao* exposé dans un magasin de luxe, magnifique et resplendissant, à un prix renversant, mais sa qualité n'est qu'une plaisanterie, il est entièrement fait à la machine, rien de comparable avec celui que Liao m'a montré.

– Il a donc été fait il y a environ dix ans, quant au tissu et au style ils pourraient être plus anciens – années soixante ou cinquante, résuma Chen en prenant quelques notes. Autrement dit, le criminel a dû commander spécialement le tissu, puis faire réaliser le *qipao* d'une manière particulière.

– Cela me dépasse. Il y a aussi une chose dans la façon dont la victime portait la robe. L'esthétique essentielle d'un *qipao* réside dans la subtilité de son caractère suggestif. Les fentes de côté, par exemple, révèlent les jambes d'une femme, mais pas trop. Des cuisses à peine entraperçues peuvent enflammer l'imagination très efficacement.

– Comme dans la poésie classique, l'interrompit Chen. L'imagination naît de ce que le poète ne dit pas, ou du moins, pas directement.

– Exactement. Vous connaissez la différence. Par exemple, une star américaine, grande et opulente, peut porter un *qipao* dit modifié, dos nu et à la jupe très courte. Personnellement, je perdrais toute imagination à la vue de ce dos nu tout moucheté, et de ses jambes et cuisses rasées comme des défenses de mammouth.

– Vous êtes toujours très fort pour la touche imagiste, maître Shen.

– En d'autres termes, c'est une robe qui brille par sa grâce intérieure. Sensuelle, subtile, élancée. Ce n'est pas un vêtement qui va à tout le monde.

– Oui, elle représente un grand savoir.

– La hauteur des fentes de côté est une grande subtilité en ce sens. Pour une femme de bonne famille, elles sont d'ordinaire modestes, suggérant son sens raffiné du décorum. Celle qui porte cette robe doit marcher à petits pas, sans que son corps fasse de mouvements qui se remarquent. Une jeune femme à la mode peut avoir besoin de fentes plus hautes pour danser ou se pavaner. Quant à une fille appartenant au monde de la nuit, elle en choisira une avec les fentes les plus hautes possible, qui montrent ses jambes et ses cuisses pour séduire, et parfois même ses fesses. Il y a une sorte de sémiologie du *qipao*.

– Je vois, les codes vestimentaires s'expriment», dit Chen en avalant sans la mâcher une autre crevette vivante. Une erreur qui lui laissa un arrière-goût horrible et lui irrita la gorge.

«En outre, une femme élégante porte des bas et des talons hauts assortis à sa robe, quoique pas nécessairement à la maison. Mais regardez la photo, pas de soutien-gorge, pas de culotte, pas de chaussures, et la robe est remontée au-dessus de l'aine. La robe aussi a été massacrée.» Shen fit une brève pause avant de poursuivre. «Je comprends que c'est la victime d'un meurtre sexuel, mais une femme n'a pas de rapports sexuels en *qipao*. Cela n'a aucun sens.

– Beaucoup de choses dans cette affaire n'ont aucun sens, dit Chen en toussotant.

– Je ne sais rien de l'affaire, inspecteur principal Chen, conclut Shen confus. Je ne connais que la robe.

– Merci, Shen. Vos connaissances ont beaucoup éclairé notre enquête.»

Chen n'ajouta pas qu'elles soulevaient aussi plus de questions qu'elles n'en résolvaient. La robe était loin d'être populaire à l'époque de sa fabrication, et celui qui l'avait réalisée allait à contre-courant. Ce qui suggérait un motif plus profond dans l'histoire, et amenait de nouvelles questions.

Shen venait de saisir la dernière crevette vivante avec ses baguettes quand le portable de Chen sonna. Shen sursauta, la crevette retomba dans le bol en éclaboussant la nappe et en sautant comme si elle avait échappé à son destin.

L'appel venait d'un reporter du *Wenhui* qui voulait connaître la théorie de Chen sur l'affaire du *qipao.*

« Désolé, je n'ai pas de théorie. Je suis en congé, je travaille sur ma dissertation de littérature. »

Il regretta aussitôt sa déclaration. Elle risquait d'entraîner des spéculations.

« Vraiment ? dit Shen en se levant lentement. *Le plus inutile est le lettré,* comme moi, mais il n'y a peut-être pas beaucoup de policiers compétents comme vous. »

Chen se leva pour l'accompagner dehors sans faire de commentaire.

Près de la sortie se trouvaient deux grands aquariums contenant des crevettes et des poissons qui nageaient tranquillement, ignorant le sort qui les attendait avec la commande du prochain client.

9

Shen descendit lentement du trottoir et entra dans un taxi, plié en deux comme une crevette.

En le saluant de la main, Chen se reprocha cette image incongrue. Shen était un poète authentique, et un authentique lettré. Son succès académique venait peut-être de sa poésie imagiste. Il ne voyait pas une robe comme une simple pièce d'habillement, mais comme une image, avec toutes ses significations et les associations d'idées qu'elle suggérait. Une image organique, pleine de vie, qui peut en dire plus que des pages entières.

Mais que représentait donc le *qipao* rouge en tant qu'image ?

Tout en continuant à agiter la main en direction du taxi, qui avait disparu, il tournait cette question dans sa tête.

Une bonne image peut avoir une signification spécifique pour l'auteur et pour le lecteur. Comme dans le poème de Shen, où la passion pour son foyer ressort avec force du « lombric mutilé ». Par ailleurs, une mauvaise image peut être très évocatrice pour l'auteur, mais incompréhensible pour le lecteur.

Mais le meurtrier n'était pas écrivain, il ne s'inquiétait pas de la réaction de ses lecteurs. Plus c'était intrigant pour les autres, plus c'était satisfaisant pour lui, et plus grande était sa réussite.

Il sentit soudain quelque chose vibrer dans sa poche. Son portable. Cette fois, le nom du correspondant qui s'affichait était celui du secrétaire du Parti Li.

« Vous devez interrompre votre congé. Ne vous en faites pas pour votre dissertation, camarade inspecteur principal Chen. Le meurtrier va encore frapper. Vous le savez.

– J'accorde aussi beaucoup d'attention à l'affaire, secrétaire du Parti Li. »

C'était partiellement vrai, même si Chen se gardait d'afficher ses efforts dans ce sens. Il sentait que non seulement le meurtrier était extrêmement intelligent, mais qu'il avait aussi des relations. Pour une fois, Chen voulait avoir l'avantage de rester en coulisses.

« Les autorités de la ville sont très inquiètes. Un camarade dirigeant a de nouveau mentionné votre nom ce matin.

– Je sais. J'en parlerai avec l'inspecteur Yu.

– Alors revenez au bureau cet après-midi.

– Cet après-midi… » dit Chen mécontent que Li lui donne des ordres, et pas du tout disposé à rentrer. « Vous ne le savez peut-être pas, mais je travaille sur l'affaire du Bloc 9 Ouest. Le directeur Zhong, du Comité de réforme du système judiciaire, veut que…

– Alors votre dissertation de littérature n'est qu'un prétexte, remarqua Li sur un ton cassant. Vous auriez pu me le dire plus tôt. »

Encore une étourderie inexplicable. Il avait cru pouvoir calmer Li pour un moment, mais l'allusion à Zhong lui avait fait perdre la face.

« Non, ce n'est pas un prétexte. Je dois la remettre en temps voulu. Quant au scandale immobilier, vous savez certainement qu'il est politiquement sensible. En fait, je n'ai pas encore eu la possibilité de m'en occuper. »

En effet, Chen avait appris que, derrière l'affaire, une lutte de pouvoir se déroulait au plus haut niveau dans la Cité interdite. Plusieurs cadres supérieurs de Shanghai étaient impliqués dans le scandale et « quelqu'un » à Pékin projetait de l'exploiter ultérieurement.

« Vous êtes une image trop grande pour notre petit temple, inspecteur principal Chen.

– Vous n'avez pas de raison de dire cela, secrétaire Li. Je vais parler de l'affaire du *qipao* avec l'inspecteur Yu. Vous avez ma parole. »

Au lieu de retourner à la bibliothèque, Chen appela donc Yu après sa conversation avec Li.

« Je regrette, chef. Ce matin j'ai dû filer pour une urgence. J'ai manqué monsieur Shen.

– Ce n'est rien. Nous venons de déjeuner ensemble. Il m'a fait un véritable cours sur le *qipao*.

– Où êtes-vous ?

– Près de la bibliothèque.

– Vous avez un moment cet après-midi ? J'aimerais vous parler.

– Moi aussi.

– Où ?

– Eh bien... » Ce n'était pas commode de discuter de meurtre à la bibliothèque. Chen regarda autour de lui et aperçut un bar-poterie après le coin, où seul un jeune couple était assis derrière la vitre.

« Au bar-poterie au coin de la rue de Fengyang, en face de la bibliothèque.

– Oh, très chic, le bar-poterie. J'y serai dans vingt minutes. »

Chen entra dans le bar dont l'intérieur était en forme de L, la partie la plus longue ne différait pas d'un bar habituel et l'autre constituait un atelier avec de grandes tables, des mottes de glaise et un four au fond. Le client pouvait s'essayer à la poterie tout en dégustant un café. En raison de l'heure, sans doute, il n'y avait que deux jeunes gens dans l'atelier, et Chen était seul dans la partie bar. Mais le prix pouvait en être une autre raison. Un café coûtait là bien plus cher que dans un bar ordinaire.

La vue des jeunes amoureux penchés sur leur projet lui rappela une scène d'un film hollywoodien, puis une image d'un *ci*[1] classique de Guan Daoshen, une poétesse du XIIIe siècle.

---

1. Forme d'écriture poétique apparaissant au Xe siècle. Sans doute inspirée par le développement de la poésie chantée dans le milieu des courtisanes, elle se caractérise par une plus grande liberté dans la versification.

Toi et moi brûlons
l'un pour l'autre,
comme perdus dans le four du potier.
D'une poignée
de glaise, forme un toi,
forme un moi. Réduis-nous
de nouveau en glaise, ajoute
de l'eau, reforme
un toi, reforme un moi.
Afin que tu sois dans mon corps et moi dans le tien.

Dans l'atelier, la fille se mit à barbouiller de glaise le visage du garçon, Chen entendait tinter son rire de clochettes d'argent, sans saisir les mots tendres qu'ils se chuchotaient. Une image touchante, comme dans le poème. Il se contenta de son café noir, tout en essayant d'assimiler les informations de Shen.

Il repensa à son approche imagiste du *qipao*.

Si on considérait la robe comme une image ayant une signification, celle-ci n'appartenait peut-être pas au seul « auteur ». Les policiers avaient du mal à la découvrir parce que la robe avait été faite selon un modèle ou une image originale très ancienne, comme l'avait suggéré Shen.

Il sortit son carnet d'adresses et chercha le numéro de téléphone du président Wang de l'Union des écrivains chinois, qui était aussi le premier secrétaire du Parti au sein de l'Association des artistes chinois, dont les membres incluaient de grands couturiers, des photographes et des réalisateurs. Chen lui avait rendu service peu de temps auparavant.

« Avez-vous entendu parler de l'affaire du *qipao* rouge à

Shanghai, président Wang ? demanda Chen sans préambule dès que la communication avec Pékin fut établie.

– Oui, j'ai lu des articles dans un journal d'ici.

– Je dois vous demander une faveur. Je cherche quelqu'un qui aurait pu voir cette robe et qui serait en mesure de la reconnaître. Pourriez-vous obtenir des renseignements auprès de vos membres ? Envoyez par fax une photo du *qipao* aux différents bureaux du pays. Toute information nous aidera.

– J'aviserai toutes les personnes que je connais, inspecteur principal Chen, mais qui n'a jamais vu un ou deux *qipao*, en photo, dans des films ou dans la vie ? Personne n'y fait attention.

– Il y a trois détails inhabituels dans cette robe-là. Un, le *qipao* rouge lui-même, comme vous avez pu le lire dans le journal. Il est d'une qualité et d'une facture supérieures, mais d'un modèle ancien, années cinquante ou soixante. Deux, la femme qui le portait était pieds nus, et trois, vraisemblablement dans un décor de verdure.

– Cela peut restreindre le champ des recherches. Je demanderai à ma secrétaire de joindre les branches de chaque province, mais je ne peux rien vous promettre.

– Merci infiniment pour votre aide, président Wang. Vous faites tout ce que vous pouvez pour moi, je le sais.

– Et vous le ferez pour moi, dit Wang. Comme la dernière fois. »

Comme la dernière fois, non, grogna Chen à part lui. C'était un cauchemar rien que d'y penser.

Il éteignit son portable et allait allumer une cigarette quand il vit Yu en uniforme entrer dans le bar à grandes enjambées.

« Un endroit tranquille, chef, dit-il.

– Du nouveau ? demanda Chen en poussant la carte vers son coéquipier. Des nouvelles des comités de quartier ?

– Non, rien de solide ou d'exploitable. »

Une serveuse s'approcha en regardant les deux hommes avec curiosité. Tout raide dans son uniforme en coton matelassé, les cheveux en bataille et les chaussures poussiéreuses, Yu contrastait avec Chen, qui ressemblait bien plus à un client habituel avec son blazer noir, son pantalon kaki et son porte-documents en cuir. Les jeunes amoureux dans l'atelier se levaient pour partir, décision sans doute inspirée par l'arrivée d'un policier.

Yu commanda du thé avant de s'adresser à Chen. « Je ne peux toujours pas boire de café, patron.

– Cela ne me surprend pas trop, dit Chen après que la serveuse se fut éloignée. Si le meurtrier a pu réussir à jeter deux corps à ces endroits-là sans être vu, ce ne serait pas réaliste d'espérer que ses voisins aient eu plus de chance.

– Liao pense qu'il doit avoir un garage, mais Li refuse de faire fouiller tous les garages de la ville.

– Non, je ne pense pas que le meurtrier ait forcément un garage.

– Ah, et puis on a établi l'identité de la seconde victime. Qiao Chunyan. Une compagne-de-repas. En général dans un restaurant appelé *La Rivière Ming*.

– Une des trois-compagnes ?

– Oui, elle en vivait, et elle en est morte aussi. »

Yu n'avait pas à épiloguer. Les trois-compagnes – des filles qui accompagnaient les clients pour manger, pour chanter et pour danser – étaient devenues une nouvelle profession, et un nouveau terme dans la langue. Le commerce du sexe était encore officiellement interdit, mais on s'arrangeait pour qu'il fonctionne sous toutes sortes de déguisements. Les trois-compagnes étaient une affaire florissante. Rien n'interdisait à des filles de manger, de danser et de chanter avec les clients. Quant au service qui pouvait suivre, les autorités de la ville laissaient faire, « un œil ouvert et l'autre fermé ». Les filles devaient affronter les risques de leurs activités, bien sûr, y compris celui d'un crime sexuel.

« Elles avaient donc toutes les deux un travail peu reluisant.

– Ce qui a suggéré une nouvelle piste à Liao. Il pense que le tueur peut en vouloir à ces filles, dit Yu. Mais je ne vois pas de véritable lien entre les deux. La seconde, c'est possible qu'elle ait été tuée à cause de son travail. Mais pour la première, c'est tout à fait différent.

– Je sais que vous avez enquêté minutieusement sur elle.

– Une employée d'hôtel n'est pas l'une des trois-compagnes. D'après ce que je sais, c'était une fille convenable et travailleuse. Elle aidait aussi à la cantine de son hôtel, mais l'endroit est trop modeste pour des Messieurs Gros-Sous ou des compagnes-de-repas. Si elle avait été une chercheuse d'or sans scrupules, elle n'aurait pas choisi de travailler là.

– Vous avez raison. À votre avis, où est le lien entre les deux ?

– Voici une liste de ce qu'elles ont en commun, dit Yu en tendant une page arrachée à un bloc. Liao a vérifié la plupart des points.

– Voyons cette liste », dit Chen en prenant la feuille.

1. Jeunes et jolies filles d'à peine vingt ans, célibataires, peu instruites, famille pauvre, petit emploi, sans doute mêlées à quelque commerce immoral.

2. L'une et l'autre en qipao *rouge. Fentes de côté déchirées, plusieurs boutons défaits sur la poitrine, cuisses et seins visibles, avec un effet érotique ou obscène, malgré le style recherché et conservateur de la robe. Ni culotte ni soutien-gorge, en contradiction avec le code vestimentaire du* qipao.

3. Pieds nus. Du vernis sur les orteils de Qiao. Aucun sur ceux de Jasmine.

4. Aucune des deux n'a subi d'agression sexuelle. Le premier corps présentait des ecchymoses, sans doute de défense, aucune trace de pénétration ni d'éjaculation dans son vagin. Sur le second, aucune ecchymose ne suggérait de violence sexuelle. Le premier corps seulement avait été lavé.

5. Lieux publics. Extrêmement difficile et risqué d'y abandonner les corps.

« Vous avez de nouvelles photos ?

– Oui, surtout de Qiao. Elle adorait être photographiée.

– Voyons ça de plus près. »

Yu disposa les photos en rang sur la table.

Chen les étudia comme un homme examine des candidates proposées par une marieuse. Ce n'était peut-être qu'une coïncidence, remarqua-t-il, que l'une et l'autre filles se soient fait photographier sur la place du Peuple en été. Jasmine portait une robe légère en coton blanc, et Qiao, un T-shirt jaune et des jeans. Chen plaça les deux photos côte à côte. Jasmine semblait la plus mince et la plus grande des deux.

« Vous remarquez la différence de constitution, Yu ? » demanda-t-il les yeux fixés sur les photos.

Yu hocha la tête sans répondre.

Sous les deux photos prises place du Peuple, Chen posa deux photos prises sur les scènes du crime.

« D'après Shen, un *qipao* de qualité doit être réalisé sur mesure, bien ajusté, pour mettre les courbes en valeur. Regardez les photos. La robe colle vraiment au corps. Nous devrions vérifier les tailles. Voir s'il y a une différence entre les deux.

– Je m'en charge. Et si c'est le cas…

– C'est qu'il a une réserve de *qipao*, tous de couleur, de tissu et de modèle identiques, mais en différentes tailles.

– Il aurait pu les commander pour quelqu'un qu'il aimait ou qu'il détestait, dit Yu, mais pourquoi les tailles différentes ?

– Aucune idée », répondit Chen. Encore une contradiction, comme celles qu'il avait trouvées dans les histoires d'amour.

« Qu'est-ce que Shen a dit d'autre ?

– Selon son analyse, le meurtrier pourrait les avoir fait réaliser dans les années quatre-vingt, d'après un modèle particulier plus ancien, et les avoir gardées dans un placard toutes ces années jusqu'à l'agression.

– Pourquoi attendre si longtemps après s'être donné tant de mal ?

– Je l'ignore, mais cela pourrait expliquer que vous n'ayez pas trouvé de piste. Dans les années quatre-vingt, quand le *qipao* n'était pas encore revenu à la mode, il n'y avait pas de production de masse. Il a dû être fait par un tailleur indépendant qui a pu mourir, prendre sa retraite, ou repartir à la campagne.

– Mais si la robe date des années soixante ou soixante-dix, pendant la Révolution culturelle, je doute que quelqu'un ait voulu la porter alors.

– De nouvelles théories au bureau ?

– Liao s'accroche à son profil matériel. Et Petit Zhou à sa théorie compliquée à propos d'un message anti-Mandchous.

– Cette théorie n'est pas crédible. Mais elle va dans le sens d'une interprétation des contradictions. Ce qui est sûr, c'est que dans cette ville, une femme ne peut pas se promener pieds nus dans un *qipao* élégant. C'est impensable.

– Quelle que soit la contradiction dont nous parlons, je ne pense pas que Jasmine soit le genre de trois-compagnes que Liao a en tête. À son avis, le meurtrier a pu se faire rejeter et tromper par une des trois-compagnes en *qipao*, et il justifie son acte en habillant ses victimes avec une robe semblable.

– Mais il y a autre chose dans cette robe. Notamment la facture raffinée et le style conservateur. Je doute qu'une des trois-compagnes ait pu s'offrir une telle robe. Elle doit plutôt faire partie du rituel psychologique, ou de fantasmes sexuels revêtant une signification particulière pour le tueur. C'est pourquoi, même si le profil matériel de Liao peut être utile, il nous faut aussi un profil psychologique.

– J'ai parlé à Li de vos traductions de thrillers psychologiques, mais il n'a pas voulu m'écouter. Et moi-même, je me demande en quoi l'approche psychologique pourrait nous aider dans le cas présent.

– Comment peut-elle s'appliquer ici ? Je n'en sais rien. En Occident, comme la psychanalyse est une pratique courante, les choses sont différentes. Ceux qui ont de graves problèmes psychiatriques sont susceptibles d'avoir laissé des dossiers quelque part. Les médecins peuvent procéder à une évaluation psychologique du suspect, et certains policiers reçoivent une formation spéciale. À l'université, je n'ai jamais suivi de cours de psychologie. Je n'ai lu que deux articles sur la psychanalyse pour mes dissertations de littérature. Quant aux théories et aux procédures des romans policiers, on ne peut pas les prendre au sérieux.

– Deux articles pour des dissertations ? Encore un effet de votre modestie. Parlez-moi de cette approche psychologique. Comme celle de Liao, elle peut nous permettre de restreindre le champ des recherches.

– Eh bien, l'identité de la seconde victime suggère un élément souvent présent dans ces romans. Un tueur en série orienté vers un seul objectif, et caractérisé par une conduite obsessionnelle compulsive. Il a des problèmes psychosexuels profonds, il est psychotique, mais non paranoïaque. Il est obsédé par le désir de débarrasser le monde des personnes qu'il juge indésirables et indignes de vivre. Les trois-compagnes peuvent entrer dans cette catégorie. L'objectif est de porter un coup fatal à l'industrie du sexe, et les victimes se trouvent être également les plus vulnérables, faciles à aborder. Quand un tel tueur est finalement appréhendé, il s'agit en général d'un citoyen au-dessus de tous soupçons qui correspond au profil matériel dressé par Liao.

– Donc, on peut tirer quelque chose de l'idée de Liao », conclut Yu.

La serveuse revint avec un assortiment de desserts sur un plateau. Le choix était un mélange d'Orient et d'Occident. Chen demanda une part de tarte au citron, mais Yu choisit une brioche de porc grillé.

« Croyez-le ou non, reprit Chen, dans ces romans, les tueurs en série sont souvent impuissants. Ils connaissent un orgasme mental, sans éjaculation physique. Le médecin légiste peut donc ne pas trouver de sperme sur la victime.

– En effet, nos légistes ont déjà exclu que l'agresseur ait utilisé un préservatif. Ils n'ont pas trouvé de trace de lubrifiant. Notre tueur correspond bien au profil que vous dites. Puisque les deux victimes ont été dénudées mais pas violées, ce doit être un psychopathe tel que vous le décrivez. Dans un des romans que vous avez traduits, ajouta Yu songeur, il est question d'abus sexuel pendant l'enfance. C'est ce qui le détraque. Il devient impuissant.

– Selon Freud, ce qu'on a vécu enfant ne doit jamais être sous-estimé. Dans la plupart des cas, un tel tueur a connu une forme quelconque d'abus sexuel qui a influencé son comportement.

– Mais en quoi ça nous aide dans notre travail ? Ici, personne ne parle d'abus sexuels sur des enfants. C'est pire que la chose elle-même.

– Je sais, c'est un tabou, culturel et politique. C'est perdre la face, répondit Chen en se demandant si l'expression "perdre la face" figurait dans la psychologie occidentale. Ces dernières années, c'est devenu très courant en Occident de parler de ses traumatismes d'enfance, mais c'est encore inimaginable ici. J'ajouterai qu'ici une expérience traumatique pour un enfant peut aller de soi… Dans une famille de cette ville où trois générations s'entassent dans la même pièce, que l'enfant soit témoin des rapports sexuels de ses parents, par exemple, peut être courant. Personne n'en parle.

– Ça me rappelle une histoire dans mon ancien quartier. Un jeune marié ne pouvait pas consommer à cause des craquements de son lit, qui étaient entendus par ses parents à l'autre bout de la pièce coupée en deux par un écran de bambou. Dans son enfance, il avait beaucoup entendu craquer le lit de ses parents et n'en avait jamais parlé à personne. Mais il n'est pas devenu un tueur pour autant. Au bout de deux ou trois ans, quand il a déménagé, tous ses problèmes se sont réglés.

– Mais s'il avait consulté un médecin, il aurait pu obtenir une aide immédiate.

– Eh bien, comme je le connaissais, j'ai pu deviner la cause de ses difficultés. Mais nous n'avons absolument aucune piste quant à l'identité de notre meurtrier.

– Tout de même, nous constatons qu'il maîtrise ses victimes de la même manière, les tue et se débarrasse des corps d'une façon très semblable. Il ne s'arrêtera pas tant qu'il ne sera pas appréhendé.

– C'est-à-dire ?

– Que si nous ne sommes pas sûrs de la façon dont il choisit ses victimes, nous pouvons compter qu'il se débarrassera probablement d'un nouveau corps dans un autre lieu public. Et jeudi soir. C'est dans ces lieux et ce soir-là que nous devrons intensifier l'activité de nos patrouilles.

– Mais dans une ville comme Shanghai nous ne pouvons pas être partout !

– Si nous manquons de bras, les comités de quartier n'en manquent pas. Il y a beaucoup de chômeurs de nos jours. Sans parler des retraités. Nous pouvons les payer dix ou quinze yuans pour la soirée de jeudi. Qu'ils se promènent sans arrêt et contrôlent chaque voiture suspecte, avec un homme et une femme inconsciente à l'intérieur, surtout si la voiture s'arrête ou se gare dans un de ces lieux publics.

– Nous pouvons le faire, dit Yu. Je vais retourner parler à Liao. Il ronchonne peut-être contre vous, mais il est prêt à accepter une de vos suggestions si elle est bonne.

– Non, laissez-moi en dehors de cette histoire, dit Chen en vidant sa tasse. Je dois terminer ma dissertation à temps. Je l'ai promis au professeur Bian. »

10

Seul dans son bureau, l'inspecteur Yu essaya de nouveau d'évaluer la situation. Il reconnut qu'elle était plus que désespérée, et aggravée par la certitude du coup fatal qui serait porté dans les trois jours – et par son impuissance à l'empêcher.

Il était noyé depuis le matin sous un déluge de rapports et de déclarations. Le téléphone sonnait sans cesse, un peu comme le glas dans un film dont il avait un vague souvenir. Après seulement quelques heures de sommeil, ayant sauté le petit déjeuner pour une téléconférence avec un expert légiste de Pékin, il commençait à transpirer dans son uniforme. Comme les autres policiers de son groupe, il se sentait déjà fatigué dès le matin et se prépara une autre tasse de thé extra fort, à moitié pleine de feuilles.

Liao semblait très découragé, il ne mentionnait plus ni profil ni garage. Ni même son scénario impliquant le commerce du sexe, après que Li eut opposé son veto. L'industrie du sexe de la ville était un secret de Polichinelle, mais personne n'était censé en parler, et encore moins dans le cadre d'une affaire sensationnelle de tueur en série.

Quant à l'approche psychologique développée par Chen, Yu ne l'évoqua même pas au bureau, il pensait que personne ne la prendrait au sérieux. Les études psychologiques ne servaient qu'après l'arrestation du criminel, pour conclure, mais pas tant qu'il restait en liberté, et inconnu. Il recommanda toutefois une sécurité renforcée pour le jeudi soir avec l'aide des comités de quartier. Pour une fois, Li donna volontiers son accord.

Yu allait mettre une nouvelle pincée de thé de Oolong dans sa vieille tasse quand le téléphone sonna.

« Je souhaiterais parler à l'inspecteur Yu Guangming. » C'était une voix qu'il ne connaissait pas, peut-être celle d'une femme d'âge mûr.

« Lui-même.

– Je m'appelle Yaqin. J'ai travaillé avec Jasmine. Vous êtes venu l'autre jour à notre hôtel. Je vous ai vu parler au réceptionniste.

– C'est exact.

– Est-ce que la récompense pour des informations sur Jasmine tient toujours ?

– Oui, deux mille yuans si elles font progresser l'enquête.

– Jasmine avait un petit ami. Elle l'a connu plusieurs mois avant de mourir. Quand il vient des États-Unis, il loge à notre hôtel, c'est un client régulier.

– Ça peut être intéressant. Pouvez-vous me donner davantage de détails, Yaqin ?

– Il s'appelle Weng. Pas très riche, sinon il ne logerait pas chez nous, mais il a des dollars, il peut rester des mois. Et il a un permis de travail aux États-Unis, ce qui suffirait à séduire pas mal de filles de cette ville. En tout cas, ils ont bien accroché. On les a vus dîner dehors ensemble, il lui tenait la main.

– Vous les avez vus ensemble ?

– Non, mais je l'ai vue entrer en douce dans sa chambre un après-midi, il y a environ un mois. Elle n'était pas de service ce jour-là. C'était un choix réaliste de sa part. Il a dans les quinze ans de plus qu'elle, mais il pouvait l'emmener aux États-Unis.

– Avez-vous remarqué quelque chose de suspect chez lui ?

– Eh bien, je ne suis pas très sûre. Sa famille est toujours ici, mais il préfère aller à l'hôtel. Pourquoi ? Ça me dépasse. Personne ne sait quel genre de travail il fait. Ni d'où vient son argent. La note d'hôtel pour trois ou quatre mois représente une grosse somme.

– J'ai parlé à votre directeur l'autre jour. Il n'a rien dit au sujet de Weng, ni des relations qu'il avait avec elle.

– Il ne le sait peut-être pas. En plus, les affaires de l'hôtel ont pâti de ces histoires. Inutile d'attirer davantage l'attention.

– Weng se trouve à l'hôtel en ce moment ?

– Il est revenu des États-Unis ce matin. Il s'est enfermé dans sa chambre.

– Je viens tout de suite. Si vous le voyez, dites-lui de ne pas sortir. Vous êtes sûre qu'il a passé les deux dernières semaines aux États-Unis ?

– Il n'était pas là quand elle est morte, mais je ne sais pas exactement où il était. Et il est revenu ce matin avec tous ses bagages.

– Vous pouvez vérifier son passeport ? Notamment la date de sa dernière entrée ici.

– Ça devrait être facile. Il l'a laissé dans un coffre de l'hôtel. Je vérifierai pour vous. Mais je ne veux pas que quelqu'un me voie communiquer des informations à un policier.

– Bien sûr. Je comprends. Je ne viendrai pas en uniforme. »

Trois quarts d'heure plus tard, Yu arriva dans le hall de l'hôtel en portant la veste grise que Peiqin lui avait achetée. Personne ne le reconnut. Il aperçut bientôt Yaqin, une femme petite avec un chignon à l'ancienne, malgré son âge qui ne devait pas dépasser les quarante-cinq ans. Elle glissa dans la main de Yu une photocopie du passeport. Elle indiquait que Weng était parti via Canton le jour où Jasmine avait été assassinée et n'était revenu que le matin même. Weng aurait eu difficilement le temps de commettre le premier crime. Et ne pouvait pas être l'auteur du second.

« Merci Yaqin. Il est encore là ?

– Chambre 307, répondit Yaqin dans un murmure.

– Je vous téléphonerai plus tard, dit Yu à voix basse. Pour que nous nous voyions à l'extérieur. »

Elle hocha la tête en ramassant un cendrier plein sur la table du hall, en employée consciencieuse.

Yu entra dans un vieil ascenseur qui le fit monter au troisième. Il suivit jusqu'au bout un couloir étroit et frappa à une porte marron marquée 307.

La porte s'entrouvrit. L'homme à l'intérieur avait une petite quarantaine, les cheveux hirsutes, les yeux rouges, légèrement gonflés. Yu reconnut Weng, bien qu'il ait paru plus jeune sur sa photo de passeport. Visiblement, Weng ne s'était pas changé depuis son arrivée, ses vêtements froissés faisaient penser à un sac de marin trop rempli. Yu montra sa plaque et alla droit au but.

« Vous devez savoir ce qui m'amène. Alors parlez-moi de vos relations avec Jasmine, monsieur Weng.

– Vous êtes rapide, camarade inspecteur Yu. Je viens tout juste d'arriver ce matin et vous me traitez déjà comme un suspect.

– Non. Vous ne savez sans doute pas qu'il y a eu une nouvelle victime ici pendant que vous étiez aux États-Unis. Vous n'avez pas à vous inquiéter d'être suspect. Mais ce que vous me direz nous aidera dans notre travail. Vous voulez venger la mort de Jasmine, n'est-ce pas ?

– Je vous dirai ce que je sais. Je commence par quoi ?

– Par votre rencontre – non, prenons à partir du début. Parlez-moi d'abord de vos allers-retours, dit Yu en sortant un magnétophone de poche. C'est la routine.

– Eh bien, j'ai quitté Shanghai pour poursuivre mes études aux États-Unis il y a sept ou huit ans. J'ai obtenu là-bas un doctorat d'anthropologie, mais je n'ai pas pu trouver de travail. Finalement, j'ai commencé à travailler comme acheteur en Chine pour une entreprise américaine. Elle n'a ni usine ni atelier et n'assure que la conception, les produits sont fabriqués ici et vendus dans le monde entier avec des bénéfices consistants. Parfois, elle achète simplement en gros au marché de Yiwu et met ses propres étiquettes. J'ai été engagé parce que je parle plusieurs dialectes chinois et que je peux négocier et marchander à la campagne. Alors je fais régulièrement l'aller-retour, Shanghai étant ma base. Après tout, c'est ma ville natale, et elle est très commode pour voyager n'importe où…

– Un instant, Weng. Vous avez votre famille ici, pourquoi ne pas habiter chez eux ?

– Mes parents n'ont en plus de leur chambre qu'une pièce de seize mètres carrés où mon frère aîné vit encore avec sa femme et ses deux enfants, tous entassés. Je pourrais me faire une place dans cette pièce unique, mon frère ne protesterait sans doute pas, mais sa femme pesterait sans arrêt. L'entreprise paie mes voyages d'affaires. Pourquoi est-ce que je leur ferais économiser de l'argent?

– Je vois. Ainsi vous avez rencontré Jasmine pendant un de vos séjours à l'hôtel.

– Je l'ai rencontrée il y a environ six mois, à cause d'une panne d'ascenseur. Le vieil ascenseur s'est arrêté entre le quatrième et le cinquième. Nous sommes restés bloqués à l'intérieur, rien que nous deux, face à face et avec la peur de nous écraser d'un instant à l'autre. Soudain, je l'ai sentie très proche. Dans son uniforme, pieds nus dans des sandales en plastique, avec son seau d'eau savonneuse. À la fleur de l'âge, elle était trop bien pour un travail aussi subalterne. Puis la lumière s'est éteinte. Dans son affolement, elle a agrippé ma main. Au bout des cinq minutes les plus longues de ma vie, l'ascenseur a redémarré. Dans la lumière qui est revenue comme une vague douce, elle m'est apparue très pure et très charmante. Je lui ai proposé de prendre un verre avec moi à la cantine – pour nous remettre du choc, de façon tout à fait conventionnelle. Elle a refusé en disant que c'était contraire au règlement de l'hôtel. Le lendemain matin je l'ai revue dans le hall. Elle paraissait éreintée, elle venait de terminer le service de nuit. Je l'ai suivie dehors et je l'ai invitée dans un restaurant de l'autre côté de la rue. Elle a accepté. C'est là que tout a commencé.

– Quel genre de fille était-ce?

– Une fille bien. On n'en rencontre plus beaucoup comme elle de nos jours. Pas matérialiste du tout. Elle aurait pu gagner beaucoup plus dans une boîte de nuit, mais elle préférait travailler honnêtement à l'hôtel. Je ne pense pas qu'elle m'ait pris pour un Monsieur Gros-Sous. Elle était trop intelligente. Et elle était très dévouée à son père, malade et paralysé. Une fille modèle.

– On m'en a parlé. Vous êtes allé chez elle ?

– Non, cette idée ne lui plaisait pas. Elle voulait garder notre relation secrète.

– Parce que vous continuiez à loger à l'hôtel ?

– Exact.

– Mais vous sortiez beaucoup avec elle. On aurait découvert votre relation tôt ou tard.

– Peut-être, mais nous ne sortions pas tant que ça. J'étais très pris, je voyageais ici et là, et elle devait s'occuper de son père.

– Une tout autre question. A-t-elle porté un *qipao* rouge en votre présence ?

– Non. Ce n'était pas une accro de la mode. J'ai essayé de lui acheter de nouveaux vêtements, mais elle refusait toujours. Elle s'était fait faire une veste dans une de sa mère d'il y a quinze ans. Non, elle ne... » La voix de Weng se brisa comme s'il était accablé par les souvenirs. « Le Vieux Ciel est aveugle. Une fille comme elle n'aurait pas dû connaître une telle suite de malchances ni une telle fin... »

Le téléphone de la chambre sonna. Weng décrocha précipitamment. Il devait attendre un appel.

« Oui, monsieur Newman, à propos de cet accord – ne quittez pas. » Weng se retourna en couvrant l'appareil avec sa main. « Excusez-moi, c'est un appel international. Nous pourrions parler à un autre moment ?

– D'accord », dit Yu en lui tendant sa carte, après y avoir ajouté le numéro du portable que le bureau lui avait temporairement alloué. « Vous pouvez m'appeler à n'importe quelle heure. »

La visite n'avait pas donné grand-chose, mais au moins il pouvait exclure deux possibilités : que Weng soit suspect et, plus important, que Jasmine ait été une proie facile mêlée à l'industrie du sexe, comme l'avait soupçonné Liao.

Il avait pourtant l'impression d'avoir manqué quelque chose dans cette entrevue. Mais il ne parvenait pas à mettre le doigt dessus.

11

Peiqin essayait encore une fois d'aider à sa manière.

Elle tenta d'apprendre qui avait été Qiao, la compagne-de-repas. Comme elle travaillait elle-même dans un restaurant, elle n'eut pas de mal à faire parler les gens. Le chef Pan se révéla très bien informé.

« Ah, les trois-compagnes… de repas, de chant et de danse, commença Pan avec enthousiasme en croquant des cacahuètes assaisonnées aux algues de Daitiao. Encore une caractéristique du socialisme à la chinoise. Le socialisme doit toujours être mis en avant, comme une pancarte de tête de mouton derrière laquelle on vend de la viande de chien ou de chat à tout-va. Les autorités du Parti rabâchent qu'il n'y a pas de prostitution ici, noir sur blanc. Alors la zone grise des trois-compagnes est apparue.

– Tu as travaillé dans des restaurants chic », dit Peiqin en servant à Pan une tasse de thé au ginseng, cadeau de l'inspecteur principal Chen, « et tu en sais sûrement très long.

– Confucius dit : *Les jouissances du palais et du corps sont dans la nature humaine.* Dans la réforme économique entreprise par le camarade Deng Xiaoping, quelle est l'industrie qui a eu l'expansion la plus incroyable ? Celle du divertissement. Ces nouveaux restaurants et boîtes de nuit hors de prix où les Messieurs Gros-Sous et les cadres du Parti dépensent sans compter. Alors les compagnes-de-repas sont arrivées tout naturellement.

– Mais comment font-elles pour gagner leur vie ?

– Pour un Monsieur Gros-Sous qui se vautre dans le fric, la compagnie d'une fille séduisante apporte la touche finale à une soirée parfaite, elle se pelotonne contre lui à table, dépose des délicatesses dans son assiette. C'est un énorme stimulant pour son impression de pouvoir et de réussite, une flamme de sensualité qui danse entre eux. En fait, la profession est exigeante. La fille doit être jolie, et futée aussi, capable de convaincre un Monsieur Gros-Sous qu'il en a pour son argent. Quant à elle, elle a un dîner gratuit, plus une énorme prime. Grâce à son choix du vin et des plats onéreux, l'addition peut être exorbitante et elle touche dix pour cent dessus, sans parler du pourboire. En plus, elle peut conclure un accord clandestin, à table ou en dessous. Ce qui se passe ensuite ne regarde pas le restaurant. En fin de compte, c'est pour elle un revenu conséquent.

– Tu as bien observé, Pan.

– Les compagnes-de-repas ne viennent pas dans un endroit minable comme le nôtre, mais elles font gagner de l'argent à un restaurant. Nous devons changer nous aussi.

– Merci beaucoup », dit Peiqin quelque peu déçue par la longue introduction. Elle avait besoin d'éléments plus concrets.

Les bribes d'information qu'elle obtint de ses autres collègues à propos des trois-compagnes furent aussi de vagues on-dit, embellis et peu fiables. Après tout, personne n'avait eu d'expérience directe.

Peiqin passa donc à l'étape suivante. Elle réussit à obtenir l'aide de *La Rivière Ming* où la seconde victime avait travaillé l'année précédente. Le directeur, Zhang Quatz'yeux, suggéra à Peiqin de parler à Rong.

« Rong, la plus âgée de ces filles, est une "grande sœur" d'environ trente-cinq ans avec une longue expérience, beaucoup de relations et, surtout, une liste de clients réguliers qui font appel à ses services. Et elle est cultivée à sa manière, notamment en histoire de la cuisine chinoise, ce qui la fait rechercher par les clients âgés, expliqua Zhang. Certains retiennent leur compagne-de-repas à l'avance et c'est elle qui organise tout. Quant aux nouveaux clients, ils ne sont pas toujours faciles à approcher et l'expérience de Rong peut être précieuse. On dit aussi qu'elle était amie avec Qiao.

– Elle me conviendra parfaitement. Merci beaucoup, directeur Zhang.

– Mais il faut arriver à la faire parler. C'est quelqu'un de spécial. »

Elle téléphona à Rong en se présentant comme un écrivain en herbe. Comme elle avait appris qu'elle s'y connaissait en cuisine, elle l'invita à déjeuner au *Pavillon d'Automne*, célèbre pour ses fruits de mer. Rong accepta volontiers. Elle devait bien connaître Zhang.

Rong arriva en veste blanche et jeans. Grande et mince, sans maquillage ni bijoux, elle ne risquait guère d'être prise pour une compagne-de-repas. Peiqin choisit une table dans un coin tranquille et expliqua ce dont elle avait besoin : outre une introduction à la tradition culinaire, elle souhaitait apprendre quelque chose sur Qiao, pour pouvoir écrire une nouvelle. Ce n'était pas trop difficile de jouer à l'écrivain en truffant son discours de citations populaires, mais elle se demanda si Rong la croyait vraiment.

« Intéressant, dit Rong. Peu de gens veulent écrire de nos jours. Peiner sur le papier pendant des mois pour gagner à peine de quoi se payer un repas…

– Je sais. Mais je travaille dans un restaurant depuis plus de dix ans. Je dois faire autre chose que m'occuper de trois repas par jour.

– Vous avez peut-être raison. Puisque nous sommes un peu des collègues, vous n'avez pas à commander comme les Messieurs Gros-Sous, dit Rong avec vivacité en prenant la carte. Tranches de racines de lotus au riz gluant, poulet fermier mariné au vin jaune de Shaoxin, bar vivant au gingembre et oignon cru. Ce devrait être suffisant.

– Et comme entrée ?

– Prenons deux fritures d'huîtres. Je vais à *La Rivière Ming* ce soir. Nous sommes ici pour parler.

– Parfait. » Peiqin était heureuse que Rong ait compris qu'elle n'était pas là en tant que compagne-de-repas. « Combien de temps avez-vous fréquenté Qiao ?

– Pas très longtemps. Depuis le moment où elle est arrivée à *La Rivière Ming*. Il y a un an, je crois.

– D'après Zhang, vous avez sympathisé. Vous devez bien la connaître.

– Non. Dans notre métier, en général, on ne pose pas de questions et on n'y répond pas. Elle était jeune et inexpérimentée, c'est pourquoi je lui ai donné un ou deux conseils. Maintenant qu'elle est morte, même si je savais quelque chose…

– Quoi que vous me disiez, ça ne servira que de toile fond à ma nouvelle. Je ne donnerai aucun nom réel. Vous avez ma parole, Rong.

– Alors ça peut ne pas être à propos d'elle ?

– Pas nécessairement. » Peiqin comprenait ses réserves, des gens pouvaient vendre des informations sur Qiao à un magazine. « Zhang me connaît bien. Sinon il ne m'aurait pas indiqué votre nom. Ce n'est qu'une fiction.

– Eh bien, voici une histoire de fiction, dit Rong en vidant sa tasse d'un coup et en saisissant avec les doigts une huître frite dorée, mais avec des éléments réels sur la profession. Je ne donnerai pas le nom de la fille. »

C'était malin de la part de Rong. En évoquant la fiction, elle déclinait toute responsabilité dans ce qu'elle allait dire.

« Elle est née au début des années soixante-dix, commença Rong en grignotant l'huître frite. Le dicton *la beauté ne se mange pas* était le préféré de ses parents. Sur le mur derrière son berceau, une affiche représentait la "fille de fer" du président Mao, grande, forte, avec des muscles d'acier. Lorsque les gens avaient du mal à se nourrir, la beauté apparaissait bien dérisoire. À l'école primaire, elle a dessiné la maison de ses rêves : un magnifique restaurant, où elle n'a mis les pieds qu'à quinze ans.

« Et sa beauté s'est épanouie au milieu des années quatre-vingt. Même si le dicton de ses parents n'était plus toujours vrai, il s'appliquait encore dans son cas. À une époque où tout reposait sur les relations, il fallait plus que la beauté pour devenir mannequin ou star. Elle n'avait pas de relations. Pour une fille de famille ouvrière ordinaire, un emploi dans une fabrique d'État représentait la sécurité et la solidité d'un bol de riz en fer. Quand elle a fini le lycée, elle a donc commencé à travailler dans une filature en reprenant le poste de sa mère, retraitée de bonne heure.

« Là, sa beauté ne signifiait rien. Elle faisait les trois huit, traînait ses pieds fatigués autour des navettes, comme une mouche qui tourne en rond. Rentrée chez elle, elle ôtait vite ses chaussures et prenait ses plantes de pied calleuses dans ses mains. Par la fenêtre, elle voyait les branches nues des saules dans le vent d'automne et n'était sûre que d'une chose : une ouvrière du textile vieillit vite. *Bientôt, la splendeur du printemps s'efface de la fleur. Rien n'arrête la pluie froide, ni le vent perçant.*

« Mais les choses commençaient à changer avec la réforme entreprise par Deng Xiaoping. Cette fille avait des rêves inconcevables pour ses parents. En regardant les revues de mode, elle se sentait exclue. Dans les descriptions des marieuses du voisinage, c'était elle qui rendait les vêtements beaux, et non l'inverse.

« Elle a décidé de profiter de sa jeunesse. Les conventions relatives aux rendez-vous avaient évolué dans cette ville. Les jeunes gens dînaient dehors pour leur premier ou deuxième rendez-vous. La dépense variait en fonction du portefeuille du garçon ou de la beauté de la fille. Comme dit le proverbe, *le sourire d'une beauté vaut mille pièces d'or,* notamment au premier stade d'une éventuelle relation sentimentale. L'homme pouvait être généreux avec son argent comme un chef du Sichuan avec son poivre noir. Une fois la relation stabilisée, une fille insistait généralement pour que son amoureux économise en vue de leur avenir commun. Ils sortaient encore de temps en temps au restaurant, mais bon marché, tel que *La Brioche à la soupe de Nanyang* au marché du Temple du dieu protecteur de la ville, où ils passaient deux heures à attendre leur tour de déguster les célèbres brioches. Elle en a conclu qu'une fille de la classe ouvrière ne disposait que d'une courte période pour s'amuser.

« Sa mère s'inquiétait qu'elle ne montre aucune intention de se caser. "Je ne suis pas encore prête, répondait-elle, à vivre avec ma famille entassés dans une pièce de neuf mètres carrés, avec le bébé qui pleure, le wok qui fume, les couches qui sèchent et les murs qui s'effritent comme des rêves inaccessibles. Je finirai par me marier, comme tout le monde, mais laisse-moi profiter un peu de la vie."

« Et elle en a profité en essayant ces rendez-vous dans des restaurants, en insistant sur des plats et du vin chers. L'addition faisait mal, mais si l'homme tiquait, c'était tant pis pour lui. La fille s'arrangeait pour que la relation soit brève et agréable. Disons brève, mais pas si agréable que ça quand l'homme ne pouvait plus s'offrir sa compagnie. Elle mangeait du bœuf à la sauce d'huître au *Xinya*, du canard rôti à la pékinoise au *Pavillon de Yanyun*, de la chair de crabe au fromage à *La Maison rouge*, des pommes au sucre filé à l'*Hôtel de Kaifu*, du concombre de mer avec de la laitance de crevette à *La Vieille Maison de Shanghai* et ainsi de suite…

« Son cinquième rendez-vous, avec un prétendu riche oncle de Hong Kong, s'est révélé capable de la mener d'un restaurant à l'autre. Au bout de deux mois, ce dernier a cessé lui aussi de se présenter devant l'*Hôtel de Cathay*. Elle était un peu déçue, mais la semaine suivante elle a rencontré son sixième homme à la *Marmite chaude et épicée* où elle a dégusté des tranches d'agneau et de bœuf, de l'anguille, des crevettes et toutes les délices imaginables dans une marmite de bouillon de poulet posée entre eux. Le mois suivant, elle a rencontré le septième au *Pavillon de Yangzhou*, avec des roucoulements à propos d'une tortue à la vapeur au sucre glace et au jambon, une spécialité fameuse connue pour prétendument "revigorer l'énergie sexuelle". Elle a souri en posant un morceau de chair de tortue dans l'assiette de l'homme et en prenant un autre dans sa bouche.

«Elle a bientôt eu des difficultés dans le cercle qu'elle fréquentait. Ces hommes, qui lui avaient été présentés par des voisins ou des collègues, étaient du même niveau social. Aucun d'eux ne pouvait vraiment combler ses espérances. On racontait que l'un avait vendu son sang avant son dernier rendez-vous avec elle à *La Terre rouge*.

«"Ce n'est pas ma faute, disait-elle pour se défendre. Rien ne les oblige à s'accrocher comme ça. Pourquoi ces restaurants sont si chers? À cause de leur qualité. Pourquoi moi? À cause de ma beauté. Pour moi, ce n'est pas seulement une question de goût sur mon palais. Devant une machine, je suis comme une vis, fixée là, terne, sans vie. Dans un restaurant de luxe, je suis un être humain, une vraie femme qu'on sert et qu'on chouchoute."

«Avec tous ces hôtels et ces restaurants chic qui poussaient comme des champignons et ces jolies filles qui traînaient autour comme de l'herbe folle – les trois-compagnes –, elle a vite pris une autre décision. Elle était séduisante et elle s'y connaissait en cuisine, sa présence en tant que compagne-de-repas était appréciée. Et grâce à un de ces dîners de Messieurs Gros-Sous, elle avait une chance de rencontrer son futur mari "tortue dorée" au lieu d'attendre que les marieuses la présentent à des hommes incapables de payer l'addition.

« C'était en effet une profession très rentable. En choisissant du vin de Huadiao de dix ans d'âge ou les spécialités du chef telles que le combat du tigre et du dragon – du chat et du serpent dans une marmite, comme vous savez –, ou des abalones aux ailerons de requin, elle touchait une prime appréciable. Si le client voulait d'autres services, on pouvait en discuter. Elle s'est bientôt "laissé porter par les vagues et les courants".

« Un soir, après un repas léger avec un client japonais, elle l'a suivi dans un hôtel cinq étoiles où elle a goûté pour la première fois au service de chambre avec sushi et saké. Pour faire plaisir à son hôte, elle a mis un kimono japonais et s'est agenouillée sur un coussin moelleux jusqu'à ce qu'elle soit raide comme une fleur de lotus en vieux plastique. Mais après trois tasses de saké, elle s'est sentie s'épanouir comme une fleur nocturne, parfumée par l'idée que le repas coûtait des milliers de yuans. Plus tard, il lui a fait prendre une douche, l'a fait s'étendre sur le tapis, et il a répandu du wasabi sur ses orteils nus. Il les a tétés l'un après l'autre comme un bébé et a déclaré que c'était plus délicieux que les sushis au saumon. Il a ensuite répandu de cette moutarde verte sur les autres parties de son corps tandis qu'elle gloussait sous les chatouilles. Il a juré sur la tête de sa mère que le "banquet de corps féminin" était une ancienne tradition de gourmet japonais. Ivre, elle a manqué les détails de la "fête des sens". Le lendemain matin, quand il lui a proposé de l'argent, elle a refusé. Elle venait de se rappeler soudain que son grand-père avait été tué pendant la guerre sino-japonaise. Elle a pris à la place l'équivalent en bons de restaurants et d'hôtels.

« En sortant de l'hôtel cinq étoiles, elle avait encore l'impression de marcher sur les nuages et la pluie[1] de la nuit, quand elle a été poussée dans un car de police. À l'époque, c'était illégal de coucher avec un étranger. Elle a été relâchée au bout de trois jours parce qu'elle n'avait pas de casier judiciaire et qu'on n'avait pas trouvé d'argent japonais sur elle. Mais c'était une énorme humiliation et une "faute politique".

« C'était dans un moment où l'industrie textile de la ville allait déjà mal. Shanghai, qui avait été un centre industriel, était en train de devenir un centre financier. Alors que les nouveaux gratte-ciel s'élevaient, les vieilles usines fermaient. Le directeur de la filature a saisi l'occasion de la licencier avec pour seul commentaire : "Elle a perdu sa place à force de manger." Et elle est devenue compagne-de-repas à plein temps... »

Après un bref silence, Rong but une gorgée, le vin scintillait dans le cristal comme un rêve perdu. Elle récita quelques vers.

« Les souvenirs des larmes colorées de fard, de la nuit d'ivresse... Quand tout cela reviendra-t-il ? La vie dans la tristesse est longue telle l'eau qui roule et roule vers l'est. »

Ces vers paraissaient familiers. Rong avait visiblement terminé son récit. Peiqin était déçue. Il s'agissait surtout de la métamorphose d'une fille en compagne-de-repas. En étudiant l'expression du visage de la narratrice, elle se demanda si cette histoire n'était pas aussi un peu autobiographique.

Le serveur apporta à pas pressés un grand plat de poisson. C'était sans doute leur dernière commande.

1. Métaphore traditionnelle de l'union sexuelle.

« Regardez ce poisson, dit Rong en levant ses baguettes. Ses yeux vivent encore. »

Le bar, recouvert de sauce brune, était cuit à point, avec sa queue dorée par la friture. Le serveur détacha un filet blanc. La chair était tendre, mais les yeux du poisson semblaient cligner.

« C'est une recette spéciale. On met des glaçons dans la bouche du poisson vivant, on le fait frire dans un grand wok avec la tête hors de l'huile bouillante, on le retire en moins d'une minute et on le nappe de sauce spéciale dans un plat. Chaque étape doit être rapide et précise. À servir chaud. C'est pour ça que le serveur est sorti de la cuisine au galop. »

Rong avait ainsi prouvé sa culture culinaire, et la recette pouvait s'intégrer dans une histoire, mais ce n'était pas vraiment ce que Peiqin voulait apprendre.

« Merci beaucoup, Rong. C'est une belle histoire, dit Peiqin en essayant de remettre la conversation sur ses rails. Mais je suis toujours sous le choc à propos de Qiao. Comment une fille comme elle a-t-elle pu finir aussi tragiquement ?

– On ne sait jamais vraiment à quel client on a affaire…, dit Rong en regardant Peiqin dans les yeux. Et nous ne sommes pas en train de parler de Qiao, si ?

– Non, c'est un simple exemple.

– Ce qui est arrivé à Qiao est incompréhensible. Ça ne s'était jamais produit.

– Elle aurait pu se faire des ennemis à cause de ses services ?

– Pas que je sache. En fait, des trois-compagnes, la compagne-de-repas est la moins exposée, dit Rong. Dans un club de karaoké, le tarif pour un salon privé peut être une énorme arnaque. Les prix de beaucoup de suppléments ne sont indiqués nulle part et on ne sait ce qu'on va payer qu'en voyant l'addition. Tandis que dans notre restaurant, tous les prix figurent sur la carte. Vous ne perdez pas la face si vous dites que vous n'aimez pas tel ou tel plat. J'ai suggéré à je ne sais combien de clients une spécialité de la maison, la cervelle de singe vivant, par exemple, mais aucun ne l'a commandée. Je ne leur en veux pas. C'est trop cruel, avec le chef qui scie le crâne rasé du singe et en sort des louchées de cervelle devant les convives pendant que le singe se débat en hurlant de douleur…

– Revenons à Qiao, l'interrompit Peiqin. Vous étiez avec elle le soir de sa disparition ?

– Non. Elle devait venir, mais elle ne l'a pas fait.

– Elle aurait pu aller dans un autre restaurant.

– Je ne pense pas. La compétition est rude partout. Entre les filles aussi. Pour la plupart, elles tiennent à aller dans un restaurant particulier, et à s'organiser plus ou moins. Pour être franche, c'est à ce sujet que je l'ai aidée de temps en temps. Les choses sont parfois compliquées. Une fille doit s'entendre avec le propriétaire et les serveurs sur le partage des bénéfices ; avec le bureau local des autorisations d'exercer ; avec les truands pour leur prétendue protection ; et aussi avec la police, qui peut lui rendre la vie difficile. Si elle se présentait quelque part toute seule, elle risquerait de se faire expulser par les serveurs ou les truands, voire par les autres filles. C'est leur territoire. Elle pourrait avoir aussi d'autres ennuis.

– Donc vous ne pensez pas qu'elle a été la proie de l'assassin pendant son service.

– Non, pas dans notre restaurant.

– Une autre question, Rong. Elle avait un petit ami ?

– Non. Ce n'est pas facile pour ce genre de fille d'avoir une relation stable. Qu'en penserait son partenaire, en tant qu'homme ? Elle doit lui mentir sur sa profession, et le jeu ne dure pas longtemps. Dès qu'il découvre la vérité, tout est fini, à cause de son “ego de mâle” blessé.

– Elle vous a parlé de ses projets d'avenir ?

– Elle m'a dit qu'elle économisait pour acheter une boutique de fleurs, elle ne voulait pas rester éternellement compagne-de-repas. Elle m'a dit aussi qu'elle ne penserait à rien d'autre en attendant d'avoir sa boutique.

– Qu'est-ce que vous pensez de cette affaire ?

– Un assassin a pu la rencontrer au restaurant, obtenir son numéro de téléphone et l'inviter à sortir quelques jours plus tard. Il se peut aussi qu'elle ait trouvé la mort dans des circonstances étrangères à son travail.

– C'est vrai.

– Vous n'êtes pas de la police, n'est-ce pas, Peiqin ?

– Non. Je travaille aux *Quatre Mers* depuis mon retour du Yunnan. Notre restaurant d'État a subi des pertes. Notre chef suggère que nous le transformions en établissement de luxe avec des services à la mode. Vous pouvez nous donner des conseils. »

C'était la vérité. Rong pouvait être d'une grande aide. Pas nécessairement sous l'aspect des trois-compagnes, aspect que Peiqin ne voulait pas encore envisager.

« À propos, Peiqin, il y a peut-être quelque chose, je parle de Qiao. Trois ou quatre jours avant le soir fatal, un client est venu, seul. Il n'avait pas l'air de quelqu'un qui demanderait une fille, alors je n'ai pas prêté attention à lui. Mais il a demandé de la compagnie à un serveur. Qiao est allée vers lui. Il ne s'est rien passé ce soir-là.

– Vous pouvez décrire cet homme ?

– Si je me souviens de lui, c'est parce qu'il ne ressemblait pas à ces parvenus. Je dirais qu'il avait l'air d'un gentleman. Taille moyenne. Oh, encore une chose. Il portait des lunettes teintées. Pas exactement des lunettes de soleil. Mais quand même, c'est rare qu'on porte ce genre de lunettes en hiver.

– Qiao vous en a parlé ensuite ?

– Non. Elle a travaillé tard. Elle avait un autre vieux client ce soir-là.

– Elle avait un portable ?

– Pas que je sache. Et pas de téléphone chez elle. Si j'avais besoin de la joindre, j'appelais son voisin du deuxième. Peu de gens connaissaient ce numéro. » Rong se leva avec un sourire. « Je crois qu'il est temps que je me prépare pour ce soir. Je mettrai peut-être un *qipao* moi aussi. Il fait chaud. »

12

Tôt le matin, le bureau fit livrer chez Chen une pile de journaux ainsi que les derniers rapports sur l'affaire et la cassette des entrevues de Yu.

Au lieu d'ouvrir le recueil d'histoires des dynasties Song et Ming comme il l'avait projeté la veille, Chen consulta ce qu'avait préparé Yu en s'enveloppant dans une robe de chambre, appuyé contre la tête du lit.

Il restait sur la table de chevet une tasse de thé froid de la veille, presque noir. En principe, on ne boit pas le thé de la veille. Mais il le but.

Peu après, il reçut un autre paquet. Des livres de la bibliothèque. De psychologie pour la plupart.

À l'université, Chen s'était quelque peu familiarisé avec le sujet – surtout Freud et Jung – pour les besoins de la critique littéraire. Il fut soulagé de constater qu'il réagissait encore aux termes psychologiques. « Inconscient collectif », en particulier, attira son attention. Il s'aperçut que derrière la démarche d'autodéconstruction dans les histoires d'amour, il y avait peut-être quelque chose d'approchant.

En allait-il de même derrière le message d'autodéconstruction – s'il pouvait le désigner ainsi – dans l'affaire du *qipao*?

Après 1949, la Chine socialiste ne reconnaissait pas l'existence des problèmes psychologiques. Les Chinois ne pouvaient pas avoir de problèmes, psychologiques ou autres, tant qu'ils suivaient l'enseignement du président Mao. Ou alors ils devaient se réformer, par le travail forcé. La psychologie était pratiquement considérée comme de la charlatanerie, et la pratique psychanalytique n'existait tout simplement pas. En supposant qu'il y ait eu des analystes, ce n'était pas raisonnable d'en consulter un : les problèmes évoqués pouvaient devenir des preuves de « crime politique » grave. Depuis quelques années, la psychologie avait été progressivement réintroduite et quelque peu réhabilitée, mais avec scepticisme. Et au bureau, une approche psychologique n'était pas considérée comme orthodoxe.

Chen se mit à lire avec attention les rapports de Yu.

Yu avait de grosses difficultés avec Liao. Mis à part la longue rivalité entre les deux brigades, Liao n'approuvait pas que Yu se concentre sur Jasmine. Il avait déclaré que la brigade des homicides avait déjà tout exploré. Le tueur était un fou qui frappait au hasard, et on perdrait son temps à chercher une explication rationnelle.

Mais, comme dans le jeu de go, un joueur expérimenté est capable de saisir une occasion, d'instinct. Une petite « pierre » blanche ou noire, dans une position marginale, presque sans importance propre, pouvait contenir la possibilité d'un retournement de la partie. Yu avait une bonne intuition devant un plateau de go. Et dans ses enquêtes aussi.

Après sa première entrevue avec Weng à l'hôtel, il avait poursuivi dans cette direction. Il avait vérifié les mouvements de Weng, y compris à l'aéroport. Pas d'erreur sur sa date d'arrivée, mais Yu avait fait une découverte inattendue dans sa déclaration en douane. Sur le formulaire, Weng avait coché la case « marié ». Une nouvelle conversation avait été nécessaire.

Chen mit la deuxième cassette dans le lecteur en sautant les préliminaires pour arriver là où Yu questionnait Weng sur sa relation avec Jasmine et son statut marital.

Weng : Quand je l'ai rencontrée, j'étais encore marié, mais déjà séparé de ma femme. J'attendais que le divorce soit prononcé. Jasmine le savait, peut-être pas depuis le début.

Yu : Elle a été contrariée de l'apprendre ?

Weng : Je crois que oui, mais soulagée aussi.

Yu : Pourquoi ?

Weng : J'ai essayé de monter une affaire d'antiquités à mon compte. Avec mes connaissances en anthropologie, je pensais pouvoir faire beaucoup mieux que ces marchands de camelote, notamment en comptant sur l'énorme marché qui existe en Chine de nos jours. Je voulais qu'elle s'installe aux États-Unis où elle pourrait m'aider à tenir le magasin. Mais Jasmine n'était pas pressée de partir, elle s'inquiétait pour son père. Je me suis renseigné sur la possibilité de faire entrer Tian dans une maison de santé là-bas. En réalité, tout pouvait se régler en deux semaines. C'est simplement sa malchance. Une véritable malédiction !

Yu : Vous avez parlé de sa malchance. Vous pouvez me donner des exemples ?

Weng : Elle a eu beaucoup de malheurs. Inexplicables. Sans parler de ce qui est arrivé à son père...

Yu : Commençons par son père.

Weng : Tian était un Rebelle ouvrier pendant la Révolution culturelle. Pas un brave homme, c'est certain. Il a été puni – deux ou trois ans de prison. Il le méritait, mais après sa libération, une terrible malchance l'a poursuivi comme son ombre.

Yu : Le karma, comme disent ses voisins.

Weng : Le karma, si vous voulez, mais il y avait beaucoup de Gardes rouges et de Rebelles ouvriers durant ces années-là. Qui a été vraiment puni ? À ma connaissance, personne d'autre que Tian. Son divorce, la perte de son emploi, ses années de prison, la faillite de son restaurant, et finalement sa paralysie...

Yu : Vous allez trop vite, Weng. Des détails.

Weng : Après la Révolution culturelle, sa femme a reçu des appels anonymes dénonçant ses liaisons avec d'autres femmes. Un coup fatal pour leur mariage. Elle a divorcé. Ce n'était certes pas un mari modèle, mais ses liaisons n'ont jamais été prouvées, et personne n'a su qui téléphonait. Ensuite son usine a subi des pressions d'en haut, il a été licencié, et aussi condamné. Ce qui est arrivé alors à sa femme est encore plus incroyable. Elle avait à peine trente ans, elle était divorcée, elle s'est mise à fréquenter un autre homme. Bientôt ont paru dans son quartier des photos d'elle, dans ses bras, au lit. Au début des années quatre-vingt, ç'a été un terrible scandale. Elle s'est suicidée. Jasmine est retournée chez Tian. Il a emprunté de l'argent pour monter un petit restaurant, mais en moins d'un mois plusieurs clients avaient eu une intoxication alimentaire. Ils l'ont poursuivi avec l'aide d'un avocat, et Tian a fait faillite.

Yu : C'est curieux. À cette époque-là, on engageait rarement des poursuites pour ce genre de choses.

Weng : Et vous savez comment il est resté paralysé ?

Yu : Une attaque, non ?

Weng : Il était tellement aux abois qu'il a essayé de se refaire à une table de mah-jong. Et la deuxième fois qu'il s'est assis à la table, il s'est fait prendre par un policier de l'îlot. Lourde amende et sermon. C'est là qu'il a eu son attaque.

Yu : Vous parlez d'un karma ! Et sa malchance à elle ?

Weng : C'était très dur pour une petite fille, mais c'était une bonne élève. Le jour de l'examen d'entrée à l'université, elle s'est fait renverser par une bicyclette. Rien de grave, elle a dit au cycliste de ne pas s'inquiéter, mais il a insisté pour l'accompagner à l'hôpital. Quand tout a été fini, il était trop tard pour passer l'examen.

Yu : C'était un accident. N'importe quel cycliste responsable aurait fait de même.

Weng : Peut-être. Mais son premier emploi ?

Yu : Eh bien ?

Weng : Elle ne pouvait pas se permettre d'attendre l'année suivante pour l'examen. Elle est entrée dans une compagnie d'assurances. Pas mal pour une vendeuse. Une prime intéressante. Les assurances démarraient à peine dans cette ville. Au troisième ou quatrième mois qu'elle était là, quelqu'un a écrit à son patron en se plaignant de son « mode de vie immoral » et de ses « procédés honteux » pour vendre des polices. Son patron ne voulait pas que l'image de sa compagnie soit ternie par un scandale et il l'a licenciée.

Yu : Bon, c'est la version de Jasmine.

Weng : Aucune raison d'inventer ce genre de choses. Je n'ai jamais posé de question sur son passé.

Yu : Elle parlait elle-même de sa malchance ?

Weng : On aurait dit que cette menace avait pesé sur elle tout au long de sa vie. Elle avait fini par croire qu'elle était née sous une mauvaise étoile. Elle a posé sa candidature à d'autres emplois, mais elle n'a rien obtenu jusqu'à ce qu'elle arrive dans cet hôtel miteux. Une impasse.

Yu : Comment en est-elle venue à vous raconter tout ça ?

Weng : Elle souffrait d'une sorte de complexe d'infériorité. Quand nous avons commencé à sortir ensemble et que je lui ai parlé de notre avenir, elle avait du mal à accepter que sa vie changerait. Sans la panne d'ascenseur, elle n'aurait jamais consenti à sortir avec moi. Elle était un peu superstitieuse et elle a pris l'incident comme un signe. Vous comprenez, après tant de malchances dans sa jeune vie…

Yu : Encore une question. Quand aviez-vous l'intention de l'épouser ?

Weng : Nous n'avions pas fixé de date, mais nous étions d'accord pour que ce soit le plus vite possible – après le divorce…

Chen accéléra le déroulement de la bande jusqu'à la fin, mais Yu n'avait pas ajouté de commentaire, contrairement à ce qui lui arrivait parfois. Pas de commentaire non plus dans le rapport écrit.

Chen se leva pour se faire un café. C'était un matin froid. Devant la fenêtre, une feuille jaune se détacha enfin de la brindille en tremblant, comme dans une histoire qu'il avait lue il y avait bien longtemps.

Il retourna à son lit, posa le café sur la table de nuit et tapota du doigt le lecteur de cassette.

Comme s'il tapotait un plateau de go, il vit Yu s'interroger sur la possibilité d'une ouverture, pas encore identifiée.

C'était la remarque de Weng au sujet de la malédiction de Jasmine.

Tian avait certes mérité son châtiment, mais la plupart des gens comme lui étaient restés impunis après la Révolution culturelle, et le portrait du président Mao trônait toujours à la porte Tian'anmen. Comme dit le proverbe, *tuer le singe c'est effrayer les poulets.* Tian était le singe, peut-être était-ce son destin.

Mais Jasmine ? L'incident de la bicyclette pouvait être accidentel. Les lettres anonymes, en revanche, allaient trop loin. Elle n'avait que dix-sept ou dix-huit ans. Qui pouvait la haïr à ce point ?

Le portable fit de nouveau irruption dans la sombre matinée de réflexion.

« Allons prendre un brunch au marché du Temple du dieu protecteur de la ville », dit Nuage Blanc. Sa voix semblait toute proche. « Je sais que vous aimez leurs brioches à la soupe. »

C'était probablement une bonne idée de faire une

pause. Bavarder avec Nuage Blanc pouvait l'aider, pour sa dissertation et aussi pour l'enquête.

« Plusieurs boutiques là-bas vendent des *qipao*, poursuivit-elle avant qu'il ne réponde. Tout un assortiment, pas de très bonne qualité, mais chic, et certains sont carrément rétro. »

Cela le décida.

« Retrouvons-nous à *La Brioche à la soupe de Nanyang.* »

Il se dit que c'était pour l'enquête. Nuage Blanc pouvait servir de consultante en matière de mode, bien que cela le mette un peu mal à l'aise.

Était-ce à cause de quelque chose qu'il avait étudié pour sa dissertation… la femme fatale ? Il semblait y avoir un étrange écho de l'histoire qu'il venait de lire. D'après un critique, Yingying, dans *Biographie de Yingying*, était en réalité d'un milieu douteux, comme les filles de karaoké d'à présent.

Chen s'habilla pour sortir.

Vingt minutes plus tard, il pénétrait, par le portique familier, dans le bazar du Temple du dieu protecteur de la ville.

Pour la plupart des Shanghaïens, le temple n'était pas un lieu d'intérêt en soi, mais simplement une façon de désigner le marché qui l'entourait, regorgeant de gargotes et de produits ; à l'origine, des échoppes et des étals pour les fêtes du temple. Pour Chen, l'attraction venait surtout de ces lieux aux saveurs uniques où on pouvait manger à bon marché : soupe au sang de poulet et de canard, brioche à la vapeur, gâteau de radis râpé, boulettes aux crevettes et à la viande, soupe de bœuf aux nouilles, tofu frit et vermicelles… Il avait tant aimé tous ces plats à l'époque où, dans une société encore égalitaire, les gens gagnaient peu d'argent et appréciaient les repas simples.

Là aussi, il y avait des changements. Un grand bâtiment s'élevait à présent derrière le jardin Yu – autrefois celui du maire de Shanghai sous la dynastie des Qing –, dans le style traditionnel des anciens pavillons et grottes du Sud. Lorsqu'il était enfant, ses parents, qui ne pouvaient pas s'offrir le voyage à Suzhou et Hangzhou[1], l'amenaient dans ce jardin.

En contournant le jardin, il gravit le pont des Neuf Zigzags – ces derniers étaient, disait-on, destinés à dérouter les mauvais esprits. Un vieux couple sur le pont jetait des miettes de pain aux carpes dorées, invisibles dans le bassin, et salua Chen. Il faisait trop froid pour que les poissons remontent à la surface, mais le vieux couple restait là et attendait. Le dernier zigzag du pont amena Chen au restaurant.

Le rez-de-chaussée n'avait guère changé, une longue file de clients attendait dehors de pouvoir entrer et regardait sans se lasser, par la grande fenêtre de la cuisine, le spectacle des marmitons qui évidaient prestement des crabes sur une longue table de bois et mélangeaient la chair avec du porc émincé. Il monta au premier, qui était bondé bien que les prix soient le double d'en bas. Il monta donc jusqu'au deuxième, où on payait le triple pour les mêmes brioches à la soupe. Les tables et les chaises en imitation acajou n'étaient pas très confortables, mais il n'y avait pas trop de monde. Il s'assit face au lac.

---

1. Respectivement à une heure et trois heures de train de Shanghai, ces sites célèbres sont deux hauts lieux du tourisme en Chine depuis la période impériale.

Un serveur allait lui verser du thé quand Nuage Blanc monta l'escalier, grande et mince dans un manteau blanc en fausse fourrure ; elle était chaussée de talons hauts. En l'aidant à ôter son manteau, il vit qu'elle portait un *qipao* rose à dos nu. La robe lui allait bien, elle accentuait ses formes. Il pensa encore une fois à la fameuse phrase de Confucius, *une femme se rend belle pour l'homme qui l'apprécie.*

« Vous flottez comme un nuage du matin », remarqua-t-il avant de commander quatre paniers de brioches à la vapeur farcies de soupe au crabe et au porc. Le serveur prit la commande avec un regard en coulisse vers Nuage Blanc.

« Vous avez bon appétit aujourd'hui, dit-elle en posant sur la table un sac de soie rose assorti à sa robe.

– *Une beauté est si exquise que l'on veut la dévorer*, dit-il en citant Confucius.

– Vous devenez romantique. » Elle déchira une pochette contenant une boule de coton imbibée d'alcool qu'elle avait sortie de son sac et essuya d'abord les baguettes de Chen, puis les siennes. C'était un des rares vieux restaurants de Shanghai qui résistaient encore aux baguettes jetables.

« Nostalgique, peut-être », dit-il en trempant les tranches de gingembre dans les soucoupes de vinaigre. Une d'elles était fêlée, comme dans le temps, comme cet après-midi-là avec son cousin Peishan.

Au début des années soixante-dix, Peishan avait été un des premiers jeunes instruits à « aller à la campagne être rééduqués par les paysans pauvres et moyens-inférieurs ». Avant de quitter Shanghai, Peishan l'avait emmené dans ce restaurant qui, comme les autres de l'époque, était censé ne servir que la classe ouvrière « dans la tradition glorieuse du Parti, de dur labeur et de vie simple». Les plaisirs culinaires étaient dénoncés comme une extravagance bourgeoise décadente. Il fallait manger simplement pour faire la révolution. Beaucoup de restaurants chic fermèrent. *La Brioche* fut une heureuse exception grâce à ses prix incroyables: un panier vapeur en bambou pour seulement vingt-quatre fens, c'était bon marché pour n'importe quel ouvrier. Cet après-midi-là, ils avaient attendu patiemment leur tour, pas moins de trois heures. Et avaient commandé en conséquence: quatre paniers chacun, après une remarque sentimentale de Peishan. «Quand, quand pourrai-je revenir à Shanghai… et à ses délicieuses brioches à la soupe?»

Le cousin Peishan n'était pas revenu. Dans la campagne très lointaine, il avait eu une dépression nerveuse et avait sauté dans un puits à sec. Il aurait pu aussi mourir de faim.

Vingt ans ont passé comme un rêve.
Quelle surprise d'être encore ici, aujourd'hui!

Chen décida de ne pas parler de cet épisode, la nostalgie de la Révolution culturelle n'était pas de bon ton. Une jeune femme d'une autre génération ne comprendrait probablement pas.

Mais les brioches à la soupe apparurent, toujours aussi fraîches, toutes chaudes dans les paniers de bambou, riches des saveurs combinées de la terre et de l'eau, avec l'ovale rouge du crabe tellement appétissant sous la lumière de l'après-midi. La délicieuse soupe contenue à l'intérieur de la brioche jaillit au contact de ses lèvres, avec un goût exquis et familier.

« D'après un livre de gourmet, la soupe dans la brioche consiste en gelée de peau de porc mélangée à la farce. Chauffée à la vapeur, la gelée devient liquide. Il faut mordre avec précaution, sinon la soupe se répand et vous brûle la langue.

– Vous m'avez déjà prévenue, dit-elle en souriant et en grignotant légèrement avant de sucer la soupe.

– C'est vrai, vous m'en aviez apporté un sac au temps du projet New World.

– C'est toujours un plaisir d'être votre petite secrétaire.

– Aujourd'hui j'ai une autre faveur à vous demander. Je sais que vous êtes une pro de l'ordinateur. Vous pourriez faire une recherche sur Internet pour moi ?

– Bien sûr. Si vous voulez, je peux aussi vous prêter le portable de monsieur Gu.

– Non, je ne pense pas avoir le temps. Vous avez sûrement entendu parler de l'affaire du *qipao* rouge. Pourriez-vous faire une recherche sur ce genre de robe ? Une recherche complète sur son histoire, son évolution et son style pendant les différentes périodes ? Tout ce qui s'y rapporte directement ou indirectement, pas seulement en ce moment, mais aussi dans les années soixante ou cinquante.

– C'est facile, mais qu'est-ce que vous voulez dire par "directement ou indirectement" ?

– Je voudrais pouvoir être plus précis, mais disons un film ou un livre où le *qipao* joue un rôle important, que quelqu'un le porte ou le fabrique, ou bien un commentaire ou une critique… Et j'aurai sans doute besoin que vous fassiez quelques courses pour moi.

– Tout ce que vous voudrez, chef.

– Ne vous inquiétez pas pour les frais. Une partie du budget qui m'est alloué n'a pas été dépensée cette année.

Si je ne l'utilise pas bientôt, le bureau réduira le budget de l'année prochaine.

– Alors vous n'allez pas démissionner, inspecteur principal Chen.

– Eh bien… » Il s'interrompit. Malgré ses précautions, la soupe giclait de la brioche fine. Nuage Blanc, très empressée, lui tendit une serviette rose en papier. Après tout, ce n'était pas si mal, pour un inspecteur principal, d'avoir une « petite secrétaire » assise à côté de soi, telle une fleur compréhensive.

À la fin du repas, elle demanda un reçu au serveur tandis que Chen sortait son portefeuille.

« Laissez, dit-il. Je vous invite. Inutile de demander de remboursement au gouvernement.

– Je sais, mais c'est une réunion de travail. »

Le serveur lui donna deux reçus, un pour cinquante yuans et l'autre pour cent.

« La recette des taxes locales a augmenté de plus de deux cents pour cent le mois dernier grâce aux nouveaux reçus officiels qui portent un numéro de loterie, dit-elle en grattant le reçu avec une pièce. Regardez ! Vous me portez chance.

– Quoi ?

– Dix yuans. Regardez bien le numéro de loterie imprimé sur chaque reçu.

– C'est une innovation.

– Le capitalisme en Chine ne ressemble à aucun autre. Ici, seul l'argent compte. Au restaurant, les gens ne demandaient de reçu que pour les "dépenses socialistes", et la plupart des établissements étaient déficitaires. Avec la loterie, tout le monde demande des reçus. Il paraît qu'une famille a gagné vingt mille yuans. »

Chen gratta l'autre reçu. Pas de chance, mais il ne fut pas déçu. Il sentait sur son visage les cheveux de Nuage Blanc penchée sur le numéro du reçu.

Ils allèrent ensuite dans les boutiques de vêtements orientaux disséminées à l'arrière du bazar. Sorte de créneau commercial destiné aux touristes étrangers, ces petits magasins présentaient un étalage impressionnant de *qipao.* Nuage Blanc prit Chen par le bras et le fit entrer dans une boutique.

« La robe sur laquelle vous enquêtez est d'un modèle ancien, pas comme celles que vous verrez ici, dit-elle en regardant autour d'elle. Quel pervers d'humilier sa victime avec cette robe.

– Oh, vous parlez de l'assassin ? Développez, s'il vous plaît.

– Il veut l'exhiber comme un objet de son fantasme sexuel. La robe gracieuse, mais érotique avec ses fentes déchirées et ses boutons défaits... J'ai vu plusieurs photos dans la presse.

– Vous parlez comme un policier. » Ces temps-ci, tous les habitants de la ville semblaient désireux d'être policiers, mais elle, au moins, marquait un point. « Vous vous y connaissez sûrement en matière de mode.

– J'ai deux ou trois *qipao.* Je dois parfois les enfiler dans la précipitation, mais je n'ai jamais déchiré les fentes.

– Il l'a peut-être habillée après sa mort, quand son corps était rigide et que ses membres ne répondaient plus.

– Même dans ce cas, les fentes déchirées ne se justifient pas. Quelle que soit la façon de s'y prendre, on ne peut pas l'abîmer de cette façon. Vous voulez faire une expérience ? Sur moi ?

– Une expérience ? Comment ?

– C'est simple », dit-elle en décrochant un *qipao* de couleur rouge et en entraînant Chen dans le salon d'essayage. Elle ferma la porte et lui tendit la robe. « Habillez-moi aussi brutalement que possible. »

Elle ôta ses chaussures tout en se défaisant de sa robe, et en moins d'une minute elle se retrouva en culotte, sans soutien-gorge.

Chen se dit que ce n'était que pour le travail, il respira profondément et essaya maladroitement de lui enfiler la robe.

Nuage Blanc restait immobile et raide sous ses mains brutales, comme une victime sans vie. Aucune expression sur le visage, aucune souplesse dans les muscles, les membres sans réaction, mais le bout de ses seins se durcit. Elle rougit tandis qu'il tirait la robe sur elle.

Malgré la force et la violence qu'il y avait mises, les fentes n'étaient pas endommagées.

Il remarqua que ses lèvres tremblaient et se décoloraient. Il n'y avait pas de chauffage dans le salon d'essayage. C'était éprouvant pour elle de jouer longtemps le mannequin nu et sans vie.

Mais cela prouvait qu'elle avait raison. Les fentes avaient dû être déchirées exprès. Et c'était un point important.

Chen tint à lui acheter la robe. « Ne l'enlevez pas, Nuage Blanc. Elle vous va à ravir.

– Vous n'êtes pas obligé de faire ça. C'est pour votre travail, dit-elle en sortant un petit appareil photo. Prenez une photo de moi avec. »

Il s'exécuta devant la boutique. Puis il la couvrit avec son manteau.

« Merci, dit-elle sur un ton mélancolique. Je dois aller en cours maintenant. »

Il décida de rentrer à pied, seul, du moins pendant un moment.

Il lui fallut un effort intense pour chasser l'image du corps de Nuage Blanc sur lequel il enfilait la robe avec difficulté. L'image se juxtaposa à une autre, où elle était nue dans un salon privé du club de karaoké *Dynasty*, en compagnie d'autres hommes.

Il était déçu de lui-même. Elle avait agi pour l'aider dans son travail de policier, mais il la voyait en fille de karaoké, il imaginait des choses, en *qipao* ou sans.

Et il était excité.

Il avait peut-être été influencé par ses lectures… ces histoires où les femmes étaient des sources de mal et des monstres. « La subjectivité n'existe que dans la mesure où elle est objet de discours. » Il venait de lire cette phrase dans un ouvrage de critique postmoderniste, dans ses efforts de déconstruction de ces classiques des histoires d'amour.

13

Un autre corps en *qipao* rouge fut découvert tôt le matin du vendredi.

Dans un autre lieu public : au pied d'un bosquet d'arbustes sur le Bund, près de l'intersection de la rue de Jinjiang et de la rue de Zhongshan.

Vers cinq heures du matin, Nanhua, professeur retraité, se dirigeait vers une petite place dite « le coin du tai chi » sur la promenade surélevée près de ce croisement. Il s'apprêtait à monter les marches de pierre quand il vit le corps en contrebas, dissimulé en partie par les arbustes. Il appela au secours. On se pressa autour de lui. Des reporters se précipitèrent de leurs bureaux proches. Après qu'ils eurent pris des photos sous tous les angles, l'un d'eux pensa enfin à aviser la police.

Quand Yu et ses collègues arrivèrent, la scène ressemblait beaucoup à un marché paysan le matin, bruyant et chaotique, plein de monde faisant des commentaires et des comparaisons, comme dans un marchandage avec des vendeurs ambulants.

Ce n'était pas seulement un secteur où il y avait des piétons et de la circulation toute la nuit, mais aussi un des plus « sensibles » où, depuis la découverte des premières victimes, les patrouilles de police et les comités de quartier avaient renforcé leur surveillance. Que le meurtrier ait choisi cet endroit pour y laisser le corps était un message encore plus provocateur que les précédents.

Yu observa que le corps avait dû être jeté d'une voiture en marche. L'assassin n'avait pas pu déposer la troisième victime dans la même posture que les deux premières.

Elle était couchée sur le dos, un bras au-dessus de la tête, dans un *qipao* identique, fentes déchirées et boutons défaits. La jambe gauche fléchie révélait les poils noirs de son pubis, contrastant avec ses cuisses blanches. Elle ne paraissait pas avoir beaucoup plus de vingt ans, malgré son visage très maquillé.

« Le salaud », fit Yu, les dents serrées, en s'accroupissant près du corps et en mettant ses gants.

Comme pour les deux premières victimes, la mort semblait due à l'asphyxie. Il estima en gros qu'elle était survenue trois ou quatre heures plus tôt, d'après la décoloration de la peau sous les ongles des mains et des pieds. À part le fait que la fille était nue sous sa robe, rien n'indiquait de violences sexuelles. Pas de sperme visible aux abords des organes génitaux, ni sur les cuisses ni sur les poils pubiens, pas de sang, de terre ou de peau sous ses ongles. Ses jambes et ses bras ne présentaient aucune ecchymose, aucune lacération ni marque de morsure.

Les policiers s'employaient à rassembler tous les indices possibles, mégots de cigarettes, boutons, bouts de papier…

La scène étant déjà très endommagée, Yu ne pensait pas que leurs efforts puissent être fructueux.

Mais il aperçut une fibre de couleur claire sur la plante de son pied gauche. Elle provenait peut-être de sa chaussette. Ou bien la fille avait marché pieds nus quelque part. Il la ramassa et la glissa dans un sachet en plastique.

Il se releva. Un vent perçant venant du fleuve soufflait en rafale. La grosse horloge de la tour des Douanes sonna. La même mélodie, jamais altérée malgré le temps et les changements, résonna dans le ciel gris, indifférente à la perte irrémédiable d'une jeune fille au matin.

Il savait qu'il devait retourner au poste en laissant ses collègues travailler sur place.

Le bureau aussi semblait frissonner dans le vent froid.

Le portier retraité-et-réengagé, le camarade Vieux Liang, hocha la tête au passage de Yu comme une pauvre plante gelée en une nuit.

Les appels téléphoniques commencèrent à déferler, des autorités, des médias, du public.

Tout le monde parlait d'un tueur en liberté qui défiait la police de la ville.

Savoir ce qui s'était passé, et ce qui allait se reproduire, était un coup sévère pour les policiers. Trois victimes en trois semaines, aucun progrès dans l'enquête, et très vraisemblablement une autre victime à la fin de la semaine suivante.

Ses collègues ne ménageaient pas leurs efforts, les recherches s'étendaient à tous les recoins possibles, la division technique réexaminait la scène du crime, une ligne téléphonique spéciale recevait des indications du public, chaque voiture de patrouille était en état d'alerte.

La photo de la morte fut faxée et affichée partout. Inutile désormais d'essayer d'étouffer l'affaire. Impossible aussi. Des photos toujours plus choquantes paraissaient dans la presse, sans parler des horribles descriptions. La nouvelle se répandait comme un feu de forêt, menaçant de consumer la ville.

En écrasant sa quatrième cigarette du matin, Yu vit Liao entrer dans son bureau avec le rapport préliminaire du légiste. Il confirmait la mort par strangulation. La lividité et la rigidité correspondaient aussi à son estimation de l'heure de la mort. Pas plus que les deux premières victimes, la fille n'avait eu de rapport sexuel avant de mourir.

Comme la deuxième était une des trois-compagnes, Liao suggéra d'essayer d'identifier la troisième en se concentrant sur les lieux nocturnes. C'était cohérent, et Yu était d'accord.

En effet, vers onze heures son identité était établie. Elle s'appelait Tang Xiumei, c'était une compagne-de-chant, plus communément appelée fille de karaoké, au *Music Box Karaoke Center*. Son directeur, sur ses gardes après les premiers meurtres, l'avait reconnue sur le fax.

« Qu'est-ce que je vous avais dit ? » fit Liao en brandissant une page de fax.

Ce qu'une «fille K» faisait dans un salon privé de karaoké était connu de tous les Shanghaïens. Si un Monsieur Gros-Sous s'entichait d'elle, il pouvait demander des services autres que le chant, et hors du club, en payant une «heure de compagnie». Aucune boîte ne refusait. Les collègues de Tang déclarèrent qu'on ne l'avait pas vue ce soir-là. Mais ce n'était pas la première fois.

D'après le directeur, Tang n'était pas venue travailler la veille. Ni l'avant-veille. Le club n'avait aucun contrôle sur ce qu'une fille faisait de son temps et il n'en savait rien. La déclaration du directeur et le témoignage de plusieurs autres filles excluaient donc la possibilité que l'assassin l'ait draguée au club le jeudi soir.

Les recherches sur les hommes qu'elle avait rencontrés les soirs précédents ne menèrent nulle part; ses clients réguliers avaient des alibis solides, et aucun des nouveaux n'aurait laissé son nom ou son adresse.

Yu s'adressa au comité du quartier de Tang. Liu Yunfei, président du comité, et voisin de la victime, répondit au téléphone.

«Que vous dire de ces filles? Matérialistes jusqu'au bout des ongles. Tang disait toujours que bien travailler n'est pas aussi important que bien se marier. Alors elle est allée travailler dans un club de karaoké dans l'espoir de rencontrer un Monsieur Gros-Sous et de l'épouser.

– Avez-vous remarqué à son sujet quelque chose qui sorte de l'ordinaire ces derniers jours?

– Elle ne parlait pas à grand monde dans le voisinage. Si elle n'avait pas honte d'elle-même, nous avions honte pour elle.

– Les voisins ont remarqué quelque chose jeudi?

– D'après Tante Xiong, qui habite au même étage, elle

est sortie un peu plus tôt que d'habitude. Vers quinze heures. Normalement, elle ne sortait pas avant l'heure du dîner. Pour prendre son service. Bien sûr, nous ne connaissions pas vraiment son emploi du temps.

– Elle restait toute la journée chez elle ?

– Pas exactement, elle devait avoir beaucoup de choses à faire. Mais quand elle est partie, elle était habillée comme un vampire. Toujours avec des collants et des talons hauts. Nous savions alors qu'elle partait travailler.

– Vous pourriez m'écrire une sorte de rapport? demanda Yu. En ajoutant tout ce que vous et vos voisins savez à propos de Tang. »

Yu donna encore quelques coups de téléphone, à des voisins et des collègues de Tang. Au bout d'une heure, il n'avait pratiquement rien obtenu de plus.

Peu après, il reçut par fax un rapport de trois pages. Il venait de Liu, du comité de quartier. Il était assez détaillé, compte tenu du court délai.

Tang avait perdu sa mère très jeune. Encore lycéenne quand son père avait été licencié, elle était devenue « fille K» munie d'un permis officiel. Son père, trop honteux pour continuer à habiter dans la ruelle, était retourné vivre dans le Subei. Elle vivait donc seule et recevait de temps en temps. Le comité de quartier était au courant, mais contrairement à l'époque de la lutte des classes, les cadres du quartier ne pouvaient plus faire irruption chez elle sans une sorte de mandat. Heureusement, ses clients préféraient en général aller à l'hôtel plutôt que dans sa petite chambre de la ruelle sordide.

Elle n'avait ni téléphone fixe ni portable, c'était encore trop cher pour elle. Il lui arrivait d'utiliser le téléphone public à l'entrée de la ruelle, mais elle avait un beeper sur lequel recevoir des messages, et elle s'en servait beaucoup.

Yu vérifia auprès de l'opérateur. Il reçut vite la réponse. Mais il n'y avait rien sur ses activités du jeudi soir.

Il y eut une nouvelle réunion d'urgence au bureau.

« Regardez cette manchette. "Shanghai en crise" », commença le secrétaire du Parti Li, le visage livide, bafouillant de rage. « Nos services sont la risée de la ville. »

Ni Yu ni Liao ne réagirent immédiatement. La manchette exagérait sans doute, mais le bureau était bel et bien en crise.

« La troisième ! Sur le Bund ! continua Li. Vous avez trouvé quelque chose ? »

Yu et Liao tiraient sur leur cigarette, la fumée envahissait la pièce. Hong était toute rouge, une main sur la bouche de crainte d'être prise d'une quinte de toux.

« L'enquête prend une nouvelle orientation, dit Liao. Deux des trois victimes étaient dans l'industrie du divertissement… du sexe. La deuxième et la troisième étaient des cibles faciles dans un restaurant ou un bar à karaoké. En général, ces filles ne parlent pas de leurs activités à leur famille, ce qui empêche de connaître les circonstances de leur disparition. Mais, surtout, une fille de ce genre ne se méfie pas quand elle suit un client dans un endroit isolé pour faire son travail. Elle n'a pas résisté avant qu'il ne soit trop tard.

– Et pour Jasmine ? demanda Yu.

– Elle travaillait dans un hôtel, mais il aurait pu facilement l'aborder. En fait, c'est ainsi que son petit ami l'avait connue. C'est pourquoi j'ai défendu un changement d'optique.

– Alors qu'en pensez-vous ? demanda Li.

– Le mobile est évident. La haine contre ces filles. Il a peut-être payé très cher d'avoir eu affaire à une professionnelle – une maladie sexuellement transmissible, par exemple. Il a voulu se venger. C'est pourquoi il a dénudé ses victimes sans avoir de rapport sexuel avec elles.

– Et le *qipao* rouge ? demanda encore Li.

– Il tient à ce que ses victimes soient habillées comme celle qui lui a transmis la maladie. C'est une sorte de symbole.

– Mais on peut envisager d'autres scénarios, dit Yu. Une femme qu'il aimait l'a quitté pour un autre. Pour lui, elle ne vaut pas mieux qu'une prostituée.

– Cela explique aussi le choix des lieux, intervint Hong. Je parle de la théorie de l'inspecteur Liao. Une protestation contre le boom de l'industrie du sexe dans notre ville. Le tueur doit en vouloir non seulement à ces filles, mais aussi, je crois, aux autorités qui laissent faire.

– Laissez les autorités en dehors, Hong, dit Li. Quelles que soient les hypothèses ou les théories, la tuerie continuera. Qu'est-ce que vous allez faire ? »

Un bref silence s'ensuivit.

Tant que cette industrie prospérait – et il était hors de question de l'interdire, tous dans la pièce le savaient –, le tueur n'aurait aucune difficulté à approcher de nouvelles victimes.

« Je suggère d'interroger les hôpitaux, dit Liao. Ils gardent tous les dossiers de maladies vénériennes.

– C'est hasardeux, dit Li qui n'était pas convaincu. Avant que vous ayez étudié tous les dossiers, il aura de nouveau frappé. Nous n'avons qu'une semaine devant nous, inspecteur Liao. En outre, il aurait pu chercher une aide médicale clandestinement, même dans votre scénario.

– Il se pourrait que les meurtriers sexuels soient pour la plupart impuissants, dit Yu. D'après Chen, c'est une sorte d'orgasme mental. Alors la théorie de la maladie vénérienne ne tiendrait pas.

– La théorie de Liao se défend, dit Hong résolument. Sur les trois victimes, deux exerçaient des activités sexuelles. Ce qui suggère un schéma. Souvent, les victimes correspondent à un certain stéréotype, qui joue un rôle important dans les fantasmes sexuels du tueur. Il peut ou non avoir été blessé par une des trois-compagnes, mais c'est évident qu'il leur en veut.

– Et que proposez-vous ? demanda Li.

– J'aimerais faire une suggestion fondée sur l'analyse de Liao. Si le tueur frappe encore, ce sera probablement parmi ces filles-là. Tendons-lui un piège.

– Il y a trop de clubs de karaoké, de boîtes de nuit et de restaurants ici, objecta Yu. Comment dire dans lequel ?

– Je ne pense pas qu'il retournerait dans le même.

– Expliquez-nous, s'il vous plaît. » Li paraissait intéressé.

« Après Jasmine, il y a eu une compagne-de-repas, puis une compagne-de-chant, deux des trois-compagnes. Logiquement, la prochaine devrait être une compagne-de-danse.

– Développez votre théorie, dit Liao.

– Nous sommes tous des êtres d'habitude, dit Hong. Il repère ses victimes en fréquentant les lieux de plaisir de la ville, et elles sont des cibles faciles, comme vous venez de le dire. Mais c'est surtout un homme qui aime les symboles, comme le montre le *qipao* rouge. Dans son plan élaboré, il choisira donc plus vraisemblablement pour prochaine victime une compagne-de-danse.

– Mais lui tendre un piège pourrait revenir à *attendre*

qu'un lapin vienne s'assommer contre un vieil arbre, comme dans le dicton, dit Yu. Et ça peut être bien plus dangereux qu'un lapin. J'ai parlé avec Chen et il croit qu'un psychopathe de ce genre est capable de tout.

– Vous avez une meilleure idée ? lui demanda Li presque avec fureur. Vous ou votre inspecteur principal Chen ?

– Le bureau doit être un temple trop petit pour quelqu'un comme Chen », renchérit Liao.

Yu fut surpris par l'animosité dont Li et Liao faisaient preuve et il ne répondit pas.

Personne ne fit d'autre objection à la proposition de Hong. Personne n'avait de meilleure idée. Hong allait se rendre dans un club dansant dans l'après-midi.

Yu jugea nécessaire d'aviser Chen. Après le gros titre « Shanghai en crise », il ne croyait pas qu'il resterait le nez dans ses livres.

En prenant le téléphone il crut savoir comment retenir à coup sûr l'attention de Chen.

« Je dois vous parler tout de suite, chef. Retrouvons-nous devant le parc du Bund.

– Le parc du Bund ? Pourquoi ?

– La troisième victime en *qipao* rouge a été trouvée ce matin, près du "coin du tai chi", à un jet de pierre du parc.

– Quoi ? Une troisième ? Sur le Bund ?

– Vous trouverez tout dans la presse – peut-être avec une lettre de lecteur demandant "Que fait votre inspecteur principal Chen, avec une nouvelle victime devant le parc du Bund ?"

– J'arrive, Yu. »

14

Vingt minutes plus tard, Yu était de retour sur le Bund.

Il choisit un banc vert face au parc. De là, il pouvait aussi voir en contrebas le bosquet où il avait examiné le corps. Des badauds s'attardaient encore dans le secteur. Le bosquet ressemblait un peu au parterre qui avait servi de décor à la première victime, mais ce n'était peut-être qu'une coïncidence. Il ne pensait pas que le tueur l'ait choisi pour cette raison.

En raison de la circulation intense sur la rue de Zhongshan, on n'avait pas pu condamner le secteur. Il ne voyait pas de ruban jaune, ce qui aurait attiré davantage de monde. Ce n'était d'ailleurs pas nécessaire. Tout indice avait disparu depuis longtemps.

Il ne tarda pas à voir Chen émerger de la foule et monter les marches. Plus grand que la plupart de ceux qui l'entouraient, en trench-coat et muni d'un porte-documents. Il avait des lunettes d'écaille à verre teinté qui accentuaient son grand front. Chen ne voulait sans doute pas être reconnu parmi les reporters qui cherchaient encore des visages familiers en ce début d'après-midi. Chen s'arrêta sur la dernière marche et ôta ses lunettes. Il vit Yu et le rejoignit.

Il s'assit à côté de lui.

« Que pensez-vous de l'emplacement ? demanda Yu.

– Une provocation délibérée. Une piste ?

– Non. Comme pour les deux premières victimes, absolument rien. Il ne restait plus aucun indice quand nous sommes arrivés sur les lieux.

– Pas de violences sexuelles ?

– Non. Je n'ai rien pu voir, mais elle aussi est nue sous sa robe.

– On connaît son identité ?

– Une compagne-de-chant. Ç'a été plus rapide cette fois-ci, répondit Yu en pensant qu'il était inutile de développer. Une fille K.

– Encore dans le business de la nuit.

– Liao veut vraiment se concentrer sur ce secteur. Il voit maintenant un mobile, ainsi qu'un schéma, la haine contre les filles de l'industrie du sexe. Ça colle avec votre analyse du psychopathe, et avec le *qipao* rouge.

– Le *qipao* rouge doit être important. C'est incontestable. L'analyse du profil des victimes nous aide aussi, elle nous permet d'explorer le lien possible entre elles et le meurtrier. Mais la première victime ne correspond pas, n'est-ce pas ?

– J'ai soulevé la même question.

– Encore une chose qui me dépasse, dit Chen en se levant et en regardant en direction des arbustes. Il a pris un risque délibéré en jetant un corps sur le Bund, connaissant la circulation et les allées et venues qu'il y a ici toute la nuit.

– Par vanité, je suppose. Par défi, et pour railler et tourmenter la police. Comme vous l'avez dit, un tueur en série a sa signature, une façon unique de commettre ses crimes, telle que placer le corps dans un endroit public. C'est irrationnel, mais pour son esprit irrationnel ça a un sens.

– J'ai une curieuse impression, Yu. Qu'il n'est pas si sûr de lui que ça, mais très désespéré.

– Comment ça, chef?

– Il est désespérément malade, que tout ça prenne fin n'est peut-être pas inacceptable pour lui – pulsion de mort ou que sais-je, dit Chen sans chercher plus avant. Qu'allez-vous faire maintenant?

– Hong va lui tendre un piège comme compagne-de-danse. » Yu résuma la discussion qu'ils avaient eue au bureau.

« Cette tactique ne s'applique que si on peut être sûr du schéma du tueur, dit Chen. Une compagne-de-danse, oui, ça paraît logique, mais ça peut ne pas marcher en une semaine. Tout dépend des circonstances. Par ailleurs, le criminel peut être dangereux.

– Je sais, je suis inquiet. Hong est une jeune policière efficace.

– Si elle insiste, assurez-lui une protection. Qu'un policier soit toujours près d'elle.

– J'en parlerai à Liao.

– Et essayez de garder le secret sur sa mission.

– Chez nous?

– Pas dans votre groupe, bien entendu, mais le criminel peut avoir des relations, dit Chen en fronçant les sourcils. Par exemple, pour avoir choisi le Bund hier soir, il a pu entendre parler des patrouilles des comités de quartier. Il se trouve que le Bund est un des lieux publics – peut-être le seul – auxquels cet effort ne s'étend pas. À cause de tous les bâtiments officiels et des bureaux le long de la rue de Zhongshan. Aucun comité de quartier à proximité. Les patrouilles de police ne suffisaient pas.

– Peut-être une simple coïncidence.

– Pour une fois, je pense que le secrétaire du Parti Li a raison. Son choix du Bund est un message politique, mais je doute qu'il soit destiné à attirer l'attention contre les trois-compagnes. C'est plutôt un message secret, bizarre, plein de contradictions, comme dit Petit Zhou. Les contradictions, toutefois, peuvent nous servir de point de départ, comme les symptômes pour un psychanalyste. À propos, j'ai adopté une approche similaire pour ma dissertation.

– Vraiment ! Votre dissertation est sûrement intéressante, mais parlez-moi plutôt des contradictions dans l'affaire.

– Je commencerai par ma dissertation, brièvement. J'ai été dérouté par ces histoires à cause de leurs messages contradictoires, ce qui m'a rappelé quelque chose dans l'affaire du *qipao.*

– Ou vice versa », bougonna Yu. C'était typique de son patron rat de bibliothèque. Avec trois victimes de meurtre sur les bras, l'inspecteur principal voulait sérieusement parler de sa dissertation de littérature.

« En psychanalyse, un patient est confronté à des problèmes et des contradictions qui dépassent sa compréhension, et un analyste est censé en trouver la cause, enfouie dans le subconscient. J'ai essayé de me concentrer sur les contradictions dans l'affaire, en particulier celles qui touchaient au *qipao.* J'ai donc établi une liste.

– Vous voilà avec une autre liste.

– Pour commencer, la contradiction entre la robe gracieuse et la pose obscène.

– Nous en avons parlé la dernière fois, je crois. Le tueur aurait pu être blessé par quelqu'un qui portait une telle robe. Liao pense que c'était une fille qui fait commerce du sexe.

– La théorie de Liao nous mène à une autre contradiction. La robe est trop conventionnelle pour une des trois-compagnes. Trop démodée. D'après monsieur Shen, elle a probablement été confectionnée il y a plus de dix ans, et dans un style qui remonte encore plus loin. Pas d'industrie du divertissement en ce temps-là, pas de trois-compagnes.

– Non, je ne pense pas.

– Et le soin apporté aux détails de la robe. Non seulement une des trois-compagnes ne pourrait pas se l'offrir, mais en outre c'est une robe exquise, réalisée par un artisan de très grande qualité.

– Monsieur Shen en a parlé aussi, en effet.

– Et les fentes déchirées. Nuage Blanc a fait une expérience pour moi.

– Je vois que vous l'avez prise comme assistante, dit Yu en se rappelant ce qu'avait dit Peiqin à propos d'une possible liaison entre eux. Quelle expérience ?

– Eh bien, elle en sait beaucoup sur la robe, vous comprenez. Elle a prouvé qu'il n'y a aucune possibilité de déchirer les fentes quelle que soit la brutalité avec laquelle on met la robe. En d'autres termes, le criminel doit avoir ménagé cet effet volontairement. Sans violence sexuelle, ni pénétration, ni éjaculation, pourquoi aurait-il insisté sur une telle apparence ? Il doit y avoir une raison.

– Vous voulez dire que ce n'est pas destiné à nous égarer, mais pour une raison que lui seul connaît ?

– Peut-être même pas lui. C'est plutôt une sorte de rituel. Ce n'est qu'avec la victime en *qipao* et dans le respect de tous les détails, tels que fentes déchirées, pieds nus, boutons du corsage défaits, et dans la pose obscène, bien entendu, que le rituel est accompli. Pour lui, seule une part de l'excitation est physiologique, l'autre pourrait procéder d'un comportement rituel qui accompagne les actes de perversion sexuelle. Encore une fois, comme dans les histoires de passion amoureuse, avec des contradictions difficilement compréhensibles pour l'auteur lui-même. Alors pourquoi?

– Oui, pourquoi?» répéta Yu en remarquant un autre essaim de curieux autour du bosquet. Un car de la télévision s'arrêta à son tour, provoquant un embouteillage. «Je n'ai pas étudié la psychologie, mais je sais qu'un patient doit parler devant un médecin. Dans notre enquête, faute de connaître l'identité du tueur, que pouvons-nous analyser, et comment?»

En fait, c'était une question que Yu avait abordée la fois précédente et à laquelle Chen n'avait pas pu donner de véritable réponse.

«Eh bien, en analysant ces contradictions, nous pouvons apprendre quelque chose.

– Vraiment, chef?

– Pour commencer, le style et le tissu de la robe datent probablement des années soixante, mais pas plus tard que le début de la Révolution culturelle, en 1966. Si nous nous fondons sur l'opinion de monsieur Shen, nous pouvons considérer qu'elle est d'un style conventionnel, pour une femme mariée d'une trentaine d'années. Si celle qui portait cette robe à l'origine était encore vivante, elle aurait entre soixante-cinq et soixante-dix ans.

– Vous me parlez maintenant de la femme qui portait la robe il y a trente ans?

– Liao ne pense-t-il pas lui aussi que l'affaire est liée à la première propriétaire de la robe? Pour moi, il s'agit d'une autre femme, de condition sociale et de statut différents. Cette piste nous conduit à l'homme qui a un lien avec elle. Probablement du même âge, il doit donc avoir à présent dans les soixante ou soixante-dix ans.

– Ah oui ? fit Yu exaspéré. En quoi tout ça entre en ligne de compte ?

– Revenons à notre tueur en série, trois victimes en trois semaines, trois lieux publics. Croyez-vous qu'un vieil homme aurait pu en être capable ? Je viens à l'instant de rester près des arbustes pendant plusieurs minutes. À aucun moment une voiture n'a pu ralentir ou s'arrêter là sans que les autres derrière ne se mettent à klaxonner comme des fous. Donc, s'il avait poussé le corps de la voiture, il aurait été vu par tous les conducteurs qui le suivaient, même de nuit. Je pense qu'il a dû tourner en rond un bon moment avant de pouvoir le faire.

– Exact. Pour se débarrasser des corps de cette façon, il faut être vraiment rapide et alerte.

– L'assassin doit être un homme dans la force de l'âge. Aussi, celui qui a connu la femme portant la robe à l'origine était un enfant.

– Ça ne tient pas debout.

– C'est encore une contradiction, certes, mais dans le domaine de la psychologie il existe ce qu'on appelle le complexe d'Œdipe.

– Le complexe d'Œdipe ? répéta Yu.

– Le désir sexuel – inconscient – d'un garçon pour sa mère.

– Quoi ? Au bout de plus de vingt ans, un garçon, devenu un homme mûr, commet trois meurtres en trois semaines ? dit Yu sans essayer de dissimuler son ton ironique. Ça me dépasse. »

Yu n'avait jamais entendu parler du fameux complexe d'Œdipe. Mais aussi absurde que cette notion puisse lui paraître, elle ne le surprenait pas de la part de l'inspecteur principal, connu pour ses manières peu orthodoxes.

«Je ne trouve pas ça très vraisemblable non plus, dit Chen sans se troubler, mais d'après la théorie, c'est probablement un homme mûr qui a subi un traumatisme dans son enfance, sans doute pendant la Révolution culturelle. Et il a dû éprouver des sentiments contradictoires envers la femme qui portait la robe.

– En voilà une nouvelle théorie ! s'exclama Yu. Après vingt ans d'attente, ses passions pour sa mère le précipitent soudain dans une tuerie frénétique.

– Ce n'est pas ma théorie, Yu. Elle explique cependant certaines des contradictions. »

Yu regrettait déjà son ironie envers son chef. Après tout, Chen avait beaucoup réfléchi, il avait consulté ses livres. N'empêche que son approche continuait de lui paraître trop psychologique, trop théorique.

« Pas mal de gens parlent de votre congé pendant cette enquête, dit Yu pour changer de sujet.

– Laissez-les se plaindre. Dites-leur que je suis trop occupé par ma dissertation.

– Même le Vieux Chasseur trouve que vous pourriez mettre votre dissertation de côté pour quelque temps.

– C'est exactement ce que je vais faire, mais nous ne sommes pas obligés de le dire aux autres. »

Un jeune couple s'approcha. Après avoir regardé le paysage pendant plusieurs minutes, il s'assit sur le même banc que les deux policiers. Cela n'avait rien d'inhabituel sur le Bund. Alors qu'il y avait de plus en plus d'endroits pour les jeunes dans la ville, le Bund restait leur préféré, avec tous les bateaux colorés en toile de fond et le souvenir romantique de la ville encore présent dans les majestueux bâtiments de style néocolonial. En outre, c'était gratuit. Aussi les amoureux occupaient-ils n'importe quels sièges disponibles sur le Bund. Les policiers ne purent pas poursuivre leur conversation.

« Ainsi vous allez défendre votre théorie.

– Ce n'est qu'une théorie dans les livres. En fait, en vous concentrant sur la possibilité que le facteur déclenchant ait été Jasmine, vous allez peut-être dans la bonne direction, mais vous devrez peut-être remonter plus loin dans l'histoire. »

Yu ne savait pas jusqu'où il lui faudrait remonter. Mais personne ne pouvait prévoir les surprises que réservait son chef.

15

Le mardi matin, Chen se réveilla aussi épuisé que s'il n'avait pas fermé l'œil, sentant venir un mal de tête qui le poursuivrait toute la journée. Il se frotta les tempes.

Il avait passé le week-end sur l'enquête.

Il avait téléphoné à une amie aux États-Unis pour qu'elle l'aide à vérifier les dires de Weng. Grâce à ses relations, elle avait bientôt obtenu les informations requises. Ce que Weng avait déclaré à Yu était exact. Il était bien acheteur spécial pour cette entreprise américaine. Il n'y avait aucune difficulté dans sa procédure de divorce, celui-ci allait être prononcé dans un ou deux mois. En fait, sa femme l'attendait avec impatience, car elle avait quelqu'un d'autre elle aussi.

Chen avait joint Xiong, le cadre supérieur qui s'était informé à l'usine de Tian sur ce qui s'était passé pendant la Révolution culturelle. Xiong lui expliqua qu'il était intervenu à cause d'une lettre anonyme qu'il avait reçue et qui dénonçait les atrocités commises par Tian. Xiong dit ne pas avoir exercé de pression sur l'usine. Cependant, lorsque quelqu'un dans la position de Xiong parlait, il allait de soi que tout le monde faisait son possible pour lui obéir. Le sort de Tian était scellé. Écrire une lettre anonyme était un ingénieux moyen de « tuer avec le couteau d'un autre », sans être suspecté. Xiong n'avait aucune idée de qui avait écrit la lettre.

Chen fit aussi des recherches sur la critique de masse relative au *qipao* pendant la première partie de la Révolution culturelle. Comme Peiqin, il se rappela l'image de Wang Guangmei critiquée et humiliée publiquement en *qipao*. D'autres avaient pu souffrir dans les mêmes conditions. Grâce à une recherche de Nuage Blanc sur Internet, il se mit en contact avec Yang, une star de cinéma qui avait subi la même épreuve. Il y avait toutefois des différences dans les détails. Pour autant que Yang s'en souvienne, elle portait une robe blanche et elle n'était pas pieds nus. Elle était chaussée de godillots éculés qui symbolisaient la débauche bourgeoise. Yang fournit un autre détail différent. Les fentes de sa robe étaient ouvertes jusqu'à la taille et montraient sa culotte, les Gardes rouges avaient taillé dedans avec des ciseaux. Cela rappela à Chen les fentes vues sur les photos de l'affaire, qui semblaient avoir été déchirées, comme dans une lutte. Il vérifia aussitôt auprès de Yu, et celui-ci confirma son impression. Dans le premier cas, elles avaient pu être déchirées par le tueur dans sa furie, dans le deuxième et le troisième, il avait pu vouloir provoquer la similitude entre les victimes. Quelle que soit l'interprétation, l'allusion à la violence sexuelle était hors de doute.

Le lundi, il eut une conversation avec Ding Jiashan, l'avocat qui avait représenté les clients dans le procès contre Tian pour intoxication alimentaire. Selon Ding, il y avait eu quelque chose de louche dans ce procès. Peu d'avocats s'y seraient vraiment intéressés. Les honoraires allaient être supérieurs à ce que les plaignants pouvaient obtenir d'un restaurant aussi modeste. Mais ils paraissaient très déterminés, prêts à payer d'avance. Ils étaient également bien préparés. Ils avaient les additions du restaurant, leur dossier d'hôpital, et se serraient les coudes. L'avocat porta plainte tout d'abord auprès du service compétent, qui imposa à Tian une lourde amende et ferma le restaurant. Les clients furent très satisfaits de ce premier résultat. Quelques jours plus tard, quand l'avocat voulut les joindre pour savoir quelle serait la prochaine étape, leur numéro de téléphone n'était plus en service. Ils n'avaient peut-être même pas donné leur véritable nom.

Cela confirmait l'hypothèse que quelqu'un suivait Tian depuis longtemps. Mais ce n'était pas nécessairement une piste dans l'affaire de la robe.

Entre-temps, il avait lu ce qu'avaient préparé Yu et Hong. Cette dernière n'avait pas appelé pendant le week-end. Elle avait dû être occupée par sa mission.

Il essaya d'aller plus loin en se concentrant sur les contradictions, ce qui ne le conduisit qu'à de nouvelles contradictions.

Il revint donc à la conclusion qu'il ne pouvait guère faire mieux que ses collègues, bien qu'il se soit entièrement consacré à ces crimes en série.

Mécontent, il allait se préparer une deuxième cafetière quand le professeur Bian lui téléphona pour lui demander des nouvelles de sa dissertation.

«J'ai travaillé dessus, répondit Chen.

– Pensez-vous pouvoir la remettre en même temps que les autres? C'est une dissertation prometteuse.

– Oui, je la remettrai en temps voulu.»

Ensuite il commença à s'inquiéter. Il était habitué depuis longtemps à s'imposer lui-même des dates limites, car il avait besoin de pression supplémentaire pour aller au bout d'un projet, que ce soit un poème ou une traduction de roman policier. Cette fois, c'était différent. Il subissait déjà trop de pression.

Puisque tous ses efforts sur l'enquête semblaient ne mener nulle part et qu'aucun progrès décisif n'était prévisible dans l'immédiat, il décida qu'il pouvait terminer d'abord sa dissertation. Il lui était déjà arrivé d'avoir de nouvelles idées pour un projet quand il l'avait mis de côté temporairement. L'œuvre du subconscient, sans doute.

Chez lui, il n'arrivait plus à se concentrer. Le téléphone ne cessait de sonner. Le débrancher ne servirait à rien. Avec trois victimes en ville, beaucoup de monde connaissait soudain son numéro de portable, les médias aussi. Même à la bibliothèque, des lecteurs l'avaient reconnu et harcelé de questions. Et la veille une journaliste du *Wenhui* avait frappé à sa porte, apportant du porc grillé et du vin de Shaoxin, et désireuse de discuter de ses théories avec lui au cours du festin – c'était presque un personnage féminin sorti de ces histoires passionnées qu'il étudiait.

Il décida d'aller au *Starbucks Coffee* de la rue du Sichuan.

Les *Starbucks* s'étaient répandus dans la ville tout comme les *McDonald* et les *Kentucky Fried Chicken.* Ils étaient considérés comme un repaire pour l'élite cultivée. L'atmosphère y était en principe calme et paisible. Chen pourrait passer là une matinée sans être dérangé, anonyme, et se concentrer sur sa dissertation.

Il prit une table dans un coin et sortit ses livres. Il avait rassemblé cinq ou six histoires, mais trois suffiraient peut-être pour son travail. La troisième, *La Statue de Guanyin taillée dans le jade,* avait été racontée à l'origine par des conteurs professionnels de la dynastie des Song sur les marchés, ou dans les maisons de thé où des vieux parlaient bruyamment, grignotaient des graines de pastèque, jouaient au mah-jong et crachaient à cœur joie.

Il commença sa lecture en prenant une petite gorgée de café. Xiuxiu, une jolie fille de Lin'an, est achetée comme brodeuse par le prince Xian'an, commandeur militaire de trois commanderies. Dans sa maisonnée travaille également un jeune tailleur de jade du nom de Cui, qui a gagné les faveurs du prince pour avoir façonné une merveilleuse statuette du bodhisattva Guanyin pour l'empereur. Le prince promet de marier Xiuxiu à Cui dans l'avenir.

Un soir, fuyant la demeure du prince en flammes, Xiuxiu propose à Cui qu'ils deviennent mari et femme sur-le-champ, sans attendre. Ils partent en couple pour Tanzhou. Un an plus tard, ils rencontrent Guo, un garde du prince. Guo dénonce les fugitifs au prince qui les fait ramener. Au tribunal, Cui est condamné au bannissement à Jiankang. Xiuxiu le rattrape sur la route de son exil, disant qu'après avoir été punie dans le jardin, elle a été libérée. Or, la statuette impériale de Guanyin a besoin d'être réparée. Les Cui retournent à la capitale où ils tombent de nouveau sur le garde Guo. Une fois de plus le prince envoie chercher Xiuxiu, mais quand revient le palanquin censé la ramener, il n'y a personne à l'intérieur. Guo est sévèrement battu pour ses faux renseignements. Cui est amené aussi devant le prince, par qui il apprend que Xiuxiu a été battue à mort dans le jardin. C'est donc son fantôme qui l'a accompagné depuis. Rentré chez lui, il supplie Xiuxiu de l'épargner, mais elle lui ôte la vie afin d'avoir sa compagnie dans l'autre monde.

Comme dans les histoires précédentes, Chen trouva bientôt des ambiguïtés suspectes dans le texte. Une critique implicite était sensible même dans un autre titre de l'histoire, *Une malédiction sur la vie et la mort du serviteur Cui*. Le message est sans équivoque, Xiuxiu est une malédiction. Cui est condamné parce qu'elle, au nom de l'amour, ne le laisse jamais partir. La perte de sa position, la punition par le tribunal et finalement la mort. Xiuxiu incarne la contradiction : une jolie fille qui aime Cui avec une passion courageuse rarement vue dans la littérature chinoise classique le détruit délibérément de ses propres mains. Son attraction et sa répulsion sont les deux faces de la médaille.

Chen trouva une explication à la fusion des deux faces dans la classification générique contemporaine. L'histoire appartenait à la catégorie des *yanfen/linggui*. *Yanfen* se référant aux histoires de belles femmes dans les intrigues amoureuses, et *linggui* à celles où les femmes sont assimilées aux démons et aux fantômes.

Et il pensa à un terme similaire dans la littérature occidentale : la femme fatale.

Dans *La Statue de Guanyin taillée dans le jade*, Xiuxiu est exactement cette malédiction. Chen sortit un stylo pour souligner les derniers paragraphes de l'histoire.

Cui rentra chez lui accablé. Il entra dans sa chambre et vit sa femme assise sur le lit. Cui Ning dit: «Je t'en prie, épargne-moi, ma femme.

– J'ai été battue à mort par le prince à cause de toi et enterrée dans le jardin, dit Xiuxiu. Comme je hais ce soldat Guo pour avoir tant parlé ! Je me suis vengée à présent, le prince lui a donné cinquante coups de bâton sur le dos. Tout le monde sait désormais que je suis un fantôme, je ne puis demeurer ici. »

Sur ces mots, elle se leva et saisit Cui Ning à deux mains. Il poussa un cri et tomba sur le sol.

Au même instant, quelque chose tomba par terre. Chen se retourna et vit une fille descendre d'un tabouret du bar. Elle s'était trop penchée au-dessus du comptoir pour embrasser un jeune homme, elle avait voulu poser un pied par terre pour garder l'équilibre et sa sandale à haut talon avait volé dans un coin.

Le café n'était pas aussi calme que prévu. De nouveaux clients arrivaient nombreux, pour la plupart jeunes, élégants, joyeux. Une fille avait un ordinateur portable et elle se mit à jouer, ses doigts picorant et pépiant comme des moineaux bruyants un matin de printemps. Plusieurs nouveaux venus avaient des téléphones et bavardaient comme s'ils étaient seuls au monde.

Chen commanda un autre café.

Comment Xiuxiu pouvait-elle tuer Cui ? Chen retourna

quelques pages en arrière, au passage où Cui et Xiuxiu se retrouvent le soir de l'incendie.

«Te souviens-tu du temps où nous contemplions la lune sur la terrasse? demanda Xiuxiu à Cui Ning. Je t'étais promise et tu ne cessais de remercier le prince. T'en souviens-tu ou as-tu oublié?»

Cui Ning se prit les mains et ne put répondre que par «Eh».

«Les gens te félicitaient disant “Quel beau couple”. Comment as-tu pu oublier?»

Encore une fois, Cui Ning ne put répondre que par «Eh».

«Plutôt que de continuer d'attendre, pourquoi ne pas devenir mari et femme maintenant, ce soir? Qu'en penses-tu?

– Comment oserais-je?

– Redouterais-tu les conséquences? Je pourrais crier et te détruire. On se demandera pourquoi tu m'as amenée. Je te dénoncerai au prince demain.»

Chen commençait à voir Xiuxiu «séduire» Cui. Rusée et calculatrice, elle l'entraînait littéralement.

Des questions restaient encore sans réponse, mais Chen pensa avoir trouvé quelque chose de commun avec les autres histoires. Il devait être capable de boucler sa dissertation, même si ce n'était pas un projet aussi ambitieux qu'il l'avait espéré.

Il vida sa tasse et alluma son portable. Il avait plusieurs messages, dont un de Nuage Blanc. Il la rappela et elle lui fit son rapport, comme un policier, sur l'absence de progrès dans sa recherche sur Internet. À la fin elle lui fit une suggestion, comme une «petite secrétaire».

«Faites une pause, chef. Allez dans une boîte de nuit. Vous pourrez y apprendre par vous-même, et en même temps vous détendre un peu. Et vous savez que vous pouvez toujours compter sur ma présence. Vous avez trop de soucis, je m'inquiète. Vos nerfs ne supporteront pas la tension. »

Il ne savait pas si c'était une insinuation. En tant qu'ancienne compagne-de-chant, elle connaissait le métier. Ce pouvait être utile pour l'enquête.

« Merci, Nuage Blanc. C'est peut-être une bonne idée, dès que j'aurai terminé ma dissertation, dans deux jours. »

Il téléphona ensuite au professeur Bian qui décrocha à la première sonnerie.

« Comment avance votre dissertation, inspecteur principal Chen ?

– J'ai travaillé sur une autre histoire. Pensez-vous qu'une analyse de trois textes suffise ?

– Je pense que oui.

– Ils partagent le même mouvement : chacun d'eux contient un élément qui contredit le thème amoureux généralement admis, et l'héroïne se transforme soudain en démon ou en désastre. Les changements apparaissent à travers un petit détail, un terme médical, un poème ambigu, ou une phrase lancée au hasard. Une fois examinés de près, ils renversent de façon spectaculaire le motif amoureux initial.

– C'est un point de vue original. Mais vous devez prouver ce qu'il y a derrière, je pense.

– Ce qu'il y a derrière ? » Comme pour un policier, il n'y avait pas de coïncidence. Il devait y avoir une explication. Et en psychanalyse aussi. « Vous avez raison, professeur Bian.

– Les histoires ont été écrites sous différentes dynasties, et les auteurs avaient des origines sociales diverses…

– Vous voulez dire qu'il y a un motif sous-jacent en permanence, qui traverse les différentes dynasties, que les auteurs en aient été conscients ou pas.

– Si vous voulez. Quelque chose de profondément enraciné dans notre culture. Votre projet risque de ne pas être facile.

– Je vais y réfléchir. Merci beaucoup, professeur Bian. »

Quand Chen posa son portable, sa première pensée fut à propos du confucianisme, pratiquement incontesté pendant deux mille ans jusqu'au début du XXe siècle.

Toutefois, Chen ne se rappelait pas que Confucius ait parlé de l'amour passion.

Mais il se sentait sur le point de faire une découverte. Il avait emprunté plusieurs livres canoniques confucéens qu'il n'avait pas eu le temps de lire. Les idées se bousculaient dans sa tête quand le téléphone sonna. C'était le directeur Zhong.

« Je vous ai cherché toute la matinée, inspecteur principal Chen.

– Excusez-moi, j'avais oublié d'allumer mon portable. Du nouveau sur le scandale immobilier ?

– La date du procès a été avancée. C'est pour dans deux semaines. Une décision prise à Pékin.

– Pourquoi tant de hâte ?

– *Plus la nuit est longue, plus on a de cauchemars.* Personne ne tient à ce que le procès traîne. Peng doit être puni de toute façon. Alors pourquoi tarder ? Les plaignants verront que les autorités du Parti sont de leur côté.

– C'est bien », dit Chen. Mais c'était encore une situation où la politique dictait l'issue d'un procès. « Nous n'avons donc plus à nous inquiéter.

– Eh bien, Jia a beaucoup insisté. Il assure que Peng

n'est pas seul dans le scandale. Qu'est-ce qui lui prend à cet avocat? Peng a peut-être des relations parmi les dignitaires de la ville, mais le fait d'avoir des relations ne mène pas nécessairement à la corruption. Vous avez découvert quelque chose sur Jia?

– Rien de spécial.» C'était la vérité. Il avait été trop occupé, mais c'était vrai aussi que personne ne lui avait rien dit de particulier à propos de Jia. «Je continuerai à vérifier.»

La conversation terminée, Chen avait déjà perdu le fil de ses pensées à propos de la dissertation. Un autre café n'y changea rien.

Il regarda l'horloge au mur. Il avait la nausée.

16

Tôt le mardi matin, Chen se réveilla avec un mal de tête épouvantable.

Il se fit du café fort et avala deux tasses au petit déjeuner, rien d'autre. Son mal de tête ne se calmait pas.

Il ne lui vint aucune idée pour sa dissertation, ni pour l'enquête.

Puis il reçut une autre livraison du bureau, dont un rapport de Hong sur sa mission de compagne-de-danse.

Il se refit du café. Il le but avec une poignée de gélules au ginseng et fuma une cigarette.

Peu après, tremblant, il fut pris de nausée et de sueurs froides. Et il éprouva un besoin irrésistible d'agir sans se contrôler, de donner des coups de pied dans le mur, de ululer comme une chouette, de casser, de hurler des blasphèmes politiques.

En sueur, un poing dans la bouche comme pour lutter contre un mal de dent, il courut fermer la porte à clef avant d'avaler une poignée de somnifères et se jeta sur le lit.

Il se réveilla et se vit en épouvantail affolé. Une dépression nerveuse, pensa-t-il en se rappelant l'effondrement de T. S. Eliot en Suisse. Cette constatation l'ébranla.

Et s'il avait une nouvelle crise ? Heureusement, il était chez lui cette fois, mais la prochaine ? Ce serait une catastrophe s'il perdait soudain la tête de cette façon en public.

Il fouilla l'armoire à pharmacie sans trouver rien d'autre, et s'imagina en homme vide, comme dans le poème d'Eliot.

Vers neuf heures, quand Nuage Blanc téléphona en lui faisant son rapport sur ses recherches, il eut à peine la force de parler.

« Ne bougez pas, dit-elle réellement inquiète. J'arrive. »

Une demi-heure plus tard, à la grande surprise de Chen, elle était là, accompagnée de Gu, son ancien employeur, le président de la New World Cooperation. Elle avait dû lui parler car il apportait un grand sac en plastique plein de compléments alimentaires à base de plantes.

Depuis qu'ils s'étaient rencontrés au cours d'une autre enquête sur un homicide[1], cet homme plein de ressources se considérait comme un ami de l'inspecteur principal. Une relation telle que Chen pouvait être pré-

---

1. Voir *Visa pour Shanghai*, Liana Levi, 2003. [NdÉ]

cieuse en affaires, mais, inversement, Gu lui avait déjà apporté son aide.

« Vous avez besoin de vacances, inspecteur principal Chen, déclara Gu. Des vacances au Village du Mont Ting et du Lac. Vous y partez aujourd'hui. Je m'occupe de tout. »

Gu avait fait nombre d'investissements dans l'immobilier, y compris dans ce célèbre village de vacances à la limite des provinces de Shanghai et de Zhejiang.

C'était tentant. Chen savait qu'il était épuisé depuis quelques jours, sous la tension causée par le scandale immobilier, l'affaire du *qipao,* la politique au bureau et ailleurs, et enfin, la dissertation. De courtes vacances pouvaient lui faire du bien.

« Merci, monsieur Gu. À charge de revanche.

– À quoi sert un ami, chef ? J'enverrai une voiture vous chercher.

– Je peux aussi vous servir de secrétaire infirmière là-bas, dit Nuage Blanc avec un sourire entendu. Vous avez vraiment besoin de repos.

– Merci pour tout, Nuage Blanc. Je pense n'avoir besoin que de deux jours de tranquillité. Mais si vous pouvez faire quelque chose pour moi, je vous téléphonerai.

– Rends-toi disponible pour lui à n'importe quel moment, Nuage Blanc, dit Gu. Tiens-moi au courant. »

Elle avait travaillé comme compagne-de-chant pour Gu, puis pour Chen en tant que « petite secrétaire » rémunérée par Gu. L'affaire était donc entendue.

Après le départ de ses visiteurs, Chen prépara sa valise. Afin de se rétablir vite il valait mieux qu'il oublie tous ses soucis et ses responsabilités. Néanmoins, s'il se sentait mieux là-bas, il pouvait essayer de terminer sa dissertation. Il emporta donc deux classiques confucéens pour écrire sa conclusion. C'était probablement sa dernière chance de tout faire pour son « épanouissement personnel ». Ce serait trop facile de redevenir l'inspecteur principal Chen.

Il mit dans son portefeuille un paquet de somnifères en les cachant sous la photo de Nuage Blanc portant le *qipao* au marché du Temple du dieu protecteur de la ville. Cela paraîtrait naturel qu'il regarde une photo de fille de temps en temps. Mais il avait besoin de s'assurer que le calmant était là, disponible grâce à son sourire.

Mais il n'emporterait pas son portable. Ou ses vacances n'en seraient plus. Il devait être capable de ne pas être inspecteur principal pendant deux jours. D'ailleurs, il ne pouvait rien faire en tant que policier en ce moment. Sans l'identité du meurtrier, son approche psychologique ne menait en effet nulle part. En cas d'urgence, il pouvait toujours téléphoner du village de vacances.

Quand la voiture envoyée par Gu klaxonna sous la fenêtre, il ajouta quand même les dossiers de l'affaire dans sa valise, presque mécaniquement.

Dans la Mercedes, Chen emprunta un portable au chauffeur pour appeler sa mère et l'informer qu'il serait absent quelques jours. Elle dut penser qu'il partait de nouveau pour une de ses missions mystérieuses et ne lui demanda même pas où il allait.

Puis il téléphona à Nuage Blanc pour lui demander d'appeler sa mère de temps en temps et il insista pour que personne ne sache où il se trouvait.

À l'horizon, les nuages qui se dissipaient révélaient déjà le contour des sommets.

17

Chen arriva au village de vacances en fin d'après-midi.

C'était un vaste complexe comprenant un bâtiment principal, plusieurs villas et bungalows, une piscine, des saunas, des courts de tennis et un terrain de golf. Tout cela niché dans la verdure, face à un grand lac qui scintillait.

Il trouva inutile de loger dans la villa qui lui était proposée par le réceptionniste en qualité d'invité spécial de Gu. Chen choisit plutôt une suite dans le bâtiment principal. Le réceptionniste lui remit un carnet de coupons.

« Ces coupons vous servent pour vos repas et les services. Vous n'avez rien à régler. Le directeur Pei vous a fait préparer pour ce soir un dîner spécial… un festin *bu*, non de plantes, mais de toutes les gourmandises.

– Un festin *bu* ! » dit Chen amusé.

Bu défie la traduction, et pourrait signifier entre autres une combinaison d'herbes et d'aliments qui donnent un coup de fouet au corps humain. Son principe relève des théories médicales chinoises, notamment en termes de yin et de yang. Mais Chen n'avait aucune idée de comment un tel festin pouvait agir. Il devina que ce devait être une idée de Gu.

La suite qui lui fut attribuée se composait d'un salon, d'une chambre et d'un dressing spacieux. Chen sortit ses livres et les posa sur un long bureau près de la fenêtre, qui donnait sur les collines enveloppées de nuages d'hiver.

Il se rappela qu'il ne devait pas ouvrir ces livres avant le lendemain.

Il prit une longue douche chaude à la place. Après quoi, étendu sur le canapé, il s'endormit malgré lui.

Lorsqu'il se réveilla, c'était presque l'heure du dîner. Il se demanda si c'était l'effet tardif de la surdose de somnifères. À moins qu'il n'ait déjà commencé à se détendre.

Le restaurant se trouvait à l'extrémité est du complexe. Il offrait une magnifique façade dans le style traditionnel, avec deux lions dorés de part et d'autre de la porte peinte en vermillon. Des serveuses en veste rouge à revers noirs brillants saluèrent Chen à son entrée. Une hôtesse lui fit traverser une immense salle à manger et l'introduisit dans un salon privé, isolé par des vitres dépolies.

À une grande table de banquet, le directeur Pei, un homme corpulent aux grosses lunettes cerclées de noir et à l'expression amicale, l'attendait avec plusieurs responsables, dont le réceptionniste que Chen avait déjà vu. Chacun lui présenta ses compliments comme s'ils le connaissaient depuis des années.

« Monsieur Gu ne cesse de faire votre éloge, maître Chen. Il faut beaucoup d'énergie et de substance pour produire des chefs-d'œuvre comme les vôtres. Aussi avons-nous pensé qu'un dîner *bu* pouvait convenir. »

Chen se demanda comment il était devenu un « maître », mais il devait être reconnaissant à Gu de n'avoir pas révélé son identité de policier et d'avoir tout organisé.

Pour commencer, un serveur apporta un énorme plat appelé « tête du Bouddha ». Elle n'avait qu'une très vague ressemblance avec une tête humaine, elle était faite d'une calebasse blanche, cuite dans un panier de bambou recouvert d'une grande feuille verte de lotus.

« Un plat spécial », dit Pei tout sourire en donnant le

signal du départ au serveur qui tenait un long couteau de bambou.

Chen regarda le serveur scier un morceau du « crâne » avec son couteau, plonger les baguettes dans le « cerveau » et extraire un moineau frit d'une caille grillée, elle-même dans un pigeon braisé.

« Tant de cerveaux dans une seule tête, pouffa un des responsables.

– C'est le Bouddha, dit Chen en souriant. Rien d'étonnant.

– Toutes les substances mélangées pour produire un stimulant extraordinaire du cerveau, ajouta un autre, chez les intellectuels qui se creusent constamment la cervelle.

– Un équilibre parfait de yin et de yang, dit un autre encore, dans un assortiment d'oiseaux. »

Chen avait entendu parler de théories relatives à la correspondance diététique entre les humains et les autres espèces. Sa mère aussi avait cuisiné de la cervelle de porc pour son bien, mais en fait c'était bien plus élaboré qu'il n'avait imaginé.

Puis vint la tortue du lac, cuite à la vapeur avec du sucre cristallisé, du vin jaune, du gingembre, du poireau et quelques tranches de jambon de Jinhua.

« Comme nous le savons tous, la tortue est bonne pour le yin, mais celles que vous trouvez au marché sont des tortues d'élevage nourries aux hormones et aux antibiotiques. Les nôtres sont différentes. Elles viennent directement du lac, dit Pei avec emphase en buvant une gorgée de vin. Les gens ont des notions erronées sur le yin et le yang. En hiver, ils dévorent de la viande rouge, telle que l'agneau, le chien et le cerf, mais ce n'est pas dialectique…

– Prétendument des stimulants du yang, donc bons quand il fait froid, paraît-il, dit Chen intrigué par le discours de Pei qui paraissait très philosophique. Mais je ne connaissais pas l'aspect dialectique.

– Pour certains, quand le yang atteint déjà un niveau pathologique dans leur système, choisir la viande rouge pourrait être nuisible. Dans un cas pareil, la tortue contribue réellement à l'équilibre, dit Pei galvanisé davantage par la réaction de Chen que par le vin. Une autre erreur fréquente est de croire que seule l'activité sexuelle entraîne l'affaiblissement du yin, mais travailler dur consume aussi le yin.

– Vraiment? dit Chen en pensant à la maladie de la soif qu'il avait analysée pour sa dissertation. C'est très profond.

– Notre dîner est parfaitement équilibré. Bon à la fois pour le yin et pour le yang. Confucius dit qu'*on n'est jamais trop exigeant avec sa nourriture.* Ce n'est pas qu'une question de goût, bien entendu. Pour un sage comme Confucius, cela va beaucoup plus loin. La nourriture doit être un véritable stimulant, afin que vous fassiez de grandes choses pour votre pays. »

Que ces phrases aient été ou non copiées des livres classiques pour les besoins de la cause, il était vrai que les échos du confucianisme résonnaient encore dans la vie quotidienne.

L'éloquence de Pei ne se limita pas aux théories. Le banquet fut une succession de surprises. Soupe à la tête de poisson, gigantesque, enrichie au ginseng américain; geckos, ces lézards du Guangxi frais, et non pas séchés comme on les trouve communément dans les herboristeries, cuits en ragoût avec des pieds-de-mouton; bouillie de riz aux nids d'hirondelle parsemée de «baies du loup» écarlates.

«Ah, le nid d'hirondelle, s'exclama Pei en brandissant une louche. Pour faire leur nid sur les falaises, les hirondelles doivent enduire tout ce qu'elles ramassent de leur salive, qui est l'essence de la vie.»

Le nid d'hirondelle était un élément *bu* traditionnel. Le savoureux bol de bouillie lui rappela un passage du *Rêve dans le pavillon rouge*, où le nid d'hirondelle qu'une jeune fille raffinée mange pour son petit déjeuner coûte davantage que la nourriture d'un paysan pour toute une année.

«En quoi la salive de l'hirondelle est-elle si particulière ? demanda Chen.

– On se sent parfois la bouche sèche, on manque de salive, notamment après "les nuages et la pluie", vous voyez, dit Pei avec un sourire chaleureux. C'est un symptôme d'insuffisance du yin.

– La maladie de la soif, je vois», dit Chen. Mais on pouvait se sentir assoiffé pour toutes sortes de raisons, pas seulement à cause des nuages et de la pluie.

À sa grande surprise, ce qui apparut ensuite sur la table était un bol de porc gras braisé à la sauce de soja. Un plat ordinaire, contraste saisissant avec toutes ces extravagances.

«La spécialité du président Mao, dit Pei en voyant la surprise dans le regard de Chen. La veille d'une bataille cruciale pendant la guerre civile de 1946-1949, Mao a déclaré : "Mon cerveau est épuisé, j'ai besoin de porc gras braisé à la sauce de soja pour le stimuler." Ce n'était pas toujours facile pendant ces années-là de servir de la viande à table, mais pour Mao, le comité central du Parti communiste réussit à fournir tous les jours un bol de porc gras. Et, bien entendu, Mao a conduit l'Armée Populaire de Libération de victoire en victoire. Comment Mao pouvait-il se tromper?

– Non, Mao ne pouvait jamais se tromper», répondit Chen en trouvant le porc très bon.

Le clou du banquet arriva sous la forme d'un singe en cage, les membres attachés, dont la tête rasée dépassait. Un serveur posa la cage pour que tous puissent l'examiner. Souriant, il tenait un couteau d'acier et une petite louche de cuivre en attendant le signal. Chen avait entendu dire beaucoup de bien de cette spécialité.

Mais il fut soudain en sueur, faible, presque comme le matin même. Il n'était peut-être pas encore rétabli.

«Oh, que se passe-t-il, maître Chen? demanda Pei.

– Tout va bien, directeur Pei, répondit Chen en passant une serviette sur son front en sueur. Ce porc est très bon, il me rappelle ce que ma mère cuisinait pour moi quand j'étais enfant. C'est une bouddhiste convaincue. Aussi voudrais-je faire une proposition en son nom. Relâchez le singe, s'il vous plaît. Dans la croyance bouddhiste, cela s'appelle *fangsheng* – libérer une vie.

– *Fangsheng*...» Pei n'était pas du tout préparé à cela, mais il sut réagir vite. «Oui, maître Chen est un fils dévoué. Nous ferons ce qu'il désire.»

Les autres acquiescèrent. Le serveur emporta la cage en promettant de relâcher le singe dans les collines. Chen le remercia, tout en se demandant s'il tiendrait parole.

Pei était un hôte chaleureux et charmant. Chen oublia bientôt l'incident. Dehors, le soir se déployait comme un rouleau peint traditionnel, offrant un panorama d'hiver jusqu'à l'horizon. À cette altitude, la lumière durait plus longtemps. Les pics n'avaient jamais paru plus magnifiques, comme s'ils exhibaient leur beauté dans une ultime tentative de rester illuminés par le jour.

Une tasse à la main, Chen fut réchauffé par une sensation de bien-être. Le banquet *bu* avait fait son effet, psychologiquement.

Quand il retourna dans sa chambre, il se fit l'effet d'être une pile rechargée dans un spot publicitaire.

Il se sentait également détendu. Appuyé contre la tête de lit rembourrée, il se laissa aller à une agréable somnolence. En ville, il avait du mal à s'endormir. Mais ce soir-là il n'avait pas à s'inquiéter. Était-ce à cause du dîner? La stimulation du yin ou du yang, et son corps répondait déjà?

Pendant que son esprit vagabondait, il s'endormit.

Et il continua de dormir. Il se réveilla deux fois, les rideaux ne laissaient pas passer la lumière, il n'entendait pas de circulation sous sa fenêtre, il fut enveloppé par une sensation de paresse et ne se leva pas. Il n'avait pas faim. Il ne regarda même pas la pendulette sur la table de chevet. Ce pouvait être une expérience rare et inexplicable, mais favorable à son rétablissement, se dit-il vaguement.

Il se rendormit et perdit toute notion du temps.

18

À l'improviste, la police criminelle reçut un tuyau.

Le tuyau – si c'en était un – se trouvait dans les *Nouvelles du soir de Shanghai*. Plus exactement, dans une petite annonce du journal envoyée au bureau dans une enveloppe adressée à l'inspecteur Liao.

Allons au bout des trois-compagnes. Après la compagne-de-chant et la compagne-de-repas, c'est le moment de danser. Quant à l'endroit, quoi de mieux que la *Porte de la joie*? Même heure. Wengge Hongqi.

Ç'aurait pu être un message humoristique entre amis. Mais une fois adressé et remis à Liao, il était devenu sinistre.

« Ce n'est pas un tuyau », dit Liao en fronçant les sourcils.

Ce « même heure » avait un ton d'urgence. Dans la nuit du jeudi au vendredi.

« Wengge Hongqi », qui peut signifier « drapeau rouge de la Révolution culturelle », ne pouvait pas être un nom réel. Un pseudonyme invraisemblable dans les années quatre-vingt-dix.

« On dirait le nom d'une organisation rebelle de l'époque, dit Yu.

– Attendez, dit Liao. Hongqi pourrait aussi être les deux premières syllabes de *hongqipao*, *qipao* rouge. »

Aucun des policiers ne croyait à une coïncidence.

Liao se mit aussitôt en rapport avec le journal. Le rédacteur en chef soutint qu'il n'avait rien trouvé à redire à l'annonce. Elle avait été payée comptant et livrée à la rédaction par « express », un des tout derniers services dans la ville, que n'importe qui pouvait créer avec une bicyclette ou une moto, et probablement sans licence. Il n'y avait donc aucun moyen de retrouver l'entreprise de « livraison express ». L'auteur de l'annonce n'avait laissé ni adresse ni numéro de téléphone. Ce n'était pas nécessaire en cas de paiement comptant.

C'était donc un message sans équivoque du criminel. Et un défi intolérable.

L'homme allait continuer à tuer, en dépit des efforts de la police. De surcroît, il disait aux policiers quand et où cela arriverait.

Les renseignements sur la *Porte de la joie* arrivèrent bientôt. Le dancing se trouvait dans un immeuble de cinq étages situé dans la rue du Huashan, près de la rue de Nankin. Il avait un passé glorieux dans les pétillantes années trente, où dans toute la ville les riches élégants se pressaient sur les pistes de danse. Mais après 1949, quand la danse fut interdite comme faisant partie du mode de vie bourgeois décadent, le bâtiment avait été transformé en cinéma ; à ce titre, il avait survécu à la Révolution culturelle, pendant laquelle le nom de *Porte de la joie* aurait été oublié si son énorme enseigne au néon en lettres occidentales, éteinte et cassée depuis longtemps, n'était pas tombée en tuant un passant. L'accident avait alors été considéré comme le symbole de la fin d'une époque.

Au début des années quatre-vingt-dix, la nostalgie collective de la ville avait fait redécouvrir la *Porte de la joie.* Un homme d'affaires de Taïwan lança un grand projet de rénovation des gloires passées en conservant tout ce qui datait des années trente. On exhuma des affiches jaunies par le temps, de vieux membres de l'orchestre furent engagés, les lampes et les lustres rouillés retrouvèrent leur éclat, les danseuses revinrent, jeunes et belles, en *qipao.*

Bref, les affaires étaient redevenues florissantes. La *Porte de la joie* figurait dans les guides touristiques de la ville comme une attraction incontournable.

Yu et Liao se regardèrent. Ils ne semblaient pas avoir le

choix. Encore un enchaînement ironique de l'égarement du yin et du yang. Hong s'était infiltrée, et l'occasion se présentait maintenant.

Yu restait réticent sur cette tactique. Mais ses collègues avaient insisté. *Dans un état désespéré on s'adresse à n'importe quel charlatan*, dit le proverbe. Hong était passée d'une boîte de nuit à l'autre, papillonnante, éclatante et flirteuse. D'après ses rapports, un nombre considérable de clients l'avaient approchée, mais aucun n'était réellement suspect. Afin de ne pas alarmer le vrai, elle devait les satisfaire jusqu'à la dernière minute. Ses rapports, bien entendu, n'indiquaient pas tout ce qu'elle devait tolérer de ces clients libidineux.

À présent la situation était différente.

« Il est diabolique, dit simplement Yu.

– Elle est avec nous depuis près de deux ans. Bien formée par l'école de police et par nous, murmura Liao comme s'il essayait d'insuffler la confiance dans sa voix avant d'appeler le poste de Hong. Une fille intelligente, compétente. »

Sans connaître très bien Hong, Yu avait une haute opinion d'elle. Vive, réaliste, et attachée à son métier. Une appréciation très élogieuse pour une jeune policière. La brigade des homicides avait subi trop de pression. La décision de Liao était compréhensible.

« Mais ça pourrait aussi être une feinte, dit Yu. Si nous plaçons nos hommes à la *Porte de la joie*, il peut frapper ailleurs. »

Liao hocha la tête sans répondre tout de suite, tandis que le secrétaire du Parti Li entrait haletant dans le bureau en déclarant d'une voix stridente :

« C'en est trop. Vous devez l'arrêter. Tous nos services

sont derrière vous. Dites-moi combien d'hommes il vous faut et vous les aurez. »

Hong arriva à son tour. Elle s'assit les mains croisées. Elle était habillée en « compagne », d'une robe à bretelles fines et fendue haut sur les côtés. Elle n'était pas maquillée, et son visage était clair et serein à la lumière matinale.

« Je veux que vous compreniez que ceci est volontaire, commença Liao en poussant vers elle la coupure de presse sur la table. Ce n'est pas comme ce que vous avez fait jusqu'ici. Vous pouvez refuser. J'ajouterai quand même que vous êtes la plus qualifiée pour cette mission. »

Hong regarda le texte, rejeta une mèche de cheveux en arrière et hocha la tête, sa frange noire revenant doucement au-dessus de ses sourcils arqués.

« Si vous allez à la *Porte de la joie* ce soir, poursuivit Liao, nous serons là aussi. Vous nous aviserez à l'instant où il vous approchera.

– Comment savoir si c'est lui ? Ces hommes traitent les filles plus ou moins de la même façon.

– Je ne pense pas qu'il tentera quelque chose à l'intérieur. Il doit vous inviter dehors. Dès qu'il l'aura fait, nous l'arrêterons. Nous serons prêts à toute éventualité. »

Mais il ne restait qu'une demi-journée avant la soirée, pensa Yu. Les policiers ne pouvaient pas vraiment se préparer. Hong était sans doute la seule à n'avoir pas de difficulté à tenir son rôle, grâce à son expérience acquise.

« Faisons-le, dit Li. Je resterai au bureau ce soir. Vous m'informez au fur et à mesure. »

Ainsi, ils allaient se rendre à la *Porte de la joie*. Yu et Liao prirent une fourgonnette marquée « chauffage et climatisation » qui leur servirait de QG. Hong retourna chez elle en taxi pour se préparer. Plusieurs policiers devaient les retrouver sur place.

Comme le tueur pouvait avoir des relations au dancing, ils décidèrent d'y entrer sans révéler leur identité et de se comporter au début comme des clients ordinaires.

D'après une brochure colorée que Yu prit à l'entrée, les trois premiers niveaux étaient réservés à la danse dans des salles de tailles différentes offrant divers services de « partenaires de danse masculins et féminins », à divers tarifs. Outre le billet d'entrée, on payait à l'unité, pour chaque danse, de vingt-cinq à cinquante yuans. Pourboire non inclus, naturellement.

« En dehors de ces "partenaires de danse professionnels", dit Liao, il y a aussi les compagnes-de-danse qui gagnent leur vie surtout par les services qu'elles assurent ensuite. »

Il était encore tôt dans l'après-midi, et seul le rez-de-chaussée était ouvert. La salle de danse était bordée de tables sur deux côtés, avec une estrade au fond. Une chanteuse en *qipao* richement brodé était accompagnée d'un petit orchestre. L'éclairage au néon créait un mirage nostalgique mêlant richesse enivrante et rêve doré. Les danseurs étaient pour la plupart d'âge mûr et les compagnes n'étaient pas toutes jeunes non plus.

« C'est l'heure relativement bon marché », dit Liao en étudiant les tarifs de la brochure.

Ces gens allaient danser jusqu'à dix-neuf heures. Pour la soirée, les salles de danse seraient celles du premier et du deuxième étage. Au deuxième, un groupe de filles russes devait se produire sur scène, et presque tous les clients assisteraient au spectacle. Les policiers ne devaient se concentrer que sur le premier. Les troisième et quatrième étages se composaient de chambres d'hôtel.

« Vous imaginez prendre une chambre ici, à entendre toute la nuit la musique et le bruit assourdissants ? dit Yu.

– Ma foi, c'est pratique, répondit Liao. On peut descendre pour danser, et remonter dans sa chambre avec une fille. »

Aussi bien pour la danse que pour les chambres, il fallait passer par l'entrée rue du Huashan. Par chance, une caméra de surveillance était déjà installée au-dessus de la porte.

Quand ils retournèrent dans la fourgonnette, ils furent rejoints par Hong et plusieurs policiers. Ils se concertèrent sur ce qu'ils allaient faire.

Hong devait aller au premier étage en *qipao* rose avec un mini-portable spécialement programmé. Si elle appuyait sur un bouton, les policiers à l'extérieur seraient alertés, et si elle appuyait sur un autre, ils se précipiteraient à l'intérieur. Elle avait pratiqué les arts martiaux de Shaolin à l'école de police. Elle devait donc être capable de faire face à une situation inattendue, ou du moins d'alerter ses collègues à temps. Ces derniers lui avaient demandé de les appeler à intervalles réguliers, mais elle préférait s'en abstenir, de crainte d'éveiller les soupçons.

Le sergent Qi entrerait avec elle en prétendant être un client. Il resterait dans la salle de danse, en contact permanent avec les autres policiers, et aurait la double responsabilité de la couvrir et de repérer tout ce qui pouvait paraître suspect.

Deux policiers devant la salle de danse s'assoiraient à tour de rôle sur le canapé près de l'entrée, comme un client qui fait une pause. Ils étaient chargés de surveiller la sortie de Hong, seule ou accompagnée.

Le deuxième étage n'offrait guère de risque ce soir-là. Il était invraisemblable que le tueur choisisse une Russe qui ne parle pas chinois, et sur scène de surcroît. Sur l'insistance de Li, ils avaient quand même placé un policier en civil à cet étage.

Pour finir, ils postèrent plusieurs autres policiers autour de l'entrée rue du Huashan. L'un déguisé en vendeur de journaux du soir, une autre en marchande de fleurs, et un autre encore en photographe sollicitant les touristes pour prendre des photos express.

Yu et Liao restèrent dans la fourgonnette, chacun avec un casque, attendant, comme deux soldats de plomb, immobiles, imaginant tous les scénarios catastrophes.

La première demi-heure s'écoula paisiblement. Il était encore trop tôt, se dit Yu en regardant l'entrée du dancing. À sa grande surprise, il vit une jeune mère agenouillée sur le trottoir près de la porte, tremblant de froid dans ses vêtements élimés, un bébé de sept ou huit mois dans les bras, courbée au-dessus d'un papier où était écrit quelque chose. Près d'elle, un bol cassé contenait quelques pièces. Les gens entraient et sortaient sans les regarder. Personne ne jeta de pièce.

La ville se coupait en deux, celle des riches et celle des pauvres. Le pourboire pour une danse aurait nourri et logé la femme et son bébé tout un jour. Yu pensa sortir avec une poignée de pièces, mais une voiture de patrouille passa et emmena la femme.

Le sergent Qi faisait des commentaires de l'intérieur: « Tout se passe bien. » Yu l'entendait siffler de temps en temps, comme un pro, sur une musique perceptible en fond sonore. *Quand reviendrez-vous, ma chère,* une mélodie qu'il reconnut comme l'une des plus populaires des années trente.

Hong ne les appela qu'une seule fois. « J'ai plusieurs invitations. »

À l'extérieur, toutes les lumières s'allumèrent peu à peu. De nouveaux clients entrèrent, très émoustillés. Dans les années trente, on appelait Shanghai « la ville qui ne dort pas ».

Vers vingt heures quarante-cinq, il y eut une période de silence d'environ vingt minutes. Liao questionna Qi, mais celui-ci expliqua que c'était une fausse alerte. Sept ou huit minutes plus tôt, il avait perdu Hong de vue dans la salle de danse et avait pensé qu'elle était peut-être aux toilettes. Il l'avait cherchée et l'avait trouvée devant un verre dans un recoin du petit bar. Comme il devait tout surveiller en même temps, il s'était déplacé à une table d'où il pouvait voir à la fois le bar et la salle de danse.

« Ne vous en faites pas, assura Qi. J'ai une vue sur tout. »

Vint un autre bref silence. Yu alluma une cigarette pour Liao, puis pour lui-même. Li les appela, pour la troisième fois de la soirée. Le secrétaire du Parti ne cachait pas son inquiétude.

Environ dix minutes plus tard, Qi leur annonça d'une voix affolée que la fille dans le bar, bien qu'en *qipao,* n'était pas Hong.

Yu appela son portable, mais elle ne répondit pas. Il y avait probablement trop de bruit à l'intérieur. Il contacta les policiers postés dehors, ainsi que ceux qui montaient la garde devant la salle du bal. Personne ne l'avait vue sortir, et ils ne l'auraient pas manquée dans son *qipao* rose.

Elle était donc forcément à l'intérieur. Yu leur ordonna de rejoindre Qi dans la salle.

Entre-temps, Liao s'était précipité dans la pièce de la sécurité, où un policier se trouvait auprès du responsable de l'établissement.

Moins de cinq minutes plus tard, Yu vit Liao revenir en secouant la tête, désemparé. Aucun signe de Hong sur la vidéo.

Les policiers dans la salle de danse signalèrent qu'ils avaient fouillé dans tous les coins. Hong s'était évaporée.

Il s'était écoulé un peu plus d'une demi-heure depuis que Qi avait remarqué son absence.

Yu ordonna l'interdiction immédiate de tout accès au bâtiment. Ce n'était pas le moment de se soucier de la réaction publique. Liao appela des renforts d'urgence avant d'annoncer l'évacuation de la salle de danse.

Les policiers coururent à l'étage et contrôlèrent chaque personne qui quittait la salle, mais Hong n'était pas parmi elles. Quand la salle fut enfin vide, telle un champ de bataille plein de verres et de bouteilles, des produits de maquillage par terre, il n'y avait toujours aucune trace d'elle.

« Où est-ce qu'elle peut bien être ? » demanda Qi consterné.

La réponse était claire pour tout le monde.

« Comment diable a-t-il pu filer avec Hong ? dit Liao.

– Ici ! » s'exclama Qi en indiquant une porte dans le bar. Elle n'était guère visible, à moins de se trouver derrière le comptoir.

Yu se précipita et poussa la porte, qui menait à un couloir. Il vit un ascenseur de service au bout.

« Il a dû l'emmener dans l'ascenseur et la faire sortir,

dit Liao d'une voix rauque, mais non, pas encore, on les aurait vus et interceptés.

– C'est impossible, dit Yu tout en ayant une prémonition. Merde. Contrôlez toutes les chambres. »

La réception fournit une liste en un éclair. Il y avait trente-deux chambres occupées. Les policiers se mirent à frapper aux portes en suivant la liste. À la troisième porte, ils n'eurent pas de réponse. D'après le registre, elle était réservée pour une seule personne et une seule nuit. Le serveur prit la clé et ouvrit.

C'était la confirmation de leurs pires craintes. Ils ne trouvèrent personne dans la pièce, rien que les vêtements de Hong éparpillés sur le sol. Le *qipao* rose, le soutien-gorge et la culotte, et, dans un coin, les chaussures à talon haut.

Le meurtrier l'avait entraînée là, déshabillée comme les autres, revêtue de la robe rouge et transportée dehors…

Ils réexaminèrent la vidéo. Cette fois, ils remarquèrent une scène qu'ils avaient vue sans la trouver suspecte. Un homme en uniforme de l'hôtel en aidait un autre à sortir très vite, lui aussi en uniforme, avec la même casquette. L'homme avait dans les trente-cinq, quarante ans. La casquette rabattue sur les yeux, et avec ses lunettes teintées, son visage n'était pas très visible. L'autre était en réalité une femme, une mèche de cheveux s'échappait de sa casquette, elle était peut-être malade et s'appuyait pesamment sur l'épaule de l'homme.

Le directeur de l'hôtel accourut et déclara que les deux personnes sur la vidéo n'étaient pas des employés.

Le tueur s'était donc inscrit sous une fausse identité et

avait forcé Hong à le suivre dans la chambre où il l'avait fait changer de vêtements. D'après la vidéo, elle était déjà inconsciente. Elle n'avait pas eu le temps d'alerter ses collègues. Une fois dehors, il l'avait fait monter dans une voiture garée à proximité ou avait hélé un taxi. Les policiers en civil postés dehors ne se rappelaient pourtant pas avoir vu deux employés de l'hôtel monter en voiture.

Les comités de quartier et les compagnies de taxis furent aussitôt sollicités.

Le secrétaire du Parti Li tempêtait au téléphone, jurait, faisait les cent pas comme une fourmi grimpant désespérément sur les rebords d'un wok brûlant. Malgré son opposition initiale, il ordonna une surveillance de toutes les familles de la ville possédant un garage privé, ce pour quoi ils demandèrent de nouveau l'aide des comités de quartier.

D'après l'heure enregistrée sur la bande, Hong et l'homme avaient quitté la *Porte de la joie* environ vingt-cinq minutes plus tôt. Les policiers pouvaient encore intercepter le criminel avant qu'il regagne son repaire secret, ou au moment où il entrerait dans le garage. Ils étaient convaincus qu'il lui restait encore à habiller Hong du *qipao* rouge.

Le directeur téléphona. Une serveuse avait signalé qu'un homme d'âge mûr lui avait demandé s'il y avait une nouvelle fille pour la nuit, mais elle n'avait pas pu donner de description du client, sinon qu'il portait des lunettes teintées cerclées d'or. Il était assis à une table, elle ne pouvait pas dire sa taille.

Un cadre d'un comité de quartier appela également. Plus tôt dans la soirée, il avait vu une voiture blanche – un modèle de luxe, bien qu'il ne puisse pas dire de quelle marque – garée dans une rue minable à un pâté de maisons au nord de la *Porte de la joie*. Ce n'était pas un spectacle courant dans cette rue-là.

Mais pour les policiers, tous ces détails n'avaient aucune utilité immédiate.

Le temps pesait sur eux, plus lourd de minute en minute, rendu intolérable par l'absence de toute information, en dépit du fait que toute la machine policière de la ville était en mouvement.

Finalement, vers une heure du matin, un appel parvint d'une voiture de patrouille près du cimetière de Lianyi, dans le faubourg de Hongqiao.

Le cimetière était abandonné depuis des années. Dans un rapport récent sur la sécurité, c'était devenu un haut lieu pour les pilleurs de tombes, et le commissariat du secteur y envoyait un policier en inspection de temps en temps.

Une heure plus tôt environ, un de ces pilleurs avait trébuché sur quelque chose de tout à fait inattendu. Le corps d'une jeune femme en *qipao* rouge. Comme tous ceux de sa profession, il était superstitieux, il avait fui en hurlant et s'était fait appréhender par le policier. Les mots « *qipao* rouge » avaient suffi à l'alerter et il avait téléphoné aussitôt.

Liao venait à peine de mettre la fourgonnette en route quand un deuxième appel arriva du même policier.

« On a trouvé un uniforme d'hôtel non loin du corps, et aussi une casquette. » Il ajouta : « Venez vite. Le pilleur s'est évanoui. Il a cru voir un fantôme. »

19

Le vendredi matin Chen se réveilla enfin, frais et dispos.

Il se demanda comment il avait pu dormir ainsi pendant plus de deux jours. À cause du fabuleux dîner *bu*? Quelque herbe miraculeuse, sans doute. Le directeur Pei avait de réelles connaissances médicales, il avait diagnostiqué ce dont Chen souffrait et organisé ce repas. Chen se souvint vaguement que, selon la théorie de la médecine traditionnelle, certaines herbes pouvaient faire apparaître les symptômes, afin que le corps s'adapte en conséquence. Le dîner spécial lui avait permis d'avoir un sommeil profond pour compenser des années de surmenage. Désormais, le yin et le yang, ou quels qu'aient été les éléments de son corps, allaient fonctionner en harmonie.

Toujours est-il que Chen ne s'était pas senti aussi bien depuis longtemps.

Mais il était aussi quelque peu troublé. Il avait fait un rêve étrange juste avant l'aube. Il était assis dans un jardin exotique et regardait une jeune femme exécuter un strip-tease, danser, chanter comme une sirène, quand il était soudain saisi d'un sentiment d'horreur inexplicable. Il la saisissait et essayait de l'étrangler dans un parterre de fleurs. Elle se débattait, ce n'était autre que Nuage Blanc, et son vêtement se transformait en *qipao* rouge sur l'herbe verte.

Il pensait encore à l'enquête en cours, mais l'apparition de Nuage Blanc dans son rêve le gênait, sans parler de sa propre conduite. Était-ce à cause de ce qui s'était passé au marché du Temple du dieu protecteur de la ville, ou du festin *bu* – stimulation tellement inhabituelle du yin et du yang – qui l'avait excité ? En tout cas, ce pouvait être un bon signe. Il s'était suffisamment rétabli pour rêver comme un jeune homme.

Il décida de ne plus y penser. Ce n'était pas une matinée à interpréter ses rêves. Il repensa à l'enquête à Shanghai et se rendit compte qu'on était vendredi. Il fut tenté d'appeler Yu, mais il se ravisa. S'il le faisait, ses vacances seraient terminées.

Or, elles venaient à peine de commencer. Il n'avait même pas fait une seule fois le tour du village de vacances. Et rien non plus pour sa dissertation.

Il décida plutôt d'appeler Nuage Blanc. Elle n'avait rien appris de nouveau sur l'affaire et l'enjoignit de profiter de ses vacances. Elle avait rendu visite à sa mère, qui allait très bien, il n'avait aucune raison de se tracasser.

En regardant par la fenêtre, il se dit qu'il pourrait aller se promener au bord du lac.

Il faisait assez froid. Le lac paraissait déserté à cette époque de l'année. Il n'y avait qu'un vieux pêcheur à la ligne assis au bord de l'eau, enveloppé dans une capote militaire râpée, immobile. Le panier de bambou près de lui était vide. L'homme semblait en pleine méditation, du moins par la posture.

Chen poursuivit sa promenade sans le déranger. Il regarda les montagnes qui se découpaient sur l'horizon, et entendit à quelque distance le murmure d'une cascade. En se retournant, il aperçut, loin à présent, une lueur tremblante dans la main du vieil homme.

La petite lueur brilla entre les bois et les collines et disparut. Un bruissement de pins se fit entendre. Le long soupir profond du vent. Chen éprouva une tristesse soudaine.

Il prit un sentier glissant qui serpentait entre les

mélèzes et les fougères. La pluie était tombée pendant qu'il dormait comme une souche. Il atteignit bientôt un long tapis d'aiguilles de pin qui étouffait ses pas. Ensuite le sentier s'élargissait pour conduire à un marché.

Le marché était déjà animé à cette heure. La plupart des chalands étaient des touristes à la recherche de souvenirs. Il passa plusieurs minutes à se frayer un chemin dans la foule et s'arrêta devant un étal qui exposait de l'argent de l'autre monde. Un article de « superstition » que l'on ne voyait pas souvent à Shanghai.

« Dongzhi approche », dit le marchand enthousiaste en pliant le papier alu en forme de *yuanbao* – lingot – d'argent. Dans le monde des morts, la principale monnaie restait, semblait-il, le lingot d'argent. « Là-bas, les ancêtres en ont besoin pour s'acheter des vêtements d'hiver. »

Dans le calendrier lunaire, Dongzhi est la nuit la plus longue de l'année, importante dans le mouvement dialectique du système du yin et du yang. Quand le yin atteint une position extrême, il se transforme en son opposé, le yang. C'est pourquoi cette nuit est celle de la réunion des vivants et des morts.

Sur une impulsion, Chen acheta un paquet d'argent de l'autre monde. Il n'y croyait pas, mais sa mère en brûlait de temps à autre au profit de son défunt mari, notamment pendant les fêtes telles que Dongzhi ou Qingming[1].

---

1. La fête de Dongzhi et celle de Qingming (la fête des morts) manifestent le lien profond que les Chinois entretiennent avec leurs ancêtres disparus. À la campagne, on se rend auprès des tombes des aïeux pour festoyer en leur compagnie. À l'époque de Mao, l'incinération a remplacé l'inhumation en ville et de nombreux cimetières ont été désaffectés. Pour communier avec leurs morts, les citadins chinois se rendent donc dans les temples bouddhiques où ils s'adressent à eux en consumant encens, monnaie et effigies en papier.

De retour dans sa chambre, il prit ses livres et se rendit à la piscine couverte.

Après avoir nagé énergiquement, il se mit à lire dans une chaise longue près du bassin. Tout un mur de la piscine était en verre, pour permettre aux nageurs de profiter de la chaleur et du luxe tout en admirant le paysage hivernal du lac et des collines.

Sans doute à cause de ses études d'anglais dans le parc du Bund, Chen était habitué à lire dehors. Autrefois dans le décor sans cesse changeant du Bund, et à présent là, où il contemplait, outre le paysage, les jeunes filles qui s'amusaient dans le bassin, leur corps splendide dans l'eau bleue, chaque fois qu'il levait les yeux des classiques confucéens. C'était d'une grande ironie car Confucius dit: *Un honnête homme ne devrait regarder que dans le respect des rites.*

Dans le respect des rites ou pas, l'environnement lui facilitait la lecture. Son père avait été un lettré néoconfucéen, et les maximes de Confucius avaient encore cours dans la vie quotidienne. «Confucius dit» ne lui était donc pas étranger, comme dans le banquet *bu,* mais il n'avait jamais étudié systématiquement le confucianisme, qui était alors interdit à l'école. Il regrettait de ne pas en avoir parlé davantage avec son père, dont la mort prématurée avait coupé court au projet d'inculquer la tradition à son fils.

Chen sortit son calepin. Certaines de ses notes se rapportaient aux rites confucéens. Pour Confucius, les rites sont partout et toujours présents. Tant que les individus se conduisent dans le respect des rites anciens, tout ira bien, comme à l'Âge d'or. Mais alors qu'il y avait tant de rites relatifs à tant de choses, Chen n'avait jamais entendu dire qu'il en existait à propos de l'amour passion.

Ce matin-là, en vérifiant dans les livres qu'il avait emportés, il ne trouva rien. Les maîtres confucéens ne parlaient pas de la passion amoureuse, c'était comme si elle n'avait pas existé.

Chen étendit sa recherche au mariage, dont l'appellation chinoise, *hunli,* signifie littéralement « rites de mariage ».

En effet, il trouva plusieurs paragraphes à propos des rites de mariage, mais pas un seul mot sur la passion entre jeunes gens. Au contraire, ceux-ci ne sont pas censés se connaître avant le mariage, encore moins avoir des sentiments l'un pour l'autre. Leur union est entièrement arrangée par les parents pour le bien de la lignée.

Dans le *Livre des rites,* l'un des livres canoniques du confucianisme, il y a un texte clair et précis sur la nature du mariage.

> Par les cérémonies du mariage, un homme s'unissait d'une étroite amitié avec une femme qui ne portait pas le même nom de famille que lui, en vue de présenter avec elle les offrandes à ses ancêtres et de continuer leur descendance.

Chez Mencius, Chen souligna un passage condamnant les jeunes gens qui tombent amoureux et agissent pour leur propre compte au mépris du mariage arrangé.

> Si les jeunes gens, sans attendre l'ordre de leurs parents et les accords des intermédiaires, creusent des trous pour s'apercevoir ou escaladent le mur pour être ensemble, alors leurs parents et connaissances les mépriseront.

Chen savait que « percer des trous et escalader les murs » était resté une métaphore pour les rendez-vous des jeunes amoureux.

Il ferma le livre et essaya de résumer pour lui-même ce qu'il venait de lire. Dans une structure sociale centrée sur la famille, le mariage arrangé évitait que la passion ne détourne des parents l'affection, la loyauté et le respect de l'autorité.

« Excusez-moi, je peux m'asseoir ?

– Oh », fit Chen en levant les yeux. Une jeune femme aux pieds mouillés approchait une chaise longue de lui. « Je vous en prie. »

Elle s'étendit à ses côtés. C'était une femme charmante d'environ trente ans, les traits nets, la bouche ferme, les cheveux bouclés. Elle portait sur son maillot de bain un *sali* de tissu léger, une sorte de caftan, qui flottait sur ses longues jambes. Elle tenait un livre elle aussi.

« C'est très agréable de lire ici. » Elle croisa les jambes et alluma une cigarette.

Il n'était pas d'humeur à bavarder, mais ce n'était pas une mauvaise idée d'avoir une jolie femme en train de lire près de lui. Il sourit sans un mot.

« Je vous ai vu au restaurant il y a deux jours, dit-elle. Quel festin !

– Excusez-moi, je ne me rappelle pas vous y avoir vue.

– J'étais à une table dans la salle à manger et je regardais par les fenêtres. Tout le monde s'empressait pour vous honorer. Vous devez être quelqu'un de très important.

– Non, pas vraiment.

– Un Monsieur Gros-Sous ? »

Chen sourit de nouveau. Elle n'aurait jamais cru qu'il était policier et que, de surcroît, il essayait de terminer une dissertation de littérature. Il était d'ailleurs inutile de révéler à quiconque son identité.

Mais quelle pouvait être celle de la femme ? Séduisante et seule dans un village de vacances de luxe. Une fois encore, il se surprenait à penser comme un policier. Ici, il n'était qu'un touriste anonyme en vacances, sans aucune obligation de se mêler des affaires des autres.

« Qu'est-ce que vous lisez ? demanda-t-elle.

– Un classique du confucianisme.

– C'est intéressant, dit-elle avec un regard aux jeunes filles dans l'eau, de lire Confucius au bord de la piscine. »

Il comprit l'ironie subtile de son commentaire. Confucius avait raison sur un point. *Je n'ai jamais vu quiconque aimer autant l'étude que les beautés.*

Elle aussi se mit à lire, sa chevelure de jais à la lumière du soleil, les yeux brillants de « vagues d'automne », une expression qui devait venir de ces histoires d'amour. Il sentit sa proximité, remarqua son aisselle non rasée lorsqu'elle mit un bras derrière la tête. Des vers lui revinrent à propos d'un homme dont l'esprit s'égare devant les jambes d'une femme, blanches et nues, mais couvertes, au soleil, d'un léger duvet noir.

Il commença à se faire des reproches. Ces vacances étaient-elles vraiment nécessaires ?

Le moment effrayant qu'il avait vécu chez lui était sans doute une intoxication au café. Il avait dû s'affoler pour rien. Il se sentait revenu à son état normal. Alors pourquoi poursuivre ses vacances ? Un tueur en série se promenait librement à Shanghai et lui lisait au bord de la piscine, à des centaines de kilomètres de là, la tête pleine d'images amoureuses poétiques.

Il devrait au moins essayer de s'occuper de sa dissertation. Il ouvrit son calepin et prit quelques notes pour sa conclusion.

Si dans la société traditionnelle le mariage arrangé supposait l'hostilité à l'égard de la passion amoureuse, alors comment expliquer ces histoires d'amour? Il n'en avait analysé que trois, mais elles étaient très nombreuses. Une telle diffusion pour des récits contraires à la norme paraissait impossible...

Il fut interrompu par un serveur qui avait reconnu en Chen «l'hôte distingué» de la salle de banquet et s'approchait avec une bouteille de champagne dans un seau à glace.

Cela faisait sans doute partie des services proposés, pensa Chen. «Je regrette, je n'ai pas les coupons sur moi.

– Aucune importance, monsieur, dit le serveur en posant le seau sur une petite table. C'est offert par le village.»

Chen lui fit signe de servir d'abord la dame.

«Vous êtes vraiment quelqu'un d'important, dit-elle en prenant une petite gorgée.

– *Un étranger solitaire, très loin de chez lui*, dit-il en citant un vers de la dynastie des Tang.

– Ma moitié est allée à une réunion d'affaires», dit-elle en se penchant vers lui, ce qui accentua le gonflement de ses seins. «Il m'a laissée seule ici. *La marée tient toujours sa promesse de retour. Si je l'avais su, j'aurais épousé un jeune cavalier des vagues.*»

Encore une citation de poème Tang, dont le début dit: *Combien de fois ai-je été abandonnée par ce marchand affairé de Qutang depuis que je l'ai épousé!* Une citation surprenante d'à-propos et d'autodénigrement qui laissait entendre que son mari était un homme très pris et insensible.

« Mais un jeune cavalier des vagues n'aurait pas pu vous offrir un séjour dans un village de vacances de luxe.

– C'est très vrai et très triste. Je m'appelle Sansan. J'enseigne à l'École normale de Shanghai. Étude de la condition féminine.

– Et moi Chen Cao. Étudiant à temps partiel à l'université de Shanghai.

– J'aime voyager. Je devrais donc m'estimer heureuse d'avoir un mari capable de m'offrir des vacances ici. Vous souhaitez faire une carrière universitaire ?

– Je ne sais pas. Vous venez de citer un vers relatif à la condition de la femme sous la dynastie des Tang. En ce temps-là, elle ne devait pas avoir beaucoup de choix. Croyez-vous que leurs difficultés étaient la conséquence des mariages arrangés ?

– Non, je trouve que c'est une explication trop simpliste. Mes parents ont fait un mariage arrangé. Très heureux, pour autant que je sache, dit-elle en prenant une autre gorgée. Pensez au taux de divorce actuel parmi les jeunes couples qui ont promis de s'aimer par mers et montagnes.

– En voilà une remarque de la part d'une spécialiste de la condition féminine ! Les classiques du confucianisme ne parlent que de mariage arrangé. C'est pourquoi je me demande comment les Chinois ont vécu deux mille ans sans jamais évoquer la passion amoureuse.

– Eh bien, le monde entier est une question d'interprétation. Si vous y croyez – je parle de l'interprétation de parents qui œuvrent pour le bien des jeunes gens –, alors vous vous y conformez. Tout comme, de nos jours, si vous croyez que le fondement matérialiste est essentiel à toute superstructure – avec l'amour passion comme une potiche décorative sur la cheminée –, alors les petites annonces dans les journaux qui cherchent des millionnaires ne vous surprendront pas. C'est en effet un socialisme à la chinoise.

– Et comment !

– Croyez-vous que l'amour a toujours été là, de temps immémoriaux ? demanda-t-elle avec cynisme. D'après Denis de Rougemont, la passion amoureuse n'existait pas avant d'être inventée par les troubadours français. »

Il se sentit ébranlé, il sentait l'odeur de ses cheveux. Ces dernières années, entre une enquête et une autre, il n'avait guère eu le temps de lire, mais elle, elle avait lu ce dont il n'avait même jamais entendu parler. *Sept jours dans les montagnes, des milliers d'années en bas dans le monde.* Sans doute était-il trop tard pour rêver d'une nouvelle carrière.

« Alors vous lisez les classiques du confucianisme pour un travail sur le mariage arrangé ? demanda-t-elle.

– J'ai lu plusieurs histoires d'amour classiques, et elles ont un point commun. Les héroïnes semblent être inévitablement diabolisées d'une manière ou d'une autre, et le thème de l'amour est ainsi déconstruit. Vous êtes une spécialiste. Vous pouvez m'éclairer.

– J'aime bien les termes que vous employez. Diabolisation des femmes et déconstruction de l'amour. Il y a bien longtemps, Lu Xun a dit quelque chose là-dessus. Les Chinois ont toujours fait porter les responsabilités aux femmes. La dynastie des Shang s'est effondrée à cause de la concubine impériale Da ; le roi Fucha et son royaume ont été perdus par la belle Xishi. La liste est longue. Même de nos jours, nous rendons madame Mao responsable de la Révolution culturelle, tout en sachant que sans Mao, madame Mao n'aurait été qu'une actrice de série B.

– Mais on ne trouve pas cela qu'en Chine. Il existe une notion semblable en Occident, la femme fatale. Et aussi des histoires de vampires, vous savez.

– C'est juste. Mais avez-vous remarqué une différence? Là-bas, il existe aussi des vampires hommes. Pouvez-vous penser à une chose pareille ici? Par ailleurs, la femme fatale n'appartient pas au courant général de pensée occidentale. On ne la trouve pas dans le discours dominant.

– Certes. Alors que le mariage arrangé était inhérent au confucianisme. Vous pensez donc que les histoires en question ont été dévoyées sous l'influence de l'idéologie dominante?

– Et que ces jolies femmes ne peuvent être qu'écrasées, d'une manière ou d'une autre. C'est inévitable.

– Inévitable», répéta-t-il, son esprit dérivant de nouveau vers l'enquête.

C'était peut-être comme un tueur en série qui ne pouvait pas se contrôler. Le cataloguer comme fou était facile, mais il serait important, quoique malaisé, de découvrir quel type de discours lui dictait de tuer. Et comment il s'était formé pour lui...

«Par exemple, dans : *Jéou-P'ou-T'ouan ou la chair comme tapis de prière,* le héros finit par se castrer lui-même parce qu'il ne peut pas résister à l'attirance sexuelle des femmes.»

Cette conversation arrivait à point nommé pour sa dissertation, car elle soutenait indirectement son hypothèse.

«Je viens tout juste de penser à plusieurs expressions, dit-il, comme *meiren shexie,* une jolie femme serpent et araignée.»

Il fut très encouragé par le tour que prenait sa pensée. Il y avait là quelque chose qui n'avait encore jamais été exploré. Pas aussi précisément. Une dissertation originale, comme avait dit le professeur Bian.

« Ces expressions parlent d'elles-mêmes, dit-elle avant de changer de sujet. Un étranger solitaire, avez-vous dit. Vous avez donc fait le voyage pour écrire votre dissertation ici ?

– En partie seulement. Je suis un peu tendu, j'ai pensé que des vacances me feraient du bien. »

Leur conversation prit une autre orientation.

« Quand le seul critère pour juger de la valeur d'un homme est son argent, combien de temps un individu peut-il espérer se cacher dans la poésie des Tang ? Pendant une matinée romantique, peut-être. C'est pourquoi mon riche mari a tant d'importance pour moi. » Elle ajouta : « Ne soyez pas trop dur avec vous-même. Le refoulement ne donnera rien de bon. »

C'était un commentaire inattendu. Presque un écho freudien. Et elle le rendait légèrement mal à l'aise. Pas seulement à cause d'un certain cynisme, ou de son féminisme. Son regard se posa sur un fil de soie rouge avec des clochettes d'argent, noué autour de sa cheville fine.

Il respira profondément pour chasser les idées qui le troublaient. Il n'était pas un lettré et n'y était peut-être pas destiné. Ni un Monsieur Gros-Sous qui se payait du bon temps dans un hôtel de luxe… en tout cas pas l'homme qu'elle imaginait.

Il n'était qu'un policier incognito en vacances, payées par quelqu'un d'autre.

Il remarqua que le bassin commençait à se vider. C'était peut-être l'heure de fermeture de la piscine.

« Il va y avoir un bal ici ce soir », annonça la voix de la femme, douce au soleil de l'après-midi.

« J'adorerais venir, dit-il, mais je risque de devoir passer plusieurs coups de téléphone.

– Nous sommes dans le même bâtiment, il me semble. Je suis dans la chambre 122. Merci pour le champagne. À bientôt.

– Au revoir. »

Il la regarda s'éloigner, ses longs cheveux se balançant dans son dos. Au détour de l'allée, elle se retourna et lui fit un léger signe de la main.

« Au revoir », répéta-t-il, puis, rien que pour lui-même : « Amusez-vous bien ce soir. »

Il savait qu'il devait donner forme à ses idées sur le papier.

20

C'était le pire revers que Yu ait subi dans sa carrière.

Après une nuit sans sommeil, puis une journée de bureau, il frotta ses yeux rougis et décida de retourner à la *Porte de la joie.*

Il ne pouvait penser à rien d'autre. Une de ses jeunes collègues avait été enlevée puis assassinée alors qu'il était posté dehors, chargé de la protéger.

Là-bas, des policiers fouillaient et refouillaient toutes les chambres dans l'espoir fou de trouver un indice négligé. Il jugea qu'il ne leur serait d'aucune aide.

Il alla à la réception et demanda une liste des clients réguliers. Le criminel devait connaître le bâtiment pour avoir dressé un tel plan. Sur son insistance, le réceptionniste de jour lui imprima une liste.

« Ça ne veut rien… rien dire, bégaya-t-il en avalant avec difficulté. Ce ne sont que de bons clients réguliers.

– Je vois, dit Yu. Réguliers dans quelle mesure ?

– Le tarif de base n'est pas cher, mais avec les boissons et les pourboires, on peut facilement dépenser cinq ou six cents yuans pour la soirée. Les clients réguliers viennent au moins une fois par semaine.

– Est-ce que l'un d'entre eux était logé à l'hôtel en haut ?

– Ce n'est pas un hôtel très chic. Peu de clients veulent loger ici avec le bruit qu'il y a toute la nuit. Ce n'est pas non plus une bonne idée. Tout le monde sait ce qu'un client et une compagne-de-danse font dans une chambre là-haut. Ils préfèrent aller ailleurs.

– Possible », acquiesça Yu.

La liste contenait les noms, les adresses et les numéros de téléphone. Certains étaient accompagnés de la mention de la profession ou des préférences. Une sorte de sélection.

« Quand nous organisons des événements spéciaux, expliqua le réceptionniste, nous souhaitons les repérer. »

Un des noms attira l'attention de Yu. Jia Ming, inscrit comme avocat. Yu se souvenait de ce nom, que Chen lui avait demandé de vérifier pour une affaire de scandale immobilier.

C'était étonnant que Jia, avocat connu, impliqué dans un procès controversé, ait pu trouver le temps d'être un habitué des lieux.

« Vous pouvez me parler de cet homme ?

– Jia Ming ? répondit le réceptionniste avec un sourire d'excuse. Je crains de ne pas pouvoir vous dire grand-chose. Ce n'est pas vraiment un habitué.

– C'est-à-dire ?

– La plupart des clients sur la liste sont des Messieurs Gros-Sous. Ils viennent ici “flamber”, ils gaspillent en filles et en extras. Jia vient une ou deux fois par mois, mais il ne paie que son billet d’entrée, il s’assoit dans un coin, boit un café et regarde. Il danse rarement et repart toujours seul.

– Alors pourquoi est-il sur la liste ?

– Nous ne l’aurions pas remarqué sans un coup de téléphone officiel. Quelqu’un voulait que nous rapportions les écarts de conduite de Jia Ming. Mais il n’a rien fait d’inconvenant – nous ne l’avons jamais vu emmener une fille – et nous l’avons dit franchement. Je ne sais pas si ça le rend suspect, car ce coup de téléphone date d’il y a plusieurs mois. »

Donc les autorités avaient suivi Jia en essayant de trouver quelque chose contre lui pour faire capoter le procès du scandale immobilier. Mais les visites de Jia au dancing ne signifiaient peut-être rien du tout. Les intellectuels pouvaient être excentriques. L’inspecteur principal Chen lui-même fréquentait bien une ancienne compagne-de-chant.

En pensant à son coéquipier, Yu fut fâché. Il essayait en vain de joindre Chen depuis le mercredi. La veille, il avait ajouté la mention « urgent » à son message qui demandait un rappel immédiat, toujours sans réponse. Tôt le matin, il avait envoyé Petit Zhou chez Chen, mais il n’y avait personne.

Comment l’inspecteur principal pouvait-il agir ainsi à un moment pareil ?

Il décida de retourner au cimetière. Il ne pensait pas vraiment y trouver du nouveau, mais en plein jour, il pourrait tout de même en voir davantage.

Le ruban jaune avait été supprimé dans l’après-midi.

Une cabane couverte de boue se découpait sur l'horizon de collines. Personne ne surveillait les lieux.

Il se rendit à l'endroit où ils avaient découvert le corps la veille. Il alluma une cigarette en se protégeant du vent piquant, et frissonna, comme s'il revivait ce cauchemar. Ils l'avaient trouvée étendue, le haut du corps en partie caché par les hautes herbes. Les jambes écartées sur le sol humide. Sa peau était légèrement bleutée, ses cheveux noirs recouvraient sa joue. Elle était pieds nus, vêtue d'un *qipao* rouge remonté jusqu'à la taille, laissant ses cuisses nues…

Un corbeau solitaire tournoyait au-dessus de lui en criant, sans refuge pour l'hiver.

Au bureau, les théories les plus folles circulaient quant à l'endroit choisi. À la différence de ceux où on avait trouvé les trois premières victimes, il se trouvait loin du centre de la ville. Le secrétaire du Parti Li déclarait que le criminel avait jeté le corps là-bas sous la pression de la police. Petit Zhou introduisait dans sa première version une histoire de fantôme de la dynastie des Qing. Quant à Yu, il ne croyait ni l'un ni l'autre, mais il était incapable de fournir une hypothèse convaincante.

À sa grande surprise, il vit un petit vendeur de journaux s'approcher de lui, la sacoche pleine de journaux divers, en criant: « Édition spéciale ! Une victime en *qipao* rouge dans ce cimetière ! » Yu en prit plusieurs pour une poignée de pièces.

Il s'avéra que le policier en patrouille était un homme superstitieux et bavard. Rapide à informer la police, il l'avait été tout autant à répandre la nouvelle. La seule mention du *qipao* rouge était comme une puissante sirène d'alarme dans le ciel nocturne, qui faisait frissonner les gens.

Ainsi que Yu l'avait redouté, les journaux étaient pleins

d'articles sur l'affaire. Les journalistes avaient beau ne pas connaître l'identité de la dernière victime, ils avaient senti quelque chose d'inhabituel dans les événements de la veille à la *Porte de la joie*. L'un d'eux faisait même allusion à un lien entre le dancing et le cimetière.

Et Yu finit par lire plusieurs interprétations superstitieuses quant au dernier coup de théâtre.

Dans le *Wenhui*, par exemple, un journaliste écrivait, du point de vue des habitants du voisinage :

> Dans les années cinquante et soixante, c'était un cimetière recherché, considéré comme un site propice à cause de la colline du fond, en forme de dragon. Selon la croyance populaire, un lieu d'inhumation avec un *feng shui* aussi excellent apporterait la chance aux descendants. À cette époque, seuls les riches Shanghaïens pouvaient y obtenir une place, reposant dans de riches cercueils, entourés de vêtements et de couvre-lits somptueux, de bijoux d'or et d'argent – qui devaient prétendument leur apporter le bien-être dans le monde des morts.
>
> En dépit de son *feng shui*, le cimetière a subi les affronts de la Révolution culturelle, comme tout le pays. L'enterrement dans un cercueil a été déclaré féodal, et les morts enterrés là sont devenus « noirs » du jour au lendemain. Les Gardes rouges ont fait démolir leurs tombes, et les corps furent déterrés « pour être fouettés trois cents fois », comme dans un opéra de Pékin. Certains cercueils ont été ouverts pour y chercher des preuves de crime, au nom de la campagne visant à balayer les Quatre Vieilleries[1]. Le cimetière a été pratiquement détruit.

1. Les vieilles idées, la vieille culture, les vieilles coutumes et les vieilles habitudes, selon l'idéologie de la Révolution culturelle.

Après la Révolution culturelle, certains morts ont été réhabilités politiquement, mais n'ont pas retrouvé leur tombe. Les familles étaient trop éprouvées pour revenir accomplir les cérémonies des ancêtres. Aujourd'hui le cimetière est en ruines, des chiens errants y déterrent de temps à autre des os blanchis. Certains résidents du voisinage prétendent avoir vu des fantômes, mais d'après un rapport de police, ce n'est qu'une rumeur, née parmi les pilleurs de tombes superstitieux.

Cela a donné une idée à un promoteur perspicace. Puisque le cimetière était à l'abandon et ternissait l'image de la ville, le terrain pouvait être utilisé pour une nouvelle construction à but commercial. Le promoteur a donc acheté le terrain à la ville dans l'intention de l'aménager en parcours de golf.

Malgré les progrès de la science et de la technologie dans notre pays, les habitants peuvent encore se montrer superstitieux. La transformation d'un cimetière à des fins commerciales était considérée comme un bouleversement inacceptable. Certains résidents âgés du voisinage craignaient que les morts se lèvent pour hanter les vivants. Afin de rassurer tout le monde, le promoteur à allumé des tonnes de pétards et a demandé à un maître du *feng shui* d'écrire un article qui démontrait qu'après le désastre de la Révolution culturelle, le *feng shui* était restauré, et qu'avec la construction prochaine d'un nouveau métro à proximité, «l'énergie du dragon» donnerait une grande valeur au terrain.

Le meurtre a fait remonter à la surface toutes sortes d'histoires. Quelques mois auparavant, des gens avaient vu une femme en *qipao* rouge se promener la nuit parmi les tombes. D'après les recherches d'un vieux spécialiste de l'histoire locale, une star de cinéma avait été enterrée là, dans cette tenue. Il n'a pas souhaité révéler son identité, se bornant à dire qu'elle avait beaucoup souffert dans sa vie, et encore plus après sa mort: son corps a été sorti de son cercueil et sa robe déchirée par des Gardes rouges.

L'article était long, et Yu n'eut pas la patience d'aller jusqu'au bout. Encore un nouveau tracas pour le service et pour les autorités de la ville. Tant que l'enquête n'aurait pas abouti, les histoires les plus folles circuleraient.

C'était assez compréhensible. Même pour un policier comme lui, l'affaire prenait une dimension surnaturelle. Malgré tous les efforts de la police, un criminel impitoyable avait assassiné quatre jeunes femmes en laissant une signature complexe. En particulier à la *Porte de la joie*, où chaque étape de l'action avait représenté un risque pour l'assassin. Sa sortie par la porte de derrière, sans parler de sa fuite en uniforme de l'hôtel, Hong pendue à son bras. Et pourtant, il avait réussi.

Un autre journal, le *Matin oriental*, s'en prenait sévèrement à la police. Ce n'était plus qu'une question de temps avant que les journalistes découvrent la véritable identité de la dernière victime. Un coup de téléphone du labo l'interrompit dans sa lecture.

« Au sujet de la fibre que vous avez trouvée entre ses orteils, lui dit le technicien. C'est de la laine. Elle peut venir de ses chaussettes. Des chaussettes rouges, je pense.

– Merci », répondit Yu. Rien de très surprenant. Peiqin aussi portait des chaussettes de laine en cet hiver rigoureux. Il n'y avait pas de chauffage dans le restaurant minable où elle travaillait. Mais en éteignant son portable, Yu se rappela un détail. D'après la description fournie par la voisine, la compagne-de-repas était sortie ce jour-là en robe, avec des collants et des talons hauts. Alors d'où venaient les chaussettes de laine ?

« Salut, inspecteur Yu. »

Yu leva la tête et vit Duan Ping, une journaliste du *Wenhui* qui avait réalisé un jour une interview de l'inspecteur principal Chen.

– Vous l'avez lu ? demanda-t-elle en indiquant le journal dans la main de Yu.

– C'est incroyable.

– Les vicissitudes de ce monde et de l'autre. Même le président Mao ne peut pas reposer en paix dans son cercueil de verre, de nos jours.

– Ne mêlez pas Mao à vos histoires à dormir debout.

– Que ça vous plaise ou non, c'est véritablement une histoire à dormir debout. Les gens croient que les fantômes sont décidés à se venger. Le châtiment du pouvoir surnaturel. Mais qui aurait pu commettre les crimes, jeter les corps dans ces endroits, et s'en tirer ? Je n'y comprends rien. Vous avez une piste, inspecteur Yu ?

– Ce sont des salades, des superstitions. S'il y avait vraiment des fantômes cherchant à se venger d'atrocités commises pendant la Révolution culturelle, ils auraient pu le faire il y a plus de vingt ans. Pourquoi attendre si longtemps ?

– C'est ce que vous ne comprenez pas. L'étoile de Mao resplendissait encore dans le ciel à cette époque-là, les fantômes n'osaient pas sortir. Mais à présent que Mao est parti, c'est leur tour. Et écoutez ceci, je viens de l'apprendre il y a vingt minutes. Toutes ces victimes en *qipao* seraient des filles de Gardes rouges.

– Ces interprétations sont absolument gratuites, dit Yu.

– Je peux vous poser une question, inspecteur Yu ? Est-ce que le nom Wengge Hongqi vous rappelle quelque chose ?

– Que voulez-vous dire ?

– Avez-vous remarqué une petite annonce inhabituelle dans le *Soir de Shanghai*? Elle a été passée par un homme dont c'est le nom. Il y est question de compagne-de-chant et de compagne-de-danse. Si vous réfléchissez aux autres victimes en *qipao*, le message prend un sens. Et le groupe de Gardes rouges qui a fait la "révolution" dans le cimetière s'appelait Wenggehongqi. Le lien est évident. Ces interprétations ne sont pas gratuites.

– C'est pure spéculation. Une coïncidence, rien de plus », dit Yu avec emphase, alors qu'il ne croyait pas aux coïncidences. « Comment avez-vous remarqué cette annonce ?

– *Il n'y a pas de mur qui ne laisse le vent passer.* Vous avez fait une vérification au *Soir de Shanghai*. Nos bureaux sont dans le même bâtiment. Je crois que c'est un message destiné à attirer l'attention sur les exactions commises pendant la Révolution culturelle, en particulier contre une femme en *qipao* rouge. Ce pourrait être une piste pour votre enquête.

– Allons donc. Il existait beaucoup d'organisations de Gardes rouges avec des noms de ce genre. Je dois vous prévenir, Duan. Vous aurez à assumer la responsabilité de telles élucubrations.

– C'est absurde, camarade inspecteur Yu. Si l'affaire n'est pas résolue, les rumeurs vont s'amplifier. D'ailleurs mes collègues arrivent, dit Duan en indiquant une fourgonnette qui s'arrêtait à l'entrée du cimetière. À propos, comment se fait-il que l'inspecteur principal Chen ne soit pas ici avec vous ? Saluez-le de ma part, s'il vous plaît. »

Avec l'arrivée des nouveaux journalistes, Yu sut qu'il devait s'en aller. En se hâtant vers la sortie, il téléphona à la mère de Chen.

« C'est très gentil à vous de m'appeler, inspecteur Yu, mais je vais bien. Vous n'avez pas à vous faire de souci. »

On aurait dit qu'elle attendait son appel.

« Je cherche à joindre Chen, ma tante. Savez-vous où il se trouve ?

– Vous ne savez pas où il est ? Oh, je suis très étonnée. Il m'a téléphoné il y a deux ou trois jours en disant qu'il s'absentait pour quelque chose d'important. Hors de la ville, je crois. Je pensais qu'il vous l'avait dit. Que se passe-t-il ?

– Rien. Il était sûrement pressé. Ne vous tracassez pas, ma tante. Il prendra contact avec moi.

– Tenez-moi au courant, dit-elle d'une voix inquiète.

– Je le ferai », promit Yu. Chen avait changé ces derniers temps. Trop de tension, pensait Peiqin, mais Yu n'était pas de cet avis. Qui n'était pas tendu ?

« Oh, Nuage Blanc m'a appelée hier, dit-elle dans un murmure comme si elle parlait seule. Elle dit qu'il va bien.

– Oui, il a dû lui téléphoner. Je vous rappellerai plus tard. »

Yu avait des soucis plus urgents. Le secrétaire du Parti Li l'appela et ordonna :

« Vous allez vous charger du communiqué de presse aujourd'hui.

– Je ne l'ai encore jamais fait, secrétaire du Parti Li.

– Allons, l'inspecteur principal Chen s'en est chargé très souvent. Vous avez sûrement appris de lui. À propos, où diable est-il passé ?

– Je viens de lui laisser un message, répondit Yu évasif. Il va bientôt rappeler. »

Ce n'était pas toujours enviable d'être le coéquipier de Chen, se dit Yu.

En retournant au bureau, il réussit à obtenir par Peiqin le numéro de Nuage Blanc.

21

Dans un taxi qui rampait littéralement à travers les embouteillages de Shanghai, Chen, accablé par la mort de Hong, fixait d'un regard vide le rétroviseur.

Mercredi matin. Une semaine plus tôt, il était assis dans une voiture qui l'emmenait au village de vacances, et il s'inquiétait pour sa dépression; à présent il revenait avec des sueurs froides à l'idée du dernier développement dans une affaire de crimes en série. Il était arrivé tant de choses à Shanghai pendant qu'il passait son temps à dormir comme un imbécile et à méditer sur des histoires d'amour vieilles de milliers d'années.

Il frissonna en pensant à l'argent de l'autre monde qu'il avait acheté au marché local le vendredi matin. Il n'était pas superstitieux, mais la coïncidence le troublait.

Nuage Blanc ne s'était pas rendu compte de l'urgence de la situation avant que Yu ne réussisse à la joindre. On ne pouvait pas lui en vouloir, elle n'était pas policier. Aussitôt prévenu, il avait interrompu ses vacances et pris le premier autocar pour Shanghai, sans avoir le temps de dire au revoir à son hôte.

Assis dans la voiture, il pensait à Hong. Il ne savait pas

grand-chose d'elle avant qu'elle soit mêlée à l'affaire du *qipao.*

On disait qu'elle avait un petit ami chirurgien qui exerçait à l'hôpital de l'Amitié sino-japonaise et qui la poussait à abandonner son travail. Il répétait qu'un salaire de policier ne méritait pas le souci qu'il se faisait constamment. Mais Hong croyait en son métier. Dans une fête de Nouvel an au bureau, elle avait lu un poème inspiré du fait d'être un « policier du peuple ». Un poème sans grande prétention, mais passionné, qui parlait d'un jeune policier patrouillant dans la ville. Un vers revenait, dont Chen se souvenait encore : *Le soleil est nouveau chaque jour.*

Pas pour elle, pas ce jour-là.

En regardant la circulation qui s'enchevêtrait le long de la rue de Yan'an, il comprit qu'il ne retrouverait la paix de l'esprit qu'après l'avoir vengée.

Il ouvrit son porte-documents pour y prendre le dossier de l'affaire du *qipao.* Au village, il était parvenu à ne pas y toucher. Mais en le sortant, il vit à son grand étonnement que son portable se trouvait en dessous. Éteint, bien entendu, mais il était là depuis son départ. Il se rappelait nettement avoir décidé de ne pas l'emporter. Comment il avait atterri dans son porte-documents, il n'en avait aucune idée. Il pouvait y avoir du vrai dans ce que disait Freud sur l'oubli, mais il décida de ne pas s'occuper de psychologie pour le moment.

En écoutant ses messages, il découvrit, outre ceux, détaillés, laissés par Yu, plusieurs autres de Li et de divers supérieurs qui insistaient pour qu'il reprenne son travail. Le Vieux Chasseur lui-même, rendu nerveux par son absence, avait laissé un message dans le même sens. Une jeune enquêtrice avait sacrifié sa vie en essayant de piéger un tueur en série qui frappait en défiant tous les services de police. C'était une crise comme le bureau n'en avait jamais connu.

De surcroît, ils ne pouvaient pas enquêter au grand jour. Ils devaient, comme on dit, *avaler la dent cassée sans cracher le sang*. Toute information sur l'identité de la dernière victime constituerait non seulement la pire humiliation pour la police, mais provoquerait aussi de nouvelles vagues de panique dans la population.

Alors que l'identité de la morte «demeurait inconnue», personne au bureau ne croyait qu'elle le resterait longtemps. À en croire un message de Yu, les journalistes étaient déjà soupçonneux. Pour le moment, lui et ses collègues avaient des préoccupations plus graves. Qu'allait-il se passer cette semaine? Personne n'en doutait plus. Et personne ne pensait qu'ils pourraient arrêter le tueur en moins de deux jours.

Chen consulta sa montre, il était près de dix heures. Il décida de ne pas se rendre au bureau. Et de ne même pas appeler Yu pour le moment.

Une chose dans cette histoire l'alarmait. Pour réussir son coup de maître diabolique – depuis sa petite annonce dans le journal jusqu'à sa disparition par la porte de derrière –, le meurtrier devait l'avoir organisé dès le premier jour où Hong avait commencé sa mission. La petite annonce n'était pas tombée du ciel. C'était plus vraisemblablement un piège, mis en place grâce à une fuite.

Aussi, Chen était décidé à laisser le bureau à l'écart. Les gens racontaient que l'inspecteur principal s'était noyé dans sa dissertation de littérature, ou qu'il se dégonflait devant cette affaire de meurtres en série. C'était très bien ainsi. Il pourrait continuer de rester dans l'ombre.

« Excusez-moi, j'ai changé d'avis, dit-il au chauffeur. Allons plutôt à la *Porte de la joie.*

– Vous êtes sûr ? Les flics y ont fait une descente la semaine dernière. »

Cela partait d'une bonne intention. Avec son trench-coat et son porte-documents, Chen avait l'air d'un touriste ou d'un homme d'affaires en quête d'attractions.

« Oui, la *Porte de la joie.* »

Il allait faire tout son possible, parce qu'il se sentait responsable de la mort de Hong plus que quiconque au bureau. S'il n'était pas parti, il aurait pu diriger l'enquête, éviter que Hong aille au dancing, ou au moins rester dehors avec les policiers.

Il reprit le *Matin oriental* qu'il avait acheté au terminus du car. Le journal montrait une photo d'elle dans le cimetière, bras et jambes écartés, son *qipao* rouge déchiré, entre les tombes en ruines. Sous la photo figurait une légende en vers, « *Son apparition en* qipao rouge, */ Pétales sur un rameau noir mouillé.* »

C'était une sorte de parodie de poème imagiste, mais la poésie avait-elle sa place à un moment où des innocentes mouraient l'une après l'autre ?

Émergeant enfin de la circulation, le taxi arrivait en vue de la façade art déco restaurée de la *Porte de la joie.*

Ce ne devait pas encore être l'heure des habitués. Deux ou trois personnes prenaient des photos devant le bâtiment. Des journalistes ou des policiers en civil. Chen s'avança en baissant la tête. L'employé d'un certain âge assis à la réception ne le regarda même pas.

Ses collègues avaient dû passer les lieux au peigne fin. Il n'espérait rien trouver de nouveau, mais il voulait entrer, comme pour établir un lien avec la morte.

En montant l'escalier de marbre, il vit sur les murs des affiches de stars du cinéma des années trente. Ils avaient tous dansé là, laissant derrière eux des anecdotes ou des images, et leur écho se prolongeait à travers le temps.

Au deuxième étage, il crut apercevoir un visage familier dans la salle. Sans doute un collègue. Il se détourna pour monter à une petite loge sombre. De là, il regarda la salle vide où Hong avait dansé.

Des employés remettaient les tables et les sièges en ordre pour la soirée. Les affaires continuaient. Chen décida de s'en aller.

En sortant, il vit non loin de là un magnifique temple bouddhique, resplendissant au soleil avec ses tuiles vernissées et son avant-toit incurvé. C'était le monastère de Jin'an, construit des centaines d'années plus tôt et récemment restauré. Dans son enfance, ses parents l'y emmenaient pour la cérémonie des ancêtres, louant parfois une pièce séparée où ils apportaient toutes sortes d'offrandes de nourriture et engageaient des moines pour qu'ils chantent les écritures.

Sans réfléchir, il acheta un billet et entra dans le temple où il n'était pas revenu depuis des années.

La cour avait peu changé, malgré son nouveau pavage. Il déambula comme un pèlerin en retrouvant des fragments de souvenirs – la pièce minuscule aux accessoires religieux, les moines aux grandes manches flottantes, le repas végétarien imitant divers poissons et viandes, la fuite devant les fantômes imaginaires dans les corridors, les mélopées tels des moustiques les soirs d'été.

Mais il éprouva de nouveau un léger vertige, comme s'il cherchait quelque chose dans un long couloir sombre, dans l'attente d'une confirmation de ses réminiscences.

En effet, il vit dans l'aile gauche la même rangée de petites pièces. Les fidèles y étaient assis ou en prosternation, leurs offrandes déposées entre les bougies allumées, et une file de moines entraient en frappant sur des instruments de bois en forme de poisson pour accomplir le service religieux contre la vanité de ce monde. Toutefois, la ressemblance avec les scènes de son enfance s'arrêtait là.

« Bienvenue dans le temple, monsieur. Donnez ce que vous voulez et votre nom durera éternellement. Nous conserverons la trace de chaque fen dans les archives de l'ordinateur. Regardez le panneau d'affichage. »

Chen vit un tableau des dons représentant l'image impressionnante d'un grand Bouddha doré tendant la main, comme pour inciter les croyants à l'offrande. Pour mille yuans, le donateur pouvait faire graver son nom sur une plaque de marbre, et pour cent, son nom était enregistré dans les archives informatisées. À côté du tableau se trouvait un bureau dont la porte entrouverte laissait apercevoir plusieurs ordinateurs qui organisaient la gestion des dons.

Il sortit un billet de cent yuans et le déposa dans le tronc des offrandes sans signer dans le registre.

« Oh, voici ma carte, dit le jeune moine aimablement. À l'avenir vous pourrez aussi nous envoyer vos chèques. De nombreux visiteurs allument de l'encens dans le brûleur là-bas. C'est vraiment efficace. »

Chen prit la carte et alla vers l'énorme brûle-parfum au centre de la cour. Des gens y jetaient de l'argent de l'autre monde en même temps que l'encens.

Une vieille femme vidait tout un sac de cet argent, chaque papier déjà plié en forme de lingot. Chen n'avait pas eu le temps d'effectuer le pliage. Il jeta sa poignée de papier d'argent dans le brûleur où il se consuma avec une flamme sombre, mais les cendres s'élevèrent sous un souffle de vent, comme une silhouette dansante, avant de disparaître.

« C'est un signe », murmura la vieille femme d'une voix pleine de crainte révérencielle. Elle faisait allusion à la croyance selon laquelle les esprits emportent l'argent dans une bouffée de vent. « Vous n'avez plus à vous inquiéter, elle aura de quoi se couvrir cet hiver. »

Comment cette vieille femme pouvait-elle savoir qu'il avait fait ce geste pour Hong, en pensant à elle dans son *qipao* de soie rouge ?

Chen ne croyait pas à une vie après la mort. Comme beaucoup de Chinois, il éprouvait simplement une sorte de réconfort à suivre certaines conventions religieuses. Il n'excluait pas que quelque chose, quelque part, puisse dépasser le savoir humain. Confucius dit : *L'honnête homme ne parle pas des esprits.* Selon le sage, celui-ci a tant à faire en ce monde qu'il n'a aucune raison de se soucier de l'autre, sur lequel il n'a aucune certitude. Chen ne voyait cependant aucun mal à allumer la bougie, tenir les baguettes d'encens et brûler l'argent du monde des morts. Cela pouvait conduire à une sorte de communication avec eux.

Il acheta de grandes baguettes d'encens qu'il alluma, comme les autres.

Il pria pour que le Bouddha le guide dans ses efforts pour arrêter le meurtrier, afin que Hong repose en paix.

Comme si cela ne suffisait pas, il fit une promesse : s'il réussissait à prendre ce criminel, il resterait policier toute sa vie et oublierait ses autres projets et ses ambitions personnelles. Un policier consciencieux et satisfait.

Ensuite, il alla au fond du temple où il gravit des marches de pierre pour atteindre une autre cour. Penché sur la balustrade de pierre blanche, il essaya de réfléchir, contemplant la forme ancienne du toit du temple qui contrastait avec les gratte-ciel.

Il s'aperçut soudain qu'un autre moine s'approchait de lui. C'était un vieil homme au visage buriné, qui tenait entre ses mains un long chapelet de perles noires et dont les pas ne faisaient presque aucun bruit sur la pierre.

« Vous paraissez soucieux, monsieur.

– Oui, maître, répondit Chen en espérant qu'il ne s'agissait pas d'une nouvelle sollicitation d'aumône. Je suis un homme ordinaire, perdu dans le monde futile de la poussière rouge, et je suis accablé de soucis comme un escargot qui porte sa coquille.

– L'escargot peut vous apparaître ainsi parce que vous y pensez ainsi. Tout n'est qu'apparence.

– Vous l'avez fort bien exprimé, maître », dit Chen avec un profond respect, car il avait reconnu un lettré. Il se souvenait d'histoires de révélation dans les temples. C'était peut-être une chance pour son enquête. « Les bouddhistes parlent de voir au-delà – au-delà de la vanité des choses de ce monde. Je m'y essaie de toutes mes forces, mais je n'y parviens pas.

– Vous n'êtes pas un homme ordinaire, je le vois. Avez-vous lu le poème sur la révélation soudaine de Liuzu ?

– Peut-être, mais il y a très longtemps. Il y a une métaphore à propos du miroir de bronze, n'est-ce pas ?

– Oui et non. Quand le patriarche vieillissant dut nommer un successeur, il décida de mettre ses disciples à l'épreuve. Le principal candidat a présenté un poème. *Le corps est l'arbre de l'Éveil; / L'esprit est comme un miroir clair. /*

Appliquez-vous sans cesse à l'essuyer, à le frotter, / Afin qu'il soit sans poussière. Pas mal, diriez-vous. Mais Huineng, un moine qui faisait le ménage, a provoqué la surprise avec un autre poème. *L'Éveil ne comporte point d'arbre, / Ni le miroir clair de monture matérielle. / La nature-de-Bouddha est éternellement pure; / Où y aurait-il de la poussière?*

– En effet, c'est bien l'histoire. Huineng était sans aucun doute plus pénétrant, et c'est lui qui a succédé au patriarche.

– Rien qu'apparence. L'arbre, le miroir, vous-même, ou le monde.

– Nous vivons pourtant dans le monde, maître.

– Tant que vous aurez beaucoup à faire, vous ne pourrez peut-être pas voir au-delà si vite. Pas comme dans l'ancienne expression *jeter son couteau et se transformer aussitôt en Bouddha.* Ce n'est qu'une expression, précisément parce que ce n'est pas du tout facile.

– Vous avez entièrement raison. Je suis seulement très sot.

– Non, la révélation instantanée n'est pas facile à atteindre, mais vous pouvez essayer de débarrasser votre esprit de toutes les pensées dérangeantes – pendant quelque temps. Vous devez progresser étape par étape.

– Merci beaucoup, maître.

– Le sort a voulu que nous nous rencontrions aujourd'hui, dit le vieux moine en joignant les mains avant de prendre congé. Alors pourquoi me remercier? Au revoir, nous nous reverrons si c'est là notre destinée.»

Dans le bouddhisme, tout arrive par une sorte de karma, une gorgée d'eau, un oiseau qui picore dans votre main ou une rencontre avec un vieux moine, tout provient de ce qui s'est passé auparavant, et conduit à son tour à autre chose.

Alors pourquoi ne pas essayer, comme le suggérait le moine, d'oublier tout ce qu'il avait déjà pensé de l'affaire et de l'aborder dans une nouvelle perspective ?

Il resta là et ferma les yeux pour vider son esprit. Il n'y parvint pas tout de suite, car nous ne percevons que dans le cadre d'idées ou d'images préconçues. Personne ne vit dans le vide.

Il respira profondément en concentrant son esprit sur le *dantian*, un petit point au-dessus de son nombril. Il avait appris cette technique au temps du parc du Bund. Son énergie lui semblait circuler en harmonie avec l'atmosphère singulière du temple.

Tout à coup, une image du *qipao* rouge traversa son esprit.

Elle se présentait sous un jour complètement nouveau. Il la voyait de façon immédiate, comme s'il y était : dans les années soixante, sur fond de drapeaux rouges du mouvement d'éducation socialiste, et lui-même portant le foulard rouge, criant des slogans avec les « masses révolutionnaires ». Il perçut avec une acuité nouvelle la controverse suscitée par le *qipao*.

Il prit son portable et composa le numéro du président Wang à l'Union des écrivains chinois. Wang ne répondit pas, mais Chen laissa un message en évoquant cet aspect de l'image du *qipao* rouge.

Encouragé, il essaya de recommencer l'expérience, mais sans succès. Il la modifia ensuite en s'asseyant en position de lotus dans la cour et en récapitulant l'affaire depuis le début, pas en policier, mais en homme dont l'esprit n'est bridé par aucune formation. Toujours rien, sinon une sensation d'intense clarté. Il sortit donc le dossier de son porte-documents et se mit à lire, comme un moine, tandis que la cloche du temple résonnait.

En tournant une page, il tomba sur la malchance de Jasmine. Les bouddhistes parlent de châtiment. *Le châtiment arrive, mais en son temps.* Dans une sorte de version séculière du bouddhisme, les Chinois croient qu'ils sont punis ou récompensés pour leurs actes dans cette vie, et même dans la précédente.

C'était ainsi que s'expliquait l'horrible sort de Tian. Mais dans le cas de Jasmine, c'en était trop. Chen ne croyait pas à la punition pour une vie précédente. Il ne voyait pas non plus comme une coïncidence que la malchance ait frappé le père et la fille.

Il repensa à un roman qu'il avait lu au lycée, *Le Comte de Monte Cristo.* Sous les désastres mystérieux qui accablaient les personnages, il y avait le chef-d'œuvre de vengeance implacable d'Edmond Dantès.

Était-ce possible dans le cas de Jasmine ?

Lorsqu'il était Rebelle ouvrier, Tian pouvait avoir persécuté ou blessé quelqu'un qui se vengeait maintenant. Le style et le tissu de la robe seraient alors explicables.

Mais pourquoi avoir attendu aussi longtemps après la Révolution culturelle ?

Et les autres filles ?

Il n'avait pas de réponses immédiates. La dernière question le conduisit cependant à voir sous un nouveau jour la différence entre Jasmine et les autres victimes.

Ces filles n'avaient peut-être aucun lien avec elle.

La cloche sonna une nouvelle fois dans le vent. Il frissonna en pensant à une vague éventualité.

Il était temps d'aller au bureau. Il lui fallait parler à l'inspecteur Yu, dont l'irritation causée par ses vacances surprise était évidente dans le ton de ses messages. Il n'était pas sûr de pouvoir donner à son coéquipier une explication satisfaisante. Ce ne serait pas une bonne idée de parler de sa dépression, pas même à Yu.

À la sortie du temple, il reçut un appel du président Wang. « Désolé de ne pas avoir décroché à temps, inspecteur principal Chen. J'étais dans la salle de bains, mais j'ai eu votre message à propos d'une controverse possible. Cela m'a rappelé quelque chose. Xiong Ming, un journaliste à la retraite à Tianjian, a établi un dictionnaire des controverses dans la littérature et les arts. C'est un vieil ami et je l'ai appelé tout de suite. Il dit qu'il a des informations sur une photo primée, celle d'une jeune femme en *qipao*, qui a été critiquée par la suite. Son téléphone est le 02-8625252.

– Merci, président Wang. C'est une aide précieuse. »

Chen déposa un autre billet dans le tronc rutilant placé à la sortie et téléphona à Xiong.

Après s'être présenté, il alla droit au but. « Le président Wang m'a appris que vous aviez des informations à propos d'une photo controversée d'une femme en *qipao* rouge. Vous avez travaillé sur un dictionnaire des controverses, n'est-ce pas ?

– C'est exact. Les gens ont oublié ou comprennent à peine les controverses absurdes qui ont surgi pendant ces années où les interprétations politiques pouvaient tout déformer. Vous vous souvenez du film *Février, printemps précoce* ?

– Oui, un film interdit au début des années soixante. J'étais encore à l'école élémentaire et je cachais une photo de la belle héroïne dans mon tiroir.

– Interdit à cause de la prétendue élégance bourgeoise de ce personnage. Il s'est passé la même chose avec la photo de la femme en *qipao*.

– Pouvez-vous m'en dire davantage sur la photo ? demanda Chen. Est-ce que la robe est rouge ?

– La photo représente une belle femme habillée d'un élégant *qipao*, accompagnée de son fils, un jeune pionnier. Il la tire par la main en montrant le lointain. La photo est intitulée "Mère, allons là-bas". Le décor fait penser à un jardin privé. Comme la photo est en noir et blanc, je ne suis pas sûr de la couleur de la robe, mais le style a de la grâce.

– Pourquoi une telle photo a-t-elle provoqué la critique ? Ce n'est pas un film. Elle ne raconte pas d'histoire.

– Dites-moi, inspecteur principal Chen. Quel était le prototype idéologique de la femme à l'époque de Mao ? Des filles de fer, masculines, militantes, qui portaient le même costume Mao informe que les hommes. Rien ne suggérait la sensualité ou la passion amoureuse de la femme. Le climat politique n'était donc pas favorable au message implicite de la photo, en particulier quand elle a été proposée pour un prix national.

– Quel message implicite ?

– D'abord le mode de vie. Un *qipao* était le symbole de l'élégance bourgeoise. Et le jardin est aussi très évocateur.

– Pouvez-vous me décrire la photo plus en détail ?

– Je regrette, c'est à peu près tout ce que je me rappelle. Je n'ai pas la photo sous les yeux. Mais vous pouvez la trouver facilement. Dans un numéro de 1963 ou 1964 de *La Photographie en Chine*, la seule revue de photo de l'époque.

– Merci, Xiong. Vos renseignements peuvent être très importants pour notre travail. »

Chen décida de se rendre à la bibliothèque.

D'ordinaire, exhumer une revue publiée dans les années soixante pouvait prendre des heures. Avec l'aide de Shushu, il obtint en dix minutes l'exemplaire qu'il cherchait.

Ainsi que Xiong l'avait décrite, c'était une photo noir et blanc. La femme en *qipao* était renversante. Chen ne pouvait pas dire la couleur exacte de la robe, mais ce n'était visiblement pas une couleur claire.

La femme se trouvait dans un jardin, debout pieds nus devant un tout petit ruisseau miroitant où elle pouvait s'être trempé les pieds juste avant. Le petit garçon qui la tenait par la main devait avoir sept ou huit ans et portait le foulard rouge des jeunes pionniers. On ne voyait personne d'autre à l'arrière-plan.

Chen emprunta une loupe à Shushu et examina avec soin le *qipao*.

Il était identique à ceux de l'affaire dans le modèle – manches courtes et fentes peu prononcées –, conventionnel dans l'ensemble. Les boutons de tissu en forme de poissons avaient aussi le même motif étudié.

La seule différence, s'il y en avait une, était qu'elle portait cette robe avec grâce, tous les boutons attachés avec pudeur. Elle était pieds nus, mais dans ce décor, en compagnie de son fils, elle faisait surtout penser à une jeune mère heureuse.

Le photographe s'appelait Kong Jianjun. Chen découvrit dans le sommaire de la revue que Kong était aussi membre de l'Association des artistes de Shanghai.

Lorsqu'il sortit avec la revue, il entendit une sirène venant de l'extrémité est de la rue de Nankin. Il faillit penser que c'était Hong, son âme ou autre chose, qui l'avait guidé.

Il appela l'Association des artistes de Shanghai.

« Kong Jianjun est décédé il y a plusieurs années, répondit une jeune secrétaire. J'ai entendu dire qu'il avait été critiqué en public pendant la Révolution culturelle.

– Vous avez l'adresse de son ancien domicile ?

– Celle que nous avons est vieille. Il n'avait pas d'enfant, il n'a laissé qu'une veuve. Elle doit avoir dans les soixante-dix ans. Je peux vous faxer le dossier de Kong à votre bureau.

– Chez moi. Je suis en congé. Ne quittez pas, faxez-le à ce numéro, dit-il en donnant le numéro de fax de la bibliothèque.

– OK. Vous pouvez aussi aller voir le comité de quartier si elle vit toujours là.

– Merci. C'est ce que je vais faire. »

Il retourna à la bibliothèque où Shushu lui apporta plusieurs pages de fax, ainsi qu'une tasse de café chaud et un gâteau aux noix.

– *C'est difficile de devoir des faveurs à une beauté,* dit-il.

– Vous citez encore Daifu, répondit-elle avec un gentil sourire. La prochaine fois, trouvez quelque chose de nouveau. »

Ce qu'il trouva était, chose inattendue, une scène datant de plusieurs années, dans une autre bibliothèque, dans une autre ville… *Il n'y a plus que la lune de printemps / qui reste compatissante, elle brille encore / pour un visiteur solitaire, et se reflète /sur les pétales tombés / dans un jardin abandonné.*

Le temps s'écoule comme l'eau. Il avala d'un coup le café fort. Noir, amer. Il aurait peut-être dû le refuser. Shushu ne savait rien de son récent malaise.

Il étudia le dossier. Kong avait travaillé comme photographe à Wangkai, un des studios d'État les plus connus de Shanghai. Il avait plusieurs récompenses à son actif, et était mort peu après la Révolution culturelle. Sa veuve vivait seule, et habitait dans le district de Yangpu. Quant aux ennuis que Kong avait eus à cause de la photo, il n'en était pas fait mention. Comme d'autres « artistes bourgeois », il avait subi la critique des masses pendant la Révolution culturelle.

Rien n'indiquait non plus que la photo de la femme en *qipao* avait reçu un prix.

En se levant pour partir, Chen résista à la tentation de boire un autre café. Il allait rendre visite à la veuve de Kong.

22

Il était près de treize heures trente quand Chen arriva dans la rue de Jungong.

En voyant les boîtes aux lettres en bois décolorées au pied de l'escalier de béton lézardé, il supposa qu'il s'agissait d'une des « nouvelles habitations pour les travailleurs » construites dans les années soixante. L'immeuble était vétuste, pauvre et surpeuplé. Il trouva le nom de Kong sur une des boîtes.

Il monta et poussa une porte. C'était un appartement de trois pièces partagé par trois familles. Il vit d'abord la cuisine commune encombrée de poêles, ce qui confirmait son hypothèse. Madame Kong vivait dans une pièce de l'appartement.

Il frappa à la porte 203. Une femme aux cheveux blancs lui ouvrit, elle portait des lunettes cerclées de métal.

– Vous êtes bien madame Kong ?

– Tout le monde ici m'appelle tante Kong, dit-elle en le faisant entrer.

Elle portait une veste et un pantalon de coton matelassé et des pantoufles rouges brodées de jasmins. La pièce, de la taille d'une galette de tofu, était bourrée de toutes sortes d'objets insignifiants. Il n'y avait qu'une chaise à trois pieds contre le mur. Devant la chaise, un vieux panier pour garder le riz au chaud servait sans doute de repose-pieds. Il faisait froid malgré un calfeutrage des fenêtres avec du papier.

« Vous pouvez vous asseoir sur la chaise, dit madame Kong.

– Merci, répondit-il avant de se poser au bord du siège avec précaution. Pardonnez-moi de vous déranger ainsi, tante Kong. »

Il lui présenta sa carte et la revue en lui expliquant le but de sa visite.

Elle examina la photo. Son visage était impénétrable. Elle resta deux ou trois minutes sans dire un mot.

Chen attendait, conscient d'une odeur qui imprégnait peu à peu la pièce, quand il avisa une boîte qui cuisait au-dessus d'une bouteille de gaz dans un coin. Le repas du chat, probablement. Pour la plupart des Shanghaïens, les chats servaient à attraper les rats, comme dans la célèbre phrase du camarade Deng Xiaoping, *Peu importe s'il est noir ou blanc ; du moment qu'il attrape les rats, c'est un bon chat.*

Alors que les jeunes à la mode avaient commencé à introduire la notion d'« animal de compagnie », dans un vieux bâtiment comme celui-là un chat restait avant tout un chasseur de rats. Le reste de riz assaisonné aux arêtes de poisson était sans doute la seule nourriture pour chat que tante Kong pouvait se permettre. Mais faire la cuisine dans la pièce pouvait être dangereux pour cette vieille femme qui vivait toute seule. La bouteille de gaz se trouvait à côté d'une petite table en bois sur laquelle était posée une cuvette en plastique où moisissaient des bols et des tasses.

« Oui, c'est une photo prise par mon bonhomme. Dans les années soixante, dit-elle d'une voix qui tremblait un peu, mais il est décédé il y a bien longtemps. Comment me rappeler quoi que ce soit ?

– La photo lui a valu une récompense nationale. Il a dû vous en parler. Essayez de vous souvenir, tante Kong. Tout ce qui vous vient en tête peut être important pour notre travail.

– Une récompense nationale ? Elle ne lui a apporté que de la malchance. Cette photo a été une malédiction.

– Une malédiction », répéta Chen. Le mot était insolite. Et il revenait souvent dans l'enquête. La femme devait s'être rappelé quelque chose. Quelque chose de sinistre. « S'il vous plaît, parlez-moi de cette malédiction.

– Qui a envie de parler de ce qui s'est passé pendant la Révolution culturelle ? »

Les souvenirs pouvaient être encore trop douloureux, Chen le comprenait. Et ce n'était pas facile pour elle de s'ouvrir à un étranger. Aussi était-il décidé à se montrer patient.

« Vous voulez dire que les personnes reliées à la photo étaient maudites, tante Kong ?

– Il a été critiqué à cause de cette photo, pour avoir

“prôné le mode de vie bourgeois”. Après tant d’années, laissez-le en paix, je vous en prie.

– C’est une magnifique photo», poursuivit Chen imperturbablement en lui présentant une autre carte, celle de l’association des Écrivains. «Je suis poète. Pour moi, c’est un chef-d’œuvre. Un poème en image.»

«Un poème en image» avait été le terme le plus élogieux de la critique traditionnelle, mais Chen se trouva sincère en employant le cliché.

«Peut-être, peut-être pas. Et alors? Regardez-moi. Toute seule ici comme une vieille serpillière sale.» Elle montra la bouteille de propane. «Je ne peux même pas me faire à manger dans la cuisine commune. Mes voisins me briment. Vous devriez leur parler du soi-disant chef-d’œuvre. Qu’est-ce que ça changera?»

Elle se leva et traîna les pieds jusqu’au réchaud pour remuer avec une baguette ce qui chauffait dans la boîte. Elle se tourna brusquement vers le panier à riz, en roucoulant comme si elle était seule dans la pièce.

«Noir, le déjeuner est prêt.»

Le couvercle du panier se souleva, un chat en sortit et frotta sa tête contre la jambe de la vieille femme.

Chen se leva pour prendre congé, à regret. Elle n’essaya pas de le retenir plus longtemps.

En ouvrant la porte, il jeta un dernier coup d’œil dans la cuisine, où deux tables étaient jonchées de légumes crus, de restes, de tofu fermenté, de cuillères et de baguettes sales.

Dehors, une pancarte de bois indiquait le comité de quartier. Il y entra. C’était presque une routine chez les policiers.

Dans le bureau, il présenta sa carte qui, à sa grande

surprise, n'impressionna guère le président du comité, un homme décharné aux cheveux gris du nom de Fei. Chen lui parla de tante Kong en soulignant que son mari avait été un artiste primé, et que le comité devait essayer d'améliorer ses conditions de vie.

« Tante Kong est une parente à vous ? demanda Fei sèchement en passant ses doigts pleins d'engelures dans ses cheveux.

– Non. Je viens de faire sa connaissance, mais elle devrait avoir accès à la cuisine commune.

– Je vais vous dire une chose, camarade inspecteur principal Chen. Les chamailleries entre voisins au sujet des parties communes peuvent être un casse-tête pour nous. D'après ce que je sais, le résident qui a précédé tante Kong dans cette pièce n'avait pas de place dans la cuisine commune, c'était un cadre du Parti qui vivait pratiquement dans son usine. Par ailleurs, ses voisins se servent encore des poêles à briquettes de charbon. C'est dangereux de la laisser mettre sa bonbonne de gaz dans la même cuisine. »

Chen resta songeur un instant avant de dire : « Bien. Vous permettez que j'utilise votre téléphone ? »

Il téléphona au commissariat du secteur qui faisait office de chef de la sécurité pour le comité de quartier. Quand il l'eut au bout du fil il tendit le combiné à Fei qui écouta avec un étonnement visible.

« À présent je me souviens de vous, inspecteur principal Chen, dit-il sur un tout autre ton après avoir raccroché. Vous devez excuser un homme de mon âge. *Un vieil homme n'a d'yeux que pour ne pas reconnaître le mont Tai*, comme on dit. Bien sûr, je vous ai vu à la télé, et j'ai aussi entendu ce qu'on dit de vous.

– Si c'est le cas, vous savez que je retourne toujours une faveur.

– Vous n'avez pas à dire cela, inspecteur principal Chen. C'est difficile de régler les différents entre voisins, mais nous devons faire de notre mieux. Vous avez raison. Allons là-bas. »

Chen ne prit pas la peine de deviner ce que le commissaire avait dit à Fei. Ils retournèrent ensemble dans l'immeuble de tante Kong.

Tous les résidents sortirent sur leur seuil, et Fei et Chen restèrent dans l'étroit couloir. Fei annonça une décision prise conjointement par le comité de quartier et le commissariat. Les résidents devaient libérer un espace pour tante Kong dans la cuisine commune. Pas grand, mais suffisant pour une bouteille de propane. Par mesure de sécurité, le comité poserait une séparation entre la bouteille et les poêles à briquettes. Personne ne discuta ni ne protesta.

Après l'annonce, Chen s'apprêtait à s'en aller, mais tante Kong s'avança : « Camarade inspecteur principal Chen.

– Oui, tante Kong ?

– Je peux vous parler un instant ?

– Naturellement. » Il se tourna vers Fei. « Vous pouvez repartir le premier. Merci pour votre aide. »

« Alors vous êtes quelqu'un, dit tante Kong en refermant la porte quand ils furent revenus dans sa pièce. Depuis plus de dix ans je suis obligée de cuisiner ici, et vous avez trouvé une solution pour moi en une demi-heure.

– Ce n'est rien. J'admire le travail de monsieur Kong. Le bureau du comité de quartier est juste en face, j'y suis entré et j'ai parlé de vos difficultés.

– Je suppose que vous avez essayé de m'obliger. Et je vous suis obligée. *Les brioches gratuites ne tombent pas du ciel*, je sais. »

Le chat noir revenait. Elle le ramassa et le mit sur ses genoux, mais il sauta et courut à la fenêtre où il se roula en boule contre la vitre.

« Non. Ne vous inquiétez pas. C'est le devoir d'un policier », assura-t-il. Mais la vieille femme était perspicace. Même s'il faisait son devoir, quel que soit le résultat, Chen avait une idée derrière la tête quand il était allé au comité de quartier.

« J'ai une seule question à vous poser. Vous n'allez pas utiliser cette photo pour faire du tort à d'autres, n'est-ce pas ? C'était le pire cauchemar de mon bonhomme.

– Écoutez-moi bien, tante Kong », dit-il en posant la main contre le mur, collant après des années de cuisine dans la pièce. « Ce matin, je suis allé dans le temple de Jin'an où j'ai promis au Bouddha d'être un bon policier consciencieux. Croyez-le ou non, peu après ma promesse, j'ai reçu l'information sur la photo.

– Je vous crois, mais cette photo est vraiment si importante pour vous ?

– Elle peut faire la lumière dans une enquête sur un homicide, sinon je ne serais pas venu vous voir à l'improviste.

– Une photo prise il y a près de trente ans, liée à une affaire de meurtre aujourd'hui ? » Elle restait incrédule.

« Pour le moment, ce n'est peut-être qu'une possibilité, mais nous ne pouvons pas nous permettre de ne pas vérifier. Encore une fois, je vous l'assure : l'affaire n'a rien à voir avec vous ou votre mari.

– Si cette photo me dit encore quelque chose, commença-t-elle en hésitant, c'est à cause de la passion de mon mari pour elle. Il a passé toutes ses vacances sur le projet, travaillant comme un possédé. Je l'ai même soupçonné d'être tombé amoureux d'un modèle sans principes.

– Le véritable artiste doit se dévouer totalement à une création, je sais. Il faut beaucoup d'énergie pour produire un tel chef-d'œuvre.

– En réalité, c'était une femme convenable de bonne famille. Et il a ri de ce que j'imaginais. “Moi ? Tomber amoureux d'elle ? Non, ce serait comme si un crapaud couleur de boue salivait devant un cygne immaculé. Si je suis excité c'est parce qu'aucun photographe ne l'a encore approchée. C'est comme découvrir une mine d'or.”

– Il vous a dit comment il l'avait découverte ?

– À un concert, je crois. Elle jouait du violon sur scène. Elle a d'abord refusé de poser pour lui. Il a mis deux semaines à la convaincre. Finalement, elle a donné son accord à condition qu'il la photographie avec son fils. Il a eu une nouvelle inspiration : mère et fils, plutôt que simplement une belle femme.

– Elle devait beaucoup aimer son fils.

– C'est ce que j'ai pensé. En regardant la photo on ne pouvait qu'être ému.

– Il vous a dit son nom ?

– Il l'a sûrement fait, mais je ne m'en souviens plus.

– Vous savez quelque chose sur les conditions où la photo a été prise ? Sur le choix du *qipao,* par exemple ?

– Eh bien, il parlait avec enthousiasme de la beauté orientale et du *qipao* qui la mettait en valeur, mais elle devait avoir cette robe chez elle. Il n'aurait pas pu se permettre de l'acheter. Je ne sais pas qui a eu l'idée de choisir la robe, je regrette.

– Où a-t-il pris la photo ?

– La femme habitait une maison particulière. Ce devait être dans le jardin de derrière. Il y a passé une journée entière en utilisant cinq ou six bobines, puis une semaine dans la chambre noire, comme une taupe. Il était tellement enthousiaste qu'un soir il a apporté toutes les photos à la maison et m'a demandé d'en choisir une pour lui. Pour le concours.

– Vous avez fait le bon choix.

– Mais après avoir gagné le prix, il a commencé à être soucieux. Au début, il ne voulait pas me dire pourquoi. J'ai appris par les coupures de presse cachées dans le tiroir que la photo était critiquée. Certains parlaient de son "message politique".

– À l'époque, on donnait des interprétations politiques à tout.

– Ils ont été jusqu'à le critiquer en public pour cette photo. Le président Mao disait que certains attaquaient le Parti à travers des romans, alors des Gardes rouges ont déclaré que Kong avait attaqué le Parti à travers cette photo. Comme d'autres "monstres", il a dû porter un tableau noir accroché à son cou, où était inscrit son nom barré.

– Beaucoup de gens ont souffert. Mon père aussi a porté un tableau noir.

– En plus, on l'a forcé à révéler l'identité de la femme de la photo, et il en a été bouleversé.

– Qui a fait pression sur lui ? demanda Chen. Il a dit quelque chose ?

– Une organisation de Rebelles ouvriers, il me semble. C'était contraire à son éthique professionnelle, mais la pression était trop forte et il a fini par céder en se disant que ce n'était pas un crime de poser pour une photo. Après tout, il n'y avait pas de nudité ni d'obscénité là-dedans.

– Il a su ce qu'elle était devenue ?

– Non, pas tout de suite. Ce n'est qu'un an plus tard qu'il a appris sa mort. Cela n'avait rien à voir avec lui. Il y a eu beaucoup de morts à cette époque-là. Et ce n'était peut-être pas très surprenant pour une femme d'une famille comme la sienne, elle-même "artiste bourgeoise". Mais il a été accablé par les doutes.

– Il n'aurait pas dû être aussi dur avec lui-même. On aurait pu découvrir son identité autrement. En outre, personne ne connaissait la cause de sa mort », dit Chen en pensant que le vieux photographe avait dû beaucoup tenir à elle. Comme il ne voyait pas l'intérêt d'évoquer cette éventualité, il changea de sujet. « Vous avez dit qu'il avait utilisé cinq ou six bobines. Il a conservé ces autres photos ?

– Oui, c'était un risque, il les a cachées, même à moi. Avec un carnet. "Le portfolio du *qipao*", disait-il. Après sa mort, je les ai trouvées par hasard. Je n'ai pas eu le cœur de m'en débarrasser, elles avaient été si importantes pour lui. »

Elle sortit d'un tiroir une grande enveloppe contenant un carnet et plusieurs photos dans une enveloppe plus petite.

« Tenez, inspecteur principal Chen.

– Merci beaucoup, tante Kong, dit-il en se levant. Je vous les rendrai après les avoir examinés.

– Ce n'est pas la peine. Je n'en ai pas l'utilité. Mais n'oubliez pas votre promesse au temple.

– Je ne l'oublierai pas. »

Il commença à lire le carnet dans un taxi devant l'immeuble de tante Kong. Il contenait aussi beaucoup de notes de travail. Kong avait découvert la femme à un concert, envoûté par «sa sublime beauté au point culminant de l'émotion musicale». À la fin, un jeune pionnier s'était précipité sur scène pour lui offrir un bouquet de fleurs. C'était son fils et elle l'avait serré affectueusement dans ses bras. Pendant la semaine suivante, Kong avait tout fait pour la persuader de poser pour lui. Une rude tâche, car elle ne s'intéressait ni à l'argent ni à la publicité. Il avait finalement réussi à la convaincre en lui promettant de la photographier avec son fils. La photo avait été prise derrière leur maison.

Chen sauta les notes techniques sur la lumière et les angles de prise de vue pour arriver à une page qui contenait l'adresse où travaillait le modèle: l'École de musique de Shanghai, avec un numéro de téléphone au-dessous. Pour une raison quelconque, Kong ne mentionnait son nom qu'une fois dans son carnet: Mei.

Il examina ensuite les photos. Un nombre considérable. Comme le vieux photographe, il fut «envoûté».

«Pardon, je viens de changer d'avis, dit-il au chauffeur. Allons à l'École de musique, s'il vous plaît.»

23

Sa visite ne commença pas sur une note encourageante.

Le camarade Zhao Qiquang, secrétaire du Parti de l'École, témoigna tout son respect à Chen, mais ne l'aida guère. Il dut consulter un registre avant de pouvoir lui dire quoi que ce soit sur Mei. D'après lui, Mei et son mari Ming avaient tous deux travaillé à l'École. Pendant la Révolution culturelle, Ming s'était suicidé, et elle était morte dans un accident. Zhao ne connaissait pas l'existence de la photo.

« Je suis arrivé ici il y a cinq ou six ans, dit Zhao en guise d'explication. Et personne ne tient à parler de la Révolution culturelle.

– Je sais, le gouvernement veut que le peuple regarde devant, pas en arrière.

– Essayez de parler aux personnes âgées de l'École. Elles savent peut-être quelque chose, ou elles connaissent quelqu'un qui saura, dit Zhao en griffonnant plusieurs noms sur un bout de papier. Bonne chance. »

Mais ceux qui avaient connu Mei avaient pris leur retraite ou étaient morts. Après avoir tourné en rond pendant un bon moment, il tomba sur le professeur Liu Zhengquan du département des instruments.

« C'est Mei ! s'exclama Liu quand il vit la photo. Mais je n'avais jamais vu cette photo.

– Pouvez-vous me parler d'elle ?

– La fleur de cette école, trop tôt tombée dans la poussière.

– Comment est-elle morte ?

– Je ne me rappelle pas bien. Elle avait dans les trente-cinq ans. Son fils avait dix ans environ. Quelle tragédie.

– Qu'est-il arrivé à son fils ?

– Je l'ignore. Nous n'étions pas dans le même département. Il faudra parler à quelqu'un d'autre.

– Pouvez-vous me recommander quelqu'un ?

– Parlez avec Xiang Zilong. Je crois qu'il garde encore

une photo de Mei dans son portefeuille. Il est retraité. Il vit dans le quartier de Minghang. Voici son adresse. »

Xiang devait être un admirateur de Mei, et un grand romantique, pour conserver une photo d'elle tant d'années plus tard.

Chen remercia Liu, regarda sa montre et partit immédiatement pour Minghang. Il n'avait pas de temps à perdre.

Minghang était autrefois une zone industrielle, loin du centre de la ville. Heureusement, il y avait à présent un métro pour s'y rendre. Il prit un taxi, se précipita à la station, et vingt minutes plus tard, en sortant du terminus, il prit un autre taxi.

Shanghai s'était étendu très vite. Minghang présentait aussi de nombreux immeubles d'habitation récents, resplendissants sous le soleil d'après-midi. Il fallut un bon moment au chauffeur pour trouver l'immeuble de Xiang.

Chen grimpa l'escalier de béton et frappa au premier étage à une porte en imitation chêne. Elle s'ouvrit avec précaution. Chen tendit sa carte professionnelle à un homme grand et maigre en robe de chambre de coton matelassé et pantoufles de feutre qui l'examina avec une expression de surprise sur son visage ridé.

« Oui, je m'appelle Xiang. Ainsi vous êtes membre de l'Union des écrivains chinois ? »

Chen comprit qu'il s'était trompé de carte. Encore un acte manqué inexplicable.

« Oh, j'ai mélangé mes cartes. Je suis Chen Cao, de la police criminelle de Shanghai, mais je suis aussi membre de l'Union.

– J'ai entendu parler de vous, inspecteur principal Chen, dit Xiang. J'ignore quel bon vent vous amène, mais entrez donc, en poète ou en officier de police. »

Xiang alla servir à Chen une tasse de thé qu'il versa d'un thermos et ajouta un peu d'eau dans sa propre tasse. Chen remarqua qu'il marchait avec une très légère claudication. « Vous vous êtes foulé la cheville, professeur Xiang ?

– Non. Polio. À l'âge de trois ans.

– Excusez-moi de venir vous voir sans prévenir. C'est à cause d'une affaire importante. Je dois vous poser quelques questions », dit Chen en s'asseyant sur une chaise pliante en plastique près d'un bureau d'une longueur extraordinaire, visiblement fait sur mesure, qui constituait l'élément principal du living tapissé de livres. « Des questions sur Mei. C'était une de vos collègues.

– Sur Mei ? Oui, nous étions collègues, mais il y a très longtemps. Pourquoi ?

– L'affaire ne la concerne pas directement, mais les renseignements que nous aurons sur elle pourront nous éclairer dans notre enquête. Tout ce que vous direz restera confidentiel.

– Vous n'allez rien écrire sur elle, n'est-ce pas ?

– Pourquoi cette question ?

– Il y a deux ans, quelqu'un m'a demandé des renseignements sur elle. J'ai refusé.

– Qui était-ce ? demanda Chen. Vous rappelez-vous son nom ?

– Je l'ai oublié, mais je n'ai pas l'impression qu'il m'ait montré ses papiers. Il m'a dit qu'il était écrivain. N'importe qui peut prétendre cela.

– Pouvez-vous me décrire cet homme ?

– Trente, trente-cinq ans. Courtois, mais parlant d'une manière assez imprécise. C'est tout ce que je me rappelle. » Xiang but une gorgée de thé. « Avec cette vague de nostalgie collective, les histoires comme *La Belle Infortunée de Shanghai* sur ces familles autrefois illustres ont beaucoup de succès. Pourquoi devrais-je laisser quiconque exploiter sa mémoire ?

– Vous avez bien fait, professeur Xiang. Ce serait horrible de la part d'un prétendu écrivain de profiter de ses souffrances.

– Personne n'a le droit de la traîner de nouveau dans la boue. »

Il y avait un léger tremblement dans la voix de Xiang. Pour un admirateur, sa réaction n'était pas surprenante, mais « traîner dans la boue » indiquait qu'il savait quelque chose.

« Je ne suis pas ici pour écrire une histoire, professeur Xiang. Je vous donne ma parole.

– Vous avez parlé d'une enquête... dit Xiang avec une certaine hésitation.

– Je ne peux pas vous donner de détails pour le moment. Sachez seulement que plusieurs personnes sont mortes, et que d'autres seront tuées si le meurtrier n'est pas pris. » Chen sortit la revue et les autres photos. « Regardez, vous connaissez peut-être cette revue.

– Oh, et ces autres photos aussi », dit Xiang. Pâle et sérieux, il se leva pour aller à une étagère et sortit un exemplaire de *La Photographie en Chine*. « Je l'ai gardée toutes ces années. »

Un marque-page avec un gland rouge indiquait la page de la photo. Il était neuf et représentait *La Perle d'Orient*, un lieu réputé à l'est du fleuve dans les années quatre-vingt-dix.

« Il y a bien longtemps, dit Chen. Vous devez avoir une histoire à raconter.

– Oui, une longue histoire. Quel âge aviez-vous quand la Révolution culturelle a éclaté ?

– J'étais encore à l'école primaire.

– Alors vous connaissez la situation.

– Bien entendu. Racontez-moi depuis le début, s'il vous plaît, professeur Xiang.

– Pour moi, tout a commencé au début des années soixante. Je venais d'être affecté à l'École de musique, où Mei travaillait déjà depuis à peu près deux ans. Très belle et talentueuse, c'était la reine. Ne vous méprenez pas, inspecteur principal Chen. Elle était avant tout une source d'inspiration pour moi. J'étais si frustré de n'avoir pas le droit de faire étudier les classiques, rien que deux ou trois chants révolutionnaires. Sans sa présence qui éclairait toute la salle de répétition, j'aurais abandonné dès le début.

– C'était la reine, avez-vous dit. Elle devait être très admirée, et entourée. Avez-vous entendu des rumeurs ?

– Que voulez-vous dire ? demanda Xiang avec colère.

– Pour les besoins de l'enquête, je suis obligé de poser toutes sortes de questions. Ce qui n'implique pas un manque de respect à son égard, professeur Xiang.

– Non, aucune rumeur. Une femme de son milieu devait vivre sans se faire remarquer. Tout commérage teinté de "fleur de pêcher" pouvait être désastreux. C'était une époque de puritanisme communiste, vous étiez peut-être trop jeune pour comprendre. Il n'existait pas une seule chanson d'amour dans tout le pays.

– Le président Mao voulait que le peuple se consacre à la révolution socialiste. Aucune place pour la passion amoureuse», dit Chen en pensant soudain à une similitude dans sa dissertation, à la différence qu'il s'agissait du confucianisme. «Son mari travaillait aussi à l'École, n'est-ce pas?

– Oui, mais son mari, Ming Deren, n'avait rien de remarquable. C'était un mariage arrangé, il me semble, du moins en partie. Avant 1949, le père de Ming était un grand banquier d'affaires, et celui de Mei, un avocat en difficulté. La résidence Ming était une des plus extravagantes de la ville.

– J'en ai entendu parler. Avaient-ils des problèmes de couple?» Chen se demanda pourquoi Xiang avait parlé de mariage arrangé.

«Pas à ma connaissance, mais on pensait qu'il n'était pas assez bien pour elle.

– Je vois, dit Chen qui se rendait compte que pour Xiang personne n'aurait pu la mériter. Comment avez-vous appris l'existence de la photo? Elle a dû vous en parler, ou vous montrer la revue.

– Non. Nous partagions un bureau, et j'ai entendu sa conversation au téléphone avec le photographe. J'ai acheté la revue.

– Et le *qipao*, vous l'avez vue le porter?

– Non. Ni avant la photo ni après. Elle avait plusieurs *qipao*, elle en portait à l'occasion pour ses récitals, mais jamais celui de la photo.

– Elle a eu des ennuis à cause de cette photo?

– Je ne sais pas. Peu après, la Révolution culturelle a éclaté. Son beau-père est mort. Son mari s'est suicidé, ce qui était un délit grave contre le Parti, et, après sa mort, il a été condamné à ce titre. Mei est devenue un "membre de la famille noire d'un contre-révolutionnaire", chassée de chez elle dans la mansarde au-dessus du garage. La résidence a été occupée par une douzaine de "familles rouges". Elle a subi la plus humiliante persécution.

– C'est ce qui a provoqué sa mort tragique ?

– Pour ce qui est des circonstances de sa mort, répondit Xiang en prenant une longue gorgée de thé comme si c'était sa mémoire, mes souvenirs ne sont peut-être pas très fidèles, après tant d'années.

– C'est arrivé il y a plus de vingt ans, je comprends. Ne vous tracassez pas pour l'exactitude des détails. Je vérifierai et revérifierai ce que vous m'aurez dit. Regardez la photo. *Le destin d'une beauté est aussi fragile qu'un morceau de papier*, dit le proverbe. Il faudrait vraiment faire quelque chose pour elle. »

Cette dernière phrase décida Xiang.

« Vous le pensez sérieusement ? demanda-t-il. C'est vrai, vous autres policiers auriez dû faire quelque chose pour elle. »

Chen hocha la tête sans rien dire, de crainte d'interrompre Xiang.

« Vous savez que les groupes ouvriers-militaires de propagande de la pensée de Mao Zedong se rendaient dans les lycées et les universités, n'est-ce pas ? poursuivit Xiang sans attendre de réponse. Ils représentaient la pensée politique juste. Un groupe est également venu dans notre école, et nous a maltraités au nom de la rééducation des intellectuels. Le chef de groupe a vite reçu un surnom que nous nous chuchotions – le camarade Activité révolutionnaire. Parce qu'il en parlait toujours en nous battant, en nous critiquant et en nous couvrant d'injures en tant qu'"ennemis de classe". Que pouvions-nous faire à part lui donner un surnom derrière son dos ?

– Mei était-elle la cible de ses “activités révolutionnaires”?

– Il lui imposait des “entretiens politiques”. On parlait beaucoup de ces entretiens derrière des portes fermées, mais pour être juste, je n'ai rien remarqué de réellement suspect. Les entretiens n'étaient pas très longs. Et la porte n'était pas fermée, pas toujours. Mei se recroquevillait quand même comme une souris face à un chat quand elle était en sa compagnie, et l'évitait autant que possible.

– Vous lui avez parlé de vos inquiétudes?

– Non. Ç'aurait été un crime de soupçonner un membre des groupes de Mao, répondit Xiang avec un sourire amer. Ensuite il s'est passé quelque chose. Pas à l'École, mais chez elle. On a trouvé un slogan contre-révolutionnaire écrit à la craie sur le mur de son jardin. Plus de dix familles vivaient là, mais pour le comité de quartier c'était clair: cette attaque contre le Parti avait été commise par un autre contre-révolutionnaire de sa famille. Un des voisins a déclaré avoir vu son fils tenir un morceau de craie, et un autre qu'elle avait tout organisé. Le comité est venu dans notre établissement. Le camarade Activité révolutionnaire l'a reçu, ils ont constitué ensemble un groupe d'enquête et ont mis le petit garçon en isolement pour l'interroger, dans la pièce derrière le bureau du comité, jusqu'à ce qu'il soit prêt à avouer son crime.

– C'en est trop, dit Chen. Est-ce qu'ils l'ont torturé pendant son isolement?

– Je ne sais pas exactement ce qu'ils ont fait là-bas. Le camarade Activité révolutionnaire passait beaucoup de temps près de chez Mei – tous les jours. Mais elle n'a pas été mise en isolement comme son mari l'avait été et comme l'était à présent son fils. Elle continuait de venir à l'École, on la voyait profondément perturbée.

– Le destin d'une beauté est décidément aussi fragile qu'un morceau de papier.

– C'est bien vrai. Et puis un après-midi, tout à coup, elle est sortie en courant de la mansarde, toute nue, elle a trébuché dans l'escalier, elle est tombée et elle est morte sur le coup. Certains ont dit qu'elle était devenue folle. D'autres qu'elle prenait un bain et qu'elle en était sortie précipitamment à cause du retour inattendu de son fils.

– Son fils a été relâché ce jour-là ?

– Oui, il est rentré dans l'après-midi, mais quand il est arrivé à la porte de la mansarde il a rebroussé chemin et s'est précipité dans l'escalier. D'après un des voisins, elle est tombée en lui courant après.

– C'est bizarre. Même s'il l'avait surprise dans son bain, il n'avait pas de raison de s'enfuir, ni elle de sortir toute nue.

– Elle était très attachée à son fils. Sa trop grande joie a pu l'égarer.

– Qu'a dit le membre du groupe de Mao à propos de sa mort ?

– Que c'était un accident. C'est tout.

– Personne n'a posé de questions sur les circonstances de sa mort ?

– Non, pas à cette époque-là. J'ai eu moi-même des ennuis sous prétexte d'"empoisonner les élèves avec des classiques occidentaux décadents". Comme une statue d'argile traversant une rivière, je pouvais difficilement me protéger. Après la Révolution culturelle, j'ai envisagé d'aller à l'usine d'où était venu le camarade Activité révolutionnaire. Il ne s'était jamais expliqué sur ce qu'il faisait dans le quartier de Mei. En temps que chef d'un groupe de Mao, il était censé être dans notre École et non là-bas. Mais j'ai hésité parce que je n'avais rien de solide, et parce que cela risquait de salir de nouveau la mémoire de Mei. Enfin, j'ai entendu dire qu'il avait lui aussi connu des temps difficiles, qu'une série de malchances l'avait frappé, qu'il avait été licencié et puni.

– Un instant... ce camarade Activité révolutionnaire, vous vous souvenez de son nom ?

– Non, mais je peux le retrouver, dit Xiang. Ainsi vous allez faire des recherches sur lui ?

– Autre chose d'inhabituel à son sujet ?

– Oui, je l'avais remarqué dès le début. D'habitude, pour une école, le groupe de Mao se constituait de travailleurs d'une même usine, mais pour la nôtre, le chef, le camarade Activité révolutionnaire, venait d'une autre usine.

– C'est un élément, dit Chen en tirant un petit calepin. Quelle usine ?

– L'aciérie n° 3 de Shanghai.

– Quel âge avait-il à l'époque ?

– La quarantaine.

– Je vérifierai », dit Chen. Quoi que cet homme ait fait, il devait avoir dans les soixante ans à présent, mais d'après Yu, le suspect sur la bande vidéo de la *Porte de la joie* en avait plutôt trente. « Que s'est-il passé d'autre après sa mort ?

– J'étais détruit. J'ai pensé envoyer un bouquet sur sa tombe, c'était le moins que je puisse faire. Mais son corps avait été envoyé au crématorium et ses cendres aussitôt dispersées. Pas de cercueil, pas de pierre tombale. Je n'avais rien fait pour elle de son vivant, je n'ai rien fait après sa mort. C'est horrible.

– Ne vous faites pas tant de reproches, professeur Xiang. C'était la Révolution culturelle. C'est fini, c'est le passé.

– Le passé, répéta Xiang en sortant un disque d'une pochette neuve. J'ai mis en musique un poème classique, en hommage à sa mémoire. »

Chen étudia la pochette au dos de laquelle figurait le poème de Yan Jidao. L'illustration de la couverture représentait une silhouette floue dansant dans un envol de robe rouge.

Au réveil de l'ivresse, je lève les yeux
pour voir la haute porte du balcon
fermée, le rideau
baissé. Au printemps dernier,
dans le chagrin récent de la séparation,
je suis resté longtemps, seul,
parmi les pétales qui tombaient.
Un couple d'hirondelles voltigea dans la bruine.

Je me souviens encore de Petite Ping apparue pour la première
[fois
dans ses vêtements de soie brodés du double caractère de cœur,
[versant sa passion
sur les cordes d'un pipa.
La lune éclatante éclairait son retour
comme un nuage radieux.

« Elle l'apprécierait, dit Chen, dans l'autre monde. S'il y en avait un.

– Je le lui aurais dédicacé, dit Xiang avec un léger embarras soudain, mais je n'ai jamais parlé de Mei à ma femme.

– Je vous l'ai dit, tout cela restera confidentiel.

– Elle va bientôt revenir. » Il remit le disque en place sur l'étagère. « Non que ce soit une femme emportée, vous savez.

– Une dernière question, professeur Xiang. Vous avez parlé de son fils. Vous savez quelque chose sur lui ?

– On n'a rien appris sur le slogan contre-révolutionnaire. Quoi qu'il en soit, il est resté orphelin. Il est allé vivre chez une parente. Après la Révolution culturelle, il est entré à l'université, paraît-il.

– Vous savez laquelle ?

– Non. La dernière fois que j'ai eu des nouvelles remonte à quelques années. Si c'est important, je peux passer quelques coups de téléphone.

– Vous voulez bien ? Je vous en serais reconnaissant.

– Je vous en prie, inspecteur principal. Un policier fait enfin quelque chose pour elle. C'est moi qui devrais être reconnaissant, dit Xiang avec sincérité. Je n'ai qu'une faveur à vous demander. Quand votre enquête sera terminée, pourrez-vous me donner un jeu de ces photos ?

– Naturellement, je vous le ferai livrer demain.

– *Dix ans, dix ans, le néant entre la vie et la mort* », dit Xiang. Puis il ajouta : « Je crois que vous pourriez trouver quelque chose de plus dans son quartier.

– Vous avez son adresse ?

– C'est la célèbre résidence ancienne de la rue de Hengshan. Près de la rue de Baoqing. Tout le monde la connaît. C'est devenu un restaurant. J'y suis allé et j'ai pris une carte, dit Xiang en se levant. Regardez. *Le Vieux Manoir.* »

24

Chen avait eu du mal à repérer le comité de quartier, et avait parcouru la rue de Henshan plusieurs fois. Il était vingt heures passées et il faisait froid. La conversation allait être capitale, se disait-il en luttant contre une impression soudaine de vertige.

Il voyait désormais s'ouvrir une nouvelle piste. Malgré les dénégations de Xiang, il ne fallait pas écarter la possibilité qu'il y ait eu d'autres admirateurs, même à cette époque de puritanisme communiste. Après tout, le professeur retraité n'était peut-être pas un narrateur fiable.

Quels que soient les scénarios, il devait d'abord en apprendre davantage sur Mei par le comité de quartier.

Celui-ci se nichait dans une ruelle derrière la rue de Henshan. Les maisons à deux étages en béton lavasse, presque toutes identiques et insalubres, s'alignaient telles des boîtes d'allumettes. Une pancarte en bois indiquait un marché paysan au coin. Le bureau du comité était fermé. Un vendeur de cigarettes accroupi à proximité donna à Chen le nom et l'adresse de sa présidente.

« Wong Shandhan. Vous voyez la fenêtre au premier qui donne sur le marché ? C'est chez elle. » Il accepta une cigarette de Chen en frissonnant de froid.

Chen traversa et monta l'escalier. Wong, une petite femme énergique d'une quarantaine d'années, sortit la tête, visiblement contrariée. Elle devait le prendre pour un nouveau voisin qui avait besoin d'aide. Elle tenait une bouillotte et marchait en bas de laine sur le sol de béton gris. C'était une pièce à tout faire, pas très pratique quand un visiteur se présentait à l'improviste.

Elle était occupée à plier de l'argent du monde des morts au pied du lit et son mari l'aidait à lisser le papier. Cette pratique superstitieuse contrastait avec son poste de présidente du comité. Mais Chen se souvint que c'était bientôt le soir de Dongzhi. Cela expliquait peut-être la réticence de Wong à recevoir de la visite. Lui aussi avait acheté de l'argent du monde des morts, mais il l'avait brûlé pour Hong au temple.

« Désolé de vous déranger si tard le soir, camarade Wong. » Chen lui tendit sa carte et lui expliqua la raison de sa visite, en insistant sur ses recherches à propos de la famille Ming.

« Je crains de ne pas pouvoir vous dire grand-chose, répondit-elle. Nous nous sommes installés dans le quartier il y a environ cinq ans. Les Ming n'habitaient déjà plus ici. La population a beaucoup changé par ici ces dernières années, surtout dans la rue de Henshan. Avec la nouvelle politique, les maisons particulières sont revenues aux propriétaires d'origine. Il y a eu des retours et beaucoup de départs.

– Pourquoi le fils Ming n'est-il pas revenu ?

– Il y a des difficultés dans la nouvelle politique. Que faire avec ceux qui sont installés là ? Bien sûr, certains ont occupé illégalement ces maisons pendant la Révolution culturelle, mais il faut bien qu'ils vivent quelque part maintenant. Le gouvernement a essayé d'acheter les bâtiments aux propriétaires d'origine. Ils pouvaient refuser, mais le jeune Ming a accepté. Il n'est même pas revenu voir ce qu'il en était. Ensuite la résidence a été transformée en restaurant. C'est une autre histoire.

– Pardon de vous interrompre. Quel est le nom complet du fils Ming ?

– Laissez-moi vérifier, dit-elle en sortant un carnet d'adresses qu'elle feuilleta. Je regrette, il n'y est pas. Il a une belle situation, je m'en souviens.

– Combien a-t-il tiré de la vente du manoir ?

– Toutes les transactions ont été organisées par les autorités du secteur. Nous n'y avons pas été mêlés.

– Vous savez quelque chose sur ce qui est arrivé aux Ming pendant la Révolution culturelle ?

– Il ne reste presque plus aucune archive dans le bureau. Celle qui m'a précédée s'est débarrassée du seul registre des années 1966 à 1970. Les premières années, notre comité a été pratiquement paralysé.

– Vous voulez dire l'ancienne présidente du comité ?

– Oui, elle est décédée il y a cinq ou six ans.

– Il est facile de ne pas se souvenir, mais je dois vous poser une question, dit Chen. La mère de Ming, Mei, est morte pendant la Révolution culturelle. Un accident, probablement. Vous en avez entendu parler ?

– C'était il y a si longtemps. Pourquoi ?

– Ce pourrait être important pour une enquête sur un homicide.

– Vraiment !

– Je connais l'inspecteur principal Chen de réputation, intervint son mari resté silencieux jusque-là. Il a travaillé sur plusieurs affaires importantes.

– Si nous avons entendu parler de sa famille, dit Wong, c'est à cause d'une combine de Pan, le nouveau propriétaire du *Vieux Manoir.*

– Intéressant. Racontez-moi, s'il vous plaît.

– Dès que Ming a vendu le manoir au gouvernement, Pan a lorgné dessus. Pour pousser les résidents à partir, et décourager les acheteurs potentiels, Pan a fait courir la rumeur que le manoir était hanté. Nous avons dû intervenir.

– Vous aviez beaucoup de responsabilités, camarade Wong.

– En fait, ces bobards avaient commencé beaucoup plus tôt, pendant la Révolution culturelle. Après la mort de Mei, la famille Tong, qui habitait sous la mansarde du garage, avait raconté qu'elle entendait du bruit dans la pièce d'en haut, et des pas dans l'escalier, même après le départ de son fils. Comme le voisinage se posait des questions sur sa mort bizarre, les Tong ont obtenu la "mansarde hantée", que personne ne voulait…

– Pardon de vous interrompre une nouvelle fois. Vous avez parlé de sa mort bizarre. Vous pouvez m'en dire davantage ?

– Je ne connais pas les détails. Sa famille a beaucoup souffert pendant la Révolution culturelle. Son mari et son beau-père sont morts. Son fils et elle ont été expulsés dans la mansarde. Deux ou trois ans après, le fils aussi a eu des ennuis. Et un jour elle est sortie en courant, toute nue, elle est tombée dans l'escalier et elle est morte. C'est possible qu'elle n'ait pas supporté toutes ces épreuves et qu'elle se soit effondrée. N'empêche que sa mort était suspecte.

– C'était en été ?

– Non, en hiver. Il n'était pas question qu'elle ait été dans son bain. Il n'y avait pas de chauffage dans la mansarde, dit Wong en secouant la tête. En tout cas, les histoires de fantômes de Pan ont été efficaces. Il a vite convaincu tous les résidents, y compris les Tong, que le bâtiment était hanté. Il y a eu des accidents et ils se sont affolés. Finalement il a réussi à racheter le tout.

– Avez-vous trouvé des informations sur la mort de Mei au cours de votre enquête ?

– Mis à part la superstition, une voisine a dit qu'elle avait entendu un bruit étrange dans la mansarde, comme des plaintes et des gémissements au cours de deux nuits avant que le fils soit relâché, mais plus rien après. Les Tong ont confirmé avoir entendu Mei pleurer la nuit, mais ils sont restés assez évasifs sur ce qui a suivi la libération du fils.

– Ils ont vu quelqu'un avec Mei dans la mansarde ? Quelqu'un en sortir ou y entrer ?

– Les Tong ont dit qu'ils avaient entendu comme un grognement d'homme, mais ils n'en étaient pas sûrs au bout de tant d'années.

– Y a-t-il quelqu'un que je pourrais questionner directement sur la famille Ming ?

– Comme je vous l'ai dit, presque tous les résidents ont déménagé depuis. Mais je vérifierai. Avec un peu de chance, je pourrai vous donner une liste au début de la semaine prochaine. Je crois qu'il en reste quelques-uns. »

Cela pouvait prendre des jours et sans garantie de résultat. Le lendemain, on serait jeudi. Il y aurait sans doute une autre victime avant le week-end.

Chen vit qu'elle n'en savait pas davantage, et qu'il ne pouvait rien faire d'autre ce soir-là. Il se levait à contrecœur quand le mari intervint encore.

« Il y a quelqu'un à qui vous devriez parler, camarade inspecteur principal. Le camarade Fan Dezong. Il était policier du quartier. Il est à la retraite.

– Vraiment ? Je peux aller le voir ce soir ? » demanda Chen. Un policier de quartier habitait habituellement dans les environs.

« Il a gardé une petite pièce par ici, mais il habite chez son fils où il s'occupe de son petit-fils, la plupart du temps. Il vient les matins et les week-ends, pour patrouiller dans le marché.

– Vous avez l'adresse ou le numéro de téléphone de son fils ?

– Pas ici, répondit Wong. Mais demain de bonne heure vous ne pouvez pas le manquer.

– De cinq heures à sept heures et demie, précisa son mari. Il est toujours très ponctuel. Même par grand froid. C'est un policier à l'ancienne.

– Formidable. Merci beaucoup pour votre aide. »

Le portable de Chen sonna. Avec un geste d'excuse à l'égard de Wong, il répondit.

« C'est moi, Xiang. Je n'ai rien appris sur le fils de Mei, pas encore, mais je me suis rappelé que sa mère l'appelait "Xiaozheng". Il pourrait donc s'appeler Ming Zheng, et "xiao" ne serait qu'un diminutif affectueux. J'ai aussi retrouvé un carnet de l'époque. Le nom du camarade Activité révolutionnaire est Tian. Et il n'appartenait pas à l'aciérie n° 3, mais n° 1.

– Je ne sais comment vous remercier, professeur Xiang.

– Il me reste encore à passer quelques coups de téléphone demain, à propos de son fils. Je vous ferai signe dès que j'aurai appris quelque chose. »

En refermant son portable, il avait presque oublié qu'il se trouvait chez un cadre du comité de quartier. Il se retourna vers Wong, encore très troublé.

« Merci beaucoup, camarade Wong.

– C'est un grand honneur de vous avoir reçu ici, répondit-elle en l'accompagnant à la porte. Je vérifierai demain matin à la première heure. Je sais que c'est urgent. Vous feriez bien de prendre un taxi rue de Henshan. Il fait froid. »

25

La nuit était froide, en effet.

En tournant vers la rue de Henshan, il regarda de nouveau sa montre. Presque vingt et une heures trente.

La rue s'étendait devant lui telle une ceinture de néon clignotant autour des restaurants et des boîtes de nuit. Il était allé récemment dans un de ces bars nostalgiques avec Nuage Blanc.

Où pouvait-elle être en ce moment ? Dans un autre bar, en compagnie d'un autre ?

Il n'était pas pressé de rentrer chez lui. Certains éléments qu'il avait recueillis semblaient se mettre en place. Il devait s'assurer qu'ils formeraient un tout avant que ces pensées ne s'évanouissent dans la nuit froide, comme une chanson.

Le Vieux Manoir était tout près. Magnifiquement éclairé à cette heure tardive, comme s'il tenait à raviver les souvenirs de la ville qui ne dormait jamais. Chen se demanda s'il avait été aussi extravagant et tape-à-l'œil du temps de Mei.

Il entra et attendit dans un vestibule spacieux qu'une hôtesse le conduise à une table. Il était évident que le restaurant marchait très bien.

Sur les murs étaient accrochées de vieilles photos. L'une d'elles représentait un homme d'un certain âge debout avec plusieurs étrangers devant la nouvelle résidence. Une photo prise dans les années trente. Une courte légende disait: *Monsieur Ming Zhengzhang, premier propriétaire de la résidence.* Chen ne vit pas de photo de Mei.

Le propriétaire du restaurant avait fait du bon travail pour recréer le mirage du lieu. Les lambris de chêne foncé, le piano à queue ancien, les tableaux aux murs, l'œillet dans un vase de cristal, sans parler de l'argenterie éclatante, tout y contribuait. Les clients pouvaient se croire dans les années trente, et non quatre-vingt-dix.

Mais où étaient passées les années entre les deux?

L'histoire n'était pas une tache de sauce soja aisément essuyée par une serviette rose dans la main d'une jolie jeune fille comme celle qui le conduisait à présent à sa table, près de la grande porte-fenêtre. Il lui demanda comment la résidence était devenue un restaurant.

Elle répondit avec un sourire d'excuse. «Notre directeur a payé très cher les occupants, plus de dix familles, et a restauré toute la maison. C'est tout ce que je sais.»

Il ouvrit la carte, presque aussi volumineuse qu'un livre. Il alla aux deux dernières pages, celles des «Spécialités du *Manoir*», et en remarqua une, la «Cervelle de singe vivant», celle du village de vacances, ainsi qu'une autre, «Souris blanches vivantes».

La serveuse attendait avec un sourire plein de prévenance.

«J'aimerais ne prendre qu'un café, c'est possible?

– Seulement après le dîner, monsieur. Ici, l'addition minimum est de deux cents yuans. Vous ne pensez pas qu'il est un peu tard pour le café?»

Elle avait raison. Après le choc qu'il avait eu, il devait vraiment se méfier.

« Du thé, alors. Et des plats froids pour l'addition minimum… Voyons… viande de porc au vin de Shaoxin, racine de lotus garnie au riz gluant, pattes d'oie sauce maison, et tofu froid à la ciboule hachée et à l'huile de sésame. Ne vous pressez pas pour apporter les plats. Rien que le thé pour l'instant.

– Comme vous voudrez, dit la serveuse, le thé est déjà là. »

Il devait être un des « petits clients » qui choisissaient les plats les moins chers. Il avait cru remarquer une pointe de snobisme dans la voix de la serveuse.

Il se servit une tasse de thé. Pas très fort. Il en mâcha une feuille en pensant à ce qu'il avait appris pendant la journée.

Il tenait enfin ce qui reliait Mei, la première à porter le *qipao,* et les victimes trouvées habillées d'un *qipao* rouge. Ainsi que Yu et lui l'avaient pressenti, il se pouvait que Jasmine, la première victime, ait été la véritable cible, et que les suivantes aient été choisies pour une autre raison. L'assassin pouvait avoir un lien avec Mei et savoir que sa mort avait quelque chose à voir avec Tian, dont Chen avait à présent la certitude qu'il n'était autre que le camarade Activité révolutionnaire.

Certaines des questions qu'il s'était posées avaient trouvé une réponse partielle. La longue attente entre la mort de Mei et celle de Jasmine, par exemple. Le meurtrier avait dû se délecter de voir Tian souffrir longtemps plutôt que d'en finir avec lui d'un seul coup.

La rencontre avec le policier de quartier pouvait donc être décisive, celui-ci était sans doute le seul à connaître les circonstances exactes du décès de Mei, et ce qui rattachait Tian à cette mort.

Il ne pouvait progresser dans le scénario qu'il avait à l'esprit que s'il était sûr de ce qui s'était passé.

La serveuse commença à lui apporter les plats.

« Nous avons aussi des plats spéciaux pour Dongzhi, dit-elle. Souhaitez-vous en goûter quelques-uns ?

– Non, pas maintenant, merci. »

Il n'avait pas d'appétit, malgré la combinaison alléchante des couleurs entre le tofu blanc et la ciboule verte. Il prit une cuillerée sans y goûter et ressortit son calepin.

Il était trop tard pour appeler Yu chez lui. Il essaya son portable, mais personne ne répondit.

Il n'avait pas appelé sa mère non plus depuis le jour où il était parti pour le village de vacances. D'ordinaire, elle se couchait tard. Il lui téléphona.

« Je savais que tu m'appellerais. Ton coéquipier Yu l'a déjà fait, dit-elle. Ne t'inquiète pas pour moi, mais prends bien soin de toi. Pour moi, tu es toujours Petit Cao. »

Elle ne l'avait pas appelé ainsi depuis longtemps. Elle aussi devenait sentimentale à la veille de la fête.

Et il sentit comme le vestige d'une émotion oubliée.

« Je vais essayer de venir le plus vite possible, mère.

– Demain soir c'est Dongzhi. Si tu peux passer, ce sera une grande joie, dit-elle à la fin, mais si tu ne peux pas, cela ne fait rien. »

Il termina son thé et fit un signe à la serveuse qu'elle rajoute de l'eau. Elle arriva avec un plateau qui contenait aussi l'addition.

« Pouvez-vous régler maintenant, monsieur ? Il est tard. »

Il sortit deux cent cinquante yuans. « Gardez tout. »

En Chine socialiste on n'était pas censé laisser de pourboire, mais *Le Vieux Manoir* appartenait à un capitaliste.

Il essaya de dresser un plan pour le lendemain. Plus qu'un jour. Il fallait que son plan fonctionne envers et contre tout.

Lorsqu'il releva les yeux, il remarqua que la serveuse débarrassait les tables. Il était le dernier dîneur. Elle ne vint pas le presser de s'en aller, sans doute à cause du pourboire.

Il lui sembla entendre, au fond de sa mémoire, le refrain d'un poème qu'il avait lu autrefois. *Hâte-toi, je te prie, l'heure est venue.*

Il se leva sans presque avoir touché aux plats.

« Bonne nuit, monsieur, dit une autre hôtesse à la sortie en frissonnant un peu.

– Bonne nuit. »

Il hésita encore une fois à la perspective de rentrer chez lui.

Il devait revenir tôt le lendemain matin dans le quartier. S'il faisait l'aller-retour, il n'allait pas dormir longtemps. Il n'était pas sûr non plus de trouver un taxi vers cinq heures du matin pour une entrevue qu'il ne pouvait pas se permettre de manquer.

Un café ouvert toute la nuit lui permettrait d'aller facilement à pied au marché à cette heure-là.

La nuit était d'un bleu métallique profond sur lequel se détachaient les néons. Il prit une cigarette alors qu'une femme sortait de l'ombre et s'approchait de lui.

« Je tiens le night-club de Hengshan, fit-elle en dialecte pékinois. Venez avec moi, monsieur. Il y a là des centaines de filles pour vous. Cent yuans seulement pour la chambre. Pas de paiement minimum. »

Il fut déconcerté, comme s'il se retrouvait dans le quartier réservé de Shanghai, dans un vieux film.

Toutefois, il ne déclina pas l'offre tout de suite.

Les services des trois-compagnes ne lui étaient pas tout à fait étrangers. Cependant, en compagnie de Messieurs Gros-Sous, Chen n'était encore jamais allé «jusqu'au bout», il s'était senti tenu de préserver son image de policier auprès d'hommes tels que Gu, qui payait toujours tout.

Ce soir-là, c'était différent. Il n'irait pas jusqu'au bout, mais connaître la profession de l'intérieur l'aiderait dans son enquête.

Et il pourrait passer le reste de la nuit là, confortablement, en agréable compagnie, au lieu d'errer dans le froid comme un misérable.

«S'il te plaît, Grand Frère, poursuivit-elle avec un sourire suppliant. Tu es un homme distingué. Je ne te décevrai pas.»

Il devait sa distinction au fait qu'il sortait du *Vieux Manoir*, un des restaurants les plus chers de la ville. Il se dit toutefois qu'il lui restait environ neuf cents yuans dans son portefeuille, sans compter la monnaie. Assez pour passer la nuit au night-club.

«Nos filles sont très belles et elles ont beaucoup de talent. Tu n'es pas obligé de chanter si tu n'en as pas envie. Certaines sont très cultivées, elles ont des diplômes. Elles parlent comme des fleurs savantes.

– Dans ce cas, montrez-moi le chemin», répondit-il en dialecte shanghaïen. Il allait pouvoir apprendre quelque chose en parlant là-bas avec une fille comme il n'aurait pas pu le faire avec Nuage Blanc.

Plusieurs gros durs se tenaient à l'entrée en bâillant et ils eurent un regard soupçonneux pour Chen, qui n'avait pas l'air d'un habitué.

La femme le conduisit dans une pièce au premier. À peine s'était-il assis sur un canapé de cuir noir qu'un essaim de filles se répandit dans la pièce, en combinaison ou en bikini, leurs épaules et leurs cuisses nues se détachant sur le mur derrière elles, tel un écran de jade composé de corps féminins.

« Choisis-en une », dit la maquerelle avec un grand sourire.

D'un signe de tête, il indiqua une fille en nuisette noire qui avait des yeux en amande, et des lèvres cerise qui dessinaient un gentil sourire. Vingt-cinq ou vingt-six ans, un peu plus âgée que les autres. Elle vint se glisser près de lui et posa tout naturellement la tête sur son épaule, comme s'ils se connaissaient depuis des années.

Quand les autres furent ressorties, un serveur entra, posa un plateau de fruits sur la table basse et tendit la carte à Chen. Trop embarrassé pour l'examiner avec soin alors que la fille se nichait contre lui, il se décida pour un café et elle pour un jus de fruit. Il se dit que ce ne serait pas trop grave, il avait entendu des histoires de filles qui font « un massacre » en commandant le vin le plus cher.

« Je suis éreinté, dit-il. Si nous bavardions ?

– Très bien. Tous les sujets que vous voudrez – le nuage et la pluie qui se réunissent et deviennent l'autre, le rire de la fleur de pêcher dans le vent du printemps ou les trous creusés pour s'apercevoir. Vous avez certainement vu le monde. À propos, je m'appelle Jade Vert. »

Cette fille était cultivée. Peut-être, comme dans le poème de Liu Guo, était-elle capable d'essuyer la larme d'un héros avec son mouchoir rouge tiré de sa manche verte.

Sauf que sa nuisette n'avait pas de manches, le dos était nu. Elle se débarrassa de ses talons hauts, replia les jambes sous elle et se pelotonna plus près de lui sur le canapé.

« Parle-moi un peu de ton travail ici, s'il te plaît, dit-il.

– Si c'est ce que vous voulez, monsieur, répondit-elle en buvant une gorgée de jus de fruit. Dans ce métier, l'argent n'est pas si facile qu'on voudrait le croire. Bien entendu, les généreux clients comme vous me donnent des pourboires, deux ou trois cents yuans. Quand j'ai de la chance, il m'arrive de recevoir deux clients dans une nuit. Mais avec autant de filles dans la compétition, il est possible de passer plusieurs jours sans un seul client. Le club ne me paie rien. Au contraire, c'est à moi de payer pour "la table" au club.

– Pourquoi ? C'est absurde. C'est toi qui travailles, pas le club.

– D'après le propriétaire du club, il doit payer le loyer, la gestion, et la protection, à la fois des malfrats et de la police.

– Quels sont les autres services en dehors du karaoké ?

– Cela dépend de ce que vous voulez, où et quand. Vous devez préciser. Je vais d'abord vous chanter une chanson. »

Les questions de Chen avaient l'air de l'ennuyer. De toute façon, elle devait chanter une ou deux chansons pour avoir son pourboire. Son choix fut une surprise : *Shuidiao getou* (« Les Mélodies de l'eau »), de Su Dongpo, à propos de la fête de mi-automne. Elle se mit à chanter et à danser, ses pieds nus flottaient avec sensualité comme des fleurs de lotus sur le tapis rouge. « *Puissions-nous vivre longtemps, / Partageant la même lune blonde, même séparés par des milliers de stades…* »

La patronne entra, telle une apparition venue de la lune. « Elle est merveilleuse ! Elle a étudié la danse, vous savez. Un pourboire généreux pour vous l'avoir présentée, s'il vous plaît.

– Vous ne m'aviez pas prévenu, dit-il en lui tendant deux billets de dix yuans.

– Tout le monde à Shanghai sait ça, rétorqua-t-elle en empochant l'argent et en s'éloignant avec raideur. Quel pingre ! Vous voulez que je vive des hurlements du vent d'ouest ? »

Les Messieurs Gros-Sous payaient probablement davantage, mais il n'était pas au courant.

« Ne faites pas attention à elle, dit Jade Vert en s'asseyant sur ses genoux. Ce n'est qu'une maquerelle. »

Il valait mieux qu'il se dépêche de lui poser des questions, et qu'il s'en aille.

« J'ai entendu parler dernièrement d'un tueur en série qui cherche des filles dans les boîtes de nuit. Ça t'inquiète ?

– Et comment, répondit-elle mal à l'aise en se tortillant contre lui. Il paraît qu'une des victimes travaillait dans un club comme celui-ci. Tout le monde est sur le qui-vive. Mais ça ne sert à rien.

– Pourquoi ?

– Tenez, vous par exemple. Vous êtes nouveau ici. Un homme avec une belle situation, pas seulement un sale nouveau riche, mais un homme de culture, un grand avocat ou quelque chose du même genre. Je l'ai tout de suite compris. Mais c'est à peu près tout ce que je sais sur vous. Cela dit, si vous m'invitez à sortir, je vous suivrai sans poser de questions. Notre profession a souffert de cette affaire. Les clients ont peur d'une descente de police comme à la *Porte de la joie.* Certains attendront que l'orage soit passé… »

On frappa légèrement à la porte.

Avant que Jade Vert ait répondu, la porte s'ouvrit et un petit garçon de cinq ou six ans entra. « Maman, Madame me demande de te dire qu'oncle Ours Brun veut que tu lui chantes *Le sable qui pleure.*

– Excusez-moi. C'est mon fils. Je n'ai personne pour le garder chez moi ce soir, dit Jade Vert. Ours Brun est un client régulier. C'est sa chanson préférée. Je reviens tout de suite.

– Ours Brun est votre client régulier », répéta Chen.

Il ne sut pas si c'était une manœuvre de Madame. Jade Vert non plus n'avait pas dû le prendre pour un véritable Monsieur Gros-Sous.

« Je sais que vous êtes différent », dit-elle en se penchant pour l'embrasser sur le front avant de s'adresser à son fils : « Retourne dans le bureau et ne reviens pas. Compris ? »

Pendant un instant, il ne sut pas quoi faire, seul dans la pièce. En l'examinant, il ne la trouva pas très différente des autres salons des bars à karaoké, sauf que les meubles étaient plus luxueux. Et il fut déconcerté par les pas légers qui trottinaient dans le couloir. Sans doute l'enfant. Elle n'aurait pas dû amener son fils dans un tel endroit. Le petit garçon aurait pu tomber sur une scène traumatisante.

Il se mit soudain à trembler. Il avait à présent un suspect, et un mobile.

Le fils de Mei. Cet après-midi fatal, des années auparavant, en rentrant chez sa mère, il avait vu celle-ci en train de coucher avec un homme. Cela expliquait qu'il se soit enfui, sous le choc, et qu'elle ait couru après lui toute nue.

Tout ce qu'il avait appris sur le fils lui revenait. Il avait un mobile, il connaissait la robe, et les détails de la vie de Mei lui étaient familiers.

Cela expliquait beaucoup de choses, sa vengeance contre Tian et Jasmine, la reproduction de la robe, le lieu où il avait laissé le premier corps…

Mais quel homme était-il devenu? Ni le professeur Xiang ni la camarade Wong ne savaient grand-chose sur lui. Il n'avait cependant pas disparu, puisqu'il était revenu pour vendre la résidence.

Tout correspondait au profil psychologique dont il avait parlé avec Yu: un solitaire ayant eu un traumatisme dans son enfance, probablement pendant la Révolution culturelle, et très attaché à sa mère…

Mais une autre serveuse entra, portant un tablier décoré d'un sac de pop-corn, et posa une petite corbeille de pop-corn sur la table basse. Chen sortit un billet de dix yuans.

« C'est cinquante.

– Bien. » Il posa un billet de cent yuans sur la table en faisant signe à la serveuse de s'en aller.

« Merci, monsieur. Vous savez, j'étais mannequin, mais c'est une profession qui ne dure que trois ou quatre ans. »

C'est alors que Jade Vert revint et regarda la fille au pop-corn comme une envahisseuse. Celle-ci se hâta de sortir.

« Excusez-moi, dit Jade Vert. Puis-je avoir un autre jus de fruit? »

La consommation arriva, avec un nouveau plateau de fruits. C'était peut-être automatique. Le serveur ne prit même pas la peine de demander l'accord de Chen.

Cela rendit Chen inquiet. Les petites dépenses s'accumulaient, même s'il n'avait pas à se soucier de services supplémentaires tels que « les nuages et la pluie » qu'elle avait suggérés. Elle se mit à lui peler une orange.

Il s'excusa et sortit dans le couloir où il trouva les toilettes au coin. Il ferma la porte et compta l'argent qui lui restait. Cela devait suffire pour la nuit. Mais il ne voulut pas retourner tout de suite auprès de Jade Vert. Il devait mettre de l'ordre dans ses pensées. Il avait du mal à le faire avec elle et les serveuses qui allaient et venaient.

Mais il remarqua tout de suite la serviette chaude sur une assiette blanche que le préposé aux toilettes, agenouillé, glissait sous la porte. Chen ouvrit la porte, déposa une poignée de pièces dans une écuelle sur le lavabo et s'en alla.

Lorsqu'il se rassit sur le canapé du salon privé, Jade Vert se pencha vers lui, un quartier de mandarine entre ses doigts fins, à la lumière tremblante d'une bougie.

« Où allez-vous passer la nuit? demanda-t-elle doucement. Il est très tard. Le givre est épais, la rue glissante. Ne partez pas. Rares sont ceux qui déambulent dehors. »

C'était pour Chen comme un écho de poème de la dynastie des Song, qui parlait d'un rendez-vous entre l'empereur décadent et une délicate courtisane.

Voyant qu'il ne répondait pas, elle lui prit la main et la posa sur sa cuisse nue et douce.

« Je regrette, Jade Vert, dit-il, je dois m'en aller. Donne-moi l'addition, s'il te plaît. Merci pour cette belle nuit.

– Si vous insistez. Vous pouvez me donner le pourboire maintenant. »

Après qu'il lui eut remis trois cents yuans, elle fit apporter l'addition.

Un coup d'œil suffit à Chen pour voir ce qui n'allait

pas. Un jus de fruit coûtait cent yuans. Elle en avait pris deux. Plus son café à cent vingt. Le plateau de fruits à deux cent cinquante. Les quatre petites assiettes de fruits secs étaient payantes aussi, quatre-vingts yuans chacune. Et il y avait vingt pour cent de service. Au total, l'addition s'élevait presque à mille quatre cents yuans.

C'était de l'escroquerie. Mais il n'était pas en mesure de protester, pas en tant qu'inspecteur principal. À ce titre, il aurait pu s'en tirer, mais les commérages à son propos lui coûteraient bien davantage.

« Qu'est-ce qu'il y a ? demanda-t-elle.

– Excuse-moi, Jade Vert, je n'ai pas assez sur moi.

– Eh bien, combien vous avez ?

– Dans les neuf cents yuans… plus que six cents après le pourboire.

– Ce n'est pas grave. On ne vous tuera pas si vous n'avez vraiment pas assez, lui murmura-t-elle à l'oreille. Mais il faudra dire que vous ne m'avez donné que cent yuans. »

Voilà pourquoi elle avait voulu son pourboire avant. Une fille d'expérience, se dit Chen. Un homme costaud entra. Elle le présenta.

« Le directeur Zhang.

– Je suis confus, c'est la première fois que je viens, directeur Zhang. Je n'ai pas assez d'argent sur moi. » Chen sortit tout son argent sur la table basse.

« Combien avez-vous ? demanda Zhang sans compter ce qu'il y avait.

– Dans les six cents. J'apporterai six cents yuans de plus la semaine prochaine. Je vous en donne ma parole.

– Il t'a donné ton pourboire ? demanda Zhang à la fille d'un air sévère.

– Oui. Cent yuans. Il n'est resté que deux heures environ. Et j'ai dû m'absenter un bon moment pour Ours Brun. »

Zhang s'adressa de nouveau à Chen. « Vous avez une carte ?

– Quelle carte ? » Il ne voulait pas donner sa carte de visite, ni celle de policier ni celle de poète.

« Une carte de crédit.

– Non. »

À sa grande surprise, il vit Zhang jeter un coup d'œil à la somme sur la table et prendre deux billets de vingt qu'il poussa vers lui.

« C'est votre première fois, dit-il. Les petites assiettes sont offertes par le club ce soir. Ainsi que les plateaux de fruits. Il vous faut de l'argent pour le taxi, Grand Frère. C'est une froide nuit d'hiver. »

Chen en fut presque déçu. Mais c'était peut-être de bonne politique commerçante de laisser un client s'en tirer ainsi. Ce n'était pas le moment de chercher à s'expliquer un tel coup de chance.

« Merci beaucoup, directeur Zhang.

– J'ai vu beaucoup de monde, mais vous êtes différent. *Si la montagne ne revient pas, l'eau revient. Si l'eau ne revient pas, l'homme revient.* Qui sait, nous nous retrouverons peut-être un jour ? »

Zhang le raccompagna à l'ascenseur. Quand la porte s'ouvrit, un client tardif en sortit. Une bande de filles accueillit le nouvel hôte avec des rires cristallins. Chen vit Jade Vert les rejoindre, pieds nus.

Elle ne le regarda pas.

« Revenez nous voir, Grand Frère, dit Zhang avant que la porte de l'ascenseur se referme. Vous trouverez facilement un taxi à l'intersection de la rue de Henshan et de la rue de Gaoan. »

Chen ne prit pas de taxi.

Il était presque quatre heures. *Joyeuse, la nuit est brève*, dit le proverbe. Chen se demanda s'il s'était amusé au club mais, en tout cas, le temps avait vite passé.

Bien que sur le point de s'achever, la nuit était vraiment froide. Le vent semblait figer les idées passionnantes qu'il avait eues quand il était au chaud.

Alors que certains détails prenaient un sens dans l'enquête, d'autres restaient inexplicables. Après son entrevue avec le policier retraité, il allait devoir enquêter sur le passé du fils de Mei, en commençant par l'acte de vente de la résidence, où il trouverait peut-être d'autres informations.

C'était déjà jeudi, une journée qu'il ne pouvait pas se permettre de gâcher en suivant une mauvaise piste.

Dans l'immédiat, il errait sans but dans le quartier. Il devait bouger pour se réchauffer. Presque toutes lumières éteintes, la rue lui apparaissait comme il ne l'avait jamais vue. Il tourna dans une rue transversale, dans une autre, et se retrouva à nouveau en vue du *Vieux Manoir*. Sombre, désert, désolé. Un oiseau de nuit sorti d'on ne sait où.

Chen s'imagina Mei dans son *qipao* rouge, debout dans son jardin, tenant la main de son petit garçon…

Il se dirigea en frissonnant vers le marché. Des feuilles tombaient sous la lumière faiblissante des étoiles et faisaient en arrivant sur le sol dur un bruit semblable à celui des fiches de divination en bambou dans un temple ancien, lourd de menaces.

Il n'y avait encore personne au marché. Près de l'entrée, il eut la surprise de voir une longue file de briques et de paniers – en plastique, en bambou, en jonc, en bois, en paille, de toutes les formes et de toutes les tailles –, qui allait jusqu'à un comptoir de ciment sous une pancarte annonçant du « poisson jaune », très populaire à Shanghai. Ils représentaient visiblement les places retenues dans la file par les ménagères qui arriveraient bientôt.

Il alluma une cigarette en la protégeant du vent.

Bang, bang bang, entendit-il soudain. Il sursauta à la vue d'un travailleur de nuit qui brisait une gigantesque barre de poisson surgelé avec un marteau. En entendant les pas de Chen, celui-ci se retourna. Avec le col de sa capote militaire relevé, il semblait ne pas avoir de tête. Au petit matin, c'était une image abominable.

Chen avait encore les nerfs à fleur de peau.

Bientôt, plusieurs femmes d'âge mûr arrivèrent peu à peu et remplacèrent les paniers et les briques. Le marché commença à s'animer.

Puis une cloche retentit, annonçant l'ouverture, et les vendeurs apparurent tous ensemble. Certains déposèrent leurs produits par terre, d'autres s'installèrent derrière les étals loués au marché d'État. C'était de plus en plus difficile de distinguer le socialisme du capitalisme.

Il vit un vieil homme entrer dans le marché avec un brassard rouge.

26

Ce devait être Fan. Il examinait des légumes ici, vérifiait le poisson là, sans pour autant porter de panier.

Quelque temps auparavant, Chen avait vu le Vieux Chasseur patrouiller dans un marché, mais la fonction de Fan était différente. Les marchands privés étant devenus la norme dans le « socialisme à la chinoise », ces derniers pouvaient se montrer dangereux par leurs tricheries effrénées. Non contents de mettre de la glace dans les poissons ou d'injecter de l'eau dans les poulets, ils allaient jusqu'à maquiller leurs produits, vendre de la viande avariée, des champignons vénéneux. La responsabilité de Fan consistait donc à contrôler ces abus, parfois fatals.

Chen s'approcha du vieil homme qui interrogeait un vendeur de crevettes.

« Vous devez être oncle Fan.

– Oui. Qui êtes-vous ?

– Puis-je vous parler… en privé ? » Chen lui tendit sa carte. « C'est important.

– Bien sûr », dit Fan. Il se retourna vers le vendeur. « La prochaine fois, tu ne t'en tireras pas à si bon compte. »

« Allons boire un thé là-bas, dit Chen en indiquant une gargote derrière le comptoir du "poisson jaune". Nous pourrons nous asseoir et bavarder.

– Ils ne servent pas de thé, mais je vais leur demander d'en faire pour nous, dit Fan. Appelez-moi camarade Fan. Ça ne se fait plus beaucoup, mais j'y suis habitué, ça me rappelle la révolution socialiste, quand nous étions tous égaux, et que nous travaillions pour le même objectif.

– Vous avez raison, camarade Fan », répondit Chen en remarquant à part lui que « camarade » était en train de devenir un euphémisme pour « homo » parmi la jeunesse branchée de Hong Kong et de Taïwan. Il se demanda si Fan était au courant de ce changement. L'évolution linguistique était souvent un fidèle reflet des changements idéologiques, comme dans le cas de la « maladie de la soif ».

De part et d'autre de la porte de la gargote, on pouvait lire verticalement un distique : *Petit déjeuner, déjeuner, dîner – pareil. L'année dernière, cette année, l'année prochaine – même chose.* Et au-dessus, horizontalement, le commentaire : *La bouche dit vrai.*

Chen calcula que l'argent que lui avait laissé le directeur du night-club pour le taxi suffirait pour un petit déjeuner. Un serveur leur recommanda la spécialité de la maison : du *nang* de Xi'an dans de la soupe au mouton. Le *nang* était un gâteau dur qu'on pouvait casser en morceaux avant de les faire bouillir dans la soupe. Le serveur leur apporta une pleine théière chaude offerte par la maison.

« Camarade Fan, je bois à votre santé avec du thé, bien que le thé ne suffise pas à vous témoigner mon respect.

– *On ne brûle pas sans raison de l'encens au temple des Trois Trésors.* Vous êtes un homme occupé, inspecteur principal Chen. Je ne pense pas que vous soyez venu voir un vieux retraité comme moi pour rien.

– J'ai en effet quelques questions à vous poser. D'après le comité de ce quartier, vous seul pouvez m'aider.

– Vraiment ! Je vous écoute.

– Nous menons une enquête sur des homicides. Je voudrais vous poser des questions à propos d'une certaine Mei, qui habitait par ici, à la résidence Ming. À cette époque-là, vous étiez le policier de quartier.

– Mei… oui, mais elle est morte il y a très longtemps. Comment pourrait-elle être mêlée aujourd'hui à votre enquête ?

– Je ne peux rien vous dire pour l'instant, sinon que tout renseignement sur elle nous sera très utile.

– Eh bien, je suis arrivé ici comme policier deux ou trois ans avant la Révolution culturelle. Quel âge aviez-vous ? Vous étiez encore à l'école primaire, non ?

– Oui, confirma Chen en levant sa tasse.

– Le travail d'un policier de quartier ne veut plus dire grand-chose dans les années quatre-vingt-dix, dit Fan en cassant le *nang* en morceaux plus petits comme s'ils étaient des fragments de sa mémoire. Mais au début des années soixante, quand l'appel à la lutte des classes du président Mao retentissait dans tout le pays, cela représentait beaucoup de responsabilités. N'importe qui pouvait être un ennemi de classe qui cherchait en secret à saboter notre société socialiste, surtout dans ce quartier. Un nombre considérable d'habitants avaient le statut de noirs. Après 1949, certaines familles ont été chassées à cause de leurs liens avec les nationalistes, et des familles ouvrières se sont installées. Pourtant, certaines familles liées à la fois à l'ancien et au nouveau régime ont conservé leurs maisons ici, comme les Ming.

– Pourquoi les Ming sont-ils restés ?

– Parce que le père, un banquier influent, avait dénoncé Chiang Kai-shek à la fin des années quarante. Les communistes l'ont donc déclaré "patriote démocrate" et n'ont pas touché à sa fortune. Son fils était professeur à l'École de musique de Shanghai, il a épousé Mei, une violoniste qui enseignait aussi là-bas. Ils ont eu un fils, Xiaozheng. Chez eux, ils vivaient fastueusement, ce qui provoquait les protestations des voisins. En tant que policier de quartier, je devais les surveiller de près.

« La situation a changé brutalement avec la Révolution culturelle. Le père est mort d'une crise cardiaque, ce qui lui a épargné les humiliations. Mais sa famille n'a pas eu cette chance. Le mari de Mei a été mis en isolement en tant qu'agent secret britannique, pour avoir commis le crime d'écouter la BBC. Il s'est pendu dans sa cellule.

« Ensuite, les Ming – il ne restait plus que Mei et son fils – ont perdu leur maison. Des gens sont venus occuper le bâtiment et les ont confinés dans une mansarde au-dessus du garage, là où habitaient autrefois les domestiques.

– Personne n'est intervenu ? » demanda Chen, mais il s'aperçut aussitôt de l'absurdité de sa question. Sa propre famille avait aussi été chassée de son trois pièces au début de la Révolution culturelle.

« Vous vous rappelez une phrase célèbre du président Mao ? *On cite des milliers d'arguments en faveur de la révolution, sauf le principal : Il est justifié de se rebeller.* S'emparer de la propriété des riches était considéré comme une activité révolutionnaire.

– Je m'en souviens, oui. Les Gardes rouges sont aussi venus chez nous. Excusez-moi de vous avoir interrompu.

– La troisième année de la Révolution culturelle, un slogan contre-révolutionnaire, ou du moins considéré comme tel, est apparu sur leur mur. Il était en deux parties. L'une disait *À bas,* et l'autre, plus loin, *le président Mao.* Probablement écrites par deux gamins à des moments différents. Mais elles avaient l'air d'aller ensemble. C'était suffisant pour rendre les résidents de la maison suspects. La lutte des classes s'est naturellement concentrée sur la famille Ming, la seule noire. Et en particulier sur le garçon. Personne ne pouvait prouver qu'il était responsable, mais personne ne pouvait prouver le contraire non plus.

« Un groupe d'enquête s'est constitué, composé de membres du comité de quartier et de l'équipe de Mao à l'école de Mei. Le fils a été enfermé au comité, seul, dans ce qu'on appelait la cellule d'isolement et d'interrogatoire et dont on connaissait l'efficacité pour briser la résistance de l'ennemi de classe. En fait, c'est dans cette pièce que le mari de Mei s'était suicidé au bout d'une semaine.

« Elle redoutait que son fils suive les traces de son père. Pendant des jours elle a supplié autour d'elle comme une mouche sans tête. Elle est également venue me voir. Je ne pouvais rien faire. Dans ces années-là, même les commissariats de secteur étaient pratiquement tenus par ces Rebelles. Alors un simple policier de quartier…

« Et puis un jour, tôt dans l'après-midi, le garçon a été relâché. On n'avait trouvé ni preuve ni témoin contre lui. En plus, il avait contracté une forte fièvre, et le responsable ne voulait pas le garder. Il est rentré directement chez lui, mais en ouvrant la porte on aurait dit qu'il avait vu un fantôme. Il a fait demi-tour et s'est enfui en hurlant. Sa mère s'est précipitée dehors, toute nue. Elle a trébuché dans l'escalier et elle a roulé jusqu'en bas.

« Qu'il l'ait ou non entendue tomber, il n'est pas revenu. Il a continué à courir comme un fou jusqu'au comité de quartier…

– C'est bizarre, dit Chen. Vous avez parlé avec les voisins de ce qui s'est passé cet après-midi-là ?

– Oui, notamment avec Tofu Zhang, un résident qui était chez lui cet après-midi-là. Il dormait encore après son travail de nuit quand il a entendu les cris affreux. Il s'est levé d'un bond et a vu Mei courir toute nue en appelant son fils. Il n'a pas vu le garçon et s'est dit qu'elle avait dû faire un cauchemar. Mais alors elle est tombée, et sa tête a heurté le sol. Il a hésité à sortir pour l'aider. Il venait de se marier, et sa femme jalouse aurait pu réagir comme une tigresse en le voyant avec une femme nue. Il a préféré être prudent et a refermé la porte.

« Personne ne s'est approché d'elle pendant deux heures. Elle est morte sans avoir repris connaissance.

« Son fils a été malade pendant une semaine, il délirait de fièvre. Des voisins compatissants ont fait en sorte qu'il entre à l'hôpital. Quand il a été guéri, il s'est retrouvé dans la mansarde vide, face à la photo de sa mère dans un cadre noir. Il avait du mal à comprendre ce qui s'était passé, mais il savait que c'était inutile de poser des questions.

– Est-ce que le comité de quartier ou le commissariat ont essayé d'enquêter sur les circonstances de la mort de Mei ? l'interrompit de nouveau Chen.

– Non. La mort d'une femme de famille noire n'avait rien d'étonnant en ce temps-là. Le comité a conclu à un accident. J'ai essayé de parler avec le garçon, mais il n'a rien voulu dire. »

Le camarade Fan soupira en brisant le dernier morceau de *nang*, remit le tout dans son bol et s'essuya les mains.

Il avait fait un compte rendu plus détaillé des circonstances de la mort de Mei, mais qui n'apportait rien de vraiment nouveau ni de solide.

Chen eut la vague impression que Fan n'avait pas tout dit. Un vieux policier expérimenté tel que lui savait ce qu'il devait et ce qu'il ne devait pas dévoiler. Chen ne pouvait pas y faire grand-chose.

Fan aurait-il été, lui aussi, un des admirateurs secrets de Mei ? Chen termina sa part de *nang*. Le serveur emporta leurs deux bols à la cuisine. Une vieille femme passa devant leur table en agitant un chapelet vers eux.

« Il paraît que c'était une femme superbe, dit Chen. Avait-elle un admirateur ou un amant ?

– Question intéressante. Mais en ce temps-là, c'était inimaginable pour une femme de famille noire. Même des couples mariés divorçaient pour des raisons politiques. *Un couple est comme deux oiseaux : dans une catastrophe, l'un s'envole vers l'est, l'autre vers l'ouest.*

– C'est une citation du *Rêve dans le pavillon rouge.* Vous avez beaucoup lu.

– Je lis en surveillant mon petit-fils.

– Pouvez-vous me parler de son fils, camarade Fan ?

– Il a quitté le quartier pour aller vivre chez un parent. Il a fait des études et il paraît qu'il a une bonne situation. C'est à peu près tout ce que je sais.

– Quelle histoire tragique, dit Chen. On a parfois du mal à croire que des choses pareilles se soient passées.

– Combien, vraies ou fausses, passées et présentes, on en parle en buvant du vin, dit Fan. Le thé ici n'est pas trop mauvais. »

Cela évoquait un autre roman classique. Fan lisait décidément beaucoup pour un policier de quartier.

Son portable sonna. C'était l'inspecteur Yu.

« Vous m'avez appelé hier soir, chef ?

– Oui, mais il était tard. Je pensais vous rappeler ce matin.

– De quoi s'agit-il, chef ? Où étiez-vous ? Je vous ai cherché partout. Et maintenant…

– Je vous expliquerai plus tard. Pour l'instant, je suis avec le camarade Fan, un policier retraité du secteur de la rue de Henshan. Il m'aide beaucoup. Allez à l'aciérie de Tian toutes affaires cessantes, et obtenez un maximum d'informations sur lui, notamment sur ses activités au sein du groupe de propagande de la pensée de Mao Zedong. Appelez-moi dès que vous aurez quelque chose...

– Un instant, chef. Le secrétaire du Parti Li convoque une nouvelle réunion d'urgence ce matin. Nous sommes jeudi.

– Oubliez le secrétaire du Parti Li et sa réunion politique. S'il proteste, dites-lui que l'ordre vient de moi.

– Entendu. Autre chose ?

– Demandez au Vieux Chasseur de me téléphoner. C'est important. Comme vous l'avez dit, nous sommes jeudi. »

Le serveur leur apporta une petite assiette d'ail pelé, une mise en bouche pour le *nang* dans la soupe au mouton.

« Vous connaissez le Vieux Chasseur ? demanda Fan quand Chen eut éteint son téléphone.

– Oui, son fils Yu Guangming est mon coéquipier depuis longtemps. Les vieux camarades comme vous et le Vieux Chasseur sont pleins de ressources. Il fait du très bon travail au bureau de contrôle de la circulation.

– Je me rappelle, maintenant, inspecteur principal Chen. Vous dirigiez ce bureau, et vous l'avez recommandé pour le poste. Le Vieux Chasseur m'en a parlé, dit Fan en posant ses baguettes. Vous avez aussi mentionné quelqu'un dans une aciérie ?

– Oui, Tian, de l'aciérie n° 1 de Shanghai. Pour ce qui est de l'enquête, laissez-moi vous expliquer : bien que Mei soit décédée depuis si longtemps, les circonstances exactes de sa mort peuvent aider à résoudre une autre affaire qui implique des personnes encore vivantes, dont Tian.

– Mais que pouvez-vous faire à propos d'un événement qui s'est produit pendant la Révolution culturelle ? C'est une boîte d'asticots que le gouvernement ne veut pas ouvrir.

– Confucius dit : *Sachant que c'était impossible, il s'efforça quand même de le faire, parce que c'était ce qu'il devait faire.*

– Ce n'est pas fréquent qu'un jeune inspecteur principal cite Confucius. Vous voulez dire que… »

Le téléphone sonna. Cette fois, c'était le Vieux Chasseur.

« Quoi de neuf, inspecteur principal Chen ?

– J'ai un autre service à vous demander, oncle Yu. Nous allons refaire notre vieux numéro, comme dans l'affaire de l'ouvrière modèle, vous vous rappelez ? Je ne voudrais pas vous embêter, mais je ne peux pas vraiment compter sur les gens du bureau.

– Une nouvelle affaire ?

– Je vous expliquerai plus tard, mais c'est moi qui assume toute la responsabilité.

– Vous n'avez pas d'explications à me donner, inspecteur principal Chen. Quoi que vous vouliez que je fasse, je sais que ce n'est pas contraire à la conscience d'un policier retraité. Alors dites-moi : quand et où ?

– Pour l'instant, je veux que vous soyez prêt avec la contravention et un véhicule d'enlèvement. Et vous feriez mieux de rester dans votre bureau aujourd'hui, pour que je puisse vous joindre à tout moment. » Il changea brusquement de sujet. « Je suis en train de bavarder avec quelqu'un que vous connaissez, le camarade Fan. Vous voulez lui dire bonjour ?

– Salut, Vieux Chasseur, dit Fan en prenant le téléphone. Oui, je suis avec l'inspecteur principal Chen. Il paraît que vous avez travaillé ensemble ? »

Pendant les deux ou trois minutes qui suivirent, Fan écouta attentivement en se bornant à dire oui et à hocher la tête.

Fan dit enfin : « Je le ferai, bien sûr. J'ai une grande dette envers toi, Vieux Chasseur. »

Le serveur revint avec deux grands bols, le doré des *nang* tranchant sur la soupe rouge parsemée de ciboule hachée. La seule vue de ce plat chassait le froid persistant de la nuit.

« Le Vieux Chasseur et moi avons été policiers toute notre vie, dit Fan en levant ses baguettes. Au bout de trente ans de service, nous sommes restés tout en bas. Vous connaissez bien le Vieux Chasseur. Un policier capable et appliqué. Mais comme il ne peut pas agir contre sa conscience, il a raté sa carrière. Je ne suis peut-être pas aussi compétent, mais moi aussi je suis fidèle à mes principes.

– Confucius dit : *Il y a des choses qu'un homme fait, et d'autres qu'il ne fait pas.* Ce n'est pas facile d'être policier.

– Le Vieux Chasseur vient de me dire que votre père était un lettré adepte de Confucius. Ça ne m'étonne pas, dit Fan en reposant ses baguettes. Il y a longtemps, nous avons travaillé ensemble sur un homicide. J'ai eu de gros ennuis et il m'a sauvé. Disons que j'avais agi selon mes principes, ce que je n'ai jamais regretté. Résultat, j'ai été nommé policier de quartier. Un énorme échec pour un jeune policier, mais sans son aide j'aurais pu finir dans un camp de travail. Il m'a dit quel homme vous êtes, je pense que je n'ai plus à me faire de souci.

– Merci de m'avoir dit tout cela. Mais quel souci, camarade Fan ?

– À propos de certains aspects de la mort de Mei, je ne vous ai pas donné les détails parce que… » Fan toussota. « Parce que la mémoire d'un vieil homme n'est pas toujours très fiable. Après tout, c'était il y a bien longtemps. »

La mémoire pouvait toujours servir d'excuse pour sauver la face.

« Et aussi parce que je ne savais pas ce que vous cherchiez vraiment. Je ne voulais pas que sa mémoire soit de nouveau traînée dans la boue pour rien.

– Je comprends », dit Chen qui se rappelait une déclaration similaire du professeur Xiang. Ses soupçons sur les sentiments de Fan pour Mei se confirmaient.

« Je crois avoir mentionné Tofu Zhang.

– Oui. Zhang a hésité à sortir l'aider et a refermé la porte.

– Mais avant, il a vu quelqu'un se glisser dehors. Zhang pensait que c'était Tian, mais il n'en était pas absolument sûr.

– Tian. Le membre du groupe de Mao.

– Oui, ce même Tian que vous avez demandé à votre coéquipier de contrôler.

– Quelqu'un a interrogé Tian sur cet après-midi-là ?

– Il a dit qu'il avait l'intention de parler à Mei et qu'il était reparti parce qu'elle ne se sentait pas bien. Pourtant cela ne concordait pas. Zhang l'avait vu sortir après l'accident de Mei et non avant. Mais qui aurait mis en doute la parole d'un membre d'une équipe de Mao ? De toute façon, la mort de Mei était accidentelle. Ce n'était la faute de personne.

– Le commissariat de secteur n'a rien fait ?

– J'avais à peu près votre âge, dit Fan en prenant une cuillerée de soupe au lieu de répondre directement. Je voulais encore me comporter en policier. Quand j'ai été informé du drame, je me suis précipité sur les lieux. J'ai pris des photos. Et j'ai parlé avec Zhang. Un autre voisin a dit que deux ou trois nuits plus tôt il avait entendu un bruit bizarre dans la chambre de Mei. *On trouve beaucoup d'ennuis devant la porte d'une veuve*, dit le proverbe. À plus forte raison, une veuve de ce statut social. Personne n'a fait de déposition. Je pensais que tout cela méritait une enquête. Ce n'était pas une coïncidence si Tian s'était rendu dans sa chambre. La pauvre femme était désespérée, prête à tout pour son fils. Et Tian avait le pouvoir de l'aider.

– C'était déjà inhabituel que Tian ait rejoint cette équipe de Mao à l'école de Mei, dit Chen, sans parler de sa participation au groupe d'enquête.

– La libération du garçon a été soudaine et suspecte. J'ai aussi parlé à une femme membre du comité de quartier. La décision venait de Tian, qui n'avait pas précisé l'heure pour le relâcher. Comme le garçon était malade et avait une forte fièvre, la femme a pensé qu'elle pouvait aussi bien le libérer dans l'après-midi.

– Ce qui explique sa réaction à son retour. Imaginez la scène qu'il a vue.

– Exactement, c'était trop pour lui, et elle lui a couru après, parce qu'elle comprenait quel choc c'était. Elle a oublié qu'elle était nue, elle a glissé et elle est tombée.

– Et cela explique aussi pourquoi son fils, qui aimait tellement sa mère, a couru sans se retourner. Tous ces détails prennent un sens.

– Mais c'était une époque où la police elle-même était considérée comme une institution bourgeoise. Seuls les Gardes rouges et les Rebelles ouvriers avaient un réel pouvoir. Quand j'ai parlé d'enquête à mon chef, il a écarté cette éventualité.

– Une question, camarade Fan. Avez-vous encore les photos que vous avez prises sur les lieux?

– Oui, chez moi, mais il faudra un certain temps pour les retrouver.

– Je vous serais très reconnaissant si vous pouviez me les montrer aujourd'hui.

– Alors attendez-moi quelques minutes. » Fan se leva et sortit.

Chen attendait, seul à table, quand le serveur apporta l'addition. Comme prévu, l'argent du taxi était plus que suffisant. Ils en avaient pour moins de sept yuans chacun. Avec ce qu'il avait dépensé la veille au club, il pouvait venir là tous les matins pendant trois mois.

Chen se leva à son tour pour payer au comptoir. En prenant la monnaie, il regarda une nouvelle fois le distique sur la porte. Il était calligraphié en gras et contrastait avec l'aspect miteux de l'endroit. Le commentaire horizontal, *La bouche dit vrai*, était humoristique, mais il donnait aussi à réfléchir.

« Il ne s'agit pas seulement de nourriture mais aussi de langage, dit le propriétaire avec un sourire. Les mots sortent de la bouche, vrais ou faux.

– Cette phrase m'en rappelle une autre du *Rêve dans le pavillon rouge*, dans le palais céleste…

– Je vois de quoi vous parlez, mais je ne m'en souviens pas exactement.

– *Quand l'imaginaire est réel, le réel est imaginaire; là où il n'y a rien, il y a tout.*

– Exactement, vous devez être un riche lettré, un grand avocat ou quelque chose du même genre », dit le propriétaire en jetant un coup d'œil au porte-documents sur la table.

Ce porte-documents italien en cuir était un cadeau de Gu, qui avait assuré qu'il allait très bien à l'inspecteur principal Chen. Jade Vert avait dû penser la même chose la veille, lorsqu'elle l'avait pris elle aussi pour « un grand avocat ».

« L'auteur du *Rêve dans le pavillon rouge* était doué pour les jeux de mots, poursuivit le propriétaire, même dans les noms des personnages. Jia Baoyu, le héros, peut signifier "pierre précieuse imaginaire", et il y a une autre famille dans le livre, Zheng, qui signifie "réel"... »

Le cœur de Chen cessa de battre.

Il interrompit brutalement la conversation, retourna à la table et saisit son porte-documents. Avant son départ pour le village de vacances, il y avait fourré le dossier du scandale immobilier avec celui du *qipao* sans avoir l'intention d'en étudier aucun. À son retour précipité, il n'avait même pas eu le temps de l'ouvrir.

Il sortit le dossier et se mit à lire ce qui se rapportait à Jia.

L'information était réduite et simpliste, insistant sur la possibilité que la motivation de Jia soit son opposition au gouvernement. Elle n'apportait pas grand-chose de solide. Rien que deux phrases sur son enfance malheureuse pendant la Révolution culturelle, où il avait perdu ses parents. Leur nom n'était même pas mentionné.

Mais cela avait suffi au directeur Zhong pour conclure que Jia s'était chargé de l'affaire afin de se venger de la Révolution culturelle.

Chen passa à la partie relative à la vie personnelle de Jia ces dernières années.

Encore une fois, c'était bref. Jia gardait peut-être profil bas en dépit des affaires controversées qu'il plaidait. Il était dit que les actions américaines laissées par son grand-père valaient des millions, faisant de Jia un des meilleurs partis de la ville. Aussi son célibat prolongé paraissait-il suspect. Certains avaient même des soupçons sur ses préférences sexuelles, bien que rien ne vienne corroborer la moindre hypothèse. En fait, il avait eu une petite amie mannequin, mais ils avaient rompu. Elle se faisait appeler Xia et avait à peu près quinze ans de moins que lui.

Une nouvelle impulsion lui fit prendre son portable pour appeler Nuage Blanc.

« Connaissez-vous quelqu'un du nom de Xia dans le monde du divertissement ? Un ancien mannequin ?

– Sans doute Xia-Xia Ji. Je ne la connais pas personnellement, mais elle est très connue dans ce milieu-là. Elle n'est plus mannequin. Il paraît qu'elle possède des parts dans un établissement de bains, *L'Âge d'Or*. Une grande réussite, c'est comme ça que j'en ai entendu parler.

– Un mannequin dans des bains ?

– Vous n'êtes vraiment pas au courant ? Dans leurs salons de massage, tout est possible. Mais elle n'est qu'associée dans l'affaire. »

Il se souvint d'autre chose. Il avait peut-être rencontré la petite amie de Jia. Il y pensait à présent à cause de son nom, Xiaji, qui pouvait signifier « été ». Il l'avait connue dans le jury du « Concours des Trois Beautés – Cœur, Corps & Esprit », sponsorisé par la New World Cooperation. Chen avait accepté d'être juré par obligation envers Gu. En qualité de poète, il était considéré comme « apte à juger de ce qui est poétique ». Xia était aussi membre du jury. Ils ne s'étaient pas beaucoup parlé, et ne s'étaient jamais téléphoné depuis.

« Merci, Nuage Blanc. Je vous rappellerai plus tard », dit-il, éteignant son portable tandis que Fan revenait, une enveloppe à la main.

« Camarade Fan, vous rappelez-vous le nom du petit garçon ?

– Pourquoi ? Xiaozheng, ou Zheng, ce devrait donc être Ming Zheng, ou Ming Xiaozheng. Je ne me rappelle plus quel caractère particulier pour "zheng". Où voulez-vous en venir ?

– Nos noms peuvent avoir une signification. Jia Ming, par exemple, peut vouloir dire "imaginaire nom". Et Ming Zheng, du moins dans la prononciation, peut vouloir dire "nom réel".

– Je ne vous suis pas.

– Ce petit garçon pourrait avoir changé son nom en quelque chose comme Jia Ming – faux nom du descendant de l'illustre famille Ming…

– Dans notre culture, peu de gens changeraient de nom de famille, mais pour le fils de Mei, je dirais que c'est possible, s'il trouvait le passé trop pénible. Et le pseudonyme peut contenir un message, comme pour dire au monde que celui qui porte ce nom est "imaginaire", et pour cacher sa véritable identité à la curiosité publique. Mais qui est Jia Ming ?

– Pour le moment, ce n'est qu'une supposition. » Chen décida de ne pas entrer dans les détails et il changea de sujet. « Je vois que vous avez apporté les photos. »

Fan lui présenta plusieurs photos. Elles étaient en noir et blanc, pas de très bonne qualité, prises sous divers angles. Certains gros plans étaient flous.

Mais les images qu'elles offraient étaient terribles. Différents aspects d'une femme morte, abandonnée, étendue nue sur le sol de béton gris. Et sous les yeux de Chen, elles se juxtaposèrent soudain à l'image de Mei en *qipao*, tenant son fils par la main…

Dans la poésie imagiste, quand deux images se juxtaposent, une nouvelle signification peut émerger; il ne la saisissait pas encore tout à fait, mais il savait qu'elle était là.

« Je ne sais comment vous remercier, camarade Fan.

– J'ai pris les photos en policier, dit Fan en laissant soudain deviner une gêne, mais j'ai vite compris qu'il n'y aurait pas d'enquête. Qui se souciait d'une femme "noire"? Et je détestais l'idée que les photos de son corps nu passent de main en main, pas pour les besoins de l'enquête mais... vous voyez ce que je veux dire.

– Vous êtes un homme de principes. Je suis très heureux de vous avoir connu aujourd'hui.

– Après la Révolution culturelle, j'ai pensé rouvrir l'enquête. Mais le gouvernement voulait que nous regardions vers l'avenir. Que pouvais-je faire, sans preuves et sans témoins? Par ailleurs, même si Mei est morte à cause de Tian, techniquement, il ne s'agissait même pas d'un homicide.

– C'est juste, dit Chen en se demandant pourquoi Fan tenait ce discours.

– Je crois que vous avez raison au sujet du changement de nom de son fils. Il veut oublier le passé. C'est pourquoi il a vendu la vieille maison et n'est jamais revenu par ici. » Fan fit une courte pause avant de poursuivre: « Je n'ai rien fait pour elle et j'ignorais que ce que je vous ai dit pourrait être utilisé contre son fils.

– Je n'ai rien qu'une hypothèse pour l'instant. Quoi que vous m'ayez confié, ce ne serait jamais utilisé contre lui », dit Chen qui croyait à ce qu'il disait, jusqu'à un certain point. « La souffrance d'un enfant n'était pas un crime à cette époque-là.

– Merci pour votre compréhension, inspecteur principal Chen.

– Je dois vous demander une faveur. Puis-je garder ces photos quelques jours ? Je ne les montrerai à personne qu'elles ne regardent pas, et je vous les rendrai dès qu'elles ne me seront plus utiles.

– Vous pouvez, bien sûr.

– Merci, camarade Fan. Votre aide m'a été très précieuse.

– Vous n'avez pas à me remercier. C'est ce que j'aurais dû faire avant. C'est moi qui devrais vous remercier. »

27

Enfin, Chen se sentait sur la bonne voie.

Après avoir quitté Fan, il téléphona au bureau de Jia. Une secrétaire répondit qu'il ne reviendrait en ville que dans l'après-midi. C'était peut-être tant mieux. Chen avait besoin de temps pour réfléchir.

Il appela le bureau du logement du quartier et demanda le document relatif à la vente de la résidence, notamment le véritable nom du vendeur et ses liens avec la maison. L'employé promit de lui fournir les renseignements au plus vite.

Pour le moment, il s'abstint de solliciter le directeur Zhong pour davantage d'informations sur Jia.

Entre-temps, il avait autre chose à faire. Ce qu'il avait appris jusque-là concernait le passé de Jia, vingt ans plus tôt, mais il devait désormais en apprendre davantage sur le présent. L'enjeu de la soirée était trop grave, Chen ne pouvait pas se permettre la moindre faute.

Il téléphona à Petit Zhou et lui demanda de le retrouver devant *Le Vieux Manoir.* Il marcha jusqu'au restaurant, qui paraissait différent le matin. Sans néons et sans jolies hôtesses dehors, il ressemblait davantage à une résidence. En attendant, il rouvrit son porte-documents, mais il y avait un peu trop de vent et il le referma.

Après avoir fumé une cigarette, il allait appeler Lu le Chinois d'outre-mer quand Petit Zhou arriva dans la voiture du bureau.

« Tu connais *L'Âge d'Or*? lui demanda Chen.

– Les bains de la rue de Puming. J'en ai entendu parler.

– Allons-y. Et arrête-toi en route à une banque. Je dois retirer de l'argent.

– C'est préférable. Ça risque d'être scandaleusement cher », dit Petit Zhou en démarrant sans se retourner.

Mais Chen vit que le chauffeur le regardait dans le rétroviseur. Aller aux bains si tôt le matin était inhabituel, sans parler de sa disparition inexpliquée.

La circulation était épouvantable. Il leur fallut près de trois quarts d'heure pour arriver à l'établissement de bains, qui ressemblait à un magnifique palais impérial. Le parking était déjà occupé par plusieurs véhicules.

– J'aurai sans doute besoin d'une voiture pour la journée, Petit Zhou. Tu peux m'attendre ici?

– Bien sûr, répondit Petit Zhou sans hésitation. Je me doute que c'est important. »

À l'entrée, Chen demanda si Xia était là.

« Oui, lui dit une jeune fille en regardant sa montre. Au restaurant, au deuxième étage. »

Chen découvrit que Xia était responsable des relations

publiques et de l'animation, qui comprenait des défilés de mode pendant le déjeuner et le dîner.

On lui demanda toutefois d'acheter un billet d'entrée et de se changer pour mettre des pyjamas et des sandales en plastique avant de monter. Il obéit sans révéler son identité.

Quand l'ascenseur le laissa au deuxième étage, il aperçut Xia assise à une table devant une estrade, au bout du restaurant, portant les mêmes pyjamas de la maison au milieu de plusieurs autres filles. Elle donnait des ordres d'un air de femme d'affaires prospère.

Toutes les filles ne pouvaient pas avoir la chance de Xia, bien entendu. *Un général vainqueur tire sa victoire des squelettes de dix mille soldats*, dit un poème Tang. Chen pensa aux victimes du tueur en série.

Au lieu d'aller vers la table, il demanda à une fille de transmettre sa carte de visite à Xia, qui se leva et s'approcha de lui.

«Je vous ai vu entrer telle une grue blanche parmi les coqs avant même de vous reconnaître», dit-elle aimablement, et elle le conduisit à une autre table. «J'ai vu des photos de vous dans les journaux, inspecteur principal Chen. Vous allez être notre invité spécial aujourd'hui.

– J'en ai vu davantage de vous, à la télévision aussi, dit-il. Excusez-moi de venir à l'improviste, mais j'ai besoin de vous parler.

– Mais ce n'est pas le bon moment, inspecteur principal Chen. Je dois m'occuper d'un défilé de mode pour notre fête d'anniversaire. Il va bientôt commencer.»

Le défilé allait probablement présenter moins de vêtements que de corps découverts. Xia devait cependant s'occuper de certains hôtes spéciaux.

« Allez-vous défiler vous-même ?

– Non, pas nécessairement.

– Je ne serais pas venu sans vous appeler d'abord si ce n'était pas important, dit-il avec un regard vers la scène. Nous pouvons peut-être parler pendant le défilé. »

Elle parut hésitante. Les filles attendaient ses instructions à distance respectueuse. Peut-être n'était-ce pas l'endroit indiqué pour une conversation. L'orchestre avait déjà commencé à ébaucher un morceau léger.

« Puisque vous n'êtes pas là pour le défilé, dit Xia, pourquoi ne pas vous détendre dans un salon VIP ? Je vous rejoindrai dès que le défilé aura démarré.

– Très bien, je vous attendrai. »

Une jeune fille le mena au premier étage dans une pièce faiblement éclairée avec salle de bains attenante. Il y avait deux divans recouverts de serviettes blanches et une table basse entre les deux. Deux peignoirs en éponge étaient accrochés à un portemanteau. Simple mais confortable. La fille referma la porte en sortant.

La pièce était tiède. Assis sur un divan, Chen se sentait somnolent. Il pensa qu'une douche lui ferait du bien et il se déshabilla pour entrer dans la cabine.

Mais la douche n'y changea rien. En ressortant, il était toujours faible et un peu étourdi. Il laissa un message à Yu lui demandant de venir à *L'Âge d'Or* après sa visite à l'aciérie.

Chen s'étendit et réfléchit. Une musique douce flottait autour de lui, vague, à peine audible, comme les mélopées au temple dans son enfance. Il s'endormit malgré lui.

Il se réveilla en entendant quelqu'un entrer. C'était Xia, en peignoir éponge, pieds nus sur la moquette moelleuse, les cheveux encore humides après une douche. Elle s'assit au bord du divan et posa une main sur son épaule.

« Vous avez l'air fatigué, dit-elle. Laissez-moi vous masser les épaules.

– Excusez-moi. Je ne… » Il ne termina pas sa phrase. Inutile de lui raconter qu'il avait passé une nuit blanche.

« Votre ami monsieur Gu parle beaucoup de vous », dit-elle, ses doigts légers sur ses épaules. « Et de votre aide précieuse dans ses affaires. »

Cela expliquait son hospitalité. Il n'avait pas encore précisé le but de sa visite, et elle avait dû supposer qu'il s'agissait de son commerce. Un policier pouvait rendre les choses difficiles pour un établissement de bains avec salons privés et masseuses. En revanche, il pouvait aussi décider d'apporter « une aide précieuse », comme avait dit Gu.

« Monsieur Gu exagère toujours, dit-il. Ne prenez pas ce qu'il dit au pied de la lettre.

– Et votre intervention décisive dans le projet New World ? »

Les rumeurs sur son amitié avec un Monsieur Gros-Sous ne lui rendraient pas service, mais pour le moment il pouvait la laisser y croire. Il n'était pas précisément en mesure de l'obliger à collaborer.

« Merci, dit-il. C'est insupportable de recevoir une faveur d'une beauté, mannequin et femme d'affaires de surcroît.

– Un poète romantique en uniforme de policier, dit-elle avec un rire léger. Mais on ne peut pas rester mannequin éternellement. *Cueillez une fleur quand il est temps, ou il ne vous restera que des brindilles nues.*

Chen fut surpris qu'elle cite un poème de la dynastie des Tang en parlant de sa beauté comme d'une chose à cueillir.

Mais déjà elle le faisait se retourner et changeait de position pour s'agenouiller. Il crut apercevoir sa poitrine dans l'échancrure de son peignoir. Elle se mit à lui masser le dos.

«Votre dos est plein de nœuds», dit-elle en se concentrant sur les reins. Les ongles rouges de ses orteils étaient charmants sur la serviette blanche.

Il réussit à se rappeler le commentaire du lettré Zhang à propos de la femme fatale de la *Biographie de Yingying*. Un rappel utile alors qu'il était étendu là, faible et exposé. C'était curieux qu'il pense à l'histoire à ce moment-là.

«Merci, Xia. Vous avez vraiment des mains de fée. Il faudra que je revienne.» Il se redressa. «Mais aujourd'hui je dois vous parler de quelque chose.

– De tout ce que vous voudrez», répondit-elle en s'installant sur l'autre divan. Elle s'assit et croisa les jambes, découvrant ses cuisses nues. Ainsi qu'il l'avait soupçonné, elle ne portait rien sous son peignoir. «Personne ne nous dérangera ici. Le prochain défilé ne commence qu'à dix-huit heures. Nous avons tout l'après-midi.

– Je n'irai pas par quatre chemins. Il s'agit de Jia, votre ex-petit ami.

– Jia? Pourquoi?» Elle se hâta d'ajouter: «Je me suis séparée de lui il y a longtemps.

– Nous avons des raisons de croire qu'il est mêlé à une affaire grave.

– Quelle que soit l'affaire à laquelle il est mêlé, dit-elle en se levant, je n'en sais pas davantage que ce qu'on lit dans la presse. Ce scandale immobilier doit être un vrai cauchemar pour certains personnages haut placés, j'imagine.

– Il s'agit d'autre chose. Bien entendu, vous n'êtes pas impliquée.

– Alors de quoi voulez-vous que je vous parle ?

– De tout ce que vous savez de lui. Cela restera confidentiel. Je ne l'utiliserai pas dans l'affaire du scandale immobilier, je vous en donne ma parole.

– Vous me demandez beaucoup, dit-elle lentement en décroisant et recroisant les jambes. Je ferais mieux de consulter d'abord mon avocat. »

Il s'y était attendu. Xia n'était pas de celles qui cèdent facilement devant un policier. Dans des circonstances normales, il lui faudrait des jours pour obtenir sa collaboration.

« Vous savez pourquoi je suis venu, Xia ? C'est au sujet de l'affaire du *qipao* rouge.

– Quoi ? Mais c'est impossible. Pourquoi lui ?

– Il est le seul suspect pour le moment. » Il marqua volontairement un temps d'arrêt. « Nos services n'épargneront personne. Quiconque a la moindre relation avec lui sera interrogé encore et encore. Une tempête de révélations. Ce ne sera pas bon pour vos affaires. C'est pourquoi je veux d'abord vous parler. Je suis navré de vous imposer ces désagréments.

– J'apprécie votre sollicitude, dit-elle.

– S'il n'est pas coupable, vos déclarations ne pourront que l'aider. » Il lui tapota la main. « Monsieur Gu a peut-être exagéré en vous parlant de moi, mais il a raison sur une chose : les bons amis s'entraident. Je sais que vous me faites une faveur. »

Il y avait là une allusion qu'elle ne pouvait pas manquer de saisir. Plutôt véreux de la part d'un policier, mais justifiable par l'urgence, et parfois même recommandé par les classiques du confucianisme.

« Par où dois-je commencer ? demanda-t-elle.

– Par le commencement. Votre première rencontre.

– C'était il y a trois ans à peu près. J'étais étudiante en troisième année, et Jia est venu donner une conférence sur le choix de carrière. J'ai été impressionnée. Plusieurs mois plus tard, j'ai reçu une proposition pour devenir mannequin, et je suis allée le consulter. Pour être franche, c'est moi qui ai pris l'initiative, mais il m'a envoyé des fleurs après mon premier défilé. Nous avons commencé à sortir ensemble. Il avait l'esprit ouvert et se moquait des commérages sur ma profession.

– Quel genre d'homme était-ce, pas seulement comme amoureux ?

– Un homme bon, intelligent, honnête, et qui réussissait.

– Vous a-t-il parlé de sa vie ?

– Pas vraiment. Ses parents sont décédés pendant la Révolution culturelle. Il n'a pas eu une enfance heureuse.

– Vous a-t-il jamais montré des photos de ses parents ? De sa mère, par exemple.

– Non. Il ne m'a jamais parlé d'elle, mais je savais qu'il venait d'une illustre famille. J'ai abordé le sujet une fois, et j'ai été surprise qu'il soit aussi contrarié. Je n'ai plus jamais recommencé.

– Perdait-il souvent son sang-froid ?

– Non, rien de ce genre. Il pouvait se mettre en colère de temps en temps, mais c'est compréhensible pour un avocat débordé.

– Il vous parlait de ses problèmes ? De son stress ?

– Dans la société actuelle, qui n'est pas stressé ? Non, il n'en parlait pas. Mais je le sentais. Il défendait des cas difficiles, vous le savez. J'ai vu plusieurs ouvrages de psychologie dans son bureau. Il essayait sans doute de trouver des moyens de se libérer de ses tensions. Parfois, il avait l'air absent, comme s'il pensait à son travail, même dans nos moments les plus intimes.

– Avez-vous remarqué d'autres symptômes ?

– Il ne dormait pas bien, si vous considérez ça comme un symptôme. Mais de quoi ?

– Dans vos moments intimes, quelque chose de particulier vous a-t-il frappé chez lui ?

– Pouvez-vous essayer d'être un peu plus précis, inspecteur principal Chen ?

– Par exemple, vous a-t-il jamais demandé de vous habiller d'une certaine façon ?

– Pas vraiment. Hors du podium, je ne voulais pas m'habiller comme un mannequin, et il n'y voyait aucune objection. Il m'a acheté quelques vêtements. Chers, élégants, mais pas trop à la mode. À son goût, je pense. Une fois, il m'a demandé de marcher pieds nus dans un parc comme une paysanne. Je me suis coupée sur un caillou. Il ne m'a jamais demandé de refaire l'expérience.

– Et une robe particulière ? Un *qipao*, par exemple ?

– Un *qipao* ? Non, cela ne va pas à tout le monde. Je suis trop grande et trop maigre. Je le lui ai expliqué, il n'a pas insisté.

– Maintenant, une question plus personnelle, Xia. Avez-vous connaissance d'une déviance ou d'un problème dans sa vie sexuelle ?

– Qu'est-ce que vous insinuez ? » Elle le regarda fixement. « Que je me suis séparée de lui pour cette raison ?

– Je vous pose cette question parce qu'elle est importante pour notre enquête, Xia. »

Elle ne répondit pas tout de suite. En femme d'affaires avisée, elle savait qu'elle devait entretenir de bonnes relations avec un officier de police gradé, et elle sentait la menace se dessiner. Elle s'appuya contre deux oreillers et prit une cigarette.

« Voilà bien un sujet pour salon privé, reprit-elle avec un sourire las. Vous voulez savoir comment nous nous sommes séparés ?

– Oui, répondit-il en lui offrant du feu.

– On a beaucoup parlé de notre relation, mais en réalité elle n'est pas allée si loin. Dans un restaurant ou un café, il me laissait lui prendre la main, et c'est à peu près toute l'intimité qu'il y avait entre nous. Que vous le croyiez ou non, il ne m'a jamais vraiment embrassée, rien qu'un petit baiser sur le front ou sur la joue. Il y a environ un an, il y a eu un défilé au lac des Mille Îles, près des Montagnes jaunes, où il avait précisément une réunion la même semaine. Je me suis arrangée pour que nous allions dans le même hôtel. La nuit, je suis entrée dans sa chambre, où nous nous sommes embrassés comme de vrais amants pour la première fois. Peut-être à cause de l'altitude, près de trois mille mètres, nous nous sentions loin de la terre, comme perdus dans la passion, avec les vagues de nuages blancs à la fenêtre de l'hôtel. Mais tout à coup il s'est dégagé en disant qu'il ne pouvait pas. Un désastre ! Le lendemain matin, nous sommes redescendus, il y avait une ombre entre nous. Voilà comment nous nous sommes séparés.

– Merci beaucoup, Xia, ce pourrait être très important pour notre travail, dit-il. Mais j'ai encore quelques questions.

– Oui ?

– À la montagne, il n'a pas pu, ou il n'a pas voulu ?

– Il n'a pas pu. Sinon, il ne serait pas allé dans cet hôtel.

– Je pense que vous avez raison. Donc c'est un problème physique chez lui.

– Oui, il l'a presque admis, mais il ne voulait pas aller voir un médecin. Il avait beaucoup de livres dans son bureau, comme je vous l'ai dit, certains sur la sexologie et la pathologie. Il essayait peut-être de trouver une solution.

– Je vois. Vous êtes restée en contact avec lui ?

– Je ne lui en voulais pas vraiment. Ce n'était pas sa faute. Après notre séparation, il a continué à m'envoyer des fleurs de temps en temps. Pour l'inauguration ici, par exemple. Alors quand j'ai appris qu'il s'occupait du scandale immobilier, je me suis rendue à son bureau un soir.

– Sur son invitation ?

– Non, je ne lui ai même pas téléphoné avant parce qu'il m'avait dit que sa ligne était peut-être sur écoute.

– On n'est jamais trop prudent, mais il aurait aussi pu ne pas se trouver dans son bureau et quelqu'un aurait pu vous voir.

– Il travaille tard d'habitude. Quand nous nous voyions encore, j'allais souvent à son bureau. Il m'avait donné une clef de la petite porte. Pour qu'on ne me voie pas. Ni l'un ni l'autre ne cherchions la publicité.

– Quelle petite porte ?

– Il a acheté son bureau quand l'immeuble était encore en construction. Un grand local pour lui seul. Dans ces bâtiments de la fin des années quatre-vingt, il n'y avait pas de vrais garages. Chaque bureau dispose généralement d'une ou deux places de parking derrière le bâtiment. Son bureau est au coin, et il y a un espace sur le côté, une sorte d'enclave, entre le mur d'enceinte et sa suite, suffisante pour une voiture. En sortant de son bureau par la petite porte qu'il a installée, il peut aller presque directement dans sa voiture.

– Attendez. Vous voulez dire que personne ne peut le voir aller de son bureau à sa voiture ?

– Oui, si elle est garée là. Il a aussi sa place réservée à l'arrière, mais de temps en temps il reçoit des visiteurs importants qui ne veulent pas être vus entrant chez lui, alors au lieu d'utiliser l'entrée principale ils se garent là. Je crois bien que c'est ce qu'il m'a dit. En tout cas, il m'avait donné la clef. Personne ne pouvait vraiment me voir, surtout tard le soir…

– Je comprends. Quand l'avez-vous vu à propos du scandale immobilier ?

– Il y a environ un mois.

– Vous aviez quelque chose d'important à lui communiquer.

– À vrai dire, j'ai mes propres relations officielles, qui m'ont laissé entendre que l'affaire se compliquait. Il était question d'une lutte de pouvoir, pas à Shanghai mais à Pékin. Quel que soit le résultat, il ne sera pas en sa faveur.

– J'en ai entendu parler moi aussi. Que vous a-t-il dit ?

– De ne pas m'inquiéter. Que quelqu'un à Pékin avait pris contact avec lui et lui avait assuré que le procès serait juste et indépendant. Il ne m'a pas donné de détails, mais il a insisté pour que je ne cherche plus à le voir.

– Vous lui avez demandé pourquoi ?

– Oui. Il m'a dit que ce n'était pas seulement à cause de l'affaire.

– Avez-vous remarqué autre chose d'inhabituel ?

– Il paraissait encore plus préoccupé qu'avant. Quelque chose lui pesait vraiment. Quand j'ai quitté son bureau, il m'a serrée dans ses bras en citant bizarrement un poème de la dynastie Tang. *Ah, si nous avions pu nous connaître avant que je ne me marie.*

– Oui, c'est bizarre. Il est toujours célibataire… »

Leur conversation fut interrompue par un coup frappé à la porte.

« J'avais demandé qu'on ne nous dérange pas », dit-elle pour s'excuser avant d'aller ouvrir.

L'homme sur le seuil était l'inspecteur Yu, non moins stupéfait qu'elle.

28

« Inspecteur principal Chen ! » Yu n'essaya pas de dissimuler sa surprise.

Il s'était dépêché pour arriver, étonné de l'urgence de l'appel. Il avait entendu parler de ces bains et se demandait pourquoi il voulait soudain le retrouver précisément là, surtout après sa disparition inexpliquée.

Et voilà que la porte s'ouvrait sur une scène confondante. Chen en compagnie d'une femme magnifique, tous deux enveloppés dans un peignoir, comme un couple qui se détend dans un hôtel de luxe.

« Voici l'inspecteur Yu, mon coéquipier, dit Chen en se redressant. Xia, le mannequin le plus célèbre de Shanghai, associée dans ce superbe établissement.

– Inspecteur Yu, j'ai entendu parler de vous. Bienvenue, dit-elle en souriant. Ah, il est temps que je retourne travailler. Appelez-moi si vous avez besoin de quoi que ce soit, inspecteur principal Chen.

– Merci beaucoup, Xia. » Il ajouta comme s'il venait d'y penser : « À propos, vous avez toujours la clef ?

– La clef ? Je dois l'avoir encore. Je vérifierai. »

Elle sortit, gracieuse, ses pieds nus silencieux sur la moquette, et ferma la porte.

Rien chez son chef excentrique ne pouvait plus surprendre Yu. Il ne put pourtant s'empêcher de faire un commentaire sarcastique.

« On dirait que vous passez de bonnes vacances ici, chef.

– Je vous expliquerai tout, chaque chose en son temps, laissez-moi d'abord donner un coup de téléphone. »

Chen adressa un bref message à quelqu'un qu'il connaissait bien. « Venez aux bains *L'Âge d'Or.* »

Puis il dit à Yu : « Maintenant asseyez-vous et dites-moi ce que vous avez trouvé sur Tian.

– Je suis allé à l'aciérie ce matin », dit Yu, et il s'assit là où Xia s'était étendue. Une empreinte allongée, légèrement moite encore, conservait la chaleur de son corps. « Ses collègues sont presque tous décédés ou retraités. J'ai obtenu des éléments disparates, dont vous connaissez peut-être certains par les comptes rendus d'interrogatoire.

– Peut-être, mais je n'ai pas eu le temps d'avoir une vue d'ensemble. Racontez-moi depuis le début, s'il vous plaît. »

Il faisait chaud. Yu ôta sa veste matelassée en s'essuyant le front. Chen lui servit une tasse de thé Oolong.

« Merci, chef. Tian a commencé à travailler là au début des années cinquante, comme simple ouvrier. Quand la Révolution culturelle a éclaté, les organisations de masse telles que les Gardes rouges et les Rebelles ouvriers ont surgi partout. Il a rejoint lui aussi un groupe appelé "le Drapeau rouge", dont les membres venaient d'usines de toute la ville. En réponse à l'appel de Mao pour arracher le pouvoir aux "tenants de la voie capitaliste", il est devenu quelqu'un du jour au lendemain en malmenant et en brimant les ennemis de classe au nom de la dictature du prolétariat. Peu après, il s'est engagé dans une équipe de propagande de la pensée de Mao Zedong, envoyée à l'École de musique de Shanghai. Il y était, paraît-il, encore plus vantard, et menait la vie dure aux intellectuels.

– Y avait-il quelque chose d'inhabituel dans ses activités ? l'interrompit Chen.

– Normalement, une équipe envoyée dans une école se composait d'ouvriers d'une même usine, mais, à sa demande, il a intégré l'équipe d'une fabrique d'aluminium. Quant à ses "activités révolutionnaires", je n'ai pas appris grand-chose. La fabrique a fait faillite il y a deux ou trois ans. Personne à l'aciérie ne sait vraiment quoi que ce soit, sauf qu'il a dû faire son chemin par la violence. Vers la fin des années soixante-dix, quand la Révolution culturelle a été officiellement jugée comme une erreur commise dans les meilleures intentions, Tian, déconfit, s'est retiré pour retourner à l'aciérie.

« Puis a été formulée la politique sur les "trois maux" de la Révolution culturelle. Tian entrait dans cette catégorie. Mais il y avait beaucoup de "Rebelles" comme lui. Rien n'a vraiment été fait. Des lettres de dénonciation le concernant ont été adressées à un dignitaire de la ville dont le père, un vieux professeur de l'École de musique, avait été cruellement battu pendant ces années-là. Les lettres accusaient Tian d'avoir cassé les côtes du vieil homme. Il y a eu une enquête. Certains ont déclaré qu'il avait battu un autre professeur qui était resté paralysé, d'autres, qu'il avait volé des pièces d'or, et d'autres qu'en abusant de son pouvoir, il avait forcé une femme à avoir des rapports sexuels avec lui, mais rien n'a été prouvé. Finalement, il a été licencié et condamné à trois ans de prison. Sa femme a divorcé et elle est partie avec leur fille… »

Il y eut un coup léger à la porte. Chen ouvrit et deux filles portant les pyjamas et les pantoufles de la maison entrèrent.

« Voulez-vous un service de massage ? demanda gentiment l'une. La directrice Xia nous a bien précisé que tout était offert par la direction. »

L'autre fille portait un thermos et leur servit du thé dans de nouvelles tasses avec des feuilles fraîches et de l'eau chaude.

« Non merci. Dites à Xia de ne pas se tracasser pour nous. Si nous avons besoin de quelque chose, je le lui dirai. » Après le départ des filles, Chen reprit : « Bon, voilà pour la période propagande. Et pour ce qui est de sa malchance ?

– Il est arrivé de drôles de choses à Tian et à sa famille. Son ex-femme a commencé à fréquenter d'autres hommes. Un comportement normal pour une femme divorcée d'à peine trente ans, mais bientôt sont apparues des photos d'elle au lit avec son amant. Certaines ont été envoyées là où elle travaillait. Ces photos l'ont "clouée au pilori de l'humiliation". Au début des années quatre-vingt, c'était encore un crime de coucher sans licence de mariage. Elle s'est suicidée de honte. La police locale s'en est mêlée. Elle a soupçonné un de ses amants, mais l'enquête n'a rien donné. Sa fille est retournée chez Tian.

– Curieux, dit Chen. Une ouvrière ordinaire, divorcée, plus très jeune, avec un enfant. Les hommes qu'elle voyait étaient sans doute aussi des ouvriers ordinaires, en supposant qu'il y en ait eu plus d'un. Mais comment ces photos ont-elles été prises ? Par un professionnel ? Je ne pense pas qu'un simple ouvrier ait eu les moyens d'en engager un.

– Vous avez parlé de cette série de malchances avec ses anciens collègues ?

– Comme pour ses voisins, c'est un châtiment. Quelles que soient les interprétations, il a eu le pire sort qu'on puisse imaginer, comme dans certains contes populaires.

– Un homme fait le mal dans sa vie, ou dans sa vie antérieure, et il est puni par une force surnaturelle qui mesure la justice. Vous y croyez vraiment ?

– Il y aurait quelque chose d'autre derrière sa malchance ? demanda Yu. Paralysé, plus mort que vif, comment Tian serait-il mêlé à cette affaire ?

– Hier matin, j'étais dans le temple de Jin'an et je relisais votre interrogatoire de Weng quand une idée m'est venue. Et si ce n'était pas le hasard, mais une série de malheurs provoqués par un homme ? Ce que vous avez appris à l'aciérie confirme mes soupçons.

– D'accord », dit Yu, impatienté par la façon de parler de Chen qui faisait des digressions comme le Vieux Chasseur avant d'en venir au fait, « mais je ne vois toujours pas le rapport avec notre affaire.

– Vous venez de dire qu'en tant qu'ouvrier-militaire il avait forcé une femme à s'exécuter.

– Oui, quelqu'un l'a dit, mais ça n'a pas été confirmé.

– Connaissez-vous le nom de cette femme ?

– Personne n'a mentionné son nom. Ce devait être une des enseignantes.

– Donc vous suivez une piste très importante. Laissez-moi vous montrer quelque chose, dit Chen en sortant une photo. Regardez cette femme.

– C'est la femme… en *qipao*.

– Regardez le style.

– Le style, oui ! » Yu étudia la photo de plus près. « C'est le même. Vous voulez dire…

– La femme de cette photo est Mei. Une violoniste qui enseignait à l'École de musique. Elle a été violée par Tian, ou pour être exact, il l'a forcée à coucher avec lui pour sauver son fils. L'après-midi où elle est morte, Tian a été vu sortant de chez elle en catimini.

– Il l'a tuée ?

– Non, techniquement c'était un accident, mais il était responsable.

– Personne à l'aciérie ne m'en a parlé.

– Soit ils n'étaient pas au courant, soit ils n'ont pas jugé nécessaire de le faire. Plus de vingt ans ont passé, et Tian est paralysé, entre la vie et la mort.

– Personne de sa famille n'a porté plainte ? D'autres l'ont fait, comme le fils du professeur aux côtes brisées.

– Maintenant, regardez le petit garçon de la photo, dit Chen.

– Oui ?

– C'est Jia Ming.

– Quoi, l'avocat des victimes du scandale immobilier !

– Oui. C'est bien le même Jia Ming. Et c'est lui la malchance qui s'est acharnée contre Jasmine et Tian.

– En supposant que Jia est le petit garçon sur la photo, le fils de Mei, il a un mobile », dit Yu ébranlé, essayant de saisir toute la signification de cette révélation soudaine. « Mais comme il est avocat, il aurait pu se venger autrement.

– Il aurait fallu revenir sur les circonstances de la mort de sa mère. Il ne supportait pas de revivre ce cauchemar. Il a adopté une tactique différente.

– Les lettres, les photos, ajouta Yu en hochant la tête. Le *qipao* d'un modèle ancien fait sur mesure. "Le Drapeau rouge", nom du groupe auquel appartenait Tian et l'annonce passée dans le journal par quelqu'un de ce nom. Et l'endroit où on a trouvé le premier corps, en face de l'École de musique. Il aurait pu toutefois tuer Jasmine bien plus tôt, non ?

– Il aurait pu, mais frapper un seul coup n'aurait pas été aussi satisfaisant qu'une longue suite de catastrophes.

– C'est probablement vrai, mais alors pourquoi décider soudain de tuer Jasmine ?

– Je n'ai pas encore de réponse. Rien qu'une supposition...

– Et pourquoi toutes les autres filles ?

– Il me vient plusieurs explications plausibles, mais pour l'instant je n'ai qu'une hypothèse de travail, et encore, elle n'est pas complète.

– Allons-y. Dites-la-moi.

– Resté orphelin après la mort de sa mère, Jia a grandi avec pour seul et unique but la vengeance. Il a voulu régler les comptes à sa façon.

– Tu as tué ma mère, je tue ta fille.

– Mais il y a plus que sa mort tragique. Jia était trop profondément traumatisé pour mener une vie normale...

– C'est-à-dire ?

– En tant qu'homme. Il ne peut pas coucher avec une femme. Tian a donc été une malédiction pour sa mère, et pour lui, pas moins qu'il ne l'a été lui-même pour Tian et pour Jasmine. Mais la vengeance prend son tribut.

– Vous voulez bien m'expliquer, chef?

– C'est une longue histoire.» Chen prit son porte-documents, mais il ne l'ouvrit pas. «Disons seulement que la vue de Tian en train de coucher avec sa mère l'a émasculé. Imaginez l'enfer qu'a été sa vie. Il voulait que ses ennemis souffrent exactement de la même façon. Son plan d'origine conduisait finalement à la destruction de Jasmine dans la dépravation, mais la perspective de son mariage avec un homme venu des États-Unis a provoqué son meurtre. Il devait compléter sa vengeance. Ce n'est bien sûr qu'un scénario. Beaucoup de choses dans cette affaire n'ont pas d'explication rationnelle.

– Quel que soit le scénario, nous devons faire quelque chose tout de suite, dit Yu. Si c'est lui, il risque de tuer encore…»

On frappa. Cette fois, c'était Xia, qui entra en portant un panier de bambou.

«Vous et votre coéquipier n'avez pas encore déjeuné», dit-elle.

Le panier contenait plusieurs plats raffinés: des crevettes décortiquées frites avec des feuilles de thé vert, des seiches sautées au porc, des «cerises» de cuisses de grenouilles, et un légume vert que Yu ne put pas identifier. Le tout était accompagné de deux petits bols de soupe épaisse aux nouilles.

«Comme c'est gentil, Xia, dit Chen.

– Voici quelque chose pour vous, dit-elle en lui mettant dans la main une petite enveloppe. Une carte de VIP. Pour que vous reveniez.»

En remarquant que les doigts de Xia serraient ceux de Chen, Yu se demanda ce qu'il y avait réellement dans l'enveloppe.

« Les nouilles transparentes ne sont pas mal, mais trop courtes. Il faut les prendre à la cuillère, observa Yu après que Xia fut sortie. Comment l'avez-vous rencontrée ?

– Ce que vous appelez des nouilles transparentes sont des ailerons de requin. Un petit bol comme celui-ci coûte cinq ou six cents yuans, mais vous n'avez pas à vous en soucier, dit Chen en prenant une cuillerée. Comment je l'ai rencontrée ? Elle est un des chaînons manquants dans la longue chaîne.

– Ce qui signifie, chef ?

– C'était la petite amie de Jia. Ils se sont séparés parce qu'il est impuissant.

– Alors ce n'est plus une supposition ni un scénario, mais un fait, dit Yu en reposant son bol. Maintenant, tout se tient. Il a déshabillé les filles sans coucher avec elles. Qu'est-ce qu'on attend ? Nous sommes jeudi après-midi.

– Le procès du scandale immobilier s'ouvre demain, dit Chen. L'affaire a reçu beaucoup de publicité. Si nous tentions quelque chose contre Jia maintenant, le public en tirerait des interprétations politiques, que nous ayons ou non des preuves. Cela dit, ce peut être aussi à notre avantage. C'est un procès très important pour lui. Lui aussi doit tenir à ce qu'il s'ouvre en temps et en heure.

– Trop de choses arrivent en même temps. Laissez-moi au moins retarder Jia d'une façon ou d'une autre pendant vingt-quatre heures, afin qu'il ne fasse rien cette nuit. Officiellement, je ne sais rien du procès. Si je fais une bourde, ce n'est pas très grave.

– Non. Je veux le piéger ce soir. J'ai mieux. Un tour inédit, mais qui vaut la peine d'être essayé. S'il ne marche pas, vous ferez ce que vous voudrez. Après tout, je ne suis officiellement chargé ni d'une affaire ni de l'autre.

– Pas question, patron, l'interrompit Yu. Quoi que vous fassiez, j'en suis.

– Eh bien vous allez avoir quelque chose à faire vous aussi. Vous vous rappelez le coup de la contravention dans l'affaire de l'ouvrière modèle ?

– Oui, vous voulez que je fouille sa voiture ?

– Pendant que je le retiendrai, vous faites enlever sa voiture pour une fouille complète. Le Vieux Chasseur vous aidera. Je l'ai déjà prévenu.

– Et si je ne trouve rien ?

– Si je ne me trompe, dit Chen en ouvrant la petite enveloppe rouge que Xia lui avait donnée, ceci est la clef de la porte latérale de son bureau. Il y a aussi un croquis de l'emplacement de parking.

– Elle vous a donné la clef ! » Yu n'en revenait pas. Peiqin avait peut-être raison au sujet des problèmes de Chen avec les femmes, mais en tout cas il savait s'y prendre avec elles.

« Si vous ne trouvez rien dans la voiture, allez à son bureau. La sécurité reconnaîtra la voiture et vous laissera entrer. D'après le croquis, vous pouvez vous garer dans le coin et entrer par la porte latérale. Personne ne vous verra.

– D'accord. Mais qu'allez-vous faire avec Jia ?

– Je le retrouverai dans un restaurant de la rue de Henshan. À cette adresse. Placez des hommes en civil à l'extérieur, mais dites-leur de ne rien faire avant que je n'en donne l'ordre.

– Vous êtes sûr qu'il viendra ? Nous sommes déjà jeudi après-midi. Il doit avoir ses projets pour ce soir, et pour le procès de demain.

– Nous allons le savoir. » Chen prit son portable et

appuya sur le bouton du haut-parleur pour que Yu puisse entendre. « Allô, je voudrais parler à monsieur Jia Ming.

– Lui-même. » Une voix pleine d'assurance.

« Ici l'inspecteur principal Chen, de la police criminelle.

– Inspecteur principal Chen. Que puis-je faire pour vous ? » La voix de Jia parut se teinter d'un rien d'ironie. « C'est au sujet du procès du scandale immobilier, je suppose. Il s'ouvre demain. Vous auriez pu m'appeler plus tôt.

– Non, c'est votre affaire, pas la mienne. J'ai besoin de votre aide pour quelque chose de tout autre. J'écris une histoire qui demande beaucoup de connaissances juridiques et psychologiques, et je pense que vous êtes le conseiller idéal. J'aimerais vous inviter à dîner ce soir. »

Un bref silence à l'autre bout. Yu n'était pas moins surpris que Jia, qui restait interdit. C'était tellement inattendu de la part de son chef.

« Je suis flatté que vous ayez pensé à moi, dit Jia, mais malheureusement vous tombez mal. Je dois me préparer pour le procès de demain. Je ne pense pas avoir le temps ce soir.

– Allons, monsieur Jia. Ce procès n'est qu'une formalité pour vous, nous le savons tous les deux. Vous n'avez pas vraiment besoin de vous préparer. Mais pour mon histoire, je dois savoir si elle est convaincante, ou, en tout cas, publiable. Et il y a une date limite.

– Demain soir, alors ? Je vous invite. *Rencontrer l'inspecteur principal Chen vaut des tonnes d'or*, comme dit le poème.

– Écoutez, monsieur Jia. Il n'a pas été facile d'organiser le rendez-vous de ce soir. Certaines personnes sont patientes, mais d'autres ne le sont pas autant.

– Beaucoup de choses peuvent se passer ce soir avant un tel procès, et les médias, nationaux et internationaux, ont leurs projecteurs braqués dessus. Certaines personnes seront très occupées ce soir. »

Yu vit qu'ils commençaient à échanger des allusions qu'eux seuls pouvaient saisir.

« À propos de l'attention des médias, je crois que mon histoire l'attirera davantage. Et j'ai aussi de magnifiques photos pour l'accompagner. L'une d'elles a été publiée dans *La Photographie en Chine.* Elle est intitulée "Mère, allons là-bas". Elle a été prise… je réfléchis… au début des années soixante. »

Une pause de part et d'autre. La question de la photo avait surgi de nulle part, tel un joker de sous une table. En ne réagissant pas aussitôt, Jia s'était trahi.

« De magnifiques photos, insista Chen comme un joueur de cartes.

– Quelles photos ? Pas seulement celle de la revue ? »

C'était le premier signe que Jia flanchait. Il aurait dû demander ce que venaient faire ces photos. Yu prit une cigarette et tapota le bout sur la table basse comme un observateur passionné par une partie de poker.

« Un photographe professionnel utilise d'habitude plusieurs bobines avant de choisir la photo à publier. Je vous les montrerai au dîner. Ce ne sera pas long, et vous aurez tout le temps pour votre procès de demain.

– Vous êtes certain que cela n'interférera pas avec le procès ?

– Je vous en donne ma parole.

– Bien, alors où ?

– Je cherche encore un restaurant tranquille, pour que nous puissions bavarder sans être dérangés. Ma secrétaire s'en occupe. Retrouvons-nous à l'hôtel de Henshan vers dix-sept heures. J'ai une réunion là-bas cet après-midi. Il y a plusieurs restaurants dans le secteur.

– Je vous verrai à l'hôtel. »

En reposant son portable, Chen dit a Yu sans cacher son excitation : « Il ne peut pas résister à ces photos, je le sais. »

Yu, lui, ne savait rien, sauf que Chen en savait beaucoup plus. « Mais pourquoi à l'hôtel d'abord et pas au restaurant ?

– Si je lui disais le nom du restaurant, il ne viendrait sans doute pas. Je joue sur l'effet de surprise. »

En attendant, Chen téléphona de nouveau, toujours avec le haut-parleur.

« J'ai un service à te demander, Chinois d'outre-mer.

– Tout ce que tu voudras, mon pote.

– Tu connais le directeur du *Vieux Manoir*, dans la rue de Henshan ?

– Fang Grosse Barbe. Oui, je le connais.

– Réserve un salon privé pour moi ce soir. Assure-toi qu'il donne sur le jardin de derrière. Je dois y retrouver quelqu'un. C'est important. Question de vie ou de mort. La conversation sera probablement longue. Je paierai les heures supplémentaires et les extras.

– Aucun problème. Le restaurant restera ouvert toute la nuit si nécessaire. Je m'en occupe.

– Merci beaucoup. Je sais que je peux compter sur toi, Chinois d'outre-mer.

– Puisque tu dis que c'est une question de vie ou de mort.

– Et en tant que chef gourmet, pense à quelques plats cruels qui font lentement souffrir.

– Waouh, ça devient de plus en plus excitant. Tu t'adresses au meilleur pour ce job, chef. Je vais t'organiser un festin. D'une cruauté raffinée. Je serai sur place.

– Alors je te verrai là-bas.

– Des plats cruels? demanda Yu en s'essuyant le front avec une serviette quand Chen se retourna vers lui.

– Il y a deux jours, j'ai été très secoué par un plat cruel. Ce soir, les nerfs de Jia risquent d'être aussi éprouvés.

– Vous avez été malade? s'enquit Yu encore une fois perdu.

– Tout va bien. Ne vous faites pas de souci pour moi.» Puis, tout à trac: «Peiqin a parlé avec une compagne-de-repas la semaine dernière.

– Oui, je vous ai donné une cassette.

– Je l'ai écoutée. C'est très astucieux de l'avoir fait parler. Et ça m'a donné l'idée de raconter une histoire à Jia.»

En voyant l'horloge au mur, Yu décida de ne plus poser de questions. L'inspecteur principal pouvait devenir agaçant avec ses mystères. Il n'avait encore pas dit un mot sur sa disparition. Mais Yu avait intérêt à aller très vite au bureau de Jia pour l'attendre dehors. À partir de cet instant, il ne pouvait pas se permettre de le quitter des yeux une seule minute.

Alors qu'il prenait sa veste au portemanteau, il eut une nouvelle surprise. On frappa, et Nuage Blanc entra.

«Que puis-je faire pour vous, chef? demanda-t-elle à Chen tout en adressant un grand sourire à Yu.

– Vous avez toujours le *qipao* rouge? Celui que nous avons choisi au marché du Temple du dieu protecteur de la ville?

– Bien sûr, vous l'avez acheté pour moi.

– Allez au restaurant *Le Vieux Manoir* ce soir et emportez la robe avec vous. Vous savez où c'est?

– Oui, dans la rue de Henshan.

– Bien. Vous pouvez y rester toute la soirée? Peut-être toute la nuit?

– Bien sûr, si vous voulez. Comme votre petite secrétaire?

– Non, pour un rôle tout à fait différent. Je vous expliquerai là-bas.

– À quelle heure voulez-vous que j'y sois?

– Vers dix-sept heures. Mais Lu le Chinois d'outre-mer y sera aussi.

– Formidable. Vous êtes comme un général de l'ancien temps qui prépare une bataille décisive dans un établissement de bains. »

Nuage Blanc sortit. Quelle sorte d'herbes médicinales Chen gardait-il dans sa calebasse?

« Je vais commencer par aller chez un photographe, dit Chen. Ce soir est notre grand soir.

– Vous avez dû tout prévoir pendant ces derniers jours, patron, dit Yu qui s'en voulut de son amertume passagère. Pendant qu'on ne vous voyait plus, vous avez abattu un sacré travail.

– Surtout hier soir, en réalité. Je n'ai pas fermé l'œil et j'ai traîné dans la rue de Henshan comme un misérable sans-abri. »

Peut-être Yu ne comprendrait-il jamais son chef. Mais Chen était décidément un policier consciencieux malgré toutes ses excentricités.

C'était quelque chose d'être le coéquipier de l'inspecteur principal, se dit Yu en se mettant en route.

29

Chen ne savait pas encore clairement ce qu'il ferait ce soir-là.

En sortant du studio de photo et en réfléchissant dans la semi-obscurité qui l'enveloppait peu à peu, il décida d'aller au restaurant à pied.

Il n'avait plus le choix. Il essaya de se convaincre. Le mieux serait de ne pas toucher à Jia avant le procès. Le public prendrait cela comme une revanche politique malhonnête du gouvernement. Mais en attendant, il devait neutraliser Jia pour la nuit – avec des moyens si peu orthodoxes qu'il n'avait pas su comment l'expliquer à Yu. C'était peut-être comme dans la métaphore du camarade Deng Xiaoping à propos de la réforme agraire : *Traverser la rivière à gué en passant d'une pierre à l'autre.*

En tout cas, il n'était pas question de retarder l'épreuve de force, avec ou sans l'aide du bureau.

L'inspecteur Liao prendrait ses distances, pas seulement pour se protéger, mais aussi à cause d'une vieille méfiance à son égard. Ils s'étaient souvent affrontés. Depuis la mort de Hong, Liao n'avait pas donné le moindre coup de téléphone à Chen.

Quant au secrétaire du Parti Li, Chen ne voulait même pas penser à lui pour l'instant.

Il y avait aussi le directeur Zhong dans le tableau, avec tous les complots et contre-complots qui se tramaient dans la Cité interdite.

Mais il était plus que vraisemblable que Jia ne rendrait

pas les armes devant son histoire. Avocat intelligent et chevronné, il savait que personne ne pouvait rien prouver contre lui tant qu'il ne bougerait pas.

En atteignant la rue de Jinling Ouest, il vit sur le trottoir une vieille femme qui brûlait l'argent de l'autre monde dans une bassine d'aluminium. Frissonnant dans ses vêtements noirs matelassés, elle jetait un à un les lingots d'argent en marmonnant, dans un effort désespéré pour communiquer avec les défunts. Chen se rendit compte que c'était le soir de Dongzhi.

Dans son enfance, Dongzhi était l'occasion d'un merveilleux dîner, sauf que les plats, posés sur la table ancestrale des offrandes, ne devaient pas être touchés avant que les bougies se soient consumées, signe que les morts avaient déjà profité du repas. Il pensa de nouveau à sa mère qui avait dû elle aussi brûler l'argent de l'autre monde, seule dans sa mansarde.

Peut-être n'était-ce pas une coïncidence s'il allait retrouver Jia le soir de Dongzhi, mais un signe que les choses allaient changer. *La Voie peut être indiquée, / mais non de la façon ordinaire.*

Il arriva à proximité du *Vieux Manoir.*

Une hôtesse lui tint respectueusement la porte. Ce n'était pas celle qui l'avait reçu la veille et elle ne le reconnut pas.

Lu le Chinois d'outre-mer et Nuage Blanc étaient déjà dans le hall. Lu était en costume trois pièces avec une cravate voyante et deux gros diamants aux doigts, et Nuage Blanc portait le *qipao* rouge.

«Le directeur est d'accord pour coopérer en tout, annonça Lu qui exultait. Il me laisse m'occuper de ton salon. Je reste, et je te prépare un incroyable festin.

– Merci, Lu, dit Chen et il se tourna vers Nuage Blanc avec une enveloppe. Merci beaucoup, Nuage Blanc. Habillez-vous pour le moment comme les serveuses. Vous servirez dans le salon privé. Bien entendu, vous n'êtes pas obligée d'y rester tout le temps. Apportez ce que monsieur Lu préparera. À mon signal, vous entrerez habillée comme la femme de cette photo.

– Le *qipao* rouge, dit-elle en examinant la photo. Pieds nus, les boutons défaits sur la poitrine, et les fentes déchirées ?

– Oui, exactement pareil. Allez déchirer les fentes, ajouta Chen. Je vous en achèterai un autre

– Juste ciel ! » s'exclama Lu en jetant un coup d'œil à la photo que tenait Nuage Blanc.

Chen se rendit ensuite à l'hôtel, qui était à deux ou trois minutes à pied.

Il n'attendit pas longtemps sous le porche. Moins de cinq minutes plus tard, une Camry blanche s'engagea dans l'allée. Une autre voiture, peut-être celle de Yu, s'arrêta assez loin derrière.

Chen s'avança en tendant la main à Jia qui descendait de voiture. Grand, trente-cinq à trente-huit ans, costume noir, son visage était blême et perplexe sous les néons dansants.

« Merci d'avoir accepté cette invitation de dernière minute, monsieur Jia. Ma secrétaire nous a réservé un salon. Au *Vieux Manoir*. C'est tout près. Vous en avez entendu parler, n'est-ce pas ?

– *Le Vieux Manoir* ! Vous avez pris votre temps pour choisir le restaurant de ce soir, inspecteur principal Chen. »

Ce n'était pas une réponse directe, mais elle montrait

qu'il comprenait le soin avec lequel Chen avait étudié son passé.

À la porte du restaurant, l'hôtesse s'inclina devant eux avec grâce, telle une fleur sortie du tableau ancien suspendu derrière elle. « Bienvenue. Vous êtes chez vous ce soir. »

L'arrivée de plusieurs filles aux couleurs de marques de bières mit cependant en évidence le changement d'époque.

« Chez moi... » dit Jia sur un ton sarcastique en regardant les banderoles qu'elles portaient en écharpe : Tigre, Qingdao, Baiwei, Sakura.

L'hôtesse les conduisit à travers le hall jusqu'à une pièce élégante qui avait dû être autrefois une petite véranda, réaménagée en salon privé pour clients spéciaux. Elle donnait sur le jardin, admirablement entretenu au cœur de l'hiver. La table était mise pour deux, l'argenterie luisait comme un rêve perdu sous le lustre de cristal. Il y avait aussi sur la table une délicate clochette d'argent. Huit plats miniatures étaient déjà disposés sur le plateau tournant.

Nuage Blanc entra et leur servit une tasse de thé. Elle portait une robe noire sans manches, à dos nu, et leur présenta le menu.

« À notre histoire la plus extraordinaire, monsieur Jia, dit Chen en levant sa tasse.

– Une histoire. Trouvez-vous réellement cela plus important que votre travail de policier ?

– L'importance n'est que dans votre pensée. Vous ignorez sans doute que, lorsque j'étais étudiant, la seule chose importante pour moi était la poésie.

– Je suis avocat, j'ai une seule idée en tête.

– L'avocat est un bon exemple de ce que j'avance. Ce qui a beaucoup d'importance pour vous dans une affaire peut n'en avoir aucune pour d'autres. De nos jours, l'importance dépend de la perspective individuelle.

– Cela ressemble vraiment à une conférence, inspecteur principal Chen.

– Pour moi, l'histoire a atteint un point critique, une question de vie ou de mort, dit Chen. J'ai pensé que la vue du jardin pouvait nous fournir un décor paisible.

– Vous semblez avoir une raison pour tout. » Jia ne changea pas d'expression en regardant le jardin du coin de l'œil. « C'est un honneur d'être invité par vous, que vous le fassiez en tant qu'écrivain ou en tant qu'inspecteur principal.

– Je n'ai pas encore très faim. Nous pourrions peut-être bavarder un peu.

– Volontiers.

– Parfait, dit Chen en s'adressant à Nuage Blanc, nous prendrons donc deux assortiments de spécialités. Vous pouvez disposer.

– Si vous avez besoin de moi, agitez la clochette. Je serai dehors, dit-elle.

– Venons-en à l'histoire », dit Chen en regardant sa silhouette s'éloigner, ses cheveux noirs répandus sur son dos nu. « Je dois vous dire tout de suite qu'elle n'est pas terminée. Je n'ai pas encore décidé des noms de plusieurs personnages. Par commodité, j'appelle mon protagoniste J. Dans les romans policiers américains que j'ai traduits, on appelle souvent un homme non identifié John Doe.

– Intéressant ! Mon nom en pinyin commence aussi par un J. »

Jia ne se démontait pas, il commençait même à faire un peu de provocation. Chen se dit que ce n'était pas le moment d'aller trop loin. Comme dans le tai chi, un joueur expérimenté n'a pas besoin d'aller jusqu'au bout. Il sortit la revue et la posa sur la table.

« L'histoire commence par une photo, dit Chen en ouvrant tranquillement la revue, au moment où elle a été prise.

– Vraiment ! dit Jia en haussant la voix malgré lui.

– En termes de narration, une histoire peut être racontée de différents points de vue, mais c'est plus facile de partir d'un tiers, et en ce qui nous concerne, en mélangeant les temps du récit, puisqu'une partie de l'histoire se prolonge encore. Qu'en pensez-vous ?

– Comme vous voudrez, c'est vous le narrateur. Et vous avez fait des études de littérature, paraît-il. Je me demande comment vous êtes devenu policier.

– Par un concours de circonstances. Comme vous le savez, au début des années quatre-vingt c'était l'État qui assignait leur emploi aux diplômés de l'université. Nous aurions eu de toute façon très peu de choix. Enfants, nous rêvions tous d'un avenir bien différent, n'est-ce pas ? dit Chen en montrant la photo. Elle a été prise au début des années soixante. Je devais avoir deux ans de plus que ce petit garçon. Regardez-le, si heureux et si fier. Il a toutes les raisons de l'être, en compagnie d'une mère très belle qui le choie, avec son foulard rouge resplendissant au soleil, plein d'espoir dans la Chine socialiste.

– Vous êtes lyrique pour un inspecteur principal. Poursuivez, s'il vous plaît.

– C'était dans une maison très semblable à ce restaurant, avec un jardin pratiquement identique, sauf que, sur la photo, c'est le printemps. À propos, ici, c'était une résidence privée autrefois.

« Au début des années soixante, le climat politique changeait déjà. Les discours de Mao sur la lutte des classes et la dictature du prolétariat préparaient la Révolution culturelle. Le petit garçon a quand même eu une enfance protégée. Son grand-père, un puissant banquier avant 1949, continuait de toucher ses dividendes, ce qui assurait largement à la famille une vie aisée. Ses parents travaillaient à l'École de musique de Shanghai et il était enfant unique. Il était très attaché à sa mère qui était jeune, belle, talentueuse, et qui lui rendait son affection.

« C'était vraiment une femme extraordinaire. On disait que beaucoup de gens allaient à ses concerts rien que pour l'apercevoir. Elle avait l'intelligence de ne pas se faire remarquer. Mais un photographe l'a découverte. Comme elle fuyait la publicité, elle a accepté de se faire photographier avec son fils dans le jardin. Ce matin-là a été merveilleux pour lui, elle lui tenait affectueusement la main, ils posaient ensemble et le photographe s'extasiait devant le tableau parfait qu'ils formaient. Ç'a été le moment le plus heureux de sa vie. Sous le crépitement du flash, mêlé au sourire radieux de sa mère au soleil, cet instant précieux est resté gravé dans sa mémoire.

« Peu après la séance de photo, la Révolution culturelle a éclaté. Sa famille a connu des malheurs épouvantables… »

L'apparition de Nuage Blanc apportant quatre plats de spécialités froides sur un plateau d'argent interrompit le récit de Chen.

« Langues de moineaux frites, pattes d'oies dans le vin, ragoût d'yeux de bœufs et lèvres de poissons à la vapeur, annonça-t-elle. Réalisés selon un menu spécial trouvé dans l'ancienne résidence. »

Lu devait s'être décarcassé pour préparer ces « plats cruels », et il n'avait pas regardé à la dépense. Une petite assiette de langues de moineaux coûtait la vie à une centaine d'oiseaux. Les lèvres de poissons étaient rouges, transparentes, comme si elles cherchaient encore l'air.

« Ces plats me rappellent quelque chose de très cruel à propos de l'histoire, dit Chen. Confucius dit : *Un honnête homme devrait s'abstenir de tuer et de cuisiner.* Ce n'est pas surprenant. »

Jia parut légèrement troublé, c'était l'effet escompté.

« La photo représente donc le moment le plus heureux de sa vie, perdu à jamais, reprit Chen en goûtant une langue de moineau croustillante. Son grand-père est mort, son père s'est suicidé, sa mère a subi des critiques publiques mortifiantes, et il est devenu un "petit noir". Ils ont été chassés de la résidence dans une mansarde au-dessus du garage. Ensuite il s'est passé quelque chose.

– Quoi ? » fit Jia, ses baguettes tremblant à peine au-dessus de l'œil de bœuf.

« J'arrive maintenant à une partie cruciale de l'histoire pour laquelle votre opinion est capitale, dit Chen. Il vaut donc mieux que je vous lise mon ébauche, plus détaillée, plus frappante. »

Chen sortit son calepin dans lequel il avait griffonné quelques mots la veille au night-club, puis tôt le matin dans la petite gargote. Assis de l'autre côté de la table, Jia ne pouvait pas les lire. Chen se mit à improviser après s'être éclairci la gorge.

« C'est arrivé à cause d'un slogan contre-révolutionnaire trouvé sur le mur du jardin de la résidence. Il ne l'avait pas écrit et ne savait pas qui l'avait fait, mais des "révolutionnaires" l'ont soupçonné. On l'a mis en isolement pour interrogatoire dans une pièce au fond du comité de quartier, seul toute la journée. On lui refusait tout contact avec l'extérieur, à l'exception du comité qui l'interrogeait et d'un étranger du nom de Tian, qui venait de l'équipe de Mao installée à l'École de musique. J devait rester là jusqu'à ce qu'il reconnaisse son crime. Ce qui l'a soutenu pendant tout ce temps a été la pensée de sa mère. Il était décidé à ne pas la mettre en danger et à ne pas la laisser seule. Il a donc refusé d'avouer, d'imiter son père. Tant que sa mère l'attendait dehors, le monde leur appartenait encore, comme dans la photo au jardin.

« Mais ce n'était pas facile pour le petit garçon. Il est tombé malade. Tout à coup, un après-midi, un cadre du quartier est venu lui annoncer qu'il pouvait rentrer chez lui, sans lui donner d'explications.

« Il s'est précipité, impatient de retrouver sa mère. Il a monté l'escalier sans bruit. En ouvrant avec sa clef, il s'attendait à la retrouver, à se jeter dans ses bras, une scène dont il avait rêvé des centaines de fois dans la pièce obscure.

« Il est resté horrifié en la voyant agenouillée sur le lit, toute nue, pendant qu'un homme nu, qui n'était autre que Tian, la pénétrait par-derrière. Les hanches nues de sa mère se levaient à la rencontre de chacun de ses coups de reins, ils grognaient et gémissaient comme des animaux...

« Il a poussé un cri d'horreur et dégringolé l'escalier comme dans un cauchemar. Pour lui qui vénérait sa mère comme le soleil de sa vie, la scène était un coup terrible, comme si la terre tout entière disparaissait sous ses pieds.

« Elle a bondi hors du lit, nue, et a couru après lui. Il a accéléré frénétiquement. Dans sa confusion, il ne l'a pas entendue trébucher dans l'escalier, ou il a cru que c'était le bruit du monde qui s'écroulait derrière lui. Il a traversé le jardin et quitté la résidence. Sa réaction instinctive était de courir, la tête encore pleine de la scène du lit, si nette, le visage rouge de sa mère, ses seins pendant, son corps empestant la violence sexuelle, son pubis aile de corbeau encore trempé…

« Il n'a pas regardé une seule fois par-dessus son épaule. L'image l'avait transpercé, celle d'une femme éperdue, échevelée, qui le poursuivait comme un démon…

– Inutile de donner tous ces détails », dit Jia d'une voix soudain rauque, comme étourdi par les coups.

« Non, ils sont importants pour la construction psychologique, et pour notre compréhension, répondit Chen. Je reprends… Il est retourné dans la pièce du fond au comité de quartier, où il s'est écroulé et a perdu connaissance. En quelque sorte, cette pièce était l'endroit où il pouvait encore croire en un monde merveilleux dans lequel sa mère l'attendait. Comme s'il essayait de remonter le temps. Il ne savait pas qu'elle était morte cet après-midi-là.

« Quand il est enfin revenu à lui, le monde avait changé. Retour dans la mansarde vide, seul avec sa photo dans un cadre noir. Il ne pouvait pas rester là. Il est parti, conclut Chen en reposant son calepin. Inutile de s'attarder sur cette période. Je n'ai pas besoin de lire en détail. Je dirai seulement que, resté orphelin, il est passé par tous les stades du choc, le déni, la dépression et la colère, en luttant contre toutes les émotions emmêlées et enfouies au plus profond de lui. *Une figurine de jade est faite de toutes les duretés,* dit le proverbe. Après la Révolution culturelle, il est allé à l'université où il a fait des études de droit. En ce temps-là, peu de jeunes s'intéressaient à cette carrière, mais son choix était motivé par le désir d'obtenir justice pour sa famille, en particulier pour sa mère. Il a réussi à retrouver Tian, le membre de l'équipe de Mao.

« Mais il n'était pas possible de punir tous les acteurs de la Révolution culturelle. Le gouvernement n'encourageait personne à ranimer les anciennes querelles. Par ailleurs, même s'il parvenait à amener Tian devant un tribunal, ce n'était pas un cas d'homicide, et la mémoire de sa mère risquait d'être de nouveau traînée dans la boue. Il a donc décidé de faire justice lui-même. De son point de vue, il n'y avait pas d'autre moyen. Il s'est arrangé pour que Tian soit puni par une succession de malchances. Il a élargi sa vengeance aux proches de Tian, sa femme et sa fille. Et comme un chat surveillant une souris qui fait des efforts pathétiques pour s'échapper, il a prolongé leur souffrance avec autant d'ingéniosité que le comte de Monte Cristo.

– Cette histoire ressemble au roman, l'interrompit Jia, mais qui la prendrait au sérieux ?

– Eh bien, je l'ai lu moi-même pendant la Révolution culturelle. Il a eu la chance extraordinaire d'être réédité alors que les autres romans occidentaux étaient interdits. Vous savez pourquoi ? À cause du commentaire favorable qu'en a fait madame Mao. Elle couronnait ainsi sa propre vengeance contre ceux qui l'avaient méprisée. Elle l'a pris au sérieux.

– Un véritable démon », commenta Jia, bon public. « Avant d'épouser Mao, ce n'était qu'une actrice de série B.

– Elle aussi devait se sentir justifiée, mais laissons Mao et madame Mao tranquilles, dit Chen en approchant ses baguettes des yeux de bœufs qui semblaient le regarder. Il y a une différence cependant. Monte Cristo a encore la vie devant lui, tandis que pour J la vie était, et reste, dénuée de tout autre intérêt que la vengeance.

– J'aimerais faire ici un commentaire, dit Jia en déchiquetant les lèvres de poissons avec ses baguettes sans les porter à sa bouche. Dans votre histoire, c'est un avocat de renom, riche de surcroît. Pourquoi ne pourrait-il pas vivre sa vie ?

– Pour deux raisons. La première vient de la désillusion que lui a apportée sa profession. Devenu avocat, il a bientôt constaté qu'il n'était pas vraiment en mesure de se battre pour la justice. Tout comme avant, les grands procès étaient prédéterminés dans l'intérêt du Parti, puis, dans les années quatre-vingt-dix, dans l'intérêt des financiers au sein d'une société noyée dans une corruption incontrôlable. Alors que sa profession devenait lucrative, son idéalisme était depuis longtemps dépassé et inapplicable.

– Comment pouvez-vous dire cela, inspecteur principal Chen ? Un policier de renom comme vous a dû se battre pour la justice pendant toutes ses années. Ne me dites pas que vous avez perdu vos illusions vous aussi.

– À vrai dire, c'est la raison pour laquelle je suis des cours de littérature. Cette histoire fait partie de ce travail.

– Rien d'étonnant à ce que je ne voie plus votre nom dans la presse depuis quelque temps.

– Vous m'avez donc suivi, monsieur Jia ?

– Les journaux regorgent d'articles sur cette affaire de meurtres, et de noms de policiers. Vous êtes une vedette parmi eux, dit Jia en levant sa tasse dans un geste d'admiration feinte, et vous m'avez manqué dernièrement.

– Pour J, la deuxième raison est sans doute la plus importante », poursuivit Chen sans répliquer à Jia qui, après avoir surmonté le choc initial, semblait décidé à le taquiner. « Il est incapable de faire l'amour avec une femme, complexe d'Œdipe aggravé. L'identification inconsciente de l'objet sexuel à sa mère, vous connaissez tout ça. Pour tout le reste, il apparaît comme un homme sain, mais le souvenir du corps nu et souillé de sa mère s'impose inévitablement entre le désir présent et le désastre passé. Quel que soit son succès professionnel, il n'a pas pu vivre une vie normale, à jamais représentée par le moment où il lui tient la main sur la photo. Et cette image s'est brisée en miettes au moment de sa chute dans l'escalier. Il est épuisé par l'effort incessant de devoir garder ce secret et de lutter contre son démon…

– Vous parlez comme un pro, inspecteur principal Chen, dit Jia goguenard. Je ne savais pas que vous aviez aussi étudié la psychologie.

– J'ai lu un ou deux livres. Vous en savez certainement beaucoup plus que moi, et c'est pourquoi j'apprécierais vraiment que vous me donniez votre opinion. »

On frappa un coup léger à la porte. Nuage Blanc entra en portant un grand plateau avec un saladier en verre, un grand bol transparent plein de crevettes et un petit réchaud. Les crevettes baignaient dans une sauce, mais sous le couvercle elles s'agitaient encore énergiquement. Le réchaud contenait une couche de cailloux chauffés au rouge au-dessus du charbon de bois. Elle vida les cailloux dans le saladier, puis les crevettes. Dans un sifflement de vapeur les crevettes sautèrent et rougirent.

« Comme ses victimes, dit Chen. Ignorant qu'elles sont condamnées, essayant encore de s'échapper.

– Vous n'avez épargné aucun effort pour préparer ce festin, inspecteur principal Chen.

– J'arrive maintenant au point culminant de l'histoire. Dans cette partie, j'ai encore des détails à compléter ici et là, l'histoire peut ne pas paraître tout à fait au point.

« En tournant en rond comme un animal en cage, il se heurtait à des milliers de grilles. Il a décidé alors de se charger d'une affaire très controversée, dans laquelle il jouait sa carrière. Dans ce pays, un avocat doit rester en bons termes avec le gouvernement, or l'affaire en question risquait d'exposer de nombreux hauts responsables du Parti, impliqués dans un scandale immobilier. Elle permettrait aussi d'obtenir justice pour un groupe de pauvres gens désarmés. Était-ce un effort désespéré pour donner un sens à sa vie ou une tentative d'autodestruction pour mettre fin à une existence factice ? Dans son subconscient, l'alternative n'était sans doute pas inacceptable. Et les difficultés du procès aggravaient sa tension.

« Mais même avant, il était déjà au bord de la dépression. En dépit des apparences, il était déchiré et torturé par une double personnalité : défenseur du nouveau système judiciaire, il enfreignait en même temps la loi de façon diabolique. Sans parler de l'épouvantable gâchis de sa vie personnelle.

« Et tout à coup, Jasmine a été tuée.

– Voulez-vous dire, inspecteur principal Chen, qu'il devient un assassin à cause d'une dépression due à trop de stress ?

– La crise couvait depuis longtemps. Mais en dehors des facteurs que j'ai indiqués, quelque chose a dû servir de déclencheur.

– Quoi ? répliqua Jia avec une nonchalance affichée. Ça me dépasse.

– Il a été pris de panique à l'idée que son plan de vengeance échoue. Il avait prévu de voir Jasmine tomber dans la dépravation, il pensait que sa chute définitive n'était qu'une question de temps. Mais elle a rencontré un homme qui allait l'épouser et l'emmener aux États-Unis, hors d'atteinte. J l'avait coincée dans l'impasse de l'hôtel, et elle y avait rencontré l'amour de sa vie. Quelle ironie ! La perspective de la savoir heureuse avec un homme aux États-Unis était plus qu'il n'en pouvait supporter. Et un soir il l'a invitée.

« C'est difficile de savoir exactement ce qu'il lui a fait – il n'y a probablement eu ni véritable pénétration ni éjaculation. Mais il l'a étranglée, habillée d'une robe pareille à celle que portait sa mère sur la photo, et a jeté son corps devant l'École de musique, un lieu pour lui symbolique. C'était comme un sacrifice, une déclaration, un message à sa mère, une vengeance pour tous les torts subis, mais aussi un message à lui-même qu'il avait du mal à analyser. Il y en avait tant qui s'emmêlaient dans son esprit.

« L'histoire ne s'arrête pas là. Quand la fille a poussé son dernier soupir, il a connu quelque chose de nouveau et d'inattendu, une sorte de libération. Une fois le démon libéré, tel le génie de la lampe, il a échappé à son contrôle. Compte tenu du refoulement dont il avait souffert toutes ces années, c'est compréhensible, dans une certaine mesure, que le meurtre lui ait apporté une libération. Une satisfaction qu'il n'avait jamais connue. Une sorte d'orgasme mental. Une sensation tellement libératrice qu'elle a agi comme une drogue, et qu'il a éprouvé le besoin physiologique de renouveler l'expérience.

– Là c'est vraiment comme dans vos traductions de romans policiers, inspecteur principal Chen, intervint Jia. Un détraqué qui tue pour l'excitation, un psychopathe ? C'est trop facile. Vous ne croyez pas sérieusement à ces foutaises, n'est-ce pas ? »

L'horloge d'acajou se mit à sonner, comme en écho à sa question. Chen leva les yeux. Il était vingt-trois heures. Jia ne paraissait pas pressé de partir. Il commençait au contraire à discuter pour de bon. Les choses ne s'annonçaient pas trop mal pour Chen.

« Laissez-moi d'abord continuer mon histoire, monsieur Jia, dit-il. C'est ainsi qu'ont commencé ses crimes en série. Ce n'était plus de la vengeance, mais un besoin incontrôlable de tuer. Il savait que la police était en état d'alerte maximum, il s'est donc concentré sur les trois-compagnes, qui étaient faciles à trouver, et représentaient aussi la dépravation. Il était complètement possédé, sans se soucier que ses victimes soient étrangères à sa vengeance, qu'elles soient innocentes.

– Des victimes innocentes, fit Jia. On peut difficilement les décrire ainsi. Bien entendu, un narrateur a son propre point de vue.

– Psychologiquement, c'était crucial aussi, continua Chen. Il n'a pas d'hallucinations. La plupart du temps, il peut être comme vous et moi, un homme ordinaire. Il doit donc encore justifier ses actes, consciemment ou inconsciemment. Dans son esprit torturé, ces filles, à cause des services sexuels qu'elles pouvaient assurer, méritaient cette fin honteuse.

– Vous n'êtes pas obligé de vous lancer dans une conférence au milieu d'un récit. Comme vous l'avez dit, nous vivons dans une époque où chacun comprend les choses dans sa propre perspective.

– Quelle que soit la perspective, le crime en série est inexcusable. Et J le sait, bien qu'il ne soit pas disposé à se voir comme un meurtrier.

– Vous êtes sûrement plein d'imagination créatrice brillante, inspecteur principal Chen. Admettons que vous publiiez cette histoire, et alors ? Elle n'est pas de très bon goût, pas vraiment digne d'un poète de votre renommée.

– On raconte toujours une histoire pour quelqu'un. Encore une fois, en termes de narration, le public concerné sera très touché. Dans le cas présent, c'est bien sûr J.

– C'est donc un message à son intention ? "Je sais que c'est vous et vous feriez mieux d'avouer ?" Mais quelle serait la réaction de J ? Je ne peux pas répondre à sa place, mais moi, en tant que lecteur lambda, je dirais que cette histoire ne tient pas debout. Ce sont des conjectures sur des événements vieux de vingt ans, et tout est fondé sur une théorie psychologique totalement étrangère à notre culture. Vous pensez donc qu'il se livrera ? Pas de preuves, pas de témoins. Nous ne sommes plus à l'époque de la dictature du prolétariat, camarade inspecteur principal Chen.

– Avec quatre victimes dans cette ville, on trouvera des preuves. Je travaille encore dessus.

– En tant que policier ?

– Je suis policier, mais ici, en ce moment, je raconte une histoire. Permettez-moi de vous poser une question. Qu'est-ce qui fait qu'une histoire est bonne ?

– Sa crédibilité.

– La crédibilité vient des détails précis et réalistes. Ici, sauf pour quelques paragraphes, je ne vous donne que les grandes lignes. Dans la version définitive j'inclurai tous les détails. Je ne suis pas tenu d'utiliser des termes tels que "complexe d'Œdipe". Je développerai simplement le désir sexuel du garçon pour sa mère. »

Jia se leva brutalement, se versa une autre tasse et la vida d'un coup.

« Eh bien, si vous croyez que votre histoire se vendra, c'est parfait. Ça ne me regarde pas. Vous avez terminé, et je pense qu'il vaut mieux que je m'en aille – me préparer pour le procès de demain.

– Ne partez pas si vite, monsieur Jia. Plusieurs plats doivent encore arriver. Et j'ai réellement besoin de votre opinion sur d'autres points.

– Je pense que vous essayez d'écrire une histoire à sensation, dit Jia toujours debout, mais les gens la prendront comme une fiction sordide fabriquée par un policier sans l'ombre d'une preuve. Dans le cas contraire, il n'aurait pas eu recours à la littérature.

– Quand ils apprendront que l'auteur est policier, ils s'y intéresseront davantage.

– Dans ce pays, une histoire qui arrive par le canal officiel a toutes les chances de ne pas être crue. En fin de compte, votre histoire présente trop de lacunes. Personne ne la prendrait au sérieux. »

Mais la conversation fut de nouveau interrompue par l'entrée de Nuage Blanc. Elle apparut cette fois en paysanne, portant le costume indigo tissé à la main, pantalon court, tablier blanc, et pieds nus. Elle leur apportait un serpent vivant dans une cage de verre.

Chen se rappela qu'à leur première rencontre au club

de karaoké *Dynasty* elle avait aussi servi du serpent, mais à présent elle le préparait elle-même sous leurs yeux.

Et elle se montra à la hauteur de la tâche. Elle le saisit d'un geste preste, le frappa sur le sol comme un fouet et lui ouvrit le ventre avec un couteau aiguisé. D'un coup, elle retira le fiel et le mit dans une coupe d'alcool. Elle avait dû recevoir une formation professionnelle.

Ses bras et ses jambes nus étaient quand même éclaboussés de sang, son tablier en forme d'éventail ressemblait à une chute de pétales de fleurs de pêcher.

«Ceci est pour notre invité d'honneur», dit-elle en offrant à l'avocat la coupe contenant le fiel verdâtre dans l'alcool fort.

La scène n'eut guère d'effet sur Jia qui ne fit qu'une gorgée du fiel et tendit à Nuage Blanc un billet de cent yuans.

«Pour votre service.» Il se rassit à table. «Il a dû avoir beaucoup de mal à vous trouver.

– Merci.» Elle se tourna vers Chen. «Quelle cuisson souhaitez-vous pour le serpent?

– Celle que vous recommandez.

– Dans ce cas, à la façon du chef Lu. Moitié frit, moitié à la vapeur.

– Très bien.» Chen reprit quand elle se fut retirée à pas légers. «Vous étiez en train de parler de lacunes.

– En voici une, dit Jia. Dans votre histoire, J est parvenu à maîtriser la situation pendant toutes ces années. Pourquoi pas cette fois-là? Avocat plein de ressources, il aurait pu contrecarrer ses projets autrement qu'en la tuant.

– Il a peut-être essayé, et ça n'a pas marché, pour une raison quelconque. Cela dit, vous marquez un point, monsieur Jia.»

L'avocat essayait visiblement de saper la base de l'histoire, et Chen était ravi d'un tel combat.

« Et une autre lacune encore. S'il était si passionnément attaché à sa mère, pourquoi aurait-il dénudé puis habillé ses victimes de cette manière ?

– Une explication simple serait que les choses sont très contradictoires dans son esprit. Il l'aime, mais il ne peut pas lui pardonner ce qu'il considère comme sa trahison. J'ai cependant une explication plus élaborée pour cette particularité psychologique, dit lentement Chen. J'ai mentionné le complexe d'Œdipe, où deux aspects sont combinés. La culpabilité secrète et le désir sexuel. Chez un petit garçon des années soixante, la part de désir ne pouvait être que profondément enfouie.

« Le souvenir du moment le plus désirable est venu de ce *qipao*, juxtaposé à celui d'un autre moment, le plus horrible, où elle a fait l'amour avec cet homme. Inoubliable, ineffaçable parce que dans son subconscient il se substitue à son seul et unique amant. Ces deux moments sont donc comme les deux faces d'une même médaille. Voilà pourquoi il a traité sa victime en laissant un message plein de contradictions y compris pour lui-même.

– Je ne suis ni un expert ni un critique, dit Jia, mais je ne pense pas que vous puissiez appliquer une théorie occidentale dans ce pays sans entraîner la confusion. Pour moi, en tant que lecteur, le lien entre la mort de sa mère et le meurtre me paraît sans fondement.

– Je crois que vous avez raison à propos de la difficulté d'appliquer ici une théorie occidentale. Dans l'histoire d'origine d'Œdipe, la femme n'est pas le diable. Elle ne sait rien, elle fait ce que l'on attend d'elle dans sa position. C'est une tragédie du destin. L'histoire de J est différente. Et il se trouve qu'elle implique quelque chose que j'ai étudié pour une dissertation. J'ai analysé plusieurs histoires d'amour classiques, où des femmes belles et désirables se transforment soudain en monstres. Aussi séduisante que soit la femme sous l'aspect romantique, il y a toujours l'autre face, désastreuse pour son compagnon. Est-ce enraciné dans notre culture, dans notre inconscient collectif? C'est possible, surtout si nous considérons l'institution du mariage arrangé. La diabolisation des femmes, notamment dans l'amour physique, est alors compréhensible. Nous avons donc affaire à une sorte de message œdipien avec des caractéristiques chinoises.

– Votre discours est profond, mais il me dépasse, dit Jia. Vous devriez écrire un livre là-dessus.»

Chen lui-même s'étonna de son exubérance soudaine, dans ce lieu, en compagnie de Jia. En faisant un parallèle inattendu avec l'affaire, il venait peut-être d'éclairer ce à quoi il se heurtait dans sa dissertation.

«Pour J, cette façon particulière de tuer s'est imposée avec la force non seulement de son inconscient personnel, mais aussi de l'inconscient collectif.

– La théorie ne m'intéresse pas, inspecteur principal Chen. Et je crois qu'elle n'intéressera jamais vos lecteurs. Tant que votre histoire est pleine de trous, vous ne pouvez pas monter de dossier.»

À l'évidence, Jia croyait que Chen avait joué toutes ses cartes sans pouvoir l'atteindre. Le policier bluffait dans une guerre psychologique.

En effet, il y avait des lacunes que Jia était le seul à pouvoir combler, se dit Chen. Alors pourquoi ne pas laisser Jia s'en charger?

Une idée insensée, mais Chen décida de l'essayer. Après tout, Jia pouvait être tenté de raconter l'histoire de son point de vue, à condition de continuer à jouer la comédie de la fiction.

« Vous êtes un bon critique, monsieur Jia. Imaginons maintenant que vous soyez le narrateur. Comment améliorer l'histoire ?

– Que voulez-vous dire ?

– À propos des trous. Certaines de mes explications ne sont apparemment pas suffisantes pour vous convaincre. En tant qu'auteur, je me demande quel type de développement vous, le lecteur, pouvez attendre. »

Jia regarda Chen. Il savait que c'était un piège, et il ne répondit pas tout de suite.

« Vous êtes un des meilleurs avocats de la ville, monsieur Jia. Vos capacités de juriste y sont certainement pour quelque chose.

– De quels trous parlez-vous, inspecteur principal Chen ? demanda Jia encore prudent.

– Le *qipao* rouge, pour commencer. D'après les recherches sur le tissu et le style, il a fait réaliser la robe dans les années quatre-vingt, environ dix ans avant le meurtre. Le projetait-il déjà ? Non, je ne crois pas. Et pourquoi une réserve de robes identiques, dans des tailles différentes, comme s'il avait prévu la nécessité de choisir selon ses victimes ?

– Un défi à toute explication, n'est-ce pas ? Mais en tant que public, je crois qu'il peut y avoir un scénario plus acceptable, et plus cohérent avec le reste de l'histoire. » Jia s'interrompit pour prendre une gorgée de vin, comme s'il réfléchissait profondément. « Comme sa mère lui manquait, il a essayé de reproduire la robe de la photo.

Il lui a fallu longtemps pour retrouver le tissu d'origine – on ne le produisait plus depuis longtemps – et le vieux tailleur qui avait fait la robe. Alors il a décidé d'utiliser tout le tissu pour faire plusieurs robes au lieu d'une. Ainsi l'une d'elles serait le plus proche possible de l'original. Il ne prévoyait pas qu'elles serviraient des années plus tard.

– Excellent, monsieur Jia. Il vit encore l'instant où ils ont été photographiés ensemble. Rien d'étonnant à ce qu'il ait essayé de se raccrocher à un élément palpable, pour se rappeler la réalité du moment, dit Chen en hochant la tête. Et maintenant, une lacune que vous avez signalée. Vous aviez raison en disant qu'il aurait pu contrecarrer les projets de Jasmine autrement.

– Oui, comment être sûr qu'il avait l'intention de la tuer ? Il a peut-être essayé de la dissuader de suivre sa passion. Et il s'est passé quelque chose.

– Comment, monsieur Jia ? Comment pouvait-il la faire changer d'avis ?

– Je ne suis pas l'auteur, mais il aurait pu trouver quelque chose sur son amant, quelque chose de suspect dans ses affaires ou dans son mariage. Et il voulait la voir pour lui en parler.

– Ah oui, ce qui explique aussi qu'elle soit sortie avec lui, une fille si sage. Formidable.

– Il voulait qu'elle cesse de voir cet homme. Elle refusait de l'écouter. Il l'a menacée de dénoncer leur liaison secrète ou d'accuser son amant de bigamie. Ils se sont disputés, elle a commencé à crier. Il lui a mis la main sur la bouche pour la faire taire. Tout à coup, comme en transe, il s'est vu changé en Tian, faisant ce que Tian avait fait à sa mère. Une expérience troublante, une sorte de réincarnation. C'était Tian qui agissait…

– Sauf, l'interrompit Chen, qu'à la dernière minute le souvenir de sa mère l'a émasculé. Il l'a étranglée au lieu de la violer. Ça explique qu'il ait laissé des ecchymoses sur ses jambes et sur ses bras, et qu'il ait ensuite lavé son corps. C'était un homme prudent, il a pensé aux traces d'ADN.

– C'est votre récit, inspecteur principal Chen.

– Merci, monsieur Jia, vous avez résolu le problème, dit Chen en vidant son verre. Plus qu'une lacune. Il a abandonné les corps dans des lieux publics. Je le comprends comme une provocation. Mais la dernière victime a été abandonnée dans le cimetière. Pourquoi ? Si le pilleur de tombes n'avait pas trébuché dessus, elle aurait pu rester là des jours avant qu'on la découvre.

– Vous ne connaissez pas le cimetière, n'est-ce pas ?

– Non.

– Dans les années cinquante, c'était le cimetière des riches. L'explication est simple. Les membres de sa famille étaient enterrés là.

– Mais son père et sa mère ont été incinérés, et leurs cendres dispersées. Le cimetière a été entièrement retourné. Aucun proche n'était enterré là.

– Certaines familles achetaient des emplacements longtemps à l'avance. Son grand-père et d'autres avaient pu acheter l'ensemble. Dans son imagination, c'était toujours l'endroit où sa mère reposait. »

Le portable sonna à cette heure indue. Chen répondit aussitôt, mais c'était le directeur Zhong.

« Dieu merci, je vous ai enfin trouvé, inspecteur principal Chen. Le comité central du Parti à Pékin a pris une décision concernant le procès du scandale immobilier.

– Oui ? répondit Chen en s'éloignant de la table. Vous voulez dire son issue ?

– C'est un cas difficile, mais c'est aussi une occasion de prouver la détermination de notre Parti à lutter contre la corruption. Pour le peuple, Peng en est l'archétype. Faisons de lui un exemple.

– Je n'ai pas été d'une grande aide, je regrette. Mais je serai là demain. Ces cadres corrompus devraient être punis. »

Zhong n'imaginait pas que la conversation avait lieu en présence de Jia.

« Alors à demain au tribunal », conclut Zhong.

Chen revint à table. « Excusez cette interruption, monsieur Jia. »

C'est alors que l'horloge d'acajou se mit à sonner, telle la cloche du temple.

Minuit.

30

C'était un autre jour.

Chen termina son verre de vin d'un coup et regarda l'horloge. Le propriétaire du restaurant avait fait merveille pour recréer l'atmosphère d'abondance et de glamour du vieux Shanghai et avait porté une attention extrême aux détails. L'horloge d'acajou semblait authentique, elle avait résisté au temps, avec son balancier de cuivre poli qui lui donnait l'aspect du neuf.

Il avait peut-être brisé le cycle. C'était à présent vendredi. Jia n'avait pratiquement plus aucune possibilité de faire une nouvelle victime avant le procès.

Il prit la clochette d'argent sur la table.

Nuage Blanc s'approcha, épanouie comme une fleur de nuit, dans une robe flottante multicolore. « Oui ?

– La spécialité de ce soir, dit Chen. N'oubliez aucun détail.

– Aucun détail. » Elle alluma deux bougies sur la table avant de ressortir.

Jia observait, il ne fit aucun commentaire sur l'exigence insolite de Chen. Celui-ci alluma une cigarette. Le silence envahit la pièce. On n'entendait plus que le balancier de la vieille horloge.

Soudain, l'électricité s'éteignit, ne laissant que la lumière des bougies qui vacilla quand la porte se rouvrit.

Nuage Blanc revenait, en *qipao* rouge, les fentes déchirées, plusieurs boutons du corsage défaits, ses pieds nus d'une blancheur éclatante sur la moquette rouge.

Jia se dressa, le visage soudain livide.

Dans un conte du juge Bao, de la dynastie des Song, un criminel passait aux aveux sous l'effet du choc provoqué par l'apparition d'une femme assassinée. À cette époque-là, les gens étaient encore très superstitieux et la colère d'un fantôme les terrorisait.

Jia se laissa retomber sur son siège. Pendant qu'il s'essuyait le front, il garda la tête baissée pour éviter de la voir.

Nuage Blanc portait une marmite de verre sur un réchaud à gaz. Lorsqu'elle les posa sur la table et se pencha pour allumer le réchaud, ses seins apparurent dans l'échancrure déboutonnée de sa robe.

Une tortue nageait dans la marmite au-dessus du réchaud. Inconsciente du changement progressif de la température de l'eau, elle regardait tranquillement à l'extérieur. Un autre plat cruel. À petit feu, la tortue pouvait cuire pendant un très long moment.

« Soupe spéciale au bouillon de poulet et de pétoncles, expliqua Nuage Blanc. En se débattant, la tortue absorbe l'essence de la soupe, et sa chair, une fois cuite, aura une saveur extraordinaire. Ses mouvements rendront aussi la soupe plus délicieuse.

– Un plat étrange, un restaurant original », dit Jia qui se ressaisissait, bien que transpirant abondamment. « Même la serveuse est habillée de façon spectaculaire.

– C'était une résidence privée, et son hôtesse était d'une beauté légendaire, surtout dans un élégant *qipao* rouge, dit Chen, mais je me demande si elle aurait pu le porter ainsi. Ou servir un plat aussi cruel. Il me rappelle ces meurtres – la jeune fille qui souffre et se débat contre un sort inévitable.

– Vous faites des associations d'idées à profusion », remarqua Jia.

Dans une certaine mesure, Jia avait partagé le même sort, désarmé, condamné en dépit de sa lutte. En regardant à l'intérieur de la marmite de verre, Chen eut la vision fugitive de la tortue transformée en petit garçon, tendant la main pour échapper à l'inévitable. Il sentit un nœud de nausée à l'estomac.

Mais la responsabilité de Chen, comme policier, était de punir l'homme de son crime contre Jasmine, d'autres filles, et contre Hong, une de ses collègues.

« D'une cruauté inhumaine, murmura-t-il malgré lui, mais je peux en faire autant.

– Vous êtes perdu dans votre imaginaire, inspecteur principal Chen.

– Non, pas du tout. »

Il se leva, prit son trench-coat au portemanteau et le posa sur les épaules de Nuage Blanc. Il tendit la main et reboutonna un des boutons de son corsage avant de dire : « Merci beaucoup pour votre aide. Vous pouvez disposer. Couvrez-vous bien. C'est la nuit de Dongzhi et vous voulez peut-être rejoindre votre famille.

– Non. » Elle rougit, plus séduisante que jamais. « Je vous attendrai dehors. »

Après son départ, il dit à Jia : « Ce n'est pas une nuit pour les histoires, ni les plats spéciaux, vous le savez, monsieur Jia.

– C'est la nuit de Dongzhi, je sais.

– Merci d'avoir comblé les lacunes dans l'affaire du *qipao* rouge, mais le moment d'abattre nos cartes est venu. Nous n'avons plus besoin de faire semblant. Vous êtes le protagoniste de l'histoire, monsieur Jia, et aussi le meurtrier.

– Voyons, inspecteur principal Chen. Vous pouvez écrire toutes les histoires que vous voudrez, mais vous n'avez rien pour corroborer une accusation aussi fantaisiste. Pas le moindre indice, ni l'ombre d'un témoin.

– Nous les aurons, mais ils ne seront peut-être même pas nécessaires. Le meurtrier parlera, avec ou sans eux.

– Comment ? La réalité dépasse vraiment la fiction. En tant que lecteur, je ne vois pas comment un policier pourrait faire quelque chose dans un cas tel que celui que vous avez décrit. » Jia restait calme, toujours dans son rôle de lecteur. « Si vous étiez aussi confiant, vous écririez un rapport et non une œuvre de fiction.

– Alors laissons la fiction, monsieur Jia. Que pensez-vous des documents ? C'est ce qui se vend le mieux de nos jours.

– Qu'appelez-vous un document ?

– Une histoire vraie, celle de Mei et de son fils. Authentique, nostalgique, détaillée, et tragique – comme le *Vieux Manoir* lui-même. Beaucoup de gens seront intrigués. Je n'ai même pas à développer l'affaire du *qipao*. Juste quelques allusions ici et là. Un best-seller sensationnel, je parie.

– Comment pouvez-vous vous abaisser ainsi, inspecteur principal Chen, rien que pour faire un best-seller ?

– Un drame de la Révolution culturelle, et ses répercussions tragiques aujourd'hui encore. En tant que policier et en tant qu'écrivain, je ne vois là aucune bassesse. Si c'est un best-seller, je ferai don de l'argent : je connais un musée privé de la Révolution culturelle à Nankin.

– De nos jours, un auteur doit craindre des poursuites pour diffamation, inspecteur principal Chen.

– Je suis policier, et j'écris comme un policier, en fondant chaque détail sur des preuves. Pourquoi devrais-je craindre un procès ? Cela peut apporter beaucoup de publicité, et aussi de journalistes. Ils sont à l'affût pour tout ce qui touche à l'affaire du *qipao* rouge. Attendez-vous à ce qu'ils ne laissent rien passer. Et en plus du texte, j'ai quelque chose qui va les intéresser au plus haut point.

– Quelles cartes avez-vous encore dans votre manche ?

– Rappelez-vous, les photos dont je vous ai parlé au téléphone… Excusez-moi, j'aurais dû vous les montrer plus tôt. Le vieux photographe a utilisé plus de cinq bobines. Je les publierai toutes. »

Il sortit les photos de son porte-documents et les étala sur la table.

Jia dut certainement faire appel à toute sa volonté pour ne pas s'en emparer. Il y jeta un regard désinvolte.

« J'ignore de quelles photos vous parlez, mais vous n'avez pas le droit de les publier.

– La veuve du photographe, l'a, elle. L'argent qu'elles rapporteront sera bien utile à une vieille femme pauvre. » Chen se servit une cuillerée de peau de serpent avant de reprendre la revue. « La première fois que j'ai vu la photo, elle m'a rappelé des vers d'*Othello. Si le moment était venu de mourir, ce serait maintenant le bonheur suprême; car je crains, tant le contentement de mon âme est absolu, qu'il n'y ait aucun ravissement égal à celui-ci dans l'avenir inconnu de ma destinée.* Absurde, direz-vous, mais j'ai fini par comprendre votre insistance à habiller toutes les victimes en *qipao* rouge. Vous voulez vous souvenir d'elle dans son moment le plus heureux, le vôtre aussi. À votre manière, vous avez sans doute voulu que ces victimes soient heureuses, et belles, pour ce moment.

« J'attirerai l'attention sur les similitudes entre les photos et l'affaire. Sur deux de ces photos, les boutons du corsage sont légèrement défaits. Et sur plusieurs, elle est pieds nus. Sans parler de la robe elle-même. Tissu et style identiques. Même confection aussi. Un expert le confirmera. Et que penser du décor ? Un jardin privé. Toutes les victimes, à l'exception de la dernière, ont été retrouvées dans des lieux qui avaient un rapport avec les fleurs et l'herbe. En fait, le parterre où a été laissée la première victime est à un jet de pierre de l'École de musique.

– Vous manipulez les gens…

– Non, je ne pense pas que ce soit nécessaire, continua Chen. Les photos de la belle hôtesse de la résidence Ming, devenue le célèbre *Vieux Manoir,* seront des preuves plus que suffisantes. Environ quatre-vingts au total. En dehors de l'usage que j'en ferai pour mon livre, j'en vendrai une ou deux à un journal ou à une revue, pour un maximum d'effet. Nous devons aussi penser à un titre. Que diriez-vous du *Premier qipao rouge*? Tous les détails vont ressortir. Des détails sales. Des détails sensationnels. Sexuels. Un festin pour les journalistes. Et je ferai tout pour les aider.

– Inutile de parler plus longtemps, inspecteur principal Chen. Vous m'avez invité ici pour discuter d'une histoire que vous écriviez, et j'ai écouté patiemment jusqu'au bout. Vous venez maintenant me parler de crime et vous m'accusez de meurtre. Je ne crois pas devoir rester davantage. Je suis avocat, je connais mes droits, dit Jia en regardant Chen dans les yeux. Vous pouvez venir me voir demain avec un mandat d'amener, avant, pendant ou après le procès.

– Ne partez pas, monsieur Jia. » Chen fit un geste pour lui demander de patienter. « Je n'ai même pas commencé à vous parler d'un autre argument de vente. Pour le suspense sentimental, j'inclurai un extrait de mon entrevue avec Xia.

– Vous avez vu Xia ! Bien sûr, vous êtes capable de tout pour saboter le procès du scandale immobilier.

– Non. Une liaison sentimentale entre un grand avocat et un mannequin célèbre est un argument commercial de plus pour *Le premier qipao rouge.*

– Vous vous accrochez à un brin de paille. Nous nous sommes séparés il y a très longtemps. C'était sans aucun rapport avec votre fiction ou document.

– On se rencontre, on se sépare, personne n'y peut rien. Mais pourquoi se sépare-t-on ? Les interprétations diffèrent. Elle ne dira peut-être pas grand-chose, pas au début, mais je parie que les journalistes ne la lâcheront pas. Tôt ou tard, ils sauront déterrer des détails plus intimes de votre vie privée, correspondant au profil psychologique d'un criminel sexuel. Et en particulier dans une affaire où toutes les victimes ont été déshabillées mais pas violées. Elle a déjà focalisé l'attention des journalistes.

– Vous êtes en train de faire une grosse erreur, répliqua Jia en se levant l'air indigné. Avant que vous ayez l'attention des journalistes, il peut y avoir encore une ou deux victimes dans cette ville. Je ne pense pas que le public serait reconnaissant à un policier irresponsable perdu dans ses rêves de best-seller. »

C'était une menace que Chen devait prendre au sérieux. *Un chien désespéré saute par-dessus le mur*, dit le proverbe. Jia était capable de frapper de nouveau, comme à la *Porte de la joie*, malgré la surveillance policière.

Nuage Blanc revint, toujours en *qipao* rouge.

« Excusez-moi, c'est le moment d'assaisonner la soupe. » Elle souleva le couvercle et versa l'assaisonnement. Elle changea les cuillères et les écuelles avant de s'adresser à Jia avec un sourire confus. « Je vous en prie, asseyez-vous. »

Elle avait pu voir ou entendre à travers le verre dépoli de la porte. La tortue tournoyait frénétiquement dans la marmite en faisant gicler la soupe.

Ni Chen ni Jia ne prononcèrent un mot en sa présence. Elle s'en alla sans bruit. La pièce resta silencieuse, à l'exception du sifflement de la marmite.

« C'est une nuit où la famille se réunit pour les vivants et pour les morts, reprit Chen. Ma mère veut que je sois avec elle. Mais en termes de priorité, selon le confucianisme, l'intérêt du pays est plus important. Je n'ai pas le choix. Je dois donc m'assurer qu'il n'y aura pas d'autre victime en *qipao* rouge, et j'en prendrai la responsabilité.

– C'est donc votre responsabilité si vous vous accrochez à votre histoire folle au risque de laisser une chance au véritable criminel.

– Aucune chance, pour la tortue dans la soupe – mais un grand coup de fouet au yin et au yang. » Chen regarda dans la marmite. « Les lecteurs aimeront beaucoup le passage sur le désir sexuel entre mère et fils.

– N'embobinez pas nos compatriotes avec votre bla-bla psychologique.

– Vous avez raison, nos lecteurs ne s'intéressent pas beaucoup à la différence entre conscient et inconscient. Ils diront simplement: "Sa mère l'excite tellement qu'il ne peut pas baiser d'autres femmes. Alors il les tue de manière perverse pour atteindre l'orgasme en s'imaginant être avec sa mère." »

Jia resta muet, le regard fixé sur la marmite de verre où la tortue remuait encore, mais bien plus lentement.

« Dans un des thrillers que j'ai traduits, continua Chen, un tueur est indifférent à ce qui lui arrive parce que sa vie n'est qu'un long tunnel sans lumière au bout, mais il s'intéresse encore à celle qui l'aime. Dans votre cas, que va-t-il arriver à Xia? Elle va être traînée dans la boue et la honte – encore pire que pendant la Révolution culturelle –, tous les détails seront étudiés et exagérés. Que vont vraiment faire les journalistes? Je n'ai aucun contrôle sur eux.

– Maintenant que vous avez concocté cette histoire, vous allez vous acharner, au mépris de votre responsabilité de policier, dit Jia en relevant la tête. Mais il y a une chose à laquelle vous devez penser, inspecteur principal Chen. Le scandale immobilier a atteint un point critique.

Toute action contre moi pourrait passer pour une manœuvre politique pour couvrir la corruption du gouvernement. Les médias suivent l'affaire de très près.

– Je vais vous donner moi aussi une information, monsieur Jia. Il y a environ un mois, un de nos dignitaires m'a demandé de m'occuper du scandale immobilier. J'ai refusé. Pourquoi ? Parce que, comme vous, je veux que ces cadres corrompus soient punis. Toutefois, j'ai été tenu informé des derniers événements. Pékin est parvenu à un compromis pour le procès de demain, vous l'avez peut-être appris aussi par vos propres sources.

– Un compromis ! Vraiment ! Alors vous savez comme tout ça est sale. Non seulement plusieurs hauts dignitaires sont impliqués, mais en outre ils sont mêlés à une lutte de pouvoir au sommet. Vous n'êtes pas un novice en politique, inspecteur principal Chen. Si Pékin avait réellement voulu mettre fin à l'affaire, je n'aurais pas été autorisé à aller aussi loin. Croyez-vous qu'ils souhaitent un coup de théâtre spectaculaire à ce stade ?

– J'ai entendu parler de la lutte interne dans la Cité interdite, dit Chen.

– Dans des circonstances ordinaires, un avocat doit faire tout ce qui est en son pouvoir pour défendre les intérêts de ses clients. Toutefois, s'il y avait des interférences dans le procès, tout pourrait arriver. Même en cas d'accord, l'affaire pourrait se solder par la révélation de toutes les connexions officielles, de tous les détails sordides. On découvrirait aussi les rivalités à l'intérieur de la Cité interdite. Un désastre politique ! Une responsabilité trop lourde pour un policier. Vous devez penser aux conséquences, inspecteur principal Chen.

– J'y ai déjà pensé, monsieur Jia. Quel que soit le scénario, la tuerie de personnes innocentes doit cesser. Quand le public lira l'histoire et verra les photos, il jugera.

– Certains journalistes sont bien informés. J'en connais plusieurs moi aussi. Quand ils apprendront les enjeux politiques, croyez-vous qu'ils seront aussi enthousiasmés par votre histoire ?

– Je peux vous l'assurer, monsieur Jia. J'ai d'autres photos qui les passionneront, malgré toute la politique.

– De quoi parlez-vous, inspecteur principal Chen ?

– Les photos prises l'après-midi de la mort de Mei. Un policier de quartier, le camarade Fan, est arrivé sur les lieux. Comme il soupçonnait quelque chose de louche, il a pris des photos – au pied de l'escalier, avant que l'équipe médicale vienne jeter une couverture sur son corps nu.

– Vous voulez dire des photos d'elle étendue par terre cet après-midi-là…

– Oui, des photos d'elle sur le sol dur, froid, toute nue, telle que vous l'avez vue dans votre esprit des milliers de fois.

– Mais c'est impossible, ces photos, Fan ne m'en a jamais parlé. Non, ce n'est pas vrai. Vous bluffez. »

Pour la première fois, Jia n'essayait pas de nier son rôle dans les événements.

« Je vais vous en montrer une, dit Chen en sortant une photo. Une petite. Je suis en train de les faire toutes agrandir. Il y en a beaucoup. »

Quand Jia l'eut dans la main, il ne discuta pas son authenticité.

« Horrible, n'est-ce pas ? » dit Chen en levant ses baguettes vers la marmite.

La scène que voyait Jia était en effet horrible, sans même imaginer qu'elle serait examinée par des millions de lecteurs.

L'exhumation d'un corps était considérée comme la chose la plus abominable dans la culture traditionnelle, mais celle d'un corps nu, encore bien pire. C'est pourquoi le camarade Fan avait caché les photos pendant si longtemps. Mais elles étaient probablement la dernière carte de Chen.

« Si les journalistes mettent la main sur ces photos, sur celles prises dans le jardin et celles des victimes en *qipao* rouge…

– Arrêtez, Chen. C'est d'une bassesse méprisable », dit Jia avec difficulté d'une voix sifflante, comme si elle venait aussi de la marmite. « C'est indigne de vous.

– Rien n'est indigne d'un policier pour résoudre cette affaire. Quant à la "bassesse méprisable", j'en ai trouvé un exemple en travaillant sur ma dissertation, je vous l'ai dit. J'ai décelé dans notre culture ce que j'appelle la diabolisation des femmes dans l'amour sexuel. Je tiens à vous dire que vous en avez été le jouet. »

Il souleva le couvercle de la marmite et servit deux bols de soupe.

« Quand vous étiez enfermé au fond du local du comité de quartier, votre mère est allée voir le camarade Fan. Elle se faisait un sang d'encre à votre sujet. Désespérée, elle lui a dit qu'elle ferait n'importe quoi pour vous. Le camarade a compris ce qu'elle voulait dire, mais il a refusé en disant que Tian était le seul à pouvoir vous libérer. À son grand regret, elle a pris son conseil à la lettre. Fan n'a pas douté un instant que c'était pour cette raison qu'elle se trouvait avec Tian cet après-midi-là. Elle a fait tout ça pour vous.

– Mais elle n'y était pas obligée. Il ne me serait rien… »
Jia ne put terminer sa phrase.

« Rien ne vous serait arrivé ? J'en doute. Vous auriez pu être condamné à mort pour un tel "crime politique". Je me souviens qu'un vieil homme a été exécuté sur la place du Peuple pour le crime d'avoir transporté sur son dos une statue du président attachée par une corde autour du cou. Symbole de la pendaison du président Mao, a décrété le peuple révolutionnaire. Elle savait ce qu'elle faisait. Elle avait compris que Tian était capable de tout. »

La sonnerie aiguë de son portable l'interrompit. Cette fois, c'était l'inspecteur Yu.

« Pardon, je dois encore répondre », dit Chen. Il se leva et se dirigea vers la fenêtre. Le jardin était plongé dans l'obscurité.

« Rien dans la voiture, chef, dit Yu. J'ai examiné l'emplacement. C'est vrai qu'il peut entrer par la porte latérale sans être vu. Le devant est caché par des bambous. Je suis entré avec la clef.

– Quelque chose dans le bureau ?

– C'est grand. En plus du local professionnel, réception et cabinet, il y a une petite chambre avec une salle de bains.

– D'après Xia, il passe souvent la nuit là.

– Il a pu y laver le corps de Jasmine.

– C'est juste.

– Je n'ai pas vu de taches de sang ni rien de ce genre. La moquette a dû être nettoyée récemment, il reste une odeur de détergent. J'ai vu un aspirateur à vapeur, alors que ces bureaux de luxe sont généralement entretenus par des entreprises. Autre chose, chef. La couleur de la moquette correspond à celle de la fibre trouvée sous le pied de la troisième victime. Mais nous n'aurons les résultats de l'analyse que demain matin.

– C'est suffisant pour le garder quarante-huit heures et justifier une fouille complète. Au moins, il ne pourra rien faire pendant ce temps.

– On démarre ce soir ?

– Pas de précipitation. Attendez mon appel. »

Quand Chen revint vers la table, la tortue était retournée sur le dos, immobile, montrant un ventre d'une blancheur effrayante.

« Pour un policier, vous avez écrit une histoire pleine de compassion », dit Jia.

Chen se demanda si c'était un sarcasme ou le signe d'un changement d'attitude chez Jia.

« Présenter les personnages avec humanité est essentiel dans toute histoire, dit Chen en s'asseyant face à Jia. Vous pensez que personne ne vous comprend, vous avez été formé par toutes les absurdités et les atrocités que vous avez subies pendant la Révolution culturelle, comme un logiciel créé par tous ces événements, et le résultat c'est que vous ne pouvez fonctionner qu'ainsi, en dehors de votre entendement. Moi, j'ai essayé de comprendre. En apprenant ce que vous aviez vécu, je ne cessais de me dire : "C'est par hasard si ce qui est arrivé à Jia ne m'est pas arrivé à moi." Car je ne pouvais pas m'empêcher de m'identifier au petit garçon heureux de la photo.

« Pendant les jours qui ont suivi sa mort, chaque fois que vos voisins vous regardaient, vous pensiez qu'ils la revoyaient courant toute nue derrière vous. C'était comme un démon qui vous dévorait. Alors vous êtes parti, vous avez essayé de tout oublier. Vous avez même changé de nom. Mais, comme dans le poème de Su Dongpo, vous essayiez *de ne pas penser, sans pouvoir oublier.*

« En tant que policier ou autrement, je ne veux pas vous condamner pour avoir fait justice vous-même – du moins au début, en frappant ces coups impitoyables contre Tian. Je comprends quelle force aveuglante peut être la vengeance. Moi aussi j'ai été hors de moi quand une de mes jeunes collègues est morte. J'ai juré au temple de Jin'an que je ferais n'importe quoi pour la venger.

« Mais la situation a commencé à vous échapper. Vous avez découvert votre problème sexuel. Pour un avocat célèbre, renommé pour ses procès politiquement délicats, c'était trop risqué d'aller consulter un psychanalyste.

« Et vous vous êtes effondré à cause de Jasmine. Quand vous l'avez touchée, tout ce qui avait été refoulé en vous pendant toutes ces années a explosé. Nous connaissons tous les deux la suite.

« Je ne suis pas venu ce soir pour vous juger, monsieur Jia, mais je ne peux pas m'empêcher d'être policier. C'est pourquoi j'ai organisé cette rencontre dans l'espoir que nous puissions trouver un autre moyen…

– Un autre moyen ? Qu'est-ce que ça changera pour un homme qui, vous l'avez dit, ne voit pas de lumière au bout du tunnel ? » Puis Jia ajouta lentement, posément : « Que voulez-vous ?

– Ce que je veux, c'est que cette tuerie cesse.

– Eh bien, si le procès se tient demain comme prévu, il ne se passera rien.

– C'est ce que j'espère. Il ne se passera rien, dit Chen en regardant sa montre. Rien de fâcheux.

– C'est déjà vendredi. Ne vous en faites pas, dit Jia

comme s'il lisait dans ses pensées. Et ces photos doivent être détruites.

– Elles le seront. Tous les négatifs aussi. Vous avez ma parole.

– Allez-vous toujours écrire votre histoire, inspecteur principal Chen ?

– Non, pas si je peux l'éviter.

– Merci de m'avoir raconté l'histoire à votre manière, inspecteur principal Chen. Peu de policiers partagent votre compréhension. Maintenant, il est temps que je rentre me préparer pour le procès de demain… d'aujourd'hui, dit Jia en se levant. Après le procès, vous pourrez faire ce que vous voudrez, et je ferai de mon mieux pour m'y conformer. »

Quand ils sortirent, ils virent que Nuage Blanc était toujours là. Elle s'était endormie pendant qu'elle attendait, pelotonnée sur le canapé de cuir, le *qipao* froissé, les pieds nus. Elle ne portait rien sous sa robe.

Jia eut un mouvement de recul. C'était l'heure étrange de la nuit où les fantasmes s'affolent comme des chauves-souris.

31

Le procès du scandale du Bloc 9 Ouest avait commencé paisiblement, le vendredi matin.

C'était au tribunal du district de Jin'an, où était situé le complexe immobilier. Le bâtiment avait été une école catholique dans les années vingt. Chen se rappelait qu'au début des années soixante il avait été transformé en palais des Enfants. Seuls un ou deux vitraux dans la salle d'audience rappelaient son passé.

D'après l'information interne que Chen venait de recevoir, Peng allait être condamné à trois ans de prison. Un message rassurant à une époque où la faille entre riches et pauvres béait comme à l'approche d'un tremblement de terre. Le gouvernement avait tout intérêt à ce que le procès se termine vite et sans heurts, par une condamnation de Peng pour usage frauduleux de fonds publics et pour sa négligence coupable dans l'opération commerciale.

Une telle conclusion serait acceptable pour la majorité du public, et elle ne toucherait pas les hauts dignitaires corrompus du Parti. Elle offrait en même temps l'occasion au gouvernement de démontrer sa solidarité avec les gens ordinaires. Avec la réaffectation des fonds au relogement et peut-être quelques autres compensations mineures, les anciens résidents seraient satisfaits. Un tel résultat paraissait le meilleur que Jia puisse obtenir au nom des anciens résidents. Quant à Peng, il ne ferait pas l'erreur de protester contre une peine de trois ans. Grâce à ses relations, il sortirait dans les deux mois.

Le procès n'était donc qu'une formalité.

Des résidents du Bloc 9 Ouest étaient présents, ainsi qu'un nombre égal de journalistes, y compris de la presse étrangère, qui avaient dû obtenir une autorisation spéciale.

Jia était assis devant parmi les résidents, toujours en costume noir, le visage tendu et pâle.

Chen prit place près du fond en massant ses tempes qui battaient. Il n'avait même pas eu le temps de se changer après le dîner au *Vieux Manoir.* C'était peut-être aussi bien. Avec ses lunettes teintées, il espérait ne pas être reconnu.

Yu s'assit à côté de lui, aussi en civil. Lui non plus n'avait pas fermé l'œil. Après avoir obtenu les résultats de l'analyse de la fibre tôt le matin, il avait fait en hâte les préparatifs pour une action immédiate, mais Chen avait voulu qu'il attende.

Ainsi que l'avait suggéré l'inspecteur principal, les policiers placés à l'intérieur et à l'extérieur du tribunal étaient également en civil. Il avait insisté pour qu'ils n'interviennent pas avant qu'il n'en donne l'ordre. Yu ne leur avait rien dit sur l'autre affaire, celle du *qipao* rouge.

Et Chen ne savait que dire à Yu. Il décida d'attendre la fin de la plaidoirie. Mais même alors, une action immédiate resterait trop spectaculaire. Une tempête de spéculations à propos de représailles politiques ne serait pas dans l'intérêt du Parti.

Gang Hua, l'avocat de Peng, se levait pour conclure.

Il demanda la clémence en arguant de la coopération de Peng avec le gouvernement, de son remboursement des fonds et de son ignorance de la conduite malhonnête de ses employés. Gang fit tout particulièrement état de ce qu'il définit comme les « circonstances historiques ».

« Il est vrai que Peng a obtenu le terrain à bas prix et projetait de vendre les appartements avec une forte plus-value. Mais les prix de l'immobilier à Shanghai se sont envolés partout, pas seulement dans ce projet. Quant au règlement sur l'usage du terrain, il n'était pas très précis au début du projet, pas plus que l'indemnisation des résidents n'a été exactement formulée et quantifiée. Afin d'assurer que le projet soit achevé dans les temps, Peng a engagé une entreprise de déménagement dont les employés, peut-être trop impatients de travailler, ont agi sans que Peng ait le temps d'en être informé.

« Nous comprenons que certains résidents du Bloc 9 Ouest ont subi des dommages, y compris physiques, mais au bout du compte, le projet immobilier est conforme à l'intérêt du peuple. Comment peut-on encore vivre comme dans la pièce *Soixante-douze familles sous un même toit*? Notre pays a fait des progrès énormes grâce à une réforme sans précédent dans son histoire. Tout est nouveau pour tout le monde. C'est pourquoi, si Peng doit certes être tenu pour responsable de ses erreurs, nous devons toutefois tenir compte des circonstances historiques. Dans une perspective plus large, vous devez reconnaître que les activités de Peng ont contribué à la prospérité de la ville. Si vous allez au Bloc 9 Ouest l'année prochaine, vous verrez des rangées entières de nouveaux immeubles. »

C'était un discours astucieux, qui présentait Peng comme un homme d'affaires dont les erreurs procédaient des meilleures intentions. Il laissait de côté, bien entendu, ce qui ne pouvait pas être dit, à savoir les pratiques de corruption dans ses relations avec des dignitaires du Parti.

La réaction du public parut mitigée. Certains chuchotaient entre eux. Les résidents, eux, ne s'intéressaient pas à autre chose que leurs compensations financières.

Ensuite Jia se leva et s'avança pour sa conclusion.

Quand il fut à la barre, il parcourut la salle du regard avant de repérer Chen au fond. Il lui fit un signe de tête imperceptible, tout en buvant une gorgée d'eau d'une bouteille en plastique. Il paraissait sûr de lui et décidé, son visage avait pris un étrange teint diaphane, comme si un autre lui-même se manifestait à cette occasion.

Mais c'était peut-être une illusion due à la lumière du matin qui se répandait à travers les vitraux.

« D'après ce que vient de dire mon éminent confrère, le résultat du procès semble joué d'avance, commença Jia. Peng sera puni pour sa mauvaise gestion, et les résidents du Bloc 9 Ouest recevront des indemnités pour leur relogement. Je vois déjà les gros titres. *Les autorités de la ville soutiennent la justice pour le peuple.* Ou encore *Peng, Monsieur Gros-Sous numéro un de Shanghai, puni.* Et tout est fini. Certains seront satisfaits de leurs indemnités, d'autres iront habiter le nouvel ensemble, d'autres se féliciteront de la chute du nouveau riche, et tous seront contents de ne plus entendre parler de cette histoire.

« Cependant, une issue aussi "satisfaisante" du procès laisse sans doute beaucoup de mystères inexpliqués.

« Comment, vendeur ambulant dans la rue de Chapu il y a cinq ou six ans encore, Peng est-il devenu Monsieur Gros-Sous numéro un ? Ce n'est pas un magicien doté de pouvoirs prodigieux mais, comme nous le savons, il a des relations. Comment a-t-il pu s'approprier le terrain pour le projet immobilier alors que plusieurs autres promoteurs plus qualifiés étaient en lice ? Il n'a pas dépassé l'école primaire mais, comme nous le savons, il a des relations. Comment Peng, après avoir obtenu l'approbation officielle pour "l'amélioration de l'habitat", a-t-il pu refuser aux résidents d'origine le droit de revenir chez eux ? Ce droit était inscrit noir sur blanc dans son offre, mais, comme nous le savons, il a des relations. Comment Peng a-t-il pu obtenir l'autorisation officielle d'expulser les résidents "par tous les moyens nécessaires" ? Certains plaignants ont ressenti dans leur chair ce que signifiait "tous les moyens nécessaires", mais, comme nous le savons, Peng a des relations.

« Et quelles relations ?

« Il n'est pas nécessaire que je m'étende là-dessus. Quoi que je dise, il y en aura pour assurer que c'est hors sujet.

« Car enfin, tout peut s'expliquer et se justifier. Quelqu'un m'a dit récemment que nous vivions une époque de perspectives. Tout dépend des perspectives. Mais il a oublié d'ajouter que celui qui a le pouvoir est en mesure de les contrôler. »

Chen se massa de nouveau les tempes.

« Mon estimé confrère a soulevé un point important, poursuivit Jia. "Les circonstances historiques". Il n'a pas inventé le terme. Nous en avons déjà entendu parler, notamment en relation avec la Révolution culturelle, n'est-ce pas ? »

« Où est-ce qu'il veut en venir ? chuchota Yu à Chen. Est-ce qu'il faut le faire taire ?

– Non, je ne crois pas qu'il dépassera les bornes. Attendons encore un peu. »

C'était déjà un procès sans précédent en ce qu'un avocat défiait seul les dignitaires du Parti. Jia méritait ce moment de gloire, qui risquait d'être une dernière et maigre consolation pour son ego meurtri. Par ailleurs, Chen ne voulait pas que le procès soit affecté par l'affaire du *qipao* rouge. Les deux n'avaient aucun rapport.

« Nous ne sommes pas ici, bien entendu, pour aborder toutes les questions sociales et politiques sous-jacentes, poursuivit Jia. Mais que dire des personnes qui ont subi des pertes irréparables ? Les parents de Zhang Pei, par exemple, qui est mort à cause des horribles conditions de vie après l'expulsion. Ou Lang Tianping, paralysé après avoir été battu sauvagement pendant la "campagne de démolition" du service de déménagement. Ou Li Guoqing, que sa petite amie a quitté lorsqu'il a été arrêté pour s'être bagarré avec les brutes de la triade engagée par Peng.

« Alors croyez-vous que punir le seul Peng pour sa mauvaise gestion apporte la justice ? »

La question troublait Chen. Où Jia s'arrêterait-il ? Ce pouvaient être de simples effets de manches. Son discours anticorruption allait sûrement lui valoir de nouveaux applaudissements. Mais était-ce si important pour lui ?

Jia cherchait-il la catastrophe finale pour tous ? Une dernière vengeance, la vengeance suprême ? Il tenait les autorités du Parti pour responsables de la Révolution culturelle, et ce serait un désastre pour le gouvernement d'étaler au grand jour la corruption des dignitaires et leur politique sordide.

Mais Chen ne croyait pas que Jia allait dans cette direction. Leur accord tacite de la veille était que rien de trop spectaculaire ne se passerait pendant le procès. Ni d'un côté ni de l'autre. Si Jia voulait que Chen s'y tienne, il devait faire de même. Après tout, Chen avait les photos. Jia avait dû prendre sa présence comme un avertissement. Toute provocation de la part de Jia aurait ses conséquences. Et pas seulement pour lui, mais pour sa mère. Jia le savait, Chen le savait.

Et il n'arrivait pas à se débarrasser d'un pressentiment. Quelque chose ne tournait pas rond. Mais quoi ? Cette fois, il échouait à se mettre à la place de Jia.

Jia devait avoir prévu ce qui arriverait après le procès. Il n'avait pas d'issue, il le savait mieux que personne.

Comment Jia allait-il pouvoir faire face à sa chute ? Un des avocats les plus réputés de la ville, qui parlait toujours de justice, allait affronter un procès où lui-même serait jugé et condamné comme criminel après avoir signé de sa main une confession complète. Quelle que soit la défense qu'il puisse échafauder, la fin serait la même. La mort, jointe à la pire des humiliations imaginable.

Chen cessa de réfléchir davantage. *Tu n'es pas un poisson, alors comment peux-tu savoir ce qu'ils pensent ?* Jia était malade. C'était ce que Chen avait dit à Yu, et c'était vrai.

Tout à coup, Jia se mit à tousser, un spasme souleva sa poitrine, une pâleur grise envahit son visage.

« Tout va bien ? demanda le juge, impatient que Jia termine sa plaidoirie.

– Oui. Ce n'est rien », répondit Jia.

Le juge hésita, puis demanda à Jia de poursuivre.

« Je suis donc tenté de vous raconter une histoire, en parallèle avec l'affaire qui nous occupe, reprit Jia avec une énergie nouvelle dans la voix. L'histoire de ce qui est arrivé à un petit garçon pendant la Révolution culturelle. Il a perdu son père, perdu sa maison, puis, dans des circonstances très humiliantes, il a perdu sa mère qu'il aimait profondément. L'expérience l'a complètement traumatisé, comme un petit arbre rabougri qui ne survit que tordu. *Quand tout le nid est renversé, pas un seul œuf ne reste intact,* dit le proverbe, *même si la fêlure ne se voit pas.* Il a grandi dans le seul et unique but d'obtenir justice pour sa famille. Mais les... circonstances historiques ont fait de la Révolution culturelle une simple erreur pleine des meilleures intentions, et il s'est rendu compte que c'était une mission sans espoir. Il a finalement décidé de rendre justice lui-même.

« Naturellement, nous comprenons tous que nous sommes censés appliquer la justice dans une cour comme celle-ci, et non nous-mêmes. Mais existe-t-il une cour pour juger les crimes de la Révolution culturelle ? En existera-t-il jamais ? »

Chen allait se lever quand il vit Jia saisi d'une nouvelle quinte, plus violente cette fois. Son visage devint d'abord violet, puis d'un blanc de craie. Il se mit à tituber.

Un grand silence se fit dans la salle.

« Ne vous inquiétez pas. Ce n'est rien », parvint à dire Jia avant de s'effondrer.

« Il se trouve mal ? » demanda Yu médusé.

Chen secoua la tête. Ce n'était pas rien, il s'en était douté. C'était terrible et grave. Une éventualité lui apparut qu'il avait essayé d'ignorer jusqu'à cet instant.

Il y avait peut-être là une issue pour Jia, mais pas aussi rapide, pas ici, pas de cette façon.

Jia se retournait et faisait un faible signe à Chen.

Chen se leva et ôta ses lunettes. Il présenta sa plaque aux agents de sécurité qui se précipitait vers lui.

Un journaliste le reconnut aussitôt et s'exclama : « Inspecteur principal Chen Cao ! »

Chen s'approcha et se pencha sur l'homme à terre. L'assistance était sous le choc, paralysée.

Le juge descendit de l'estrade, hésita, et se retira dans son bureau, suivi des deux greffiers, comme s'ils fuyaient une scène de crime. Personne d'autre ne bougea.

Jia se mit à parler d'une voix que seul l'inspecteur put entendre.

« La fin arrive plus vite que prévu, mais ça n'a pas d'importance. Ce qui ne peut pas être dit doit être transmis dans le silence, murmura-t-il en sortant une enveloppe de sa poche. Voici les chèques pour leurs familles. Je les ai signés. Rendez-moi le service de les leur donner.

– Leurs familles ? dit Chen en prenant l'enveloppe.

– J'ai tenu parole… de mon mieux, inspecteur principal Chen. Vous le ferez aussi, je le sais.

– Je le ferai. Mais…

– Merci, dit Jia avec un sourire cireux. Je vous suis vraiment reconnaissant de ce que vous avez fait pour moi, croyez-moi… Elle m'aime. Je le sais. Elle fait tout ça pour moi, dit Jia avec une étrange lueur sur son visage. Vous m'avez rendu le monde. Merci, Chen. »

Chen saisit sa main qui devenait froide.

« Vous aimez la poésie, dit encore Jia. Il y a aussi un poème dans l'enveloppe. Vous pouvez le garder en témoignage de ma gratitude. »

Jia ferma les yeux et ne parla plus. Que dire de plus ?

Chen sortit son portable pour appeler une ambulance. Sans doute était-il déjà trop tard. Ce n'était qu'un geste à l'intention du public.

Comme le procès, un geste lui aussi, mais nécessaire de la part du gouvernement.

Le téléphone ne fonctionnait pas. Aucun signal. Chen en fut presque soulagé.

Mais d'autres avaient déjà téléphoné. L'équipe médicale se précipita et l'écarta de l'homme qui gisait sur le sol.

« J'ai tenu parole… » Chen se releva en pensant aux derniers mots de Jia tandis qu'on l'emportait sur une civière.

Chen n'avait pas besoin d'ouvrir l'enveloppe. Les chèques munis de la signature de Jia devraient être une preuve plus que suffisante, d'autant qu'ils lui avaient été remis en présence de nombreux témoins.

Yu s'approchait avec un téléphone. Il avait dû parler aux autres policiers pour les tenir à l'écart. Pour Yu et ses collègues, c'était une conclusion très bizarre aux deux affaires.

La salle d'audience ressemblait à présent à une marmite d'eau bouillante qui déborde.

Chen tendit l'enveloppe à Yu, qui l'ouvrit et examina les chèques d'un air incrédule.

« Les familles des victimes en *qipao* rouge, y compris celle de Hong, dit-il stupéfait. Il devait avoir des dossiers sur elles. Ces chèques signés, ce sont des aveux complets. Nous allons pouvoir boucler l'enquête. »

Chen ne répondit pas tout de suite. Quant à la façon de boucler l'enquête, il n'en avait encore aucune idée.

« Sa signature, insista Yu. Ça devrait être une preuve concluante.

– Je pense que oui.

– Un commentaire, camarade inspecteur principal Chen ? » Le journaliste qui avait reconnu Chen criait dans la foule en essayant de se frayer un passage à travers le cordon que maintenait le service de sécurité du tribunal.

« Êtes-vous chargé de l'enquête ? » Un autre journaliste intervenait, s'approchant avec plusieurs autres dans la bousculade.

La salle était dans une confusion totale, comme si la marmite d'eau bouillante s'était complètement retournée.

Des journalistes suivirent la civière dehors. Chen et Yu restèrent seuls là où Jia s'était écroulé plusieurs minutes plus tôt. D'autres journalistes avaient reporté leur attention sur les deux policiers, et leurs appareils les mitraillaient.

Chen entraîna Yu dans le bureau du juge et ferma vite la porte. On y frappa aussitôt, bruyamment, c'étaient sûrement les journalistes qui avaient franchi le cordon de sécurité, mais les coups cessèrent à mesure qu'ils étaient dispersés.

« Vous vous attendiez à cette conclusion, chef? demanda Yu.

– Non, répondit Chen déconcerté par la brusquerie de la question. Pas exactement. Pas de cette façon. »

Mais c'était une fin qu'il aurait pu prévoir. Et il aurait dû. À la place de Jia, lui-même n'aurait pas hésité à choisir la même issue.

Comme souvent, ce fut un souvenir de ses lectures qui apparut d'abord à l'inspecteur Chen. En fin de compte, donner à un soldat mortellement blessé la possibilité de se suicider était une vieille tradition.

Mais il y avait autre chose dans le geste de Jia. Un appel à la clémence que seul l'inspecteur principal pouvait saisir. C'était comme si Jia s'en remettait entièrement à Chen, en prenant d'énormes risques. Si Chen n'était pas un homme de parole, il pouvait se targuer d'avoir résolu les meurtres, et publier son histoire à sensation avec toutes les photos. Que Jia ait signé les chèques signifiait sa confiance inconditionnelle en Chen. Comme dans les batailles d'autrefois, un soldat mourant se livrait à l'ennemi qu'il respectait.

Chen sut qu'il était pris au piège et eut des sueurs froides.

« Vous allez écrire votre rapport d'enquête, chef? » demanda Yu.

Ah oui, le rapport d'enquête.

Les autorités allaient exiger une explication. En tant que policier membre du Parti, il pouvait difficilement refuser. Et l'histoire serait connue.

Elles ne se formaliseraient pas s'il se limitait à des considérations générales, et à des allusions aux origines de l'affaire pendant la Révolution culturelle. Déterrer les secrets pouvait être gênant pour tout le monde. Il se contenterait d'une déclaration floue à propos de la mort du tueur en série. Au fond, quelle que soit l'histoire qu'il pouvait présenter, il y aurait des gens pour ne pas y croire. S'il n'y avait pas de nouvelle victime en *qipao* rouge, l'orage passerait de lui-même.

« Il s'en est tiré trop facilement, déclara Yu visiblement agacé par le silence de Chen. Quatre victimes y compris Hong. »

Chen comprenait que Yu ne se soit pas encore remis de la mort de Hong. Mais celui-ci ne savait pas grand-chose sur Jia, ni sur les implications multiples de l'affaire. Chen n'était pas sûr de pouvoir tout expliquer à son coéquipier.

Pour ce qui était du rapport d'enquête, il crut avoir une bonne idée. Pourquoi ne pas laisser tout le mérite à Yu, un coéquipier extraordinaire qui le soutenait sans faillir, en dépit des questions laissées sans réponse.

« Mais cela pouvait-il finir autrement ? dit Chen. C'est vous qui allez écrire le rapport.

– Moi ?

– Oui, c'est vous qui avez enquêté sur Jasmine, qui avez découvert le nom de Jia dans la liste des clients de la *Porte de la joie*, vous qui avez attiré mon attention sur la malchance de Tian et enquêté sur son passé. Sans parler de la contribution de Peiqin. Son travail sur l'image de la robe m'a réellement inspiré.

– Mais ce n'est pas vrai, chef. J'ai peut-être fait des recherches, mais je n'ai rien trouvé. C'est sur votre ordre que j'ai repris l'enquête sur le passé de Tian…

– Inutile d'en discuter. En fait, vous me rendez service. Quelle explication pourrais-je donner aux autres ?

– Je ne comprends pas.

– L'inspecteur Liao sera furieux. Il doit penser que j'ai joué à cache-cache avec le bureau et que j'ai travaillé sur l'enquête derrière son dos. Le secrétaire du Parti Li aussi. Il pourrait devenir fou à force de soupçonner des manœuvres politiques.

– Mais le fait est que vous avez résolu le premier cas de meurtres en série de Shanghai.

– J'ai donné ma parole à Jia. Il y a une chose que je ne dirai pas. Qui ne le concerne pas lui seul. Maintenant qu'il est mort après avoir rempli sa part d'engagement, mes lèvres sont scellées. Vous pouvez le comprendre, Yu, mais les autres pas. »

Il se demanda si Yu comprenait vraiment, mais celui-ci n'insisterait probablement pas pour avoir une explication. Ils étaient amis, pas seulement coéquipiers.

« Mais qu'est-ce que je peux leur dire – la vengeance contre la Révolution culturelle ? C'est hors de question.

– Eh bien, il a commis les crimes dans un moment de folie passagère. Ensuite, pris de remords, il a signé ces chèques pour les familles des victimes.

– Mais pourquoi vous les donner à vous ?

– Il se trouve que j'étudiais le scandale immobilier. Je l'ai rencontré. Et c'est vrai. Le directeur Zhong du Comité de réforme judiciaire peut le confirmer. Hier soir encore, non, tôt ce matin, il m'a téléphoné, et j'étais en compagnie de Jia.

– Ils accepteront votre version ?

– Je ne sais pas, mais le gouvernement ne s'intéressera pas à un scénario tel que "la vengeance contre la Révolution culturelle", comme vous venez de l'appeler. Espérons qu'ils ne demanderont pas de détails. En fait, moins on en dira, mieux ce sera pour tout le monde. Nous y arriverons. Il est même possible que les autorités du Parti ne veuillent pas révéler l'identité du tueur en série. Il est mort. Point final.

– Ne sont-ils pas très impatients de punir Jia – pour faire un exemple de fauteur de trouble hostile au gouvernement ?

– Pas de cette façon, pas en ce moment. Il pourrait y avoir un retour de bâton. Bien sûr, ce n'est qu'une supposition… »

La sonnerie du téléphone retentit, très forte dans le bureau vide du juge. C'était le professeur Bian, qui avait rendez-vous avec Chen ce matin-là, mais l'étudiant ne s'était pas présenté.

« Je sais que vous êtes très pris, mais votre dissertation est très originale. J'aimerais savoir comment elle avance.

– Je la remettrai comme prévu, répondit Chen. J'ai seulement quelques difficultés avec la conclusion.

– Pas besoin d'aller trop loin dans une dissertation trimestrielle, dit Bian. Le sujet est vaste. Si vous réussissez à trouver une tendance commune dans plusieurs histoires, ce devrait être suffisant. Vous pourrez essayer de développer plus tard dans votre mémoire de maîtrise. »

Chen se demanda s'il en serait capable. Il ne répondit pas tout de suite. Il commençait à hésiter à propos de ses études.

En fin de compte, ce n'était qu'une interprétation de plus des textes anciens. Les gens continueraient de les lire avec ou sans lui. Quelle importance avaient l'existence d'un discours contre l'amour dans le mariage arrangé ou l'archétype de la femme fatale chinoise ? Chaque histoire et chaque auteur étaient différents. Comme dans les affaires criminelles, où un policier ne peut pas appliquer une théorie générale à tous les cas.

« J'y réfléchirai, professeur Bian. »

Pour que son projet littéraire puisse rester un sujet de réflexion dans l'avenir, il devait le mettre de côté.

Il avait plus urgent à faire. Les meurtres avaient cessé. Et en tant que policier, il n'avait pas trop à s'inquiéter de défendre son point de vue comme dans une dissertation.

Restait à savoir s'il avait un point de vue…

« Mais vous n'allez pas poursuivre votre programme de littérature, n'est-ce pas ? s'enquit Yu comme s'il lisait dans ses pensées.

– Non, je ne pense pas. Ne vous en faites pas. Toutefois il faut que je termine cette dissertation. Vous ne le croirez peut-être pas, mais elle m'a vraiment aidé. »

Yu sembla très soulagé en lui rendant l'enveloppe. « Il y a une feuille de papier dedans ?

– Un poème.

– Pour vous ? Pour qu'il soit publié ? »

Chen tira la feuille de papier et se mit à lire.

Mère, j'ai tenté d'obtenir de l'écho lointain
une explication à ce qui m'arrive ;
ceux qui vont et viennent dans le vieux manoir
ne voient que ce qu'ils veulent bien.

Le souvenir du qipao *rouge*
m'enveloppe, votre sourire éclate parmi les fleurs,
vos pieds nus, votre main douce : la tension du rêve
épuise mes heures de veille.

Mais nous sommes écrasés, pris dans l'éclair
d'un instant, clic, nuages et pluie
s'approchent, une obscurité menaçante
revient en courant à l'horizon.

Ah, c'est tout ce que je sais, tout ce que je vois.
Mère, vous buvez la coupe pour moi.

« Il n'y a pas de coupe sur la photo », dit Yu ahuri.

Chen n'en était pas sûr, mais il pensait que cette dernière image venait de *Hamlet*, quand la reine boit le poison destiné à son fils. Il se souvenait vaguement qu'à l'université il en avait lu une interprétation freudienne.

« C'est à propos de Hamlet et sa mère », dit Chen, décidé à ne pas donner davantage d'explications. « Il y a plus de choses au ciel et sur terre que dans un rapport d'enquête.

– Ça alors ! » dit Yu en secouant la tête comme une crécelle.

Au catalogue

Policiers

Christine Adamo, *Requiem pour un poisson*
Christine Adamo, *Noir austral*
Rod Duncan, *Couleur interdite*
Mignon G. Eberhart, *L'Éléphant de jade*
Mignon G. Eberhart, *Qui va à la chasse*
Émile Gaboriau, *L'Affaire Lerouge*
Émile Gaboriau, *Le Petit Vieux des Batignolles*
Sèrgios Gàkas, *La Piste de Salonique*
Ann Granger, *Dites-le avec du poison*
Ann Granger, *Danger de mors*
Ann Granger, *Cimetière à vendre*
Ann Granger, *Ci-gît la femme de mon amant*
Carolyn G. Hart, *Meurtre en librairie*
Carolyn G. Hart, *La Libraire mène l'enquête*
Carolyn G. Hart, *Libraire cherche fantôme*
Lauren Henderson, *Y en a marre des blondes*
Lauren Henderson, *L'indispensable petite robe noire*
Lauren Henderson, *Tatouage à la fraise*
Lauren Henderson, *Déchaînée*
Lauren Henderson, *Pretty Boy*
John McLaren, *Taxis noirs*
John McLaren, *Cartel en tête*
Thierry Maugenest, *Venise.net*
Thierry Maugenest, *La Poudre des rois*
Thierry Maugenest, *Manuscrit ms 408 Voynich*
Rebecca Pawell, *Madrid à mort*
Rebecca Pawell, *Le Disparu de Salamanque*
Qiu Xialong, *Mort d'une héroïne rouge*
Qiu Xialong, *Visa pour Shanghai*
Qiu Xialong, *Encres de Chine*
Qiu Xialong, *Le Très Corruptible Mandarin*
Claire Rayner, *Petits meurtres à l'hôpital*
Claire Rayner, *Nursery Blues*
Claire Rayner, *Médicalement vôtre*
Claire Rayner, *Alors, docteur ?*

Ravi Shankar Etteth, *La Couleur du deuil*
Michelle Spring, *Jeu de main, jeu de vilain*
Michelle Spring, *Nous n'irons plus au bal*
Nancy Star, *Ne zappez pas, c'est l'heure du crime*
Nancy Star, *V'là autre chose!*
Olen Steinhauer, *Cher camarade*
Olen Steinhauer, *Niet camarade*
Olen Steinhauer, *36, boulevard Yalta*
Andrew Taylor, *Minuscule caroline*
Andrew Taylor, *La Monnaie de sa pièce*
Anne-Laure Thiéblemont, *Le Collectionneur*
Mary Willis Walker, *Glacée jusqu'au zoo*
Margaret Yorke, *Trouvez-moi un coupable*
Margaret Yorke, *Pudding mortel*
Margaret Yorke, *Vieilles Dames en péril*
Margaret Yorke, *Meurtres en neige*
Margaret Yorke, *Le Disparu du Perséphone*
Margaret Yorke, *Emily Frost est revenue*

Policiers en « Piccolo »

n° 8 Émile Gaboriau, *L'Affaire Lerouge*
n° 18 Émile Gaboriau, *Monsieur Lecoq*
n° 23 Mary Willis Walker, *Glacée jusqu'au zoo*
n° 25 Carolyn G. Hart, *Meurtre en librairie*
n° 29 Margaret Yorke, *Trouvez-moi un coupable*
n° 31 Thierry Maugenest, *Venise.net*
n° 33 Émile Gaboriau, *Le Petit Vieux des Batignolles*
n° 35 Carolyn G. Hart, *La libraire mène l'enquête*
n° 38 Ann Granger, *Dites-le avec du poison*
n° 39 Michel Grimaud, *Un cave dans le charbon*
n° 40 Rebecca Pawel, *Madrid à mort*
n° 47 Robert Daley, *Le Parfum du danger*
n° 48 Mignon Eberhart, *L'Éléphant de jade*
n° 49 Valerio Manfredi, *Palladion*

CET OUVRAGE A ÉTÉ ACHEVÉ D'IMPRIMER
SUR ROTO-PAGE
PAR L'IMPRIMERIE FLOCH À MAYENNE
EN MARS 2007

N° d'édition : 345. N° d'impression : 67827
Dépôt légal : mai 2007
(Imprimé en France)